MIRA®

Umwelthinweis:
Dieses Buch wurde auf chlor- und säurefreiem Papier gedruckt.

Bote des Todes

Eine brisante Story verspricht sich die junge TV-Produzentin Moira Kelly, als sie zum St. Patrick's Day zu ihren Eltern fährt. Denn auch der irische Politiker Jacob Brolin ist in Boston, um hier Unterstützung für den Frieden in seiner Heimat zu finden. Und ausgerechnet das Pub ihres Vaters dient der IRA, die Brolin umbringen wollen, als geheimer Treffpunkt. Unerschrocken geht Moira dem Verdacht nach – und trifft bei ihren Ermittlungen auf ihren früheren Geliebten Dan O'Hara. Seltsam, dass er immer genau dann zur Stelle ist, wenn ihr Leben bedroht wird.

Heather Graham

Bote des Todes

Roman

Aus dem Amerikanischen von
Ralph Sander

MIRA®

MIRA® TASCHENBUCH
Band 25093
1. Auflage: Juli 2004

MIRA® TASCHENBÜCHER
erscheinen in der Cora Verlag GmbH & Co. KG,
Axel-Springer-Platz 1, 20350 Hamburg
Deutsche Taschenbucherstausgabe

Titel der nordamerikanischen Originalausgabe:
Night Of The Blackbird

erschienen bei: Mira Books, Toronto
Published by arrangement with
Harlequin Enterprises II B.V., Amsterdam

Konzeption/Reihengestaltung: fredeboldpartner.network, Köln
Umschlaggestaltung: pecher und soiron, Köln
Titelabbildung: by GettyImages, München; corbis, Düsseldorf
Autorenfoto: © by Harlequin Enterprise S.A., Schweiz
Satz: Berger Grafikpartner, Köln
Druck und Bindearbeiten: Ebner & Spiegel, Ulm
Printed in Germany
ISBN 3-89941-126-9

www.mira-taschenbuch.de

PROLOG

Belfast, Nordirland
Sommer 1977

„Es ist so weit, mein Sohn!" sagte seine Mutter, nachdem sie ohne anzuklopfen in sein kleines Zimmer geplatzt war. „Dein Vater ist zurück, jetzt gehts ins Kino."

Die Mutter machte einen lebendigen und aufgeregten Eindruck. Ihr üblicherweise von schwerer Arbeit gezeichnetes Gesicht hatte sich zu einem Abbild wahrer Schönheit verwandelt, ihr Lächeln war das eines jungen Mädchens, und ihre Augen leuchteten. Er hielt den Atem an, weil er es kaum fassen konnte. Er hatte sich so sehr gewünscht, ins Kino zu gehen. Der neue Film aus Amerika hatte Premiere. Obwohl erst neun, verbrachte er einen Großteil seiner Zeit auf der Straße, da seine Eltern nur wenige ihrer Versprechen auch wirklich einhielten. Es war nicht ihr Fehler, es waren einfach die Umstände, die sie daran hinderten, und das konnte er gut verstehen. Sein Vater musste arbeiten, ebenso seine Mutter, und dann waren da auch noch die regelmäßigen Treffen im Pub. Für sein Alter war er ein zäher und kräftiger Bursche und leider auch schon wachsam und misstrauisch, was sogar ihm selbst bewusst war. Aber das hier ...

Es war ein Science-Fiction-Film voller futuristischer Ritter, Raumschiffe und großer Schlachten. Der Kampf für das Gute und am Ende der Sieg des Guten über das Böse. Jedenfalls rechnete er damit.

Er legte den Comic zur Seite, den er bis eben gelesen hatte, und sah seine Mutter ungläubig an. Dann sprang er auf und umarmte sie. „Ins Kino! Wirklich? Wow!"

„Jetzt geh dich kämmen, Junge, und mach dich fertig. Ich hole deine kleine Schwester."

Wenig später verließen sie das Haus.

Die Straße, in der sie wohnten, hatte etwas von einem Slum. Alte Ziegelsteinmauern waren mit Graffiti übersät. Auch die Häuser waren alt. Und sie waren klein und zugig, und im Winter musste immer noch mit Torf geheizt werden, damit es warm wurde. Dennoch war es eine gute Nachbarschaft, in der es sich leben ließ. In den Mauernischen gab es viele düstere, geheime Stellen, und es gab viele Orte, an denen man sich verstecken konnte.

Vereinzelt trafen sie Nachbarn. Die Männer tippten zum Gruß mit dem Finger an den Hut, und die Frauen grüßten mit höflichem Tonfall. Es gefiel dem Jungen sehr gut, mit seinen Leuten unterwegs zu sein. Er hielt seine Schwester an der Hand. Sie war erst fünf, und ihre Augen strahlten voller Leben. Sie wusste nichts davon, dass die Menschen, die sie grüßten, ein verbittertes Lächeln zur Schau trugen. Dass die Gesichter dieser Menschen so grau und matt waren wie der Himmel, der immer bedeckt und trüb zu sein schien, und wie die alten Gebäude, die so wirkten, als läge beständig ein Schatten über ihnen. Sie blickte zu ihrem Bruder hoch und lächelte ihn an. Es war ein ehrliches, hübsches Lächeln. Obwohl sie sich hin und wieder stritten, obwohl er ein robuster Neunjähriger und sie nur ein kleines Mädchen war, liebte er seine Schwester von ganzem Herzen.

„Wir gehen wirklich ins Kino?"

„Ja, wir gehen ins Kino", versicherte er.

Ihr Vater drehte sich zu ihnen um und grinste. „Richtig, Mädchen, und Popcorn werden wir auch kaufen."

Die kleine Schwester lachte so vergnügt auf, dass sie alle lächeln mussten und die düstere Welt um sie herum ihnen ein wenig unbeschwerter vorkam.

Schließlich hatten sie das Kino erreicht. Einige von den anderen Besuchern waren ihre Freunde, andere ihre Feinde, aber sie waren alle hergekommen, um den Film zu sehen. Manches grüßende Lächeln war ehrlich, manches gezwungen, und seine Eltern nickten dem einen oder anderen nur steif zu.

Wie versprochen, hatte ihr Vater Popcorn gekauft. Und Limonade. Und sogar Schokoriegel.

Es kam nur selten vor, dass er sich seinen Eltern so verbunden fühlte und er sich selbst wirklich wie ein Neunjähriger vorkam. Für gut zwei Stunden entfloh er aus der finsteren Realität in eine andere Zeit und in eine weit entfernte Galaxie. Er lachte, er jubelte, er überließ seiner Schwester das restliche Popcorn, und er erklärte ihr, was sie nicht verstand. Er nahm sie auf seinen Schoß. Er sah, wie seine Mutter zögerte, dann aber den Kopf auf die Schulter seines Vaters sinken ließ. Er legte eine Hand auf ihr Knie.

Sie hatten die halbe Strecke bis nach Hause zurückgelegt, als die bewaffneten Männer wie aus dem Nichts auftauchten.

Sie waren aus einer der dunklen Nischen in der Mauer hervorgetreten, in denen sich der Junge so gut auskannte.

Der Mann, der sich vor sie stellte, trug eine Maske und sprach plötzlich seinen Vater mit Namen an.

„Der bin ich, und ich bin stolz darauf!“ erwiderte sein Vater mit kräftiger und trotziger Stimme, während er sich schützend vor seine Frau stellte. „Aber meine Familie ist bei mir ...“

„O ja, so ist das richtig. Versteck dich ruhig hinter einem Rockzipfel!“ rief der zweite Mann verächtlich.

Das Gewehrfeuer, das unvermittelt einsetzte, war ohrenbetäubend.

Der Junge griff nach seiner Schwester, während er sah, wie sein Vater zu Boden ging. Es lief alles unglaublich schnell ab, und doch kam es ihm fast so vor, als würde er einen Film in Zeitlupe sehen. Er erfasste den entsetzlichen Ausgang des Geschehens, aber er konnte es nicht aufhalten.

Die Schützen hatten es nur auf seinen Vater abgesehen, doch ein Querschläger traf auch seine Schwester. Eine innere Stimme sagte ihm, dass die Männer das nicht beabsichtigt hatten, aber auch, dass sie es nicht bedauern würden. Sie war nichts weiter als ein Opfer unter vielen in diesem merkwürdigen Krieg.

Er hörte, wie seine Mutter den Namen seines Vaters schrie. Sie wusste nicht, dass ihre kleine Tochter ebenfalls getroffen worden war.

Der Junge hielt seine Schwester fest und sah, wie ihr Kleid das Blut aufsog. Ihre Augen waren geöffnet. Sie verstand nicht, was soeben geschehen war, und sie spürte auch keinen Schmerz. Sie lächelte und sah ihn an, während sie seinen Namen flüsterte.

„Ich will jetzt nach Hause gehen", hauchte sie. Dann machte sie die Augen zu, und er wusste, dass sie tot war.

Er hielt sie einfach nur fest, während er auf der nächtlichen Straße kniete, die so finster war wie sein Leben. Er hörte das Schluchzen seiner Mutter, und irgendwann kam das Heulen der Sirenen von Polizei und Krankenwagen näher.

Am Samstagnachmittag gab es einen Gottesdienst für seinen Vater und seine Schwester. Die Totenwache hatten sie auf die traditionelle Weise zu Hause gehalten. Familie und Freunde waren gekommen, um an den Särgen zu wachen. Sie hatten Whiskey und Ale getrunken. Sie hatten seinen Vater zum Helden erhoben und die Rache für den Tod seiner Schwester zu ihrer Sache erklärt. In vielen Berichten überall auf der Welt stellte man sich die Frage, ob dieses junge und unschuldige Opfer vielleicht ein Schachzug Gottes für ihre Sache war.

Keiner von ihnen hatte sie lächeln sehen. Keiner von ihnen wusste, dass sie einfach nur ein Kind gewesen war, voller Hoffnungen und Träume, und mit einem Lächeln, das so vor Leben sprühte wie die strahlenden Augen.

Schließlich war die Zeit gekommen, um die beiden Toten zu Grabe zu tragen. Der Junge wusste aber, dass hier nichts jemals wirklich zu Grabe getragen wurde.

Father Gillian sprach ein Gebet, und einige andere Männer hielten leidenschaftliche Grabreden. Seine Mutter war in Tränen aufgelöst, fuhr sich immer wieder durchs Haar und presste die Hände auf die Brust. Andere Frauen standen ihr bei, hielten sie und trauerten mit ihr. Ihr Wehklagen erinnerte an eine Gruppe heulender Todesfeen.

Er stand ganz allein da, unfähig zu weinen.

Nachdem der Trauergottesdienst beendet war, kamen die Dudelsackspieler nach vorne und setzten zu „Danny Boy“ an.

Als sie wieder verstummten, traten er und einige Männer vor, um die Särge anzuheben. Zum Glück war der Junge für sein Alter bereits sehr groß und trug den Sarg seiner Schwester zusammen mit seinen Cousins, die alle deutlich älter waren als er. Sie war noch so ein kleines Ding gewesen, dass es ihn wunderte, wie schwer der Sarg war.

Die beiden Särge wurden in die Gräber hinabgelassen, dann mit Erde und Blumen bedeckt. Es war vorüber.

Während sich die anderen Trauernden zurückzogen, stand Father Gillian da und hatte einen Arm um die Mutter des Jungen gelegt. Eine Großtante kam zu ihm. „Deine Mutter braucht dich jetzt."

Er sah auf, Tränen schossen ihm in die Augen. „Im Moment braucht sie mich nicht", sagte er und wusste, dass er damit Recht hatte. Er hatte sie trösten wollen, doch sie war von ihrem Hass, ihrer Leidenschaft und der neuen Sache erfüllt, für die sie eintreten würde.

Da er niemandem wehtun wollte, fügte er an: „Ich kann jetzt nicht zu ihr gehen. Meine Mutter hat jemanden, der ihr im Moment hilft. Sie braucht mich nachher, wenn sie wieder allein ist."

„Du bist ein guter und kluger Junge", sagte die Tante und ging fort.

Allein stand er an den Gräbern und begann zu weinen, ohne einen Laut von sich zu geben.

Er legte einen Schwur ab. Einen leidenschaftlichen Schwur gegenüber seinem toten Vater, seiner armen kleinen Schwester, Gott und sich selbst.

Eher würde er sein Leben geben, als diesen Schwur zu brechen.

Über seiner Stadt brach die Dunkelheit herein, die sich auch um sein Herz legte.

1. KAPITEL

New York City, New York
Heute

„Was soll das heißen, dass du zum St. Patrick's Day nicht nach Hause kommst?“

Moira Kelly zuckte zusammen.

Die sonst so sanfte und angenehm klingende Stimme ihrer Mutter kam so schrill aus dem Hörer, dass Moira sicher war, dass ihre Assistentin im Nebenzimmer Katy Kelly ebenfalls gehört hatte, obwohl sich ihre Mutter hunderte von Kilometern entfernt in Boston befand.

„Mum, es ist ja nicht so, als würde ich Weihnachten absagen ...“

„Nein, es ist schlimmer.“

„Mum, ich bin kein kleines Kind mehr, sondern eine berufstätige Frau.“

„Richtig. Du bist eine Amerikanerin in der ersten Generation und pfeifst auf jede Tradition.“

Moira atmete tief durch. „Mutter, genau darum geht es ja. Wir leben in Amerika. Und ja, ich bin hier geboren. So erschütternd und gemein es auch sein mag, aber der St. Patrick's Day ist kein Nationalfeiertag.“

„Ich merke schon, du machst dich über mich lustig.“

Moira holte Luft, zählte stumm bis drei und seufzte dann. „Ich mache mich nicht über dich lustig.“

„Du bist selbstständig. Du kannst dir freinehmen und dafür an einem anderen Tag arbeiten.“

„Ich kann mir nicht einfach so freinehmen, ich habe einen Partner. Wir haben eine Produktionsgesellschaft, wir haben Planungen, Termine. Mein Partner hat eine Ehefrau ...“

„Dieses jüdische Mädchen, das er geheiratet hat."

Wieder zögerte Moira.

„Nein, Mum. Andy Garson, der Reporter aus New York, der manchmal die Vormittagssendung mitmoderiert, ist derjenige, der ein jüdisches Mädchen geheiratet hat. Josh ist mit einer Italienerin verheiratet." Sie lächelte flüchtig. „Und sehr katholisch. Sie würde dir gefallen. Genauso wie ihre Zwillinge, die jetzt acht Monate alt sind. Sie sind nur ein paar der Gründe, warum wir dieses Unternehmen am Leben halten wollen."

Ihre Mutter hörte nur, was sie hören wollte. „Wenn seine Frau katholisch ist, dann sollte sie es verstehen."

„Ich glaube nicht, dass St. Patrick's Day bei den Italienern ein Nationalfeiertag ist", gab Moira zurück.

„Er ist ein katholischer Heiliger!" beharrte ihre Mutter.

„Mutter ..."

„Moira, bitte. Ich frage dich nicht meinetwegen." Diesmal war es ihre Mutter, die einen Moment lang zögerte. „Dein Vater hatte wieder einen Anfall ..."

Ihr Herz setzte einen Augenblick lang aus. „Was soll das heißen?" fragte sie schneidend.

„Vielleicht müssen sie ihn noch einmal operieren."

„Du hast mich nicht angerufen!"

„Ich habe dich doch jetzt angerufen."

„Aber nicht wegen Dad!"

„Er wollte nicht, dass ich dir etwas sage. Ihm geht es nicht so gut, aber er wollte dich vor dem Feiertag nicht beunruhigen. Du bist sonst immer nach Hause gekommen. Wir wollten es dir sagen, wenn du hier bist. Er muss am Montag zu einer Untersuchung – ambulant und nicht lebensbedrohlich –, und dann ... na ja, dann werden sie entscheiden, was sie machen können. Aber, Darling, du weißt ... er würde dich wirklich gerne sehen, auch wenn er es nicht zugeben würde. Und Granny Jon ... also, in letzter Zeit lässt sie ein wenig nach."

Granny Jon war über neunzig und wog bestenfalls etwas über vierzig Kilo, aber sie war nach wie vor das widerborstigste kleine Geschöpf, dem Moira jemals begegnet war.

Moira war sicher, dass sie ewig leben würde.

Sorgen bereitete ihr dagegen ihr Vater. Er war vor ein paar Jahren am offenen Herzen operiert worden und hatte eine künstliche Herzklappe erhalten. Seitdem war sie immer in Sorge um ihn. Er beklagte sich nie und lächelte immer, was ihn in ihren Augen so gefährlich machte, da er wenigstens halb im Sterben liegen musste, ehe er einen Arzt aufsuchte. Sie wusste, dass ihre Mutter seitdem sehr genau über seine Gesundheit gewacht hatte, aber das löste nicht alle Probleme.

Und was St. Patrick's Day anging ...

„Patrick kommt", sagte ihre Mutter.

Natürlich, dachte sie.

Ihr Bruder, der Grundbesitz im Westen von Massachusetts hatte, würde seinen ganz persönlichen Feiertag um keinen Preis versäumen.

Aber für Patrick war es auch einfach, weil er ohnehin oft in Boston war.

Mit einem Anflug von Schuldgefühlen wurde ihr klar, dass sie darauf gezählt hatte, dass die Anwesenheit ihres Bruders und ihrer Schwester Colleen es wettmachen würde, wenn sie nicht zum höchsten irischen Feiertag kommen würde. Der wurde ohnehin fast im ganzen Land als willkommener Vorwand ansehen, um grün gefärbtes Bier zu trinken und Grußkarten mit Kobolden zu verschicken, ohne etwas über die wahre Bedeutung zu wissen.

„Du willst doch Patrick sehen, oder etwa nicht?"

„Natürlich, aber in erster Linie mache ich mir Sorgen um Dad."

„Wenn dein Vater und ich morgen tot umfallen würden ..."

„Ich würde mich auch dann mit meinem Bruder und meiner Schwester treffen, Mum. Ihr beide werdet morgen nicht tot umfallen, aber mach dir keine Gedanken – wir würden uns auch weiterhin treffen."

Es war ein alter Streit. Ihre Mutter sagte ihr und ihrem Bruder immer das Gleiche, und sie beide antworteten jeweils übereinstimmend, während ihre Schwester jedes Mal seufzte und mit den Augen rollte.

Trotzdem liebte Moira ihre Familie.

„Mum, ich werde da sein." So weit weg lebte sie auch nicht, und es war auch nicht so, dass sie sich nur selten bei ihren Eltern blicken ließ. Gerade weil sie sie so oft besuchte, hatte sie dieses eine Mal, nur an diesem einen St. Patrick's Day, nicht vorgehabt, sie wieder zu besuchen. Sie war erst zu Weihnachten in Boston gewesen, und das war noch nicht allzu lange her. Es war ihr nicht so wichtig, sie schon wieder zu besuchen, was zum Teil auch mit den Drehplänen zu tun hatte.

Doch jetzt war es ihr wichtig.

„Hast du mich verstanden, Mum? Ich *werde* an St. Patrick's Day da sein."

„Gott behüte dich, mein Baby. Ich brauche dich wirklich hier."

„Ich rufe dich an, sobald ich weiß, wie ich das zeitlich einrichten kann. Sorg du dafür, dass Dad auf sich aufpasst, okay?"

„Das werde ich."

Sie wollte den Hörer auflegen, als sie hörte, dass ihre Mutter weiterredete. „Ach, Schatz, ich habe vergessen, dir zu sagen ..."

Moira hielt den Hörer wieder ans Ohr. „Ja?"

„Du errätst nie, wer noch kommt."

„Der große Kobold?" Sie konnte sich das nicht verkneifen.

„Natürlich nicht!"

„Auntie Lizbeth?" Sie war keine richtige Tante, nur eine alte Nachbarin von früher, die alle paar Jahre in die Staaten reiste. Moira mochte sie, auch wenn sie nur selten verstand, was Lizbeth eigentlich sagte. Stattdessen lächelte sie die alte Frau einfach immer freundlich an. Sie war noch älter als Granny Jon und hatte den breitesten irischen Dialekt, den man sich nur vorstellen konnte – und ihr Wolfshund hatte ihre dritten Zähne zerbissen, da sie sie hasste und immer auf dem Tisch hatte liegen lassen. Selbst als sie ihr Gebiss noch getragen hatte, war Moira kaum in der Lage gewesen, ein Wort zu verstehen, und inzwischen war es nahezu unmöglich, einen Sinn in das zu bringen, was sie von sich gab. Granny Jon und ihre Familie schienen allerdings keine Verständigungsprobleme mit ihr zu haben.

„Nein, Dummchen, nicht Auntie Lizbeth."

„Ich gebe es auf, Mum. Wer kommt?"

„Dan. Daniel O'Hara. Ist das nicht wunderbar? Ihr habt euch immer so gut verstanden. Ich wusste, dass ihr nicht die Gelegenheit verpassen würdet, euch wiederzusehen."

„Ähm ... nein", sagte sie und zwang sich, ihre Stimme unter Kontrolle zu halten.

„Machs gut, Darling."

„Du auch, Mum."

Danny würde da sein.

Erst als ihre Hand zu schmerzen begann und das tiefe Summen aus dem Hörer zu ihr durchdrang, wurde ihr bewusst, dass sie den Hörer noch immer fest umklammert hielt. Plötzlich meldete sich die Bandansage der Vermittlung: „Wenn Sie ein Gespräch anmelden möchten ..."

Moira legte auf und starrte das Telefon an, dann schüttelte sie wütend den Kopf. Wie lange hatte sie Danny nicht mehr gesehen? Waren es zwei Jahre oder drei? Er war die Liebe ihres Lebens gewesen ... ihres *jungen* Lebens, korrigierte sie sich. Aber er war in Windeseile in ihrem Leben aufgetaucht und genauso schnell wieder verschwunden. Als er sie zuletzt angerufen hatte, um ihr zu sagen, dass er sich für ein paar Wochen in den Staaten aufhielt, war sie einem Treffen bewusst aus dem Weg gegangen. Auf ihn konnte man sich genauso verlassen wie darauf, dass es im Winter in Boston einen Tag mit gutem Wetter geben würde. Und dennoch ...

Ein Stich ging ihr durchs Herz. Es wäre schön, Danny zu sehen.

Vor allem jetzt, da sie ihn überwunden hatte.

Außerdem war sie in einer Beziehung und somit immun gegen seine lockeren Sprüche: „Ach, Moira, nur ein Bier auf die Schnelle." Oder: „Moira Kelly, du willst nicht mit mir spazieren gehen?" Oder sogar: „Du willst nicht die Zeit stillstehen lassen und mit mir ins Bett gehen, obwohl du weißt, dass es immer magisch war?"

Nie wieder, Daniel.

Sie führte ein hektisches Leben. Sie würde viel zu tun haben, vor allem, da sie alle bitten musste, ihre geänderten Pläne in ihre eigenen Planungen einzubeziehen.

Moira liebte ihre Arbeit. Sie konnte es noch immer kaum fassen, dass sie und Josh es geschafft hatten, eine Produktionsgesellschaft auf die Beine zu stellen und eine Serie zu produzieren, die durchaus als erfolgreich bezeichnet werden konnte. Die alte Heimat Irland war nach wie vor die Leidenschaft ihrer

Eltern. Amerika war ihre eigene Leidenschaft. Sie war hier zur Welt gekommen und aufgewachsen, und sie liebte die Vielfalt ihres Landes. Seit sie zum ersten Mal aufs College gegangen war, hatte sie immer viel zu tun gehabt und das verdrängt, was nie Wirklichkeit werden konnte. Zumindest hatte sie das versucht.

Vielleicht hatte sie insgeheim immer davon geträumt, Danny würde zurückkommen und bleiben.

Sie wurde wütend, als sie merkte, dass allein der Gedanke an ihn sie sehnsüchtig werden ließ.

Zugegeben, Danny bedeutete ihr immer noch etwas, daran würde sich auch niemals etwas ändern. Aber sie hatte ihn in den hintersten Winkel ihres Bewusstseins verdrängt. Sie war zu realistisch, um etwas anderes zu machen. Sie hatte über die Jahre hinweg immer wieder Beziehungen gehabt – wegen ihrer Arbeit jedoch nie etwas wirklich Ernstes. Und im Moment hatte sie auch eine Beziehung, einen klugen, attraktiven Mann, der ihre Interessen teilte und der auf die richtige Weise zum richtigen Zeitpunkt in ihr Leben getreten war ...

Danny kam also nach Boston. Schön für ihn. Er würde sicher gerne ...

Michael! Sie ging mit einem Mann namens Michael McLean aus. Er war ebenfalls irischer Abstammung, aber vom nüchternen Schlag. Sie hatten eine wirklich wunderbare Beziehung. Michael freute sich über einen guten Film und jammerte nicht, wenn es ein schlechter Film war. Er war ein großer Sportfan, aber er verbrachte ebenso gern einen Tag im Museum oder sah sich ein Stück am Broadway – oder besser gesagt Off-Broadway – an.

Er war nahezu perfekt. Er leistete vollen Einsatz in ihrem Unternehmen. Er war immer bei der Sache, traf sich mit Leuten, achtete auf die Logistik und darauf, dass alle Genehmigungen vorlagen. Sogar in diesem Augenblick war er wieder in irgendeiner Sache unterwegs. Sie wusste zwar genau, was er gerade machte, aber es wollte ihr einfach nicht einfallen – eine Folge des Telefonats mit ihrer Mutter.

Es war egal, wo er war. Michael hatte immer sein Mobiltelefon in der Tasche, und er rief immer zurück, ganz gleich, ob es sich um eine private oder eine geschäftliche Angelegenheit handelte. Das war eine der Eigenschaften, die ihn zu einem so wunderbaren Mann machten.

Aber allein der Gedanke an Danny ...

Moira nahm einen Bleistift und klopfte damit ungeduldig auf die Tischplatte. Sie musste sich um andere Dinge kümmern, beispielsweise um das Geschäft. Sie nahm den Hörer wieder ab und rief ihren Partner Josh an.

Es würde schön sein, Danny wiederzusehen.

Die Hitzewallung, die sie bei diesem Gedanken durchfuhr, irritierte sie. Es war wie ein plötzliches Verlangen, mit ihm ins Bett zu gehen. Sie schloss die Augen und sah ihn vor sich. Nackt.

Hör auf! ermahnte sie sich.

„Was gibts?"

„Wie?"

„Du hast mich angerufen", sagte Josh. „Was gibts?"

„Können wir irgendwo zu Mittag essen?"

Im Geiste zog sie Danny wieder an und drängte ihn zurück in die letzte Ecke ihres Unterbewusstseins, in die er gehörte.

Sie merkte, dass Josh gezögert hatte. Sie konnte ihn vor sich sehen, wie er seine Augenbrauen fragend zusammenzog. Danny verblasste zur Erinnerung. Ihr Partner war etwas Reales, immer ein Teil ihres Lebens. Er war beständig und einfach nur ein grundanständiger Mann. Josh Whalen war groß und so schmal, dass man ihn fast schon als mager beschreiben konnte. Und er sah gut aus. Sie waren sich an der Filmschule der NYU begegnet und hatten fast eine Affäre begonnen, bis ihnen bewusst geworden war, dass sie ein Leben lang Freunde bleiben konnten, ihre Liebe jedoch niemals so lange halten würde. Stattdessen waren sie Geschäftspartner geworden.

Zu der Zeit war Danny immer noch in ihrem Leben aus und ein gegangen. Josh wäre für sie nur der Versuch gewesen, sich klar zu machen, dass sie keine Ewigkeit auf einen Mann warten musste, den sie lieben konnte. Zum Glück war ihr das bewusst geworden, noch bevor sie etwas unternommen hatte, was sie beide am Ende bedauert hätten.

Josh war besser als jeder Mann, mit dem sie jemals ausgegangen war. Sie hatten die gleiche Vision und die gleiche Einstellung zur Arbeit. Sie hatten beide in zahlreichen Restaurants gejobbt, um das Geld zusammenzubekommen, das sie benötigten, um ihre kleine Produktionsgesellschaft zu gründen. Er hatte außerdem auf Baustellen gearbeitet, und beide waren sie bereit gewesen, mit hundert Prozent Leistung zu arbeiten.

„Soll ich nicht einfach in dein Büro rüberkommen?" fragte Josh.

„Nein, ich möchte mit dir in ein schönes Restaurant gehen und einen guten Wein trinken ..."

Er stöhnte auf und fiel ihr ins Wort. „Du willst den Terminplan ändern."

„Ich ..."

„Dann bitte in einer Sport-Bar, und spendier mir ein Bier."

„Wo?"

Er nannte ihr sein Lieblingslokal, das nur einige Häuserblocks von ihrem Büro im Village entfernt war. Er musste noch ein Vorstellungsgespräch mit einem potenziellen neuen Kameramann führen, und sie war zu einem Kaffee mit einem möglichen Gast für ihre Sendung verabredet, doch unmittelbar danach würden sie beide sich treffen.

Wenig später meldete sich der Gast bei Moira und teilte ihr mit, dass er einen Anschlussflug verpasst hatte und sich nach Möglichkeit erst am Nachmittag mit ihr treffen wollte. Erleichtert hatte sie sich damit einverstanden erklärt und nutzte die freie Zeit bis zu ihrer Verabredung mit Josh für einen ausgedehnten Spaziergang.

Moira traf vor ihrem Partner in Sam's Sports Spectacular ein. Normalerweise trank sie tagsüber nichts Alkoholisches und hielt sich auch am Abend sehr zurück, aber an diesem Nachmittag bestellte sie ein Bier vom Fass. Sie hatte sich an dem Tisch niedergelassen, der am weitesten von der Bar entfernt war, und trank einen Schluck, als Josh eintrat. Seine schlaksige Gestalt erinnerte sie an einen Regisseur oder an jemanden, der aus irgendeiner Grunge-Band entflohen war. Er hatte dunkle, wunderschöne Augen, sein lockiges braunes Haar schimmerte rötlich, und obwohl es seiner Frau nicht gefiel, trug er einen Vollbart.

„Wo ist mein Bier?" fragte er und setzte sich zu ihr an den Tisch.

„Ich war mir nicht sicher, was du trinken wolltest."

Er sah sie an, als hätte sie den Verstand verloren. „Wie viele Jahre kennen wir uns jetzt?"

„Fast zehn. Seit wir achtzehn waren. Aber ..."

„Was bestelle ich sonst immer?"

„Miller Lite, aber ..."

„Na bitte."

„Ich bin heute etwas daneben."

„Das *bist* du allerdings.“ Er hob die Hand und winkte dem Kellner, der sofort zu ihm kam und die Bestellung aufnahm.

„Und warum bist du heute daneben?“ fragte Josh und beugte sich vor.

„Meine Mutter hat angerufen.“

Er verzog das Gesicht. „Das ist keine Entschuldigung, meine Mutter ruft mich jeden Tag an.“

„Du kennst meine Mutter nicht.“

„Doch.“ Er grinste sie an. „Sie ist eine ganz reizende Frau.“

„Meinem Vater geht es nicht so gut.“

„Oh.“ Josh wurde sofort ernst. „Tut mir Leid.“

„Ich ...“ Sie zögerte, weil das nicht der eigentliche Grund war. „Ich glaube, es geht ihm nicht ganz so schlecht, obwohl er wahrscheinlich wieder operiert werden muss.“

„Also willst du an St. Patrick's Day zu deinen Eltern fliegen.“

„Ich weiß, dass wir da eigentlich in den Themenparks in Florida filmen wollten, und ich weiß ja auch, was du alles unternommen hast, damit der Papierkram dafür erledigt wird und die Rechte geklärt sind ...“

„Es sind schon andere Dinge verschoben worden.“

„Ich weiß deine Einstellung wirklich zu schätzen“, sagte sie leise und trank einen tiefen Schluck.

„Ich habe sowieso nie daran geglaubt, dass wir im März nach Florida fliegen würden.“

Sie sah ihn an und wurde rot. „Denkst du, dass ich kein Rückgrat habe?“

„Ich denke eher, dass es deine Mutter mit dem Terminator aufnehmen könnte.“

Sie lächelte ihn dankbar an. „Ich habe eine andere Idee. Wir könnten stattdessen doch eine richtiggehend irische Folkloresendung daraus machen und mit dem Leisure Channel eine Liveschaltung vereinbaren. Das wäre doch nicht schlecht. Ich glaube, unseren Zuschauer würde das gefallen."

Josh dachte darüber nach, dann hob er die Hände. „Du könntest Recht haben. ‚Spiel und Spaß – live aus der Heimatstadt unserer Moderatorin.'"

„Und wie denkst du über Boston im März?"

„Mies, aber viel schlimmer als in New York wird es um die Jahreszeit auch nicht sein." Plötzlich lächelte er strahlend. „Um ehrlich zu sein, hatte ich damit schon gerechnet. Michael hat nicht nur für Orlando Drehgenehmigungen eingeholt, sondern auch für Boston."

„Was? Er hat kein Wort davon gesagt!"

„Er weiß, wann er schweigen muss. Ich wollte nicht, dass du meinst, ich würde an dir zweifeln."

„Na toll."

„Eine solche Sendung hätten wir schon längst machen können."

Sie grinste ihn an und fühlte sich auf einmal unglaublich erleichtert. „Aber du und Gina, ihr habt euch doch so auf Disneyland gefreut."

„Das tun wir noch immer. Wir verschieben es einfach. Und den Kindern ist es sowieso egal, die sind noch zu jung, um zu verstehen, was um sie herum vorgeht."

Er hatte Recht. Mit acht Monaten wäre es ihnen bestimmt egal, ob sie Mickymaus sehen würden oder nicht.

„Möchtest du auch was essen?" fragte er grinsend. „Oder trinkst du heute nur etwas zu Mittag?" Er deutete auf ihr leeres Bierglas. Moira konnte sich nicht erinnern, das Glas leer getrunken zu haben.

„Ich *bin* eine Irin", murmelte sie.

Er lachte und beugte sich vor. „Heh! Ich will dir doch gar nichts. Ich habe dich nur gefragt, ob du etwas essen willst oder nicht."

„Ja, ja, ich glaube, ich sollte was essen."

„Es gibt hier einen guten Salatteller."

„Hervorragend. Ich nehme einen Hamburger."

„Oh, wir geben uns heute mal ganz wild, wie?" neckte er sie und winkte dem Kellner.

„Was? Versuchst du, ein bisschen herablassend zu sein, damit ich dir nicht ewig dankbar dafür bin, dass du den kompletten Drehplan für die nächsten Monate umwerfen musst?"

Er lachte auf. „Vielleicht. Aber vielleicht amüsiert es mich auch nur, dich zu beobachten, wie du davor zitterst, zu deinen Eltern zu fliegen."

„Ich zittere nicht! Ich fliege ständig zu meinen Eltern! Da kommt unser Kellner. Bestell für mich einfach einen Hamburger ... und noch ein Bier."

Josh tat es, doch das Funkeln in seinen Augen hielt an.

„Was macht dir solche Angst?" fragte er behutsam, nachdem der Kellner wieder gegangen war.

„Nichts macht mir Angst. Ich besuche oft meine Eltern."

„Aber diesmal ist dir irgendetwas unangenehm. Geht es darum, dass du glaubst, wir sollten die Dreharbeiten als Vorwand nehmen, um nach Boston zu reisen? Das Ganze passt doch hervorragend. Es gibt in den Vereinigten Staaten viele Iren. Und am St. Patrick's Day ..."

„... ist jeder ein Ire. Ja, ich weiß", murmelte sie. Ihr zweites Bier wurde gebracht. Moira lächelte dem Kellner kurz zu, der mit einem Grinsen reagierte und dann fortging. Sie trank sofort einen Schluck, dann lehnte sie sich zurück und strich mit einer Fingerspitze über den Rand ihres Glases.

„Also? Es ist doch perfekt", sagte Josh.

„Ja, perfekt – und erst die fantastische Besetzung."

„Deine Mutter ist wirklich nett. Und dein Vater auch."

„Mhm. Das schon, aber ..."

„Aber was?"

„Na ja, sie sind ... exzentrisch."

„Deine Eltern? Ist nicht wahr."

„Hör schon auf, mich auf den Arm zu nehmen. Du kennst doch Granny Jon. Sie hat mir wirklich eingeredet, dass ich immer gut und brav sein müsse, sonst würden mich die Todesfeen auf dem Weg zum Klohäuschen holen. Ich glaube, Colleen, Patrick und ich gingen schon zur High School, als uns auf einmal klar wurde, dass ihre Taktik einen sehr großen Haken hatte. Wir hatten gar kein Klohäuschen."

„Deine Großmutter ist reizend."

„So wie ein Stachelschwein", stimmte Moira ihm zu. „Als Nächstes hätten wir da meinen Vater, der noch immer nicht akzeptiert hat, dass in den USA die Fighting Irish ein Football-Team sind."

„Stimmt gar nicht! Ich habe mir mit ihm zusammen Football-Spiele angesehen. Ich muss allerdings sagen, dass er für Notre Dame ist."

„Meine Mutter hält Vorträge darüber, dass das Nationalgericht Kohl mit Speck ist, nicht Corned Beef. Und ehe du dich versiehst, lässt sich mein Vater über den englischen Imperialismus aus, der die Rechte der gälisch sprechenden Menschen in aller Welt unterdrückt. Von da wechselt er zu einem Loblied auf das wunderbare Amerika, wobei er wie üblich vergisst, dass in diesem Land hunderttausende von Indianern abgeschlachtet wurden. Als Nächstes listet er alle berühmten Amerikaner irischer Abstammung auf, von den

Gründungsvätern bis zum Bürgerkrieg – und da natürlich beide Seiten."

„Vielleicht lässt er wenigstens den Iren aus, der Seite an Seite mit Custer geritten ist."

„Josh, ich meine das ernst. Du kennst meinen Vater. Großer Gott, lass bloß niemanden auf den irischen Nationalismus oder die IRA zu sprechen kommen."

„Okay, das Thema Politik lassen wir einfach aus."

Sie hörte ihn kaum, als sie in Gedanken versunken einen Ellbogen auf den Tisch stützte und sich vorbeugte. „Patrick bringt meine Nichten und Neffen mit, und dann werden Mum, Dad und Granny Jon wieder so tun, als wären die Kleinen entlaufene Kobolde. Überall werden Bierfässer stehen, und alles ist in Grün gehalten."

„Hört sich großartig an."

„Jede Menge Leute werden da sein ..."

„Je mehr, umso besser."

Sie richtete sich auf und sah ihn ernst an. „Danny kommt", sagte sie.

„Oh", erwiderte er leise. „Verstehe."

Er wachte erst spät auf und brauchte einige Zeit, ehe er munter wurde. Er befand sich in einer luxuriösen Umgebung. Er lag auf einer weichen Matratze, die Laken waren angenehm kühl auf seiner Haut. Von der Frau neben ihm ging immer noch der süßliche Duft von Parfüm und ihrer Liebesnacht aus. Sie war jung, aber nicht zu jung. Ihre Haut war gebräunt und seidig, sie hatte volles dunkles Haar, das auf dem Hotelkissen ausgebreitet lag. Sie hatte ihren Preis, aber, zum Teufel, sie hatten gemeinsam viel Spaß gehabt.

Die Kaffeemaschine war um die Uhrzeit angesprungen, die

er am Abend zuvor programmiert hatte, doch mittlerweile musste der Kaffee angebrannt sein. Er hätte nicht gedacht, dass er so lange schlafen würde.

Er schob sein Kissen gegen das Kopfende und lehnte sich zurück.

Amerika war gut.

Ihm gefiel es hier jedes Mal.

Hier gab es so viel und in solchem Überfluss. Und es gab hier so viele dumme Menschen, die überhaupt nicht zu schätzen wussten, was sie hatten. Zugegeben, sie hatten auch hier ihre Probleme. Er ging nicht mit Scheuklappen durch die Welt, und er war auch kein gefühlloser Mensch. Aber hier waren es andere Probleme. Verwöhnte Kinder von wohlhabenden Eltern, Rassenunruhen, Republikaner, Demokraten ... und bei allem Mitgefühl musste er aber auch sagen, dass sie sich einfach neue Probleme schufen, wenn die bisherigen ihnen nicht mehr genügten. Doch das änderte nichts an der Tatsache, dass es sich hier gut leben ließ.

Das Telefon klingelte. Er streckte sich nach dem Nachttisch aus und nahm den Hörer ab.

„Hallo?“

„Haben Sie die bestellte Ware bereit, Sir?“

„Ja, habe ich. Soll ich liefern, oder wollen Sie sie abholen?“

„Es dürfte besser sein, wenn Sie hierher kommen. Vielleicht haben wir über weitere Aufträge zu sprechen.“

„Das geht in Ordnung. Wann?“

Ihm wurde eine Uhrzeit genannt, dann war das Gespräch beendet. Er legte auf.

Die Frau neben ihm bewegte sich und stöhnte leise. Sie drehte sich zu ihm um und blinzelte ihn an. Dann lächelte sie. „Guten Morgen.“

„Guten Morgen." Er beugte sich zu ihr und küsste sie. Er fand, dass sie noch immer so süß aussah wie am Abend zuvor. Dunkle Haare, dunkle Augen, sonnengebräunte Haut.

Sie schob ihre Hand unter das Laken und ließ sie zwischen seine Schenkel wandern.

Erstaunt sah er sie an.

Sie lachte. „Ein Bonus. Normalerweise bleibe ich nicht bis zum Morgen ..."

„Normalerweise lasse ich eine Nu... eine Frau auch nicht bis zum Morgen bleiben", erwiderte er freundlich.

Sie war ausgesprochen talentiert, da er sich in kürzester Zeit erregt fühlte. Er bemerkte allerdings, dass die ersten Sonnenstrahlen auf die äußerste Kante der Vorhänge fielen.

„Was ist?" fragte sie.

Er lächelte. „Nichts", sagte er und zog sie zu sich heran. Er gab ihr einen Kuss auf den Mund und schob sie so von sich fort, dass sie verstand, dass er nicht ihre Hand, sondern ihre Lippen spüren wollte. Er sah auf die Uhr. Zeit genug.

Sie war sehr gut, und für ihn war es das erste Mal seit langer Zeit, dass er ein wenig trödeln konnte. Er ließ sie eine Weile gewähren, dann revanchierte er sich bei ihr, und schließlich liebten sie sich, auch wenn es schwierig war, von „lieben" zu sprechen, wenn es darum ging, mit einer fremden Frau zu schlafen, die zudem eine Nutte war. Er war trotzdem ein rücksichtsvoller Partner, obwohl er schnell zum Höhepunkt kam. Als er sich zur Seite wegrollte, sah er wieder auf seine Armbanduhr.

„Schon spät", murmelte er, gab ihr noch einen Kuss und ging dann ins Badezimmer. „Der Kaffee ist durchgelaufen, Zigaretten liegen auf dem Bett."

Er duschte schnell und mit einem über Jahre hinweg erlernten Minimum an Bewegungen. Als er fertig war, nahm er ein

Handtuch vom Reck und begann, seine Haare trockenzureiben, während er das Badezimmer verließ. Das Einzige, was er trug, war das Handtuch auf seinem Kopf.

„Hast du dir Kaf...", wollte er höflich fragen, stockte dann aber und fragte schneidend: „Was machst du da?"

Die Frau kniete auf dem Boden und hielt seine Hose in ihren Händen.

„Ich ...", begann sie und ließ dann seine Hose los, während sie ihn bloß ansah. Sie stand langsam auf. Hatte sie ihn ausrauben wollen?

Er fragte sich, was sie gesehen hatte, und bemerkte, dass sie nicht nur seine Hosentaschen durchsucht hatte. Einzelne Schubladen waren nicht ganz geschlossen, und am Fußende war ein Stück der Bettdecke noch immer hochgeschlagen. Was hatte sie entdeckt, das ihren verängstigten Blick erklärte?

Oder lag es nur daran, dass sie ihm in die Augen sah?

Sie stand da, nur in ein kurzes Seidenhemdchen gekleidet. Er spürte, dass sich ihre Gedanken überschlugen. Sie wünschte, sie hätte sich angezogen und das Zimmer verlassen, solange er duschte.

Aber das hatte sie nicht gemacht.

Ihre Augen verrieten die Furcht, von der sie erfüllt war. Er wandte seinen Blick nicht von ihr ab. Sie hatte in der kurzen Zeit ganze Arbeit geleistet. Sie war gründlich gewesen. Dabei war sie nur eine junge Frau, die ihren Körper verkaufte. Und die offensichtlich auch noch eine Diebin war.

Doch war das wirklich schon alles?

„Ich habe mich nur umgesehen, ich war neugierig, weiter nichts", sagte sie und fuhr sich mit der Zunge über ihre Lippen.

Ganz gleich, was sie noch sein mochte – auf jeden Fall war sie eine verdammt schlechte Lügnerin.

„Oh, Süße", sagte er freundlich. „Weißt du nicht? Die Neugier ist der Katze Tod."

„Oh, dein guter Freund Daniel O'Hara", zog Josh sie auf. „Wenn man bedenkt, dass wir beide ohne den guten alten Danny-Boy jetzt verheiratet sein könnten."

„Und schon wieder geschieden wären", warf Moira ein. „Wobei wir uns da noch glücklich schätzen könnten. Ich glaube, wir hätten uns nach spätestens einer Woche gegenseitig umgebracht."

„Vielleicht, vielleicht auch nicht. Mal sehen. Kopfmäßig warst du in mich verliebt, aber du warst nach wie vor auf deine alte Flamme scharf. Ich war der Gute und Anständige, der nur Ehrbares im Sinn hatte, er hingegen der unerreichbare, faszinierende und ungestüme junge Liebhaber, der zwar nie anwesend war, dem aber trotzdem dein Herz gehörte – genauso wie dein ... na, du weißt schon."

„Josh, wir hätten niemals geheiratet."

„Vermutlich nicht", stimmte er ihr zu, klang aber eine Spur zu fröhlich.

„Ich mag es nicht auf die dramatische Tour. Er ist ein alter Freund der Familie ..."

„Der den Körper eines Athleten und das Aussehen eines Adonis hat, was aber gar nicht zählt, oder?"

„Du bist so unglaublich ... oberflächlich. Als wenn ich Männer nicht nach anderen Kriterien beurteilen würde. Außerdem siehst du auch sehr gut aus."

„Danke. Ich glaube es dir sogar. Allerdings bin ich sicher, dass ich es nicht mit deinem exotischen Liebhaber aufnehmen kann. Außerdem ist es gar nicht nur das Aussehen, da muss ich dir Recht geben. Da sind auch noch sein Akzent, die Tradition und die Tatsache, dass dein Liebhaber ein alter Freund der Familie ist."

„Er ist nicht mein Liebhaber!"

„Hm, wie prompt und aufgebracht du protestierst."

„Ich habe ihn seit Jahren nicht mehr gesehen."

„Ich weiß noch, wie du ihn zum letzten Mal gesehen hast. Vor fast drei Jahren, im Sommer. Du hast deine Familie angelogen und gesagt, du würdest nach New York zurückfliegen, obwohl du mit ihm in Boston im Hotel geblieben bist. Du hast gedacht, er würde bleiben, weil du das wolltest. Doch er war nicht bereit, und du bist wütend geworden. Als er dann zu Weihnachten angerufen hat, wolltest du ihn nicht sehen."

„Das alles habe ich dir nie erzählt."

„Tja, es mag ja sein, dass ich für dich nicht als Ehemann geeignet gewesen wäre, aber ich *bin* nun mal dein bester Freund, und ich sage dir, dass dieser Typ etwas an sich hat, worüber du einfach nicht hinwegkommst."

„Du irrst dich."

„Tatsächlich?"

„Glaub mir, ich *bin* über ihn hinweg." Sie sah auf ihre Armbanduhr. „Wie schnell doch die Zeit vergeht, wenn man von seinem angeblich besten Freund gefoltert wird. Ich habe gleich ein Treffen mit Mrs. Grisholm, meinem nächsten Gast. Sie hat heute Morgen ihren Anschlussflug verpasst. Sie hat diese Krimi-Theatergruppe in Maine, bei der das Publikum mitmacht. Sie kochen und essen sogar zusammen. Du weißt schon, ich habe dir von ihr erzählt, und es klingt so, als ..."

„Was wird Michael dazu sagen, dass eine alte Flamme in dein Leben zurückkehrt? Hast du *ihm* jemals von Daniel O'Hara erzählt?" fiel Josh ihr amüsiert ins Wort.

„Dan ist Vergangenheit. Und Michael geht dich nichts an."

Josh begann zu lachen. Ihre Wangen wurden rot vor Wut.

„Dieser St. Patrick's Day könnte richtig vergnüglich werden. Es geht mich ja vielleicht nichts an, wo du übernachtest, aber wir haben Michael als Locations Manager unter Vertrag genommen, bevor ihr beide was miteinander angefangen habt. Ich gehe davon aus, dass er nach Boston mitkommt."

„Natürlich kommt er mit nach Boston."

Josh grinste noch immer.

„Grins mich nicht so schief an!"

„Tut mir Leid. Aber als dein ehemaliger Beinahe-Liebhaber finde ich es amüsant, dass du dein halbes Erwachsenenleben im Zölibat zugebracht hast und du jetzt die beiden großen Liebhaber gemeinsam an deinem höchsten Feiertag um dich hast."

„Josh ...", sagte sie mit warnendem Tonfall.

„Vielleicht ist das gar nicht mal so schlecht, weil deine Eltern ja auf dich aufpassen können."

Sie stand auf. „Ich würde dir ja gerne dafür danken, dass du so ein toller Geschäftspartner bist ..."

„... wenn ich nicht so ein Idiot wäre", führte er ihren Satz lachend fort.

„Ich könnte deiner Frau erzählen, was du für mich empfunden hast."

„Das weiß sie doch schon längst. Ich glaube, sie wird das alles genauso witzig finden."

„Du bist unmöglich, und ich gehe jetzt."

„Du gehst nur, weil du sonst zu spät kommst. Und du liebst mich trotz allem", rief er ihr nach, als sie zur Tür ging.

„Ich liebe dich nicht", erwiderte sie und drehte sich um. „Denk an die Quittung, und gib ein anständiges Trinkgeld."

„Du betest mich an!" rief er.

Sie sah ihn an. Er grinste noch immer so unverschämt, und er begann, „Danny Boy" zu summen.

2. KAPITEL

Es war ein verdammt langer Tag gewesen. Michael McLean lag seine Arbeit sehr am Herzen, und er erreichte immer das, was er sich vornahm. Mal war dazu Diplomatie und Taktgefühl erforderlich, mal unverrückbare Entschlossenheit und Druck an den richtigen Stellen.

Als das Telefon klingelte, schoss Michael hoch. Er hatte einfach nur dagelegen und war eingedöst. Auch wenn sein Job ihm ungewöhnliche Arbeitszeiten abverlangte, hatte er dieses schrille Klingeln nicht erwartet. Er war durchs ganze Land gereist, weil sie für jede Eventualität gewappnet sein mussten, und er war müde. Obwohl ihm das Klingeln in den Ohren schrillte, unternahm er nichts dagegen. Dann aber zwang er sich, sich aufzusetzen. Er fuhr mit den Fingern durch sein Haar und wollte gerade nach dem Telefon auf dem Nachttisch greifen, als er erkannte, dass sein Handy klingelte. Er stand auf, sah sich um, fand dann endlich seine Hose und holte das Mobiltelefon aus der Tasche.

Sein Blick fiel auf die Anruferkennung. Es war Moira.

„Hey, Baby, was ist los? Alles in Ordnung mit dir? Es ist schon spät."

„Ich weiß. Es tut mir Leid. Ich hätte dich früher anrufen sollen."

„Du kannst mich rund um die Uhr anrufen, das weißt du."

„Danke", sagte sie mit sanfter Stimme.

Es gab viele Frauen auf der Welt, und er hatte sich ausgetobt. Aber der Klang ihrer Stimme ging ihm durch und durch. Ja, es gab andere Frauen, doch keine von denen war so wie sie. Vor seinem geistigen Auge ließ er ihr Bild entstehen. Moira war eine Schönheit. Sie hatte tiefrotes Haar und blaugrüne Augen, sie war groß und anmutig, sie besaß eine natürliche Eleganz und war sich dabei nicht zu fein, sich die Finger schmutzig zu machen und in die absurdesten Situationen zu geraten. Nachdem ihm die Stellenangebote als Co-Produzent und Locations Manager für KW Productions aufgefallen war, hatte er verschiedene Sendungen aufgezeichnet, um sich ein Bild von den Produktionen dieses Unternehmens zu machen. Dabei war sie ihm schon aufgefallen. Sie hatte einen guten Eindruck bei ihm hinterlassen, aber in Wirklichkeit war sie noch viel attraktiver. Auf die Gefühle, die sie in ihm geweckt hatte, war er nicht vorbereitet gewesen. Er wünschte, sie wäre jetzt bei ihm. Er fand es erstaunlich, was der Klang ihrer Stimme in ihm auslöste.

„Ich hätte dich schon vor Stunden anrufen sollen ... und anrufen *können*", sagte sie, dann machte sie eine Pause. „Du hast noch nichts von Josh gehört, oder?"

„Nein."

Er hörte sie seufzen. „Es war ja klar, dass er mir diesen Anruf überlassen würde. Es ist so spät, weil ich versucht habe, den Mut aufzubringen, um dich anzurufen."

Er wollte ihr versichern, dass sie nie Mut aufbringen musste, wenn sie ihn anrufen wollte, aber sie redete bereits weiter.

„Ich weiß, wie viel Arbeit du bereits investiert hast ..."

„Du bist der Boss, das weißt du."

„Nicht wirklich. Josh und ich haben alle Entscheidungen gemeinsam getroffen, und seit du mit dabei bist, na ja, du bist die perfekte Ergänzung für unser Team ... o, Michael, es tut mir Leid, aber ... wir müssen unsere Planungen umwerfen."

Er hatte es erwartet, dennoch fühlte er, wie sich jeder Muskel in seinem Körper anspannte. Er wusste, was sie als Nächstes sagen würde.

„Ich weiß, du und Josh, ihr habt euch mit Orlando so viel

Mühe gegeben. Ich weiß auch, dass es die Hölle war, die Drehgenehmigungen zu bekommen ... aber wir nehmen stattdessen den St. Patrick's Day. Tut mir so Leid. Ich weiß ..."

„Die Familie, richtig?" fragte er ruhig.

„Mein Vater muss nächste Woche für ein paar Tests ins Krankenhaus. Nichts Ernstes, sagt Mum. Aber ich möchte wetten, dass er trotzdem bis spät in die Nacht im Pub arbeitet. Jedenfalls hat sie es so hingestellt, als wollte ich den Osterhasen persönlich schlachten. Und da ... da habe ich einfach nachgegeben."

„Keine Sorge", sagte er. „Ich habe mich längst um Boston gekümmert."

„Was?"

„Josh und ich haben das erwartet", erwiderte er.

Sie sagte nichts.

„Moira, das ist schon in Ordnung. Ich werde deine Familie kennen lernen. Was glaubst du, wie wichtig ich mir vorkommen werde? Der Mann in deinem Leben, jemand, der dir alles bedeutet, stimmts?"

„Du bist unglaublich, weißt du das?"

„Ja, natürlich. Du würdest dich doch nicht mit weniger zufrieden geben", sagte er.

„Weißt du was?"

„Was?"

„Du hörst dich so gut an", meinte sie. Ihre Stimme war so weich wie Seide.

„Das habe ich gerade von dir gedacht."

„Sie sind verrückt, weißt du das?"

„Wen meinst du?"

„Meine Eltern."

„Moira, da bist du bei mir genau richtig. Meine Familie

kommt doch auch aus Irland. Gut, wir haben keinen Pub und wir pfeifen auch nicht den ganzen Tag ‚Danny Boy', aber ich kann mit Geschichten über Kobolde und Todesfeen umgehen. Kein Grund zur Sorge."

Moira schwieg. Schließlich sagte sie: „Meine Eltern machen das aber."

„Was?"

„Na, sie pfeifen den ganzen Tag ‚Danny Boy'."

Er musste lachen. „Ich habe nichts gegen das Lied. Josh und ich haben übrigens eine Wette abgeschlossen."

„Dass ich nicht dem Drängen meiner Familie nachgeben würde."

„Nein, nein, wir haben gewettet, an welchem Tag es so weit sein würde."

„Ich kann es nicht abwarten, dich zu sehen." Wieder sah er sie vor sich, aber nicht die Frau aus dem Fernsehen, sondern die, die in diesem Moment an seiner Seite hätte sein sollen. Dezent duftend, geschmeidig und sanft, das Haar offen und wild, nackt, wie Gott sie geschaffen hatte. Vielleicht machte das ihren Reiz mit aus. In der Öffentlichkeit gab sie sich elegant und fast schon reserviert, privat hingegen konnte sie unglaublich sinnlich und explosiv sein.

„Ich glaube, heute Nacht fliegt keine Maschine mehr", sagte er bedauernd. „Ich kann nicht mal den Zug nehmen. Aber ich könnte einen Wagen mieten ... wenn du mich so sehr brauchst."

„Du bist gut. Sehr gut."

„Nein, ich bin nicht gut, sondern ..."

„Vergiss es", sagte sie und musste wieder lachen. „Du weißt, dass du mit einem Leihwagen nicht so schnell aus Florida herkommen kannst. Außerdem *muss* ich morgen unbedingt noch ein paar Dinge regeln und mich dann auf den Weg machen. Damit haben wir eine Woche Vorlauf vor dem eigentlichen Ereignis. Dann habe ich Zeit, meine Eltern zu besuchen, und dem Leisure Channel können wir eine richtig gute Show anbieten."

„Ich kann da sein, wenn du es willst." Er überlegte, ob er ihr sagen sollte, dass er gar nicht in Florida war. Aber vielleicht sollte er das besser Josh überlassen.

Er schwieg einen Moment lang. Ja, es gab andere Frauen auf der Welt, das war richtig. Doch keine von ihnen war so wie sie.

„Ansonsten treffen wir uns im Pub deiner Eltern", fuhr er schließlich fort. „Wenn du darauf bestehst, dass wir so lange warten."

„Du würdest wirklich die ganze Nacht durchfahren ...?"

„Das würde ich."

„Nein, mir ist wohler zumute, wenn du für eine solche Aktion nicht dein Leben riskierst", sagte Moira entschlossen. „Boston, übermorgen Abend, Kelly's Pub, und ich stelle dich meiner Familie vor. Ich sehe dich da?"

„Einverstanden", erwiderte er. Obwohl er es erwartet hatte, machte ihm der Gedanke Angst, dass sie alle in Boston aufeinander treffen würden: er, Moira, ihre Familie, ihre Vergangenheit – und die Zukunft. „Ich liebe dich", fügte er an und war überrascht, wie verzweifelt seine Stimme klang.

„Ich liebe dich auch", sagte sie, und er glaubte es ihr.

Momente später legten sie auf.

Es war spät, und er war müde, trotzdem begann er, sich anzuziehen. Er sah auf die Uhr. Es war noch nicht so spät, erst kurz nach Mitternacht.

Er verließ das Hotel.

Sein Ziel konnte er bequem zu Fuß erreichen. Boston war in dieser Hinsicht eine angenehme Stadt. Die Altstadt und auch die neueren Viertel zeichneten sich durch ihre engen, gewundenen Straßen aus. Zwischen der Kolonialzeit und der Moderne lagen nur ein paar Schritte. Boston gefiel ihm. Hervorragende Fischgerichte. Ein ausgeprägter Sinn für Geschichte.

Er ging zügig und erreichte schon bald die Straße, in der er sich bereits früher am Tag umgesehen hatte. Da vorne, auf halber Höhe zwischen zwei Seitengassen, im gelblichen Schein einer Straßenlampe, entdeckte er das Schild.

Kelly's Pub.

Er stand da und betrachtete es.

Und verfluchte die kommenden Tage.

Die Tür stand noch offen, aber im Lokal war nicht viel los. Es war mitten in der Woche. Er dachte darüber nach einzutreten, ein Bier vom Fass zu bestellen, sich in eine Ecke zu setzen und sich in aller Ruhe umzusehen.

Nein.

Es war halb eins, als er sich abwandte und fortging.

Viertel vor eins.

Im Schatten, den die hohen Gebäude warfen, beobachtete er, wie Michael McLean sich wieder entfernte. Er hatte sein Gesicht noch nie gesehen und den Mann auch nie zuvor kennen gelernt, dennoch fühlte er ganz genau, wer er war.

Dan O'Hara sah dem Mann nach, bis er aus seinem Blickfeld verschwunden war. Er hatte die Straßenlampe auf der gegenüberliegenden Straßenseite gemieden und war dadurch kaum mehr als eine dunkle Silhouette in der Nacht gewesen.

Er lehnte sich gegen das alte Gebäude. Da die Straße nun wieder menschenleer war, zündete er eine Zigarette an, zog an ihr und inhalierte tief den Rauch. Eine schlechte Angewohnheit, die er aufgeben musste. Es war ein müßiger Gedanke. Das war also Michael McLean. Er wusste nicht genug über ihn, um ein rationales Urteil zu fällen, aber rein instinktiv war ihm der Kerl unsympathisch. Andererseits konnte Moira mit einem Heiligen liiert sein, dessen Perfektion durch einen Friedensnobelpreis unterstrichen wurde, und er wäre ihm ebenfalls unsympathisch.

Er musste sich zwingen, keine voreiligen Schlüsse über Michael McLean zu ziehen. Er konnte es ihm nicht einmal verübeln, einen Blick auf den Pub zu werfen.

Kelly's. Dan war selbst in das Lokal verliebt.

Wie lange war er diesmal fortgeblieben? Auf jeden Fall zu lange. Als er das letzte Mal hier gewesen war, hatte eines gefehlt. Moira.

Wie oft hatte er sie zurückgewiesen? Es war jedes Mal richtig gewesen, so zu handeln. Zuerst war sie zu jung gewesen. Dann, als sie schließlich doch ein Paar geworden waren, hatte er einfach gefühlt, dass er nicht der Richtige für sie war. Da war ihm aber noch nicht klar gewesen, dass er immer noch daran glaubte, sie gehöre ihm, und dass sie immer da sein würde. Er wollte, dass sie glücklich war, aber auf der anderen Seite war er ein Mann, der ein ausgeprägtes Ego besaß. Tief in seinem Inneren hatte er geglaubt, Glück würde für sie bedeuten, auf ihn zu warten.

Okay, er war ein Idiot.

Ein Idiot, der sich trotzdem richtig verhalten hatte. Sie war eine starke Frau, sie hatte ein Gespür dafür, was richtig und was falsch war, und was es bedeutete, eine Amerikanerin zu sein. Er hatte nichts dagegen machen können, er war ein Ire. Ein Ire, der Amerika liebte, der sich aber ... verpflichtet fühlte.

Würde er immer so empfinden?

Würde er überleben?

Er dachte wütend darüber nach, wie wenig ihm gefiel, was um ihn herum vorging. Zu wissen, dass ihn keine Schuld traf, schien ihm nicht zu helfen. Er hatte nichts von alledem in Gang gesetzt, aber es gab nichts, was er dagegen hätte tun können.

Moira kam nach Hause. Er hatte gestern mit Katy Kelly telefoniert, und sie hatte im siebten Himmel geschwebt, weil die ganze Familie an diesem besonderen Tag zusammenkommen würde. Sie war auch ein wenig nervös gewesen. „Sie ist mit einem Mann zusammen. Ihr Dad und ich haben ihn noch nicht kennen gelernt", hatte Katy ihm erzählt und sich bemüht, nicht abfällig zu klingen.

„Er ist bestimmt ein großartiger Kerl", hatte Dan erwidert. „Sie ist eine kluge Frau, Katy, das weißt du. Du solltest stolz auf sie sein."

„Er arbeitet auch fürs Fernsehen. Er ist bei ihr und Josh angestellt", hatte Katy seufzend gesagt. „Dieser Josh ... der ist ein guter Mann."

„Ein feiner Kerl." Danny konnte leicht so etwas sagen. Er mochte Moiras Geschäftspartner. Der Kerl war verheiratet, er war ein echter Freund, und er hatte nie etwas Ernstes mit Moira gehabt.

„Der Neue ist Ire."

„Ja? Wie heißt er denn?"

„Michael. Michael McLean."

„Na, bitte. Was willst du mehr?"

Katy hatte erneut geseufzt. „Wahrscheinlich ... dass ihr beide geheiratet hättet, Danny."

„Ach, Katy. Wir sind jeder unsere eigenen Wege gegangen. Außerdem tauge ich nicht für die Ehe."

„Das finde ich schon."

Dann hatte sie ihm erklärt, es würde ihr nichts ausmachen,

dass Moira mit ihrer Crew käme. Der hintere Raum im Pub gehöre natürlich ihm, so wie immer, wenn er nach Boston kam. Und Moira wisse, dass er da sein würde.

Ein sonderbares Gefühl von Nostalgie überkam ihn. Dieser Ort war für ihn wirklich so etwas wie ein Zuhause. Seine frühen Jahre schienen eine sehr lange Zeit zurückzuliegen. Er hatte bei seinem Onkel gelebt und war viel gereist. Brendan O'Toole, der Bruder seiner Mutter, der eine Cousine von Katy Kelly geheiratet hatte, war Sachverständiger für antiquarische Manuskripte gewesen. Er hatte ihn mit der Literatur vertraut gemacht, seiner ersten großen Liebe, mit dem geschriebenen Wort und der Macht, die es innehatte. Er war ein Geschichtenerzähler gewesen, und auch diese Begabung hatte er an Dan weitergegeben. Sein Haus in Dublin war sein Heim, aber sie waren immer nur unterwegs gewesen. Dan hatte viele ferne Länder gesehen und einen Großteil seiner Zeit in Amerika verbracht. Er liebte die Staaten.

Ganz gleich, wie lange er sich woanders aufhielt, dieser Ort hier fehlte ihm fast augenblicklich.

Es war Zeit, wieder hier zu sein. Er könnte jetzt in den Pub gehen, aber er hatte gesagt, er würde erst am Morgen ankommen. Er würde warten. Es gab keinen Grund, den Leuten zu sagen, dass er bereits seit einiger Zeit in Boston war.

Ja, er würde warten.

Während er gegen die Hauswand gelehnt stand, bemerkte er einen anderen Mann, der sich dem Pub näherte. Er trug einen weiten Mantel und hatte seinen Hut tief ins Gesicht gezogen, was an sich nichts Ungewöhnliches war. Um diese Jahreszeit konnte es in Boston sehr kalt sein.

Aber der Mann ging auf seltsame Weise auf den Pub zu.

Dann blieb er – so wie zuvor auch Michael – stehen und beobachtete die Fenster.

Der Mann spähte in den Pub, um zu sehen, wer sich im Lokal aufhielt.

Offenbar konnte er den oder die Gesuchten nicht ausmachen, da er nach einem Moment kehrtmachte und in die Richtung ging, aus der er eben gekommen war.

Daran war auch nichts auszusetzen. Ein Mann sucht in einem Pub nach seinen Freunden, sieht, dass sie nicht da sind, und geht wieder.

Daran war wirklich nichts auszusetzen.

Nur dass der Mann in Hut und Mantel Patrick Kelly war, der Sohn des Mannes, dem Kelly's Pub gehörte.

Dan zündete eine weitere Zigarette an und verspürte eine erneute Anspannung.

Er wartete noch eine Zeit lang, dann schlug er den Kragen seines Mantels hoch und brach ebenfalls auf.

Moira nahm sich nur selten die Zeit für einen Schaufensterbummel. Üblicherweise war sie geschäftlich unterwegs und hatte keine Zeit. Und zudem lebte sie schon seit langem in New York und wusste, wohin sie gehen musste, wenn sie etwas Bestimmtes benötigte. Aber sie liebte es, wenn für die Feiertage so wunderschön dekoriert wurde. Und sie wusste es zu schätzen, dass sie in der Stadt, in der sie lebte und arbeitete, nahezu alles kaufen konnte. Sie mochte schöne Kleidung, und es machte ihr Spaß, sich einen Tag lang die Zeit zu nehmen und dutzende Kleidungsstücke und unzählige Paar Schuhe anzuprobieren, wobei sie regelmäßig das Verkaufspersonal verrückt machte.

An diesem Vormittag war sie auf dem Weg zu einem neuen französischen Restaurant im Village, wo sie sich noch einmal mit der Dame aus Maine treffen wollte, um die Drehtermine abzustimmen, als ihr ein Schaufenster auffiel, das ganz außerordentlich einfallsreich zum St. Patrick's Day geschmückt worden war. Bei diesem Fenster war jemand mit viel Liebe zum Detail am Werk gewesen. Ein Schwarm zierlicher Porzellanelfen war so aufgehängt worden, dass er über einen Regenbogen flog, der der Tradition entsprechend aus einem Topf voller Gold entsprang. Kunstvoll geschnitzte Kobolde mit reizenden Gesichtern waren so zu beiden Seiten des Regenbogens angeordnet, als würden sie ihre täglichen Arbeiten verrichten. Der Kobold in der Mitte der Gruppe saß erhöht und sah eine zierliche Elfe an, die auf einem Zeh auf ihrem Sockel stand. Ihre Flügel waren in den Farben des Regenbogens bemalt worden. Es dauerte einen Moment, ehe Moira erkannte, dass diese Elfe auf einer Spieldose schwebte.

Sie sah auf ihre Uhr. Die Zeit reichte noch, um sie sich genauer anzusehen. Sie ging ins Geschäft und wurde von der Frau an der Kasse begrüßt, die zugleich die Eigentümerin war. Sie sprach noch immer mit einem leichten irischen Akzent und war erfreut, dass sich ihre Kundin so sehr für diese Spieluhr interessierte.

„Die würde meiner Mutter sehr gefallen", sagte Moira und fragte nach dem Preis.

Der war recht hoch, doch die Frau erklärte ihr schnell den Grund dafür: „Es handelt sich um ein Einzelstück. Die Elfen aus Porzellan werden in limitierter Auflage von zwei Brüdern aus Dublin von Hand hergestellt. Jede ist anders, und sie sind alle von den Künstlern signiert. Ich glaube, dass sie bald schon sehr gefragt sein werden. Aber sie sind nicht deswegen so teuer, weil sie eines Tages begehrte Sammlerstücke sein könnten. Es ist einfach nur der große Zeitaufwand, der in jedes Stück investiert wird."

„Ich traue mich kaum, das zu fragen, aber ich hätte gerne die Spieldose aus der Auslage."

„Aber nein, meine Liebe. Ich hole sie Ihnen gern, auch wenn Sie sich das Teil nur ansehen möchten. Ich habe so ein Gefühl, dass Sie es zu schätzen wissen."

Moira bejahte ihre Vermutung. Nachdem die Frau die Spieluhr aus dem Schaufenster genommen und vor ihr auf den Tresen gestellt hatte, musste Moira feststellen, dass sie noch viel schöner war, als es durch die Glasscheibe den Eindruck gemacht hatte. Das Gesicht war ganz hervorragend modelliert und verlieh der Elfe eine absolut ätherische Aura. Sie war einfach wundervoll. Alles, was an den Iren so gut und so bezaubernd ist, dachte sie.

„Ich nehme sie."

„Möchten Sie nicht hören, wie sie klingt?" fragte die Frau und drehte den Schlüssel an der Unterseite des kleinen Sockels herum.

„Ja, gern. Welches Lied spielt sie denn?"

Die Frau musste leise lachen, dann sagte sie mit einem Hauch von Ironie: „Was glauben Sie, was sie spielt? Natürlich ‚Danny Boy'."

Die kleine Fee begann sich zu drehen und zu drehen, während eine schöne und zugleich bewegende Melodie erklang, die vertraut und doch anders war.

„Danny Boy." Natürlich. Was auch sonst? Es gab so viele wunderschöne irische Lieder, aber natürlich musste diese Spieldose „Danny Boy" spielen.

„Stimmt etwas nicht?" fragte die Frau.

„Nein, alles in Ordnung. Sie ist wundervoll, ich nehme sie."

„Ich werde sie Ihnen so einpacken, dass ihr nichts passieren kann."

„Das ist nett von Ihnen, danke."

Während Moira wartete, wurde ihr klar, dass sie sich die ganze nächste Woche „Danny Boy" würde anhören müssen. Da konnte sie sich ebenso gut jetzt schon daran gewöhnen.

„Sind Sie sicher, dass alles in Ordnung ist, meine Liebe?"

„O ja. Es ist wirklich alles bestens. Ich hätte übrigens noch gerne diese beiden Kobolde. Die sind ein hübsches Geschenk für meine Nichten. Und dann brauche ich noch etwas für einen Jungen."

„Da ist gerade ein neues Videospiel herausgekommen. Todesfeen gegen Elfen, und die Kobolde als Zufallsfaktor, ein paar gute, ein paar böse."

„Hört sich gut an", sagte Moira. „Das nehme ich, vielen Dank."

Morgen würde sie nach Hause fliegen, und mit einem Mal gesellte sich Vorfreude zu der Angst, die der Gedanke bis jetzt bei ihr ausgelöst hatte.

In Kelly's Pub ging es bereits hoch her, als Dan O'Hara aus dem Hinterzimmer des Lokals kam, das ihm als Gästezimmer diente. Die Pub-Band Blackbird spielte bereits eine Mischung aus alter und neuer irischer Musik, hier und da vermischt mit einem Schuss amerikanischer Popsongs. Die Mitglieder der Band kannte er schon seit Jahren.

Es war das erste Mal, dass er während der Öffnungszeiten in den Pub kam. Er war auf die überschwängliche Begrüßung gefasst, die ihn zweifellos erwartete.

„Da ist er ja!" rief Eamon Kelly, der hinter der Theke stand. „Der beste und klügste unter euch Erbschleichern, Mr. Daniel O'Hara."

„Hey, Danny, wie gehts dir?" fragte der alte Seamus.

„Danny! Junge! Du bist ja wieder in der Stadt!“ stimmte Liam McConnahy in den Jubel ein.

An der Bar tummelten sich Eamons langjährige Freunde, von denen einige aus Irland stammten, während andere gebürtige Amerikaner waren. Er erkannte Sal Costanza wieder, einen alten Schulkameraden, der im italienischen Viertel am North Shore aufgewachsen war. Eamon Kelly hatte hier sein eigenes kleines gälisches Reich geschaffen, aber er war ein gutmütiger und freundlicher Kerl, der sich für jeden in seiner Umgebung interessierte und der meist einen Riecher dafür besaß, wer einen anständigen Charakter hatte und wer nicht. Was im Moment hier ablief, gefiel Dan überhaupt nicht. Er hatte alles in seiner Macht Stehende getan, um Kelly's Pub und den gesamten Kelly-Clan aus dieser Sache herauszuhalten. Doch die Sache war bereits ins Rollen gekommen, und ihm blieb keine andere Wahl. Was es auch sein mochte, das hinter dieser Sache steckte – es hatte den Codenamen Blackbird bekommen, und das konnte nur eine Anspielung auf Kelly's Pub sein.

Es konnte sogar sein, dass ein Kelly in die Angelegenheit verstrickt war.

„Ja, ich bin wieder da“, sagte Dan beiläufig und umarmte Seamus und Liam, dann reichte er den anderen die Hand, die ihn kurz begrüßten.

„Und?“ fragte Seamus, dessen traurige blaue Augen fast unter den buschigen weißen Brauen verschwanden. „Warst du in der alten Heimat, oder hast du dich in den Staaten rumgetrieben?“

„Von beidem ein wenig“, erwiderte Dan.

„Warst du in letzter Zeit in Irland?“ wollte Liam wissen. Sein Haar war genauso weiß wie das von Seamus, aber es wurde allmählich schütter.

„So ist es“, sagte er.

„In der Republik oder im Norden?“ Seamus legte besorgt die Stirn in Falten.

„Von beidem ein wenig“, sagte Dan abermals. „Eamon, wie wärs mit einer Runde für meine alten Freunde an der Bar? Es ist schön, euch alle wiederzusehen. Sal, wie läuft das Pasta-Geschäft in Little Italy? Mir ist nach einer Portion Lasagne, aber nur von deiner Mutter zubereitet. Mit ihr kann es einfach niemand aufnehmen.“

Als Sal etwas erwiderte, lächelte Dan seine Freunde an, die sich für die Runde auf seine Kosten bedankten. Doch während er sich in das gegenseitige Hänseln an der Bar einmischte, sah er sich im Lokal um. Zwar spielte die Band, aber insgesamt war es ziemlich ruhig. Ein junges Paar saß zusammen mit den Eltern des Mannes oder der Frau an einem der Tische in der Mitte und aß zu Abend. Eine Gruppe Angestellter, die geradewegs von der Arbeit hergekommen waren – vermutlich von einem der Computerunternehmen oder einer Bank gleich um die Ecke –, hatte es sich in der Nähe der Band bequem gemacht und entspannte sich nach einem langen Arbeitstag. Patrick Kelly war da – Eamons Sohn, ein gut aussehender, hochgeschossener Junge mit dunklem Haar, das einen leichten rötlichen Schimmer hatte. Er stand auf der Bühne und spielte neben dem Violinisten. Er sah Daniel und winkte ihm grinsend zu, er solle herüberkommen. Dan nickte, erwiderte das Lächeln und bedeutete ihm, dass er sich später zu ihnen gesellen würde. Patrick stieß Jeff Dolan an, den Leadgitarristen und Kopf der Band. Er sah auf, erkannte Danny und nickte ihm ebenfalls zu.

Dan suchte weiter den Raum ab. An einem Ecktisch am anderen Ende saß jemand im Halbschatten, der den Eindruck eines Geschäftsmanns machte. Ein Fremder. Dan hatte das Gefühl, dass der Mann so wie er selbst die Gäste beobachtete.

„Und was trinkst du?“ fragte Eamon ihn.

„Was er trinkt?“ warf Seamus empört ein. „Gib ihm einen Whiskey und ein Guinness!“

„Seamus, ich befinde mich jetzt in den Staaten“, widersprach Dan. „Ich nehme ein Bud Lite vom Fass, Eamon. In der Gesellschaft einer kleinen Herde Bostoner schwarzer Schafe könnte es eine lange Nacht werden!“

„Sieh dich um, Danny“, sagte Liam. „Fehlt dir das, wenn du nicht hier bist?“

„Ich sehe den Pub gern, und alte Freunde sehe ich noch lieber“, erwiderte Dan. Er hob den Bierkrug, den Eamon ihm hingestellt hatte, und brachte einen gälischen Trinkspruch aus: „Sláinte! Auf alte Zeiten und alte Freunde.“

„Und auf die alte Heimat!“ rief Eamon.

„Ja, auf die alte Heimat“, stimmte Dan leise zu.

Der Himmel war bedeckt, als Moiras Maschine zum Landeanflug in Boston ansetzte. Sie sah aus dem Fenster, um aus der Vogelperspektive einen Blick auf die Stadt zu werfen, in der sie aufgewachsen war und die sie noch immer so sehr liebte. Sie war auf dem Weg nach Hause. Und sie war aufgeregt. Auch wenn sie sicher war, dass ihre Familie völlig verrückt war, liebte sie jeden Einzelnen von ihnen. Sie war glücklich darüber, dass sie sie bald alle wiedersehen würde.

Wenn ... wenn da nicht die Sache mit Danny gewesen wäre.

Die Maschine setzte auf dem Rollfeld auf. Moira öffnete langsam den Gurt und stand ohne besondere Eile auf. Niemand wartete am Flughafen auf sie. Sie hatte sich in letzter Minute entschlossen, einen früheren Flug zu nehmen als das Drehteam.

Sie wartete, bis die Passagiere aus den Reihen hinter ihr vorgegangen waren, dann nahm sie ihre Reisetasche und ging zum Ausgang. Im Vorbeigehen dankte sie der Stewardess und den Piloten für den angenehmen Flug, die warteten, bis alle von Bord gegangen waren, damit sie die Maschine ebenfalls verlassen konnten.

Vor dem Ausgang des Logan-Airport winkte sie ein Taxi zu sich. Nachdem sie auf dem Rücksitz Platz genommen hatte, bemerkte sie, dass der Fahrer – ein junger Mann Anfang zwanzig, mit schmalem Gesicht und bernsteinfarbenen Augen – sie im Rückspiegel anstarrte.

„Sie sind Moira Kelly!" sagte er und lief rot an, als sie seinem Blick begegnete.

„Ja."

„In meinem Taxi! Ich fass es nicht! Sie fliegen mit einer ganz normalen Maschine? Und Sie steigen in ein ganz normales Taxi ein?"

„Ich finde, dass man so ganz gut reisen kann", erwiderte sie und lächelte.

„Heißt das, auf Sie warten kein Privatjet und keine Limousine?" fragte der Mann ungläubig.

Sie musste auflachen. „Ich habe überhaupt keinen Privatjet. Aber manchmal mieten wir eine Limousine, das ist richtig."

„Und niemand erkennt Sie? Keiner bestürmt Sie?"

„Ich fürchte, nicht ganz Amerika schaltet den Leisure Channel ein. Und selbst wenn, sehen sich die Leute nicht unbedingt unsere Sendung an."

„Das sollten sie aber!"

„Danke sehr."

„Was machen Sie denn in Boston?"

„Ich bin von hier."

„Wow. Wahnsinn. Sie sind Irin, richtig? Sind Sie hier, um Ihre Familie zu besuchen, oder filmen Sie hier?“

„Beides.“

„Wow. Irre. Das ist eine richtige Ehre für mich. Wenn Sie wieder ein Taxi brauchen, solange Sie hier sind, dann rufen Sie mich an. Ich habe den saubersten Wagen in der ganzen Stadt. Ich bin auch hier aufgewachsen. Ich kenne die Stadt in- und auswendig. Ich fahre Sie sogar kostenlos, ehrlich.“

„Ich würde niemals jemanden um seinen Lebensunterhalt bringen wollen“, sagte Moira. „Aber Sie können mir Ihre Karte geben. Wenn wir irgendwohin gefahren werden müssen, rufen wir Sie an!“

Der Mann schien wirklich ein guter Fahrer zu sein. Der Verkehr in Boston war so nervenaufreibend wie üblich. Immer gab es irgendwo eine Baustelle, und auf dem Freeway ging es wie meist im Schritttempo vorwärts. Als sie den Tunnel verlassen hatten und vom Highway abgebogen waren, wurden die Straßen eng und führten in ein Gewirr aus Einbahnstraßen. Dieses Altertümliche machte den Charme dieser Stadt mit aus, war zugleich aber auch hinderlich.

Der junge Mann hielt das Lenkrad mit der linken Hand fest und gab ihr mit der rechten seine Visitenkarte.

„Heh, ich stamme auch aus Irland.“

„Sie heißen Tom Gambetti?“ fragte sie, nachdem sie die Karte gelesen hatte.

Er reagierte mit einem Grinsen. „Meine Mutter ist Irin, mein Vater ist Italiener. Aber wir sind ja auch in Boston. Viele von uns ernähren sich sowohl von Nudeln als auch Kartoffeln! Sind beide Elternteile irisch?“

„O Gott, ja“, gab Moira lachend zurück.

„Geradewegs vom guten alten Kartoffeldampfer, wie?“

„So was in der Art“, sagte sie, dann beugte sie sich vor und streckte die Hand aus. „Da ist es – Kelly's Pub.“

Das Lokal lag in einer schmalen Straße. Zwar bildeten moderne Bürobauten die Eckgebäude, doch der Rest des Blocks hatte noch viel von seinem alten Charme. Das Haus, in dem sich der Pub befand, hatte zwei Stockwerke, einen Keller und einen Dachspeicher. So wie viele der dicht an dicht stehenden Häuser stammte auch dieses aus der Kolonialzeit. Davor befand sich ein alter Eisenpfahl aus jener Zeit, als die Vorväter der heutigen Gäste hier ihre Pferde angebunden hatten, um im Pub ein oder zwei Pints zu kippen. *Kelly's Pub* stand auf einem ansprechenden Schild über der Tür, das von beiden Seiten angestrahlt wurde. Wenn es warm war, wurden auf der kleinen Terrasse vor dem Haus Tische aufgestellt. Die beiden Fenster zur Terrasse waren heute geschlossen, da es zu kalt war. Doch die mit Spitze besetzten Vorhänge im Pub waren aufgezogen, damit Passanten etwas von der Gemütlichkeit sehen konnten, die das Lokal bot.

„Soll ich Ihnen den Koffer reintragen?“ fragte Tom.

„Nein, danke, stellen Sie ihn hier auf den Bürgersteig. Ich gehe erst mal nach oben.“

„Ich trage ihn auch gerne rauf“, schlug er vor.

Sie schüttelte den Kopf. „Nein, wirklich nicht. Das ist sehr nett, aber ...“

„Aber wenn man nach Hause zurückkehrt, macht man das am besten alleine“, sagte er.

Nachdem er ihr Gepäck abgestellt hatte, bezahlte sie ihn. „Danke. Und, wie gesagt, wenn wir ein Taxi brauchen, werden wir Sie anrufen.“

„Vielleicht müssen Sie mich gar nicht anrufen. Der Pub sieht sehr einladend aus.“

„Das ist er auch“, murmelte Moira und lauschte auf das Lachen und die nach draußen dringende Musik. „Er hat alles, was man von einem Pub erwarten kann. *Céad mile fáilte.*"

„Was heißt das?"

Sie sah ihn an und lächelte ironisch. „Hunderttausendmal willkommen."

„Sehr nett. Nun, viel Glück, wir sehen uns."

„Danke."

Er stieg in sein Taxi ein und fuhr ab, was sie ein wenig bedauerte. Er schien ein netter Junge zu sein. Dann nahm sie ihren Koffer und ging über die Außentreppe nach oben zur Wohnung über dem von Leben erfüllten Geschäft.

Ihre Mutter war ein Musterbeispiel für Häuslichkeit. Auf der kleinen Veranda neben der Haustür standen weiße Korbtische mit Decken, die selbst jetzt zum Ende des Winters noch blütenweiß waren. Moira stellte ihren Koffer an der Tür ab und klopfte. Obwohl sie Handschuhe trug, waren ihre Finger kälter, als sie gedacht hatte. Darum war es einfacher anzuklopfen, anstatt den Schlüssel aus der Taschen zu holen.

Die Tür wurde geöffnet. Ihre Mutter stand vor ihr. Sie betrachtete sie kurz und reagierte dann mit einem Lächeln, für das sich auch eine Reise um den halben Erdball lohnte.

„Moira Kathleen!" Obwohl Katy Kelly spindeldürr und ein gutes Stück kleiner war als Moira mit ihren knapp einsdreiundsiebzig, umarmte sie ihre Tochter mit der Kraft eines Grizzlybären.

„Moira Kathleen, du bist zu Hause!" sagte Katy und trat einen Schritt zurück, um sie von oben bis unten anzusehen.

„Mum, natürlich bin ich zu Hause. Du wusstest doch, dass ich kommen würde."

„Ich habe das Gefühl, es ist eine Ewigkeit her, Moira", sagte Katy kopfschüttelnd. „Du siehst großartig aus."

Moira lachte. „Danke, Mum, das ist alles eine Frage der Gene“, erwiderte sie gut gelaunt. Ihre Mutter war eine hübsche Frau. Katy färbte nicht die silbernen Strähnen, die ihr kastanienbraunes Haar durchzogen. Sie sagte immer, Gott erinnere sie an ihr Alter. Auch wenn sie einmal völlig silbergrau sein sollte, würde es ihr nichts ausmachen. Katy sprudelte vor Energie, weil sie an jedem Tag ihres Lebens auf Hochtouren war. Ihre Augen in dem klassisch schönen Gesicht waren so grün wie das gute alte County Cork.

„Ach, meine Süße, du hast mir so gefehlt!“ sagte Katy und gab ihr einen Kuss. „Es ist schon wieder so lange her.“

„Mum, ich war doch erst Weihnachten hier.“

„Ja, ich weiß. Vielleicht ist es ja auch nicht so lange her, aber dein Bruder Patrick schafft es, mindestens einmal im Monat herzukommen.“

„Ach ja, mein Bruder, der heilige Patrick“, murmelte Moira.

„Machst du dich etwa über deinen Bruder lustig?“ fragte jemand hinter Katy. Moira sah an ihrer Mutter vorbei und entdeckte Granny Jon, ihre Großmutter. An guten Tagen konnte Granny Jon glatt für mindestens fünfundsiebzig durchgehen. Obwohl sie über neunzig war – niemand, nicht einmal Granny Jon selbst, wusste ihr Geburtsjahr –, schien sie unverwüstlich und so lebhaft wie ein junges Mädchen. Ihre nussbraunen Augen sprühten vor Humor, als sie ihre Enkelin gut gelaunt begrüßte.

„Na, sieh einer an – das Herz von Irland persönlich!“ Moira lachte auf und trat einige Schritte vor, um ihre Großmutter zu umarmen, die ein wenig zitterte. So lebhaft und unverwüstlich sie auch wirken mochte, war Granny Jon doch ziemlich gebrechlich. Moira bewunderte sie. Sie hatte ihr Legenden über Kobolde und Todesfeen erzählt und später dann von den wahren Erlebnissen im jahrelangen Freiheitskampf der Iren. Sie war scharfsinnig und weise, und sie hatte gesehen, wie ihre Stadt zu einem Schlachtfeld geworden war. Und doch hatte sie es geschafft, die Menschen nach wie vor zu lieben, einen wunderbaren Sinn für Humor zu bewahren und vernünftig über Politik und Leute zu urteilen.

„Moira, du bist keinen Tag älter geworden", zog Granny Jon sie auf. „Katy, zeig endlich mal Herz. Deine Tochter erfüllt uns mit Stolz. Sie hats geschafft in New York, während Patrick über Massachusetts nicht hinausgekommen ist."

„Ach, hör auf. Der Westen von Massachusetts ist mindestens so weit weg wie New York City", erwiderte Katy.

„Aber da ist auf den Straßen nicht so viel los", beharrte Granny Jon.

„Und nicht zu vergessen: meine boshafte jüngere Schwester", meinte Moira scherzhaft und rollte mit den Augen.

Katy nickte den beiden mit einem ironischen Lächeln zu. „Tja, Colleen lebt im äußersten Westen der Staaten, und sie hat noch nie mit dem Gedanken gespielt, an St. Patrick's Day nicht herzukommen."

Moira seufzte. „Mum, ich bin jetzt hier, und ich bringe sogar noch ein paar Nicht-Iren mit, damit du sie bekehren kannst."

„Wir hören ja schon auf", sagte Katy. „Erst mal bekommst du jetzt eine Tasse Tee. Granny Jon hat eben das Wasser aufgesetzt ..."

„Wird er denn so stark sein, dass er sich in seiner Kanne selbst zum Tisch trägt?" fragte Moira und grinste ihre Großmutter an.

„Sprich nicht so mit mir", tadelte Granny Jon scherzend. „Wenn ich eine Kanne Tee aufgieße, dann ist es ein vernünftiger Tee, nicht irgendeine Brühe. Na, was haben wir denn hier?"

Moira hatte nichts gehört, aber hinter Granny Jon entdeckte sie Patricks und Siobhans Kinder: Ihr Sohn Brian war neun, die Töchter Molly und Shannon waren sechs beziehungsweise vier Jahre alt.

„Hallo!" rief Moira ihnen zu und ging in die Hocke, um den Kleinen ihre Arme entgegenzustrecken. Die kamen auf sie zugestürmt und umarmten und küssten sie.

„Auntie Mo", sagte Brian. Als er jünger war, hatte er es nie geschafft, ihren Namen auszusprechen. Seitdem war sie für ihn und die anderen Kinder immer nur Auntie Mo. „Kommen wir wirklich ins Fernsehen?"

„Ja, natürlich", antwortete sie. „Wenn ihr wollt, kommt ihr ins Fernsehen."

„Cool!" meinte Molly.

„Cool!" wiederholte Shannon und sah Moira mit großen Augen an.

„Alle Kinder in der Vorschule werden darüber reden!" sagte Moira und fuhr ihr durchs Haar. Brian war fast ein kleineres Ebenbild ihres Bruders, da er dessen nussbraune Augen und das dunkelbraune Haar hatte. Die Mädchen kamen mit ihren blonden Haaren und den großen blauen Augen nach ihrer Mutter. Es waren wundervolle Kinder, die sich zu benehmen wussten, ohne schüchtern zu sein. Das verdanken sie Siobhan, dachte Moira. Ihre Schwägerin wirkte wie eine Puppe. Und Patrick ... wie hatte Granny Jon es einmal formuliert: Er kann in einen Kuhfladen fallen und trotzdem nach einem Strauß Rosen duften.

Moira bewunderte ihren Bruder, aber sie wünschte sich auch, dass er nicht immer seinen Willen durchsetzte und am Ende dennoch bei jeder Gelegenheit als mustergültiger Sohn dastand. Er hätte Politiker werden sollen. Vielleicht würde es eines Tages sogar dazu kommen. Er war Jurist und praktizierte in einer winzigen Stadt im Westen von Massachusetts. Dort besaß er auch Land, auf dem er Pferde und ein paar Farmtiere hielt, und trotz allem schaffte er es, dass es bei ihm zu Hause so aussah wie in einer Wohnung, die man in *Architectural Digest* und ähnlichen Magazinen zum Thema „Schöner wohnen" gezeigt bekam. Er kam geschäftlich des Öfteren nach Boston, und natürlich nutzte er jede dieser Gelegenheiten, um seine Eltern zu besuchen.

Ihr Bruder hatte es mit seiner Ehe gut getroffen, fand Moira. Sie wusste, dass Siobhan – eine geborene O'Malley – ein Risiko eingegangen war, als sie Patrick nach seiner wilden Zeit am College geheiratet hatte, aber offensichtlich hatte es sich gelohnt. Auch nach zehn Jahren Ehe schienen die beiden sehr glücklich und sehr verliebt zu sein.

„Cool, cool, cool, Auntie Mo!" wiederholte Shannon.

„Cool. Das gefällt mir. Guter amerikanischer Slang", meinte Moira ernst.

Ihre Mutter gab einen abfälligen Laut von sich. „Also, Moira, wenn du nicht an ein paar Traditionen festhalten kannst ..."

„Mum! Ich liebe Traditionen", sagte sie.

„Und ihr, ihr kleinen Kobolde!" ermahnte Katy die Enkel. „Es ist fast neun, ihr solltet schon längst im Bett liegen und schlafen. Ihr habt Auntie Mo gesehen, und jetzt zurück ins Bett!"

„Och, Nana K!" protestierte Brian.

„Ich will mir nicht von eurer Mutter sagen lassen, ich könnte in meinem Alter nicht mehr mit ihren Rangen zurechtkommen", sagte Katy. „Ab ins Bett mit euch, husch husch."

„Augenblick! Noch eine Umarmung!" sagte Moira. Die Mädchen kicherten, während Brian etwas ernster war. Sie küsste sie auf die Wange und drückte sie fest an sich.

„Auntie Mo muss jetzt nach unten gehen und euren Vater begrüßen – und Granda“, sagte Katy. „Außerdem ist sie die ganze Woche hier, so wie ihr auch. Und sie hat versprochen, dass ihr ins Fernsehen kommt, also müsst ihr ausgeschlafen sein.“

Brian nickte verständnisvoll.

„Wir wollen doch nicht, dass ihr Augenringe habt, wenn wir euch filmen.“ Moira zwinkerte ihnen zu. Brian lächelte flüchtig, dann warf er seiner Großmutter einen reumütigen Blick zu. „Und“, fügte sie an, „ich habe Geschenke für euch drei. Wenn ihr jetzt brav ins Bett geht, dann bekommt ihr sie gleich morgen früh.“

„Geschenke?“ fragte Molly fröhlich.

„Für jeden eins“, sagte Moira lachend. „So, und jetzt macht ihr das, was Granny Katy euch gesagt hat, nämlich ab ins Bett! Und schlaft schön. Und nicht mogeln. Die Auntie-Mo-Fee weiß nämlich genauso wie der Weihnachtsmann und die Zahnfee, wenn ihr wach gewesen seid. Und dann gibt es morgen keine Geschenke.“

Ihre Mutter sah erst sie an, dann richtete sie den Blick zur Decke. Moira schnitt eine Grimasse und lachte auf.

„Nacht, Auntie Mo“, sagte Brian. „Kommt, Mädchen.“ Er brachte seine Schwestern ins Schlafzimmer.

Molly packte seine Hand, damit er stehen blieb. „Granny Jon“, sagte sie ernst. „Heute Nacht ist auch wirklich keine Todesfee unterwegs, oder?“

„Nicht eine einzige“, versicherte Granny Jon.

„Es sind überhaupt keine Monster unterwegs“, erklärte Brian überzeugt.

„In diesem Haus auf keinen Fall! Ich werde schon dafür sorgen, ich nehme es mit jeder alten Todesfee auf“, meinte Granny Jon. Ihre Augen funkelten vor Vergnügen.

Die Kinder sagten nochmals „Gute Nacht“ und gingen durch den Flur weiter. Moira stand auf und sah ihre Großmutter eindringlich an. „Hast du ihnen wieder irgendwelche Geschichten erzählt?“

„Keine einzige, Ehrenwort! Sie haben sich heute ‚Das Geheimnis der verwunschenen Höhle‘ angesehen, ich bin völlig unschuldig“, erwiderte ihre Großmutter amüsiert. „Und du, junge Lady, solltest mal nach unten in den Pub gehen. Dein Vater wird am Boden zerstört sein, wenn er hört, wie lange du schon hier bist, ohne dass du ihn zur Begrüßung in die Arme genommen hast.“

„Sind Patrick, Siobhan und Colleen auch unten?“ fragte Moira.

„Siobhan besucht ihre Eltern, aber dein Bruder und deine Schwester sind beide unten“, sagte Katy. „Also ab mit dir.“

„Augenblick, sie muss erst einen kräftigen Schluck Tee trinken, ehe sie Alkohol zu sich nimmt“, wandte Granny Jon ein und brachte Moira eine Tasse. Sie nahm sie an und lächelte kurz. Niemand konnte Tee so aufbrühen wie Granny Jon. Nicht kalt, nicht kochend heiß. Ein Hauch von Zucker. Nie zu süß, aber auch nie bitter.

„Der ist köstlich, Granny Jon“, lobte Moira.

„Dann trink aus, und ab mit dir“, forderte ihre Mutter.

Sie trank hastig den Tee und war dankbar dafür, dass er eine angenehme Temperatur hatte.

„Ich stelle das Gepäck in dein Zimmer. Und gib mir deinen Mantel, Moira Kathleen“, sagte Katy. „Nimm die andere Treppe. Du weißt, dein Vater steht hinter der Theke.“

„Ich werde die Teetasse in Sicherheit bringen“, meinte Granny Jon trocken.

Moira zog gehorsam ihren Mantel aus und gab ihn ihrer

Mutter. „Ich trage meinen Koffer selbst, Mum. Er ist ziemlich schwer."

„Geh endlich, ich komme schon noch mit einem Koffer klar."

„Okay, ich gehe. ‚Schön, dass du da bist, und jetzt mach dich aus dem Staub'", zog sie ihre Mutter auf.

„Das mache ich nur wegen deines Vaters", entgegnete Katy.

„Wie geht es ihm?" fragte sie besorgt.

Das Lächeln ihrer Mutter war die beste Antwort, die sie sich hatte wünschen können. „Die Tests sind gut verlaufen, aber er muss unbedingt alle sechs Monate zur Nachuntersuchung gehen."

„Er arbeitet zu viel", murmelte Moira.

„Das hatte ich auch gedacht, aber die Ärzte sagen, dass Arbeit besser ist als herumzusitzen und gar nichts zu tun. Damit hat er die Erlaubnis bekommen, die er brauchte, um sich weiter seinem Pub zu widmen. Aber zum Glück wird er tatkräftig unterstützt."

„Ich gehe sofort nach unten."

Katy nickte zufrieden.

Moira gab ihrer Mutter und ihrer Großmutter noch einen Kuss, dann ging sie nach links durch das Foyer in ein kleines Wohnzimmer, von dem aus eine Wendeltreppe nach unten zu einer Tür führte, durch die man ins Büro und in den Lagerraum hinter dem Lokal gelangte. Im Pub würde sie den Rest ihrer Familie antreffen – und all die gemischten Gefühle, die geweckt wurden, wenn man heimkehrte.

3. KAPITEL

In dem Moment, als sie die Tür öffnete, konnte Moira aus dem Pub das Stimmengewirr und die Musik der Band hören. Sie stöhnte innerlich auf. Blackbird spielte eine etwas flottere Version eines Titels aus Brendan Behans Drama *Die Geisel.*

„Na, toll", murmelte sie. „Sie stoßen ja jetzt schon auf die Republik an."

Sie durchquerte das Büro und trat durch die Schwingtüren, dann sah sie ihren Vater, der mit dem Rücken zu ihr stand. Eamon Kelly war ein großer, breitschultriger Mann mit grauem Haar, das früher einmal nahezu schwarz gewesen war. Obwohl er gerade ein Bier einschenkte, schlich sie sich an ihn heran und legte von hinten ihre Arme um ihn. „Hey, Dad", sagte sie leise.

„Moira Kathleen!" rief er, verschüttete etwas von dem Bier, als er das Glas absetzte, und wirbelte herum. Er legte ihr die Hände um die Taille und hob sie hoch, während sie ihn auf die Wange küsste und dagegen protestierte, dass er sie hochhielt, da sie sich Sorgen um sein Herz machte.

„Dad, lass mich runter!" forderte sie lachend.

Er schüttelte den Kopf und sah sie mit seinen wundervollen blauen Augen an. „Das wäre ja noch schöner, wenn ich nicht mal mein Mädchen hochheben kann!"

„Lass mich runter", wiederholte sie, musste aber immer noch lachen. „Ich habe das Gefühl, dass mich jeder hier im Pub anstarrt!"

„Warum auch nicht? Meine Tochter ist heimgekehrt!"

„Du hast noch eine andere Tochter, die ..."

„Colleen hat das schon über sich ergehen lassen, und jetzt bist du an der Reihe!"

Sie bekam wieder Boden unter den Füßen, dann umarmte sie ihn erneut von ganzem Herzen.

„Die Jungs an der Theke kennst du ja, Töchterchen, oder? Seamus und Liam, unser Italiener Sal Costanza, Sandy O'Connor, seine Frau Sue ..."

„Hallo", begrüßte Moira die Runde.

„Dann bin ich mit einer Umarmung und einem Kuss an der Reihe", meinte Seamus.

„Und dass du mich nicht übergehst", rief Liam.

„Noch einmal Dad, dann komme ich zu euch rum", sagte sie und drückte wieder ihren Vater an sich. „Sollst du eigentlich so schwer arbeiten?" fragte sie ruhig.

„Ach, ein Bier zu zapfen ist doch keine Schwerstarbeit", erwiderte er. Dann trat er einen Schritt zurück und sah sie an. „Und du? Bist du allein geflogen?"

Sie lächelte ihn an. „Dad, ich lebe und arbeite in New York City. Ich reise quer durchs ganze Land."

„Aber normalerweise in Begleitung."

Verwirrt schüttelte Moira den Kopf. „Ich bin mit dem Taxi zum Flughafen gefahren, bin hergeflogen, und dann hat mich ein Taxi hier vor der Tür abgesetzt. Was ist los, Dad, warum bist du so besorgt um mich?"

„Boston ist nicht so sicher wie früher", sagte Liam. Moira bemerkte, dass er und Seamus eine Zeitung auf der Theke ausgebreitet hatten.

„Ich glaube, es hat hier immer Verbrechen gegeben", sagte Moira beiläufig. „Das ist in allen Großstädten gleich. Darum hast du uns ja auch zu umsichtigen und aufmerksamen Kindern erzogen, Dad."

„Er hat an dieses Mädchen gedacht", sagte Liam.

Moira sah ihn fragend an. „Ein Mädchen?"

„Eine Prostituierte, die im Fluss gefunden wurde“, erwiderte Seamus.

„Tot“, fügte Liam betroffen an.

„Erwürgt“, legte Seamus mit dramatischem Tonfall nach.

Sie sah ihren Vater an. Es war zweifellos eine tragische Sache, aber sie fragte sich, warum er sich um sie Sorgen machte. „Dad, du kannst mir ruhig glauben – ich gehe nicht nebenbei dem ältesten Gewerbe der Welt nach.“

Er zuckte mit den Schultern. „Moira ...“

„Er hat Angst, dass ein Serienmörder in der Stadt sein Unwesen treibt“, sagte Liam kopfschüttelnd. „Offenbar hat sich die Frau in der Nähe des Hotels aufgehalten, um vermögende Männer auf sich aufmerksam zu machen. Darum ist es möglich, dass er es auf gut aussehende Frauen abgesehen hat. Aber wir wollen dich nicht deprimieren, Moira. Es ereignen sich auch schöne Dinge. Stell dir vor: Einer der wichtigsten Politiker Nordirlands wird an unserer Parade teilnehmen. Mr. Jacob Brolin persönlich kommt her, hier nach Boston. Ist das zu fassen?“

„Oh“, murmelte Moira, da sie weiter nichts sagen wollte. Josh kam aus dem tiefsten Süden. Er hatte ihr einmal von einer Diskussionsrunde erzählt, an der er teilgenommen hatte und in der Männer voller Leidenschaft über den amerikanischen Bürgerkrieg debattierten. Josh kannte sich in der amerikanischen Geschichte hervorragend aus. In Kelly’s Pub ging es nicht anders zu. Auch hier wurden die Erinnerungen an frühere Schlachten wachgehalten – und an den Kampf, der schließlich zum Irish Free State und zur Republik Irland geführt hatte. Sie stießen betroffen auf den Osteraufstand an und beklagten das Schicksal jener Freiheitskämpfer, die nach der Kapitulation hingerichtet worden waren. Sie diskutierten über die Strategien der Führer, sie sprachen sich für und gegen den Helden Michael Collins aus, sie rissen Eamon De Valera in Stücke, den in Amerika geborenen ersten Präsidenten der Republik Irland. Das alles lief stets auf ein und dieselbe Erkenntnis hinaus: Hätte man die Insel von vornherein als eine Nation – als irische Nation – anerkannt, wäre es später nie zu den Problemen gekommen. Ihr persönlich tat Michael Collins Leid. Er hatte wiederholt sein Leben aufs Spiel gesetzt und sich von ganzem Herzen der Sache verschrieben, er hatte als Erster für eine wahre, wenn auch zunächst teilweise Befreiung gesorgt. Und dann wurde er von den Anhängern einer Splittergruppe aus den eigenen Reihen erschossen, weil er die ganze Insel nicht in einem Zug befreit hatte.

„Ein guter Mann, dieser Jacob Brolin“, sagte ihr Vater anerkennend. „Die Handzettel liegen vorn am Eingang, Tochter. Das ist ein wirkliches Privileg. Das müsstest du eigentlich wissen.“

Sie hatte nichts sagen wollen, aber es war nicht zu vermeiden. Sie schüttelte den Kopf. „Dad, du musst schon hinnehmen, dass ich Gewalt gegen wen auch immer für etwas ganz Entsetzliches halte. Und du musst entschuldigen, wenn ich nicht über jede Anstrengung informiert bin, die für die erhoffte Einheit eines Inselstaates unternommen wird. Ihr könnt ruhig alle von einem geeinten Irland träumen, aber ich finde es mehr als abscheulich, unschuldige Menschen umzubringen, um diesen Traum Wirklichkeit werden zu lassen. Ich habe Freunde, die Engländer sind und die kein Verlangen verspüren, irgendeinem Iren etwas anzutun ...“

„Was soll das, Moira Kathleen Kelly? Unter meinen Stammgästen finden sich gute Engländer“, unterbrach sie ihr Vater beleidigt. „Engländer, Schotten, Australier, unsere Nachbarn aus Cornwall und Wales und unsere guten Freunde, die Kanadier. Ganz zu schweigen von Mexikanern, Franzosen, Spaniern ..."

„Verzeihung, aber könnte es sein, dass du deine engsten Freunde aus ganz Boston vergessen hast? Die Italiener natürlich. Auf die Italiener! Salute!" sagte Sal und zwinkerte Moira in dem Bemühen zu, die Diskussion zu entschärfen.

„Natürlich, die Italiener! Salute!" rief Moira.

„Auf die Italiener!"

Die Männer an der Bar freuten sich über jede Gelegenheit, auf irgendjemanden oder irgendetwas anzustoßen.

Leider half es nicht, das Gesprächsthema zu wechseln.

„Moira, du würdest diesen Jacob Brolin bewundern", sagte Seamus ernst. „Er ist ein Pazifist, er setzt sich für die Rechte eines jeden in Nordirland ein. Er organisiert gesellschaftliche Veranstaltungen, die von allen besucht werden. Er hat sich für die Unterdrückten und die Armen eingesetzt, und er wird von den Protestanten genauso geschätzt wie von den Katholiken. Es hat selten einen so guten und gerechten Mann gegeben, der eine solche Machtposition erlangt hat."

Moira atmete langsam aus. Sie kam sich ein wenig albern vor. Eigentlich hatte sie nur das Thema wechseln wollen, doch stattdessen hatte sie beinahe selbst einen mit Leidenschaft ausgetragenen Streit ausgelöst.

„Also gut, ich bin völlig begeistert davon, dass dieser Mann in unser Land und in unsere Stadt kommt ..."

„Du wirst ihn bestimmt in deine Sendung nehmen wollen", sagte Seamus.

„Ja, und danach werden wir ihn vielleicht auch alle persönlich kennen lernen", stimmte Liam zu.

„Wir werden sehen", gab Moira zurück. „Eigentlich hatten wir geplant, Mum zu fragen, ob sie ein traditionelles irisches Gericht zubereitet, Geschichten über Kobolde erzählt und so weiter."

„Aber du wirst doch die Parade in deine Sendung nehmen", beharrte ihr Vater.

„Moira?"

Selten hatte sie solche Erleichterung darüber empfunden, dass jemand ihren Namen sagte. Sie wirbelte herum und sah erfreut ihre jüngere Schwester Colleen, die sich einen Weg durch die Menge bahnte.

Als Kinder waren sie wie Hund und Katze gewesen, doch inzwischen bedeutete Colleen ihr unglaublich viel. Sie war hübsch, etwa so groß wie sie selbst, und ihr rotes Haar war einen Ton heller. Sie hatte die braunen Augen von Granny Jon, und ihr Gesicht strahlte vor Schönheit. Zum Ärger ihrer Eltern lebte sie seit zwei Jahren in Los Angeles. Sie war als Topmodel einer aufstrebenden neuen Kosmetikserie unter Vertrag genommen worden, und auch wenn es ihnen nicht gefiel, dass sie lange Zeit von zu Hause fortblieb, waren sie doch sehr stolz auf sie. Immerhin war ihr Gesicht in Zeitschriften überall im Land zu bewundern.

Colleen umarmte sie. „Seit wann bist du hier?"

„Seit einer halben Stunde. Und du?"

„Ich bin am frühen Nachmittag eingetroffen. Hast du Patrick schon gesehen?"

„Nein, aber er soll hier irgendwo sein, oder?"

„Bei der Band. Zusammen mit Danny."

Moira fuhr herum. Sie hatte die Band schon gehört, bevor sie den Raum betreten hatte, und bemerkt, dass Jeff Dolan sang. Sie kannte ihn seit bestimmt zehn Jahren und erkannte seine Stimme unter Tausenden wieder. Jetzt sah sie, dass ihr Bruder tatsächlich bei der Band war und Bassgitarre spielte.

Und Danny war ebenfalls da. Er war für den Schlagzeuger eingesprungen. Als hätte er genau gewusst, wann sie sich umdrehen würde, sah er plötzlich zu ihr, und ihre Blicke trafen sich.

Ein leichtes Lächeln umspielte seine Lippen. *O ja, Moira, Liebste, ich bin hier.* War es das, was ihn so attraktiv machte? Dieses bedächtige Grinsen, das bis in die Seele vordrang? Die bernsteinfarbenen Augen, die immer ein wenig spöttisch und reumütig zugleich wirkten? Sie versuchte, ihn rein analytisch zu betrachten. Er war ein großer Mann, was man ihm sogar ansah, als er jetzt am Schlagzeug saß. Seine Haare, sandfarben mit einem leichten rötlichen Schimmer, waren notorisch widerspenstig und störten ihn, wenn sie ihm in die Augen fielen. Aber auf Frauen hatte das eine irgendwie verwegene und sinnliche Wirkung.

Sie sagte sich, dass er nicht so breite Schultern wie Michael hatte. Michael war im Wesentlichen groß und attraktiv. Und noch mehr. Er war anständig, nett, freundlich und höflich, und er sorgte sich um das Wohlergehen der Menschen um ihn herum. Als sie Michael nach den Weihnachtsferien zum ersten Mal begegnet war, fand sie ihn auf Anhieb attraktiv und sexy. Dann fand sie, dass er intelligent, aufgeweckt und geistreich war. Schließlich begann sie, sich auch emotional auf ihn einzulassen. Aber Danny ...

Er war einfach nur da gewesen. Er war wie ein Wirbelsturm, der durch ihr Leben fegte und wieder verschwand. Als er noch jünger gewesen war, hatte er zusammen mit seinem Onkel ihre Eltern besucht, später – nachdem er achtzehn geworden war – kam er allein zu Besuch. Er war so alt wie Patrick und damit drei Jahre älter als sie. Sie hatte ihn schon mit zehn Jahren bei ihrer ersten Begegnung bewundert, als er dreizehn gewesen war. Bei seinen späteren Besuchen war sie vierzehn, fünfzehn, sechzehn und dann achtzehn gewesen. In dem Jahr war ihr klar geworden, dass es niemanden gab, den sie so sehr haben wollte wie Dan O'Hara. Möglicherweise hatte er sich zu Beginn etwas gesträubt. Er hatte das College hinter sich gebracht und seinen Abschluss im Fach Journalismus gemacht. Ihn erfüllte die Leidenschaft, zu schreiben und die Welt zu verändern. Sie dagegen war noch nicht mal ganz trocken hinter den Ohren, ganz zu schweigen von der Tatsache, dass sie die Tochter seiner guten amerikanischen Freunde war. Also hatte sie alles darangesetzt, das zu bekommen, was sie haben wollte. Sie war von ihm wie gebannt, und auch wenn sie mit ihm zusammen war, änderte sich daran nichts. Aber es veränderte auch nichts für Danny. Er hatte ihr gesagt, er sei nicht gut für sie. Sie sei noch jung, sie müsse etwas von der Welt sehen und die Welt verstehen lernen.

Und doch hatte sie Jahr für Jahr gewartet. Sie ging zur Schule, sie liebte es, Dinge zu lernen, und sie war immer auf der Suche, ständig von der Hoffnung angetrieben, dass es irgendwo auf der Welt jemanden gab, durch den Danny in Vergessenheit geraten würde. Danny, der so voller Leidenschaft und ungezügelter Energie war. Sie wusste, dass sie ihm etwas bedeutete, und vielleicht liebte er sie auch auf seine Art. Nur eben nicht so sehr, wie er den Rest der Welt liebte – oder zumindest sein kostbares Irland. Als sie älter war, begann sie, ihn in gewisser Weise zu verstehen. Sie war eine Amerikanerin, und das voller Überzeugung. Außerdem hatte sie ihre eigenen Träume und Ziele. Es war ihnen nicht bestimmt, zusammen zu sein, aber das hatte sie nicht davon abgehalten, ihn weiterhin zu begehren.

Und jetzt hatte sie jemanden gefunden. Michael. Sie atmete tief durch und zwang sich zu einem beiläufigen Lächeln. *Da bist du also, Danny. Schön für dich. Schön, dich zu sehen. Wenn du mich dann bitte entschuldigen würdest, ich muss mich meinem eigenen wunderbaren Leben widmen ...*

Sie wollte sich abwenden, aber Danny lächelte noch breiter, als das Stück zu Ende war. Während die Gäste applaudierten, beugte er sich vor und flüsterte Jeff Dolan und ihrem Bruder etwas zu.

„O nein“, flüsterte Colleen. „Sie haben uns gesehen.“

„Ja und?“ gab Moira zurück.

„Ich habe ihnen gesagt, dass ich erst singen würde, wenn du da bist.“

„Colleen!“ protestierte Moira.

„Leute, wir können euch heute Abend einen ganz besonderen Auftritt bieten“, sprach Jeff ins Mikrofon. „Die verlorenen Töchter sind zum St. Patrick's Day heimgekehrt. Wir begrüßen sie hier oben auf der Bühne für einen ganz besonderen Auftritt zu Ehren aller Iren in Amerika – und nicht vergessen: Am St. Patrick's Day sind alle Amerikaner ein kleines bisschen irisch.“

„Meine Töchter, ihr seid dran“, sagte Eamon stolz.

„Kommt schon, Kelly Girls“, rief Jeff, um ihnen Mut zu machen. „Ladies and Gentlemen, etwas ganz Besonderes: die Kelly Girls. Niemand sonst kann ‚Danny Boy‘ mit so melodisch irischem Wohlklang vortragen.“

„Und was machen wir jetzt?“ fragte Colleen leise. „Ich kann es nicht glauben, dass sie uns das antun. Ich habe das Lied eine Ewigkeit nicht mehr gehört.“

„Jedenfalls nicht mehr, seit wir das letzte Mal hier waren“, sagte Moira ironisch. „Wir müssen wohl auf die Bühne, wenn wir Dad nicht wehtun wollen.“

Danny hatte das in die Wege geleitet, das wusste sie genau. Sie ging auf Jeff zu und versuchte, Danny lässig zu ignorieren, während sie das Mikrofon nahm. „Irisch-amerikanischer melodischer Wohlklang", sagte sie, lächelte Jeff an und entschuldigte sich bei den Gästen. „Wir können für nichts garantieren, aber wir werden unser Bestes geben."

Die ersten Violinklänge entlockten der Menge ein begeistertes Seufzen. Moira dachte einen Moment lang daran, dass sie vor diesem Publikum auch wie zwei Kühe hätten singen können, und trotzdem wäre ihnen tosender Applaus sicher gewesen. Aber sie liebte das Stück, und sie hatte es mit Colleen schon in der Kirche gesungen, als sie noch zur Grundschule gegangen war. Die Stimme ihrer Schwester passte perfekt zu ihrer eigenen. Es war vielleicht nicht der melodischste irische Wohlklang, aber sie hatten Respekt vor dem Lied. Moira liebte die Musik. Es hatte etwas Magisches, wieder zu Hause zu sein und mit Colleen zu singen ... und zu wissen, dass Daniel O'Hara hinter ihr gefühlvoll Schlagzeug spielte.

Die Zuschauer waren wie erwartet völlig begeistert, nachdem der letzte Ton verklungen war. Hier in Kelly's Pub war es, als würden sie vor stolzen Verwandten singen. Moira und Colleen lächelten sich an und bedankten sich für den Applaus und die Jubelrufe. Als sie fühlte, wie ein Arm um sie gelegt wurde, versteifte Moira sich einen Moment lang, merkte dann aber, dass ihr Bruder hinter ihr stand.

„Hey, Patrick." Sie umarmte ihn.

„Und was ist mit mir?" warf Jeff ein.

Jeff Dolan sah aus wie ein Spähippie. Sie umarmte ihn und gab ihm einen Kuss. Jeff hatte einiges durchgemacht. Mal drogensüchtig, dann wieder clean, politisch ein ungestümer Kerl, der gegen alles Mögliche protestierte – von Industriegiften bis hin zur Verschwendung von Steuergeldern. Er hatte überlebt, und er hatte sich in den Griff bekommen. Er war noch immer ein Aktivist, aber einer mit Selbstbeherrschung und Weitsicht.

Jedenfalls hoffte sie das. Auch die anderen festen Mitglieder der Band – Sean, Peter und den nur scheinbar deplatzierten Israeli Ira – nahm sie herzlich in den Arm.

„Hast du mich hier hinten eigentlich bemerkt?“ fragte Danny. „Und muss ich mich anstellen?“

„Danny“, sagte sie und versuchte, es so klingen zu lassen, als hätte sie ihn unabsichtlich links liegen lassen. Sie gab ihm einen flüchtigen Kuss auf die Wange. „Wer könnte dich schon vergessen?“

Er grinste und hielt sie fest, drückte sie an sich und gab ihr einen Kuss auf den Mund, aber Moira entzog sich seiner Berührung, so schnell es ging. Es war viel zu einfach, Danny zu unterschätzen. Die Kraft, mit der er sie an sich gedrückt hatte, erwartete man nicht von einem Mann, der so schlank war wie er. Danny schien unentwegt Energie auszustrahlen, und der kurze Kontakt hatte genügt, dass sie das Gefühl hatte, ihre Haut würde glühen.

„Schön, dich zu sehen, Danny“, murmelte sie.

„Und jetzt was Unbeschwertes“, sagte Jeff zur Band.

„‚Rosie O’Grady‘“, schlug Ira vor.

Moira verließ die Bühne und sah sich im Pub um – und erstarrte förmlich. Josh und Michael standen hinter der Theke bei ihrem Vater.

Sie waren früher als erwartet eingetroffen

Josh hatte eine Kamera auf sie gerichtet, und Michael klatschte immer noch, während er sie mit einem Funkeln in den Augen ansah. Aus einem unerklärlichen Grund hatte sie das Gefühl, auf dem falschen Fuß erwischt worden zu sein. Es irritierte sie, dass Josh sie ohne ihr Wissen gefilmt hatte, und gleichzeitig bereitete es ihr ein wohliges Gefühl, dass Michael da war, um ihr so wie immer Rückhalt zu geben. Sie fragte sich, ob Danny mitbekommen hatte, dass Josh zusammen mit einem anderen Mann eingetroffen war. Aber Danny schien immer alles wahrzunehmen, was um ihn herum geschah. Und da er schon vor ein paar Tagen eingetroffen war, hatte er zweifellos mit ihren Eltern gesprochen und von ihnen erfahren, dass es einen anderen Mann in ihrem Leben gab.

Sie neigte normalerweise nicht zu überschwänglichen Auftritten in der Öffentlichkeit, aber jetzt lächelte sie Michael zu und eilte durch den Pub, beugte sich weit über die Theke, um ihn leidenschaftlich zu küssen. Sie fand, dass es sehr emotional war. Und völlig natürlich, auch wenn sie hörte, wie ihr Vater sich räusperte. Sie hatte Michael eine ganze Weile nicht gesehen. Er war auf Reisen gewesen, um wichtige Verbindungen herzustellen, als sie sich entschlossen hatte, zum St. Patrick's Day hierher zu kommen.

„Wunderbar, Baby", sagte er leise.

„Danke."

„Das war wirklich schön", stimmte Josh zu.

Moira presste die Lippen aufeinander und fragte sich, warum es sie so sehr ärgerte, dass Josh sie gefilmt hatte. Und sie fragte sich, wie viel auf dem Band zu sehen war. Warum war sie bloß so wütend? Kelly's war schließlich das Herzstück ihres geplanten Berichts: ein irischer Pub in Amerika. Sie wirkte fast täglich in einer Sendung mit, sie setzte sich Kritik und Spott aus. Das gehörte alles zum Job. Aber das hier ...

Das war ihr Privatleben. Danny hatte sie auf der Bühne geküsst.

Er war nur ein alter Freund, weiter nichts.

Und sie hatte diese Büchse der Pandora auch noch selbst geöffnet.

Sie senkte den Kopf und wartete, bis sie sich wieder gefasst hatte.

Ihr Lächeln war immer noch aufgesetzt, als sie Josh ansah. „Josh, meinen Dad kennst du ja. Und ich darf wohl annehmen, Dad, dass er dir Michael vorgestellt hat ... Ich wusste nicht, dass sie so früh ankommen würden."

„Ich habe jeden mit jedem bekannt gemacht", sagte Josh.

„Danke. Wann seid ihr eingetroffen?" fragte sie ihn.

Er zog eine Braue hoch. Er kannte sie sehr gut und bemerkte einen anderen Tonfall in ihrer Stimme, auch wenn der sonst niemandem auffiel. „Gerade noch rechtzeitig, um die komplette Nummer zu filmen", sagte Josh.

„Du kennst ja deinen Partner", sagte Eamon bemüht locker. Moira war klar, dass ihr Vater etwas verstimmt war, weil sie in aller Öffentlichkeit einem Mann um den Hals gefallen war, den er eben erst kennen gelernt hatte.

„Es war fantastisch", sagte Josh. Er war entschlossen, ihr zu zeigen, dass ihn ihre unterdrückte Verärgerung amüsierte. „Eine ehrliche Zurschaustellung der Vielfalt Amerikas. Es wird dir gefallen, glaub mir."

„Wie habt ihr es geschafft, so früh hier zu sein?" wollte sie wissen, während sie hinter die Bar ging.

Michael legte ihr einen Arm um die Taille und lächelte breit. Er hatte ein unglaubliches Lächeln. Grübchen. Ein kantiges Gesicht, das dennoch fein gezeichnet war, dazu ein eckiges Kinn. Er war gut gebaut und groß, und in seinem Anzug sah er so umwerfend wie immer aus. Alles an ihm war perfekt – perfekt für sie. Sie kannte sich, und sie wusste, mit wem sie zusammen sein sollte.

Solange Michael da war und solange er zu ihr stand.

„Josh hat mich im Hotel angerufen, nachdem das Reisebüro

uns dein kleines Geheimnis verraten hat, dass du früher fliegen würdest. Sie wollten eigentlich nur den Termin bestätigen, und da du schon aus dem Haus warst, hat Josh es erfahren. Zum Glück hat die Zeit noch gereicht, um dir nicht allzu viel Vorsprung zu lassen. Ich bin sogar fünf Minuten früher angekommen als Josh, obwohl ich aus Florida hergeflogen bin."

„Wunderbar", murmelte sie.

„Ich merke, wie begeistert du bist", zog Josh sie auf.

„Ich weiß bloß gerne, wann ich gefilmt werde", meinte sie.

„Na, es war doch genau richtig", mischte sich Liam ein. Die Kameraden ihres Vaters waren anscheinend nicht der Ansicht, dass es auch Unterhaltungen gab, von denen sie ausgeschlossen waren. „Du machst eine Sendung zum St. Paddy's Day, und da kann es doch nichts Schöneres geben als eine Aufnahme von dir und deiner Schwester, wie ihr gemeinsam ‚Danny Boy' singt, oder? Es war einfach reizend, Mädchen, einfach reizend."

„Danke, Liam."

„Deine Nase hat auch gar nicht geglänzt, Moira Kathleen", fügte Seamus an.

„Danke, Jungs, ich danke euch", sagte sie und meinte es ehrlich. Diese Männer waren ihre wahren Anhänger. „Dad, ich gehe mit Michael rauf, um ihn Mum ..."

„Von wegen, Tochter, du kannst mich jetzt nicht im Stich lassen! Hier wird es allmählich voll. Bleib lieber hier und geh deinem alten Herrn zur Hand."

„Colleen ..."

„Siehst du deine Schwester irgendwo? Sie hat die Flucht angetreten."

„Ich gehe mit Michael nach oben und stelle ihn deiner Mutter und Granny Jon vor", erklärte sich Josh lächelnd bereit.

Moira versuchte, ihn mit ihren Blicken davon abzuhalten.

Michael sah sie reumütig lächelnd an und zuckte mit den Schultern. Sein Gesichtsausdruck gab ihr zu verstehen, dass er die Situation komplett begriffen hatte. „Bei Josh bin ich gut aufgehoben."

„Mach dich auf einen kräftigen Tee gefasst", warnte sie ihn.

Er nahm ihre Hände und flüsterte ihr ins Ohr: „Wir sollten uns die Küsse für später aufbewahren. Vielleicht fürs Hotel – nach der Sperrstunde? Natürlich völlig diskret. Ich will ja nicht, dass dein Vater mich schon hasst, bevor er mich kennen gelernt hat."

„Lass ihn auf jeden Fall wissen, dass du irische Vorfahren hast, dann wird er dich lieben", wisperte sie.

„Komm mit, Michael", sagte Josh.

Als Josh an Moira vorbeiging, hielt sie ihn am Arm fest und zischte ihm zu: „Warts nur ab! Irgendwann brauchst du wieder einen Babysitter."

„Was ist, kriegst du plötzlich kalte Füße, Moira Kathleen?" neckte er sie. „Tut mir Leid, aber in diese Höhle des Löwen musst du allein gehen. Fragt sich nur, vor wem du mehr Angst hast – vor dem Löwen oder vor der Höhle?"

Dann ging er weiter und führte Michael durch Büro und Lager zur Treppe.

„Bastard", brummte sie.

„Du meinst doch nicht etwa mich, Moira Kathleen, oder doch?"

Sie wirbelte herum. Sie hätte wissen müssen, dass Dan O'Hara ihr hinter die Bar folgen würde. Er hatte wieder dieses markante Aftershave benutzt. Und sie hätte spüren müssen, dass er dicht neben ihr stand und sich ein Bier zapfte.

„Fühlst du dich denn angesprochen?" fragte sie süßlich.

Er reagierte nicht, sondern nahm einen tiefen Schluck und

sah sie von oben bis unten an. „Vielleicht", sagte er schließlich und zuckte beiläufig mit den Schultern. „Du siehst aus wie eine Dame von Welt. Und so hübsch wie immer."

„Danke sehr."

„Die Arbeit macht Spaß?"

„Absolut. Und bei dir? Stiftest du immer noch Unruhe, so wie früher?"

„Meine Waffe, wenn ich überhaupt eine habe, ist der Stift, das weißt du. Beziehungsweise der Computer."

„Wie du meinst."

„Du hast mich nie verstanden, Schatz."

„Ich glaube, ich habe genug verstanden."

Er lehnte sich neben ihr gegen die Bar. Er war viel zu nah. „Du musst etwas Zeit mit mir verbringen, Moira."

„Geht nicht, tut mir Leid. Ich bin verliebt."

„Ach ja, in den vollkommenen Michael."

„Er ist wirklich wunderbar."

„So gut wie ich?"

Sie stellte überrascht fest, dass sie sich ihm ein Stück genähert hatte. „Besser. So verdammt gut, dass mich nur die Anwesenheit meines Vaters davon abgehalten hat, mit Michael auf der Theke Sex zu haben."

Zu ihrem Ärger reagierte er mit einem Lachen.

„Es freut mich, dass du mich immer noch so vergnüglich findest."

Er schüttelte den Kopf und wurde ernst. „Entschuldige. Es ist nur so ... na ja, wenn er wirklich so gut wäre, dann hättest du nicht das Bedürfnis verspürt, es mir zu sagen."

Sie drückte den Rücken durch und sah ihn so kühl wie nur möglich an, um zu verbergen, was ihr durch den Kopf ging. „Nein, diesmal ist es anders. Zugegeben, es gab eine Zeit, da bin ich von einem Mann zum nächsten gewechselt und habe eine Affäre nach der anderen gehabt, während sich mein Herz nach dir verzehrt hat. Aber das hat sich geändert. Jetzt bin ich verliebt."

„Sicher bist du das. Und du hast auch ganz bestimmt einen Mann nach dem anderen abgeschleppt. Komm, Moira, du willst doch erst eine Akte über einen Mann vorgelegt bekommen, ehe du mit ihm auch nur essen gehst."

Sie wandte sich ab und räumte leere Gläser weg. „Die Dinge verändern sich, aber nicht dein Ego. Glaubst du wirklich, du bist der einzige Mann, der mich je glücklich gemacht und zufrieden gestellt hat?"

Moira war überrascht, wie ernst seine Antwort ausfiel. „Ich habe gedacht, ich könnte dich niemals glücklich machen, und darum bin ich nicht geblieben", sagte er. Sein Tonfall änderte sich sofort wieder, sodass sie überlegte, ob sie sich die Leidenschaft nur eingebildet hatte, die sie meinte, aus seinem ersten Satz herausgehört zu haben. „Was den Teil mit dem Zufriedenstellen angeht ... besuch mich doch einfach. Wie ich gehört habe, ist die Liebe deines Lebens auch viel auf Reisen. Rein geschäftlich natürlich, aber trotzdem ... Ich bin die nächsten Tage über hier unten im guten alten Gästezimmer. Komm zu mir, wenn du dir gegenüber eingestehst, dass es genau das ist, was du willst."

Er tippte mit dem Finger an den Rand eines imaginären Huts, dann wandte er sich ab.

„Das muss schon ein Tag sein, an dem es in der Hölle Frost gibt, Danny Boy", rief sie ihm mit gesenkter Stimme nach.

Sie sah sein Gesicht nicht, aber sie meinte, dass seine Schultern leicht zuckten.

Er lachte.

Dan blieb stehen, kam zu ihr zurück und lehnte sich wieder gegen die Theke. „Meinst du, bevor du es dir eingestehst oder bevor du es machst?“

Ihre Reaktion kam nicht schnell genug.

„Da weht aber schon ein kühles Lüftchen, muss ich sagen“, fuhr er fort und drehte sich erneut um. Er bahnte sich einen Weg durch die Menge und ging zur Bühne.

Diesmal drehte er sich nicht um.

Moira fühlte sich versucht, ihm ein Glas hinterherzuwerfen.

Fragt sich nur, vor wem du mehr Angst hast – vor dem Löwen oder vor der Höhle?

Sie musste daran denken, was Josh gesagt hatte. Sie hatte keine Angst, sie war wütend. Und sie war wütend, weil ...

Weil sie wütend war auf den Löwen ...

Sie sah den Löwen an, aber der saß schon wieder am Schlagzeug und genoss es, zur Band zu gehören. Er schien völlig darauf konzentriert zu sein, den Takt vorzugeben.

Irgendwann blickte er auf, und es kam ihr so vor, als würde er den Raum beobachten. Nicht nur beiläufig, sondern so, als suche er etwas Bestimmtes. Oder jemanden.

Moira sah sich um, es war voll geworden im Pub. Pärchen, Angestellte, die Feierabend hatten, die vertrauten Gesichter an der Bar, ein paar Einzelgänger an den Tischen. Ein Mann im Anzug saß an einem Tisch ganz in der Ecke. Wahrscheinlich ein Geschäftsreisender.

Alle wirkten so normal wie immer.

Aber nach wem suchte Danny?

Sie musste wieder an das denken, was Josh gesagt hatte.

Die Höhle des Löwen.

Das war es. Danny beobachtete den Pub wie ein Löwe, der in der Sonne döste, aber hellwach war und alles mitbekam.

Er wirkte so, als könnte er jeden Augenblick in Aktion treten. Sie fragte sich, welcher Beute Danny auflauerte.

Seltsamerweise verspürte sie Angst. So, als wäre etwas in Gefahr, das ihr wichtig war.

Moira wandte sich einem Mann an der Theke zu, der sie etwas fragen wollte. Sie war entschlossen, dieses Gefühl abzuschütteln. Das war nur Danny, der bei ihr diese Reaktion auslöste.

Einfach nur Danny.

4. KAPITEL

Überraschend wurde es doch noch ein sehr schöner Abend.

Michael und Josh waren in die Bar zurückgekehrt, nachdem sie mit Moiras Mutter und Großmutter Tee getrunken hatten. Josh war glücklich, da er mit seiner Frau telefoniert hatte, die am nächsten Tag mit den Kindern nachkommen würde. Michael hatte nach ihren Nichten und ihrem Neffen gesehen, die alle fest schliefen, und ihr gesagt, dass sie so reizend ausgesehen hatten – als ob sie das nicht selbst wüsste. Dennoch taten ihr solche Worte immer gut. Sie war ein wenig vorsichtig, was ihre Familie anging, aber sie war auch sehr stolz auf sie, und es war ein schönes Gefühl, dass sich Michael offenbar so gut einfügte.

Er war wirklich wunderbar. Eine Zeit lang stellte er sich hinter die Theke und unterhielt sich mit den Freunden ihres Vaters, als würde er sie sein Leben lang kennen. Er sprach mit Patrick über eine Gruppe von Amerikanern, die sich um irische Waisenkinder kümmerten und die Stipendien an diejenigen Jugendlichen – Protestanten und Katholiken gleichermaßen – vergaben, die alt genug waren, um aufs College zu gehen.

Er war erstaunlich.

Sie lächelte ihm zu und hoffte, dass er spürte, was sie in diesem Moment dachte.

Dann war für Kelly's Pub die Sperrstunde gekommen. Die Band hörte auf zu spielen, und die letzten Stammgäste machten sich auf den Heimweg. Moira wischte gerade die Tresenplatte ab, als sie merkte, dass Danny hinter ihr stand. Diesmal wusste sie es, bevor er ein Wort sagte. „Du hast mich gar nicht der neuen Liebe deines Lebens vorgestellt, Moira", murmelte er.

„Wirklich? Kaum zu glauben, wo ich so viel von dir gesehen habe."

„Ich habe mich rar gemacht, alles zum Wohl der Sache“, sagte er ruhig.

„Nimm das Wort ‚Sache‘ in meiner Gegenwart nie in den Mund, Daniel O’Hara“, erwiderte sie mit gesenkter Stimme.

„Moira, das ist einfach nur ein harmloses Wort“, gab er amüsiert zurück.

Michael kam auf sie zu, ihr Bollwerk gegen diesen Stachel in ihrer Seite.

„Da kommt er ja. Also lernst du ihn doch noch kennen“, sagte sie und redete dann lauter weiter: „Hallo Michael.“ Sie legte den Putzlappen auf den Tresen, ging ihm entgegen und legte einen Arm um ihn. Sie sah ihn bewundernd an und tat dann so, als fiele ihr in diesem Augenblick ein, dass da ja noch Danny stand, ein alter Freund von ihr. „Dan O’Hara, Michael McLean. Michael arbeitet für uns als Co-Produzent und Locations Manager“, erklärte sie.

Michael lächelte und streckte den rechten Arm aus, um Danny die Hand zu geben. Sein linker Arm lag nach wie vor auf ihrer Schulter. „Ich hoffe, ich bin mehr als das“, sagte er nachdenklich. „Dan O’Hara, freut mich, dich kennen zu lernen. Ich habe gehört, du bist ein alter Freund der Familie.“

„Oh, viel mehr als das“, sagte Danny lässig. „Freut mich auch, dich kennen zu lernen, Michael McLean. Wenn ich irgendwie behilflich sein kann, solange du in der Stadt bist, kannst du mich jederzeit ansprechen.“

„Ein Ire, der sich so gut in Boston auskennt?“ fragte Michael.

„Meine zweite Heimat“, erwiderte Danny.

„Er ist ein Weltbürger“, erklärte Moiras Vater, der sich zu ihnen gesellte und einen Arm um Danny legte. „Wir wollen schließen, Moira Kathleen. Da du morgen doch so viel zu tun hast, sollten deine Freunde sich jetzt vielleicht auf den Weg ins Hotel machen.“

„Moira, wie siehts aus? Kommst du noch mit, damit wir unseren Drehplan durchgehen können?“ fragte Michael. Es klang völlig harmlos, schließlich stand ihr Vater direkt neben ihnen.

Moira wollte unter Dannys wachsamem Blick mit viel Enthusiasmus Ja sagen, doch bevor sie den Mund aufmachen konnte, protestierte ihr Vater: „Oh, Tochter, nicht noch heute Abend. Geh bitte nicht jetzt noch nach draußen.“

„Dad, es ist nicht weit, nur bis zum Copley.“

„Es ist schon spät.“

„Dad ...“

„Sie haben doch gerade erst dieses Mädchen tot aufgefunden.“

„Dad, dieser Mord erschreckt mich genauso wie dich, aber ich habe ja nicht vor, da draußen ...“

„Moira Kathleen! Es ist spät. Und wieso glaubst du, dass nur die Sünderinnen in Gefahr sind, nicht aber die Unschuldigen?“

„Sie war vielleicht gar keine Sünderin. Möglicherweise hat sie nur versucht, ihren Lebensunterhalt zu verdienen“, erwiderte Moira, wunderte sich dann jedoch, warum sie über diesen Punkt diskutierte.

„Moira, vielleicht hat dein Vater ja Recht. Es ist sehr spät, und es ist dein erster Abend zurück bei deiner Familie“, wandte Michael ein. In seinem Blick sah sie, wie sehr er bedauerte, was er sagte. Aber es machte sie glücklich, dass er schon wieder versuchte, für Ruhe in ihrer Familie zu sorgen. Diese Einstellung verriet ihr, dass sie für lange Zeit zusammen sein würden.

„Also gut, es ist spät“, lenkte sie ein. „Wir sehen uns morgen früh.“ Sie stellte sich auf die Zehenspitzen, um ihm einen Gutenachtkuss zu geben. Er riecht gut, dachte sie. Der Stoff seines Jacketts fühlte sich angenehm unter ihren Händen an. *Dieser Mann bedeutet mir wirklich viel. Er ist attraktiv, sexy und noch so viel mehr. Solide, anständig, selbstbewusst, aufregend.*

„Kind, du musst nur für diese Nacht auf ihn verzichten, nicht für die nächsten tausend Jahre“, sagte ihr Vater und seufzte leise.

Sie lachte und ließ Michael los, dann küsste sie Josh auf die Wange. „Ihr zwei passt auf dem Weg zum Hotel auf euch auf.“

„Uns passiert schon nichts“, versicherte Josh.

Die beiden Männer wünschten ihrem Vater und Danny eine gute Nacht. Moira ging mit ihnen bis zur Tür des Pubs, und nachdem Michael seinen Mantel angezogen hatte, hielt sie ihn an seinem Schal zurück, um ihm einen letzten Kuss geben zu können.

„Na, wir sind ja fast fertig“, sagte ihr Vater, als sie die Tür abgeschlossen hatte. „Du gehst ins Bett, Moira Kathleen, und Dan und ich erledigen hier noch den Rest.“

„Nein, Dad, ich räume auf, und du gehst ins Bett und ruhst dich etwas aus. Ich glaube, du solltest viel weniger arbeiten, als du es tatsächlich tust.“

„Wenn ein Mann aufhört zu arbeiten, dann hört er auch auf, sich zu bewegen, und dann ist alles vorbei“, sagte Eamon kopfschüttelnd.

„Dad, ich bin hier. Hier im Haus in Sicherheit, und es wird dir nicht schaden, wenigstens heute Abend mal früh schlafen zu gehen“, beharrte sie. Sie würde sich ausgiebig mit ihrer Mutter unterhalten müssen. Kelly’s Pub war jeden Tag geöffnet. Eamon hatte gute Angestellte, aber er neigte dazu, sich um alles persönlich zu kümmern. Sie war sicher, dass er sich viel zu viel aufbürdete.

„Na gut, dann machst du heute mit Danny für deinen alten Herrn die letzte Runde durch den Laden", sagte er und zwinkerte ihr zu.

Er zog sie an sich, drückte sie fest und gab ihr einen Kuss auf die Stirn. „Ich liebe dich, Mädchen, das kannst du mir glauben", meinte er dann mit heiserer Stimme.

„Ich liebe dich auch, Dad. Und jetzt ab ins Bett mit dir."

„Na gut, Moira. Und du, Danny, siehst zu, dass sie selbst nicht zu spät ins Bett kommt."

„Werde ich machen, Eamon", versicherte Danny ihm.

Während ihr Vater zur Hintertreppe ging, begab sich Moira hinter die Theke. Es mussten nur noch ein paar Gläser weggeräumt und der wunderschöne alte Tresen abgewischt werden. Hier war bereits in der Kolonialzeit eine Kneipe gewesen, und der Tresen war schon einige hundert Jahre alt. Sie liebte dieses Gefühl, Geschichte zu berühren, wenn sie über das Holz wischte.

Danny überprüfte noch einmal, ob die Tür zur Straße auch wirklich verschlossen war, dann ging er zu Moira. Er lehnte sich gegen den Tresen und sah sie mit funkelnden Augen an.

„Ich glaube, du sollst mir bei der Arbeit helfen", sagte sie, ohne aufzusehen.

Er zuckte mit den Schultern. „Du solltest nicht mit ihm ausgehen, weißt du?"

Moira wischte weiter über das polierte Holz und zwang Danny, den Ellbogen wegzunehmen.

„Ich weiß, dass du mich gehört hast", sagte er und stützte sich wieder ab. „Du solltest nicht mit ihm ausgehen."

„Ach?" sagte sie und sah auf. Überrascht bemerkte sie,

dass das amüsierte Funkeln aus seinem Blick gewichen war. „Und warum nicht? Weil du uns die Ehre deines Besuchs erweist?“

„Nein, das hat mit mir überhaupt nichts zu tun.“

„Und warum dann?“

„Er hat kleine Augen.“

„Kleine Augen?“

„Gefährliche Augen.“

„Gefährliche Augen? Na, das ist ja reizend. So wunderbar aufregend – und sexy. Ich wusste gar nicht, was Michael so alles zu bieten hat.“

„Du hättest Josh heiraten sollen. Er ist ein guter Kerl. Und ungefährlich.“

Moira begann, das bereits glänzende Holz des Tresens noch einmal zu polieren. „Das wird Joshs Ego aber gut tun, dass du ihn ungefährlich nennst.“

„Was? Will ein Mann nicht zuverlässig und ungefährlich sein?“

Moira seufzte auf. „Ich weiß nicht, Danny. Das musst du schon beantworten. Bist du jemals zuverlässig gewesen? Oder ungefährlich?“

„So zuverlässig wie ein Fels in der Brandung.“

„Eher wie ein Kieselstein in der Brandung.“

Er zuckte mit den Schultern. „Ich liebe die USA. Geboren wurde ich in Irland. So was führt zu einem Zwiespalt der Seele, wie du weißt.“

„Ich habe vor kurzem irgendwo gelesen, dass in Amerika mehr Iren wohnen als in Irland selbst.“

„Soll das eine Aufforderung sein, mich hier niederzulassen?“ wollte er wissen.

„Ich wollte dich bloß darauf hinweisen, dass du über eine

Einbürgerung nachdenken solltest, wenn du versessen darauf bist, immer wieder nach Amerika zu kommen."

„Angenommen, ich würde das machen ... würdest du dann einen Schlussstrich ziehen und den Typ mit den kleinen Augen aufgeben?"

„Nein. Und nimm dir endlich die Gläser und spül sie. Ich möchte ins Bett."

„Oh, war das etwa eine Einladung? Im Haus deines Vaters? Moira Kelly, ich muss schon sagen!"

„Das war garantiert keine Einladung. Wieso bist du überhaupt hier? Solltest du den St. Patrick's Day nicht zu Hause feiern?"

„Ich besuche alte Freunde", sagte er.

„Hast du in Irland keine alten Freunde, die du wieder mal besuchen musst?"

„Auf der ganzen Insel. Aber ich wollte hier sein."

„Und warum? Willst du den Amerikanern wieder Predigten halten? Kommt ein neues Buch von dir heraus? Über den Imperialismus der Engländer und darüber, dass die ganze Welt sich einzig und allein nur darum kümmern sollte, Irland wieder zu einen?"

Er sah sie verwundert an. „Das ist eine ziemlich voreingenommene Ansicht über die Lage – und über mich."

„Ja, da hast du Recht. Aber ist das nicht genau *deine* Sicht der Dinge?"

„Ganz und gar nicht. Ich glaube, du vermischst da persönliche Abneigungen mit logischem Urteil. Ich war nie ein Brandstifter. Ich habe nicht behauptet, die Antwort auf alle Fragen zu haben, und ich behaupte das auch jetzt noch nicht. Du bist Amerikanerin, richtig? Du tust das jederzeit jedem gegenüber kund."

„Ich *bin* Amerikanerin. Ich wurde hier geboren."

„Okay, du bist also hier die erste Generation. Die ‚Engländer' sind aber schon viel länger in Nordirland. Manche Familien bereits seit Jahrhunderten. Die Probleme sind leicht auszumachen. Jahrhundertelang wurden die Iren in ihrem eigenen Land zu Bürgern zweiter Klasse gemacht. Die Engländer, die Protestanten, hatten die Macht und das Geld. Aber was man heute machen soll ... das ist eine sehr schwierige Frage. Aus meiner Sicht muss es zwischen den Menschen dort erst einmal zu einer Aussöhnung kommen, vorher wird es kein geeintes Irland geben."

Sie stutzte und sah ihn an. „Denkst du vielleicht, dass alle Menschen in Nordirland eines Morgens aufwachen und sagen: ‚Also das Ganze war doch lächerlich, wir sollten uns einfach vertragen'?"

„In den letzten zehn Jahren ist vieles besser geworden", sagte er.

„Danny, ich habe dich einmal erlebt, wie du dich nach deinem ersten Buch öffentlich geäußert hast. Du hast von der frühen Geschichte und von all den Kriegen gesprochen, in denen die Iren gekämpft haben."

„Damals war ich noch jung. Aber du weißt auch, dass ich nie von einer einfachen Lösung gesprochen habe und auch niemanden dazu aufgefordert habe, auf irgendjemanden eine Waffe zu richten. Sicher, ich habe mich mit der irischen Geschichte befasst. Während ich versucht habe, die Gründe herauszufinden, wie es überhaupt jemals zu einer solchen Entwicklung kommen konnte, wurde mir auf einmal bewusst, wie sehr ich es mag, zu schreiben und Reden zu halten. Ich hoffe, dass ich nicht mehr so ein Stümper bin wie als junger Mann, doch halte ich immer noch gern Vorträge. Vor allem vor irischstämmigen

Amerikanern. Aber ich rede nie davon, zu den Waffen zu greifen. So gut solltest du mich eigentlich kennen."

„Danny, weißt du was? Ich kenne dich nicht mehr, und ich weiß auch gar nichts über dich. Vermutlich habe ich dich *nie* wirklich gekannt. Aber ich *bin* Amerikanerin. Und ich bin gegen jede Form von Gewalt."

„Du hast mir gar nicht zugehört. Was glaubst du, was ich mache? Renne ich mit einem Maschinengewehr durch die Straßen?"

„Ich habe doch gesagt, ich weiß es nicht. Und es interessiert mich auch nicht. Ich bin durch und durch Amerikanerin, und wir haben hier unsere eigenen Probleme. Und ich gehe jetzt schlafen. Gute Nacht. Trockne die Gläser ab, immerhin hast du meinem Vater gesagt, du würdest helfen."

Sie ging zur Treppe im hinteren Teil des Hauses.

„Moira."

„Was ist?" Sie drehte sich nicht um, sondern blieb steif stehen. Dann sah sie ihn schließlich doch an. „Was ist?" wiederholte sie.

„Du kennst mich sehr gut. Tief in deinem Innersten kennst du mich."

„Wie du meinst. Gute Nacht."

„Ich bin immer noch dein Freund, ob du es weißt oder nicht. Und ich gebe dir jetzt eine freundschaftliche Warnung: Hüte dich vor Männern mit kleinen Augen."

„Michael hat wunderschöne Augen."

„Wenn du es sagst. Ich kann das nur schwer beurteilen. Also gut, schöne Augen, wenn du darauf bestehst, aber trotzdem klein."

Sie seufzte ungeduldig. „Gute Nacht, Danny."

„Gute Nacht, Moira."

Als sie die Treppe hinaufging, hörte sie ihn mit den Gläsern klirren. Sie eilte in die Wohnung über dem Pub und schloss die Tür zum Treppenhaus hinter sich ab.

Im Haus war es sehr ruhig. Hinten im Flur waren die Türen zu den verschiedenen Schlafzimmern alle geschlossen. Ihre Eltern waren in Patricks altes Zimmer umgezogen und hatten ihm und Siobhan das große Schlafzimmer überlassen, in dem es für die Kleinen auch ein Kinderbett gab. Brian hatte überglücklich die Luftmatratze für sich in Beschlag genommen. Moira hatte angeboten, sich ein Zimmer mit Colleen zu teilen, damit die Kinder ein eigenes Zimmer bekommen und ihre Eltern in ihrem Zimmer bleiben konnten. Sie war sogar bereit gewesen, so wie die Filmcrew im Copleys zu übernachten, aber davon hatten ihre Eltern nichts hören wollen. Sie waren zu glücklich, die Familie – ihre Kinder, die Enkel und Siobhan, die sie liebten wie eine eigene Tochter – zusammenzuhaben, dass sie bereit waren, ein paar Unannehmlichkeiten in Kauf zu nehmen.

Ihr fiel ein, dass sie ihre Schwägerin noch gar nicht gesehen hatte. Das war ungewöhnlich. Siobhan hatte ihre Eltern besucht, aber es war seltsam, dass sie die Kinder nicht mitgenommen hatte und nach ihrer Rückkehr nicht in den Pub gekommen war.

Moira ging am Schlafzimmer ihrer Eltern vorbei und erschrak, als sie Stimmen hörte. Gedämpfte, wütend klingende Stimmen. Offensichtlich ihr Bruder und ihre Schwägerin.

„O Gott, Siobhan, hör auf damit!"

Dann hörte sie Siobhan, die aber so leise sprach, dass Moira kein Wort verstehen konnte.

„Ich bin in gar nichts verstrickt."

Wieder Siobhan, wieder zu leise, um sie zu verstehen.

„Nein, es wird nichts anderes nach sich ziehen. Es ist etwas für Kinder, um Himmels willen!“

Diesmal konnte Moira nicht mal hören, dass Siobhan etwas erwiderte.

„Baby, Baby, bitte, glaub mir, glaub an mich ...“

Seine Stimme wurde leiser, Momente später hörte sie, wie das Bett ihrer Eltern quietschte.

Moira stand mitten im Flur da und lief rot an. Wunderbar, erst hatte sie gehorcht, was ihr Bruder und ihre Schwägerin gesprochen hatten, und jetzt belauschte sie sie auch noch beim Sex.

„Wenigstens einige von uns haben ihren Spaß.“

Sie erschrak, als sie auf einmal die Stimme ihrer Schwester dicht neben sich flüstern hörte.

„Colleen“, brachte sie heraus.

Colleen verkniff sich ein Kichern und zog Moira hinter sich her durch den Flur.

„Ich habe nicht mal gehört, dass du die Tür aufgemacht hast“, sagte Moira.

„Ich war auch nicht in meinem Zimmer. Ich habe telefoniert.“

„Telefoniert?“

„In Kalifornien haben wir erst elf Uhr.“

„Um elf Uhr noch geschäftliche Telefonate?“ wunderte sich Moira, aber Colleen winkte ab.

„Ein Kerl. Ein neuer Kerl. Nichts Ernstes oder Tiefschürfendes. Keiner, dem ich mich so vor den Augen von Dad an den Hals werfen würde, wie du es heute mit Michael gemacht hast.“

„Und machst du es, wenn Dad nicht dabei ist?“

Colleen lachte. „Was ist los mit dir? Bist du plötzlich das moralische Gewissen der Familie?“ sagte sie spöttisch.

„Ich wollte nicht lauschen, ich hatte bloß auf dem Weg in mein Zimmer Stimmen gehört."

„Stimmen, aha."

„Ernsthaft, Colleen. Sie haben sich gestritten, und ich wollte wirklich nicht zuhören."

„Da du aber zugehört hast, willst du jetzt von mir wissen, ob bei den beiden irgendwas nicht stimmt."

„Und?"

„Nicht, dass ich wüsste. Allerdings bin ich auch erst heute angekommen. Wie wärs? Sollen wir uns einen Tee machen? Ach, nein, nein, es ist schon viel zu spät. Außerdem bist du hier, um zu arbeiten, richtig? Wir werden uns morgen unterhalten. Ich möchte alles wissen. Gut aussehen tut dein Michael ja nun wirklich. Groß, breitschultrig. Große Füße. Du weißt ja, was man über Männer mit großen Füßen sagt."

„Das sind doch Altweibergeschichten."

„Oh, das tut mir aber Leid für dich."

„Verdammt, Colleen, warum fragst du mich nicht, wie die Sendung läuft, was wir als Nächstes machen ..."

„Ich sehe fern, und deine Sendung macht sich sehr gut. Wenn ich dir irgendetwas Interessantes zu erzählen hätte, dann würdest du alle saftigen Details erfahren."

„Mehr, als ich überhaupt würde wissen wollen", stimmte Moira zu.

„Ich habe mich nur gefragt, weil doch Danny auch hier ist und ..."

„Danny hat überhaupt nichts damit zu tun."

„Oh, du Lügnerin."

„Er ist ein alter Freund."

„Hör auf, Schwesterherz, deine Nase wird sonst immer länger", warnte Colleen sie. „Ihr beide habt doch immer eine unglaubliche Hitze ausgestrahlt. Und heute Abend ... das war so, als wärt ihr statisch aufgeladen gewesen. Wenn ich es mir recht überlege, dann beneide ich dich überhaupt nicht. Auf der einen Seite ein großer, dunkler und attraktiver Kerl, auf der anderen Seite die wilde Vergangenheit mit einem verwegenen Burschen aus Irland."

„Colleen, sei still! Mum und Dad wussten nie ..."

„Sie sind katholisch, Moira, aber nicht dumm. Nicht mal eine taubstumme und blinde Frau wäre gegen Mr. Daniel O'Hara immun. Ich glaube, er ist so groß wie dein neuer Liebhaber, wenn nicht sogar noch ein Stück größer. Hmm. Stramme Muskeln, knackiger Hintern. Wow, eine schwierige Entscheidung, Schwesterchen."

„Danny ist eine Ewigkeit her, Colleen."

„Du musst es ja wissen", gab Colleen skeptisch zurück.

„Du hast doch eben noch gesagt, Michael sei ..."

„Ja, er ist schon verdammt perfekt. Tolle Stimme. Auf der anderen Seite – Danny hat immer noch diesen süßen irischen Akzent ..."

Moira stöhnte auf. „Diesmal ist es wirklich nicht leicht, nach Hause zu kommen. Ich rechne ja damit, von unseren Eltern gequält zu werden, aber du bist noch viel schlimmer."

„Ich bin deine Schwester. Die einzige, die du hast. Und du solltest Mum und Dad täglich dafür danken, dass du eine Schwester hast", erklärte Colleen.

„Ich kenne den Spruch. Aber mal zu dir. Was ist mit diesem Kerl in Kalifornien? Wie heißt er? Ist er groß? Hat er große Füße? Vielleicht kannst du ja diese anatomische Gleichung bestätigen."

„Er heißt Chad Storm, und er ist wirklich groß."

„Chad Storm?" Moira rollte mit den Augen. „Ist er Schauspieler? Konnte er sich nicht einen besseren Namen ausdenken?"

„Er ist Designer, und den Namen hat er sich nicht ausgedacht, den hat er schon von Geburt an", erwiderte Colleen ein wenig eingeschnappt.

„Schhht! Wir wecken noch das ganze Haus auf."

„Schon gut, schon gut, die kleinen Bestien sollen ja nicht aufwachen, sonst werden Patrick und Siobhan uns umbringen. Ich meine ... na ja, sie würden uns wirklich umbringen! Ich gehe jetzt ins Bett, und du sorgst dafür, dass du deinen Schönheitsschlaf bekommst. Aber morgen will ich die Einzelheiten erfahren, auch die ganz pikanten und die ..."

„Geh schlafen, Colleen."

„Früher oder später wirst du es mir erzählen."

„Gute Nacht, Colleen."

„Ja, ja, gute Nacht." Sie umarmten sich kurz, dann gingen sie in ihre Zimmer, die am Ende des Flurs lagen.

Daniel trocknete nachdenklich die letzten Gläser ab und warf einen Blick auf die Wanduhr, die aus dem neunzehnten Jahrhundert stammte.

Fast zwei Uhr. Er hatte sich Zeit gelassen, alles auf Vordermann zu bringen. Er fühlte sich verwirrt und verletzt. Eine gewisse Spannung lag in der Luft. Das war auch kein Wunder, immerhin rückte St. Patrick's Day näher.

Er hatte auch die anderen Pubs in der Stadt aufgesucht, um so viel wie möglich zu erfahren, während er ständig auf der Hut war und beobachtete.

So, wie man ihn wahrscheinlich auch beobachtete.

Doch er würde die Augen offen halten. Ihm war der Mann aufgefallen, der ganz allein an einem der hinteren Tische gesessen hatte. Der Mann war nicht so gut, wie er vielleicht glaubte. Wenn man in einem Pub nicht auffallen wollte, dann gesellte man sich zu den anderen Gästen, aber man blieb nicht allein. Daniel war aber davon überzeugt, dass der Mann, nach dem er Ausschau hielt, jemand sein würde, den er noch nie gesehen hatte. Jemand, der auch ihn nicht kennen sollte.

Außer, er entpuppte sich als Patrick.

„Du wirst allmählich langsam, Junge", sagte er zu sich selbst und stellte das letzte Glas ins Regal hinter dem Tresen.

Plötzlich klingelte das Telefon. Danny nahm den Hörer ab. „Kelly's", sagte er reflexartig. Dann verkrampfte sich sein Griff um den Hörer.

„Kelly's", wiederholte er, zögerte einen Moment und fügte dann an: „Wo Blackbird spielt."

„Blackbird?" fragte eine kehlige raue Stimme. Mann oder Frau?

„Ja, Blackbird", bestätigte er.

„Ich ...", begann der Anrufer. „Tut mir Leid, verwählt", presste er dann heraus und legte auf.

Die Leitung war tot. Nicht verwählt, wollte Danny schreien.

Dann hörte er ein leises Klicken.

Oben war auch jemand ans Telefon gegangen. Hatte der Anrufer aufgelegt, weil zwei Personen abgenommen hatten? Er drückte die Sterntaste, die Sechs und die Neun, aber die Nummer des Anrufers war nicht mit übermittelt worden.

Von einem plötzlichen Zorn erfüllt, schleuderte er das Küchenhandtuch quer über die Theke. Er schüttelte den Kopf und presste die Zähne aufeinander. Wütend griff er nach der Whiskeyflasche und nahm einen Schluck, der in der Kehle brannte.

Dann ging er durch Büro und Lager zur Treppe. Er lief die

Stufen hinauf und stellte fest, dass die Tür zur Wohnung abgeschlossen war.

Er kehrte in die Bar zurück und stürmte zur Vordertür nach draußen, dann nahm er je zwei Stufen auf einmal und rannte auf der Außentreppe nach oben. Auch diese Tür war fest verschlossen, obwohl jeder, der wirklich hätte einbrechen wollen, nicht viel Mühe gehabt hätte, das Schloss zu knacken.

Er ging wieder nach unten in den Pub, schloss ab und begab sich in sein Zimmer.

Nach einer heißen Dusche legte er sich ins Bett und schaltete den Fernseher ein. CNN. Die Welt war in schlechter Verfassung. Gewalt im Nahen Osten. Ein verheerendes Zugunglück in Osteuropa, verursacht durch ein veraltetes Weichensystem. Und in Südamerika kostete ein Unwetter unzählige Menschenleben.

Die Nachrichtensprecherin, die gerade noch von einer Überschwemmung in Venezuela berichtet hatte, setzte mit einem Mal ein Lächeln auf und erzählte etwas über den St. Patrick's Day. Sie zeigte eine fröhliche Szene in Dublin, Menschenmengen in New York, dann ein kurzes Interview mit dem weltweit umjubelten Politiker aus Belfast, der auf dem Weg in die USA war, um mit den Bostoner Iren zu feiern.

Die Nachrichten gingen weiter, aber Dan starrte nur noch auf den Bildschirm, ohne etwas wahrzunehmen.

Es dauerte lange Zeit, ehe er einschlief.

5. KAPITEL

Im Haus war es ruhig, als Moira am nächsten Morgen ihr Zimmer verließ. Sie sah, dass Colleen ebenfalls auf dem Weg zur Küche war.

Sie holte sie ein und murmelte „Guten Morgen“, als sie gemeinsam die Küche betraten. Ihre Mutter musste lange vor ihnen aufgestanden sein. Die Kanne der Kaffeemaschine war bereits randvoll, und auf dem großen Esstisch stand schon die Teekanne. Ihr Bruder hatte sich bereits an den Tisch gesetzt, trank einen Schluck Kaffee und las die Zeitung.

„Dir auch einen wunderschönen Morgen“, erwiderte Colleen und rollte mit den Augen, als sie zu Patrick hinüberblickte. „Und dir auch, Bruderherz. Du sieht ziemlich ausgeschlafen aus für einen Mann, der die halbe Nacht ...“

„... mit der Band gespielt hat“, fiel Moira ihr ins Wort, da sie fürchtete, Colleen könnte eine Bemerkung machen, durch die sie ihm verriet, dass sie beide vor seiner Tür gestanden und gelauscht hatten. Sie setzte sich auf ihren Stammplatz und warf Colleen ein warnenden Blick zu.

„Ja, mit der Band gespielt hat“, wiederholte sie. „Genau das wollte ich auch sagen.“ Sie sah Moira mit einer gespielten Mischung aus Überraschung und Empörung an.

Moira fühlte sich elend. Sie war erst lange nach drei Uhr eingeschlafen. Wohl aus reiner Gewohnheit war sie dann früh am Morgen wieder aufgewacht und hatte keinen Schlaf mehr gefunden, obwohl sie noch lange nicht hatte aufstehen müssen. Natürlich hatte sie einiges zu tun. Michael und Josh hatten zwar hervorragende Arbeit geleistet und die Genehmigungen, um die Parade und die damit verbundenen Aktivitäten in der Stadt filmen zu können, längst eingeholt. Aber sie brauchte einen Plan, was sie genau drehen wollte. Sie musste im Moment so tun, als würde sie an diesem Plan bereits seit dem Telefonat arbeiten, bei dem sie ihrer Mutter gesagt hatte, sie würde nach Boston kommen.

Patrick sah seine Schwestern ein wenig irritiert an. „Mir gehts gut, danke. Colleen, du siehst prima aus, aber Moira ... hmm. Auch wenn es dir sicher nicht viel bringt, kannst du mir glauben, dass du nicht so mies aussiehst, wie du dich anhörst. Du kannst dir bestimmt keine Tränensäcke leisten, die bis zum Kinn reichen, wenn du vor der Kamera stehen musst, oder?"

„Na, toll. Wieso sieht Colleen gut aus, während ich bloß besser aussehe, als ich mich fühle?"

Patrick grinste. „Du hast dieses schockierte Aussehen, seit du hier angekommen bist", sagte er zu Moira.

„Tatsächlich?" fragte Colleen und sah zu ihrer Schwester, während sie sich Kaffee einschenkte.

„Wenn du ein ganztägiges Ritual daraus machst, Kaffee in deine Tasse zu gießen, dann solltest du mich vielleicht vorlassen", meinte Moira.

„Gib ihr den Kaffee, sie hat ihn dringend nötig", sagte Patrick.

Moira warf ihrem Bruder einen durchdringenden Blick zu. „Was soll denn das heißen?"

„Es war nicht zu überhören, wie du dich die ganze Nacht im Bett hin und her gewälzt hast."

„*Ich*?" erwiderte Moira fast entrüstet, dann sah sie zu Colleen, und augenblicklich begannen sie beide schallend zu lachen.

„Was ist? Habe ich was verpasst?" fragte Patrick misstrauisch und sah die beiden abwechselnd an.

„Na ja, wir wollten eigentlich diskret sein ...", setzte Colleen an.

„Aber ich schwöre zu Gott, dass die Bettfedern garantiert das letzte Mal so laut geknarrt haben, als ... als Colleen gezeugt wurde“, sagte Moira.

Patricks Gesicht lief fast im selben Moment rot an.

„Ihr zwei seid einfach unmöglich“, brachte er heraus. „Das ist unhöflich. Wir sind hier im Haus unserer Eltern und ...“

„Hey, wir machen dir doch gar keine Vorwürfe“, erwiderte Colleen und griff nach Moiras Kaffeetasse.

„Nein, wir freuen uns nur für dich ...“

„Für euch beide natürlich“, warf Colleen ein.

„Nach so vielen Jahren Ehe“, fuhr Moira fort.

„Und in deinem hohen Alter“, legte Colleen nach.

„Du bringst es eben immer noch, das ist alles“, schloss Moira.

Patrick stellte kopfschüttelnd die Tasse ab und senkte den Blick. Dann sah er sie beide an. „Und das von einer Frau, die gestern Abend beinahe über einen wildfremden Mann hergefallen wäre.“

„Michael ist kein wildfremder Mann“, protestierte Moira.

„Also wir sind ihm noch nie begegnet.“

„Ich kenne ihn sehr gut.“

„So siehts aus. Wie war das? Du bist ihm nach Weihnachten begegnet? Das macht dich nicht gerade zur Kandidatin für die Goldene Hochzeit.“

„Sehr nett“, sagte sie zu Patrick.

„Vermutlich hat sie das nur wegen Danny gemacht“, warf Colleen gähnend ein.

Moira warf ihr einen wütenden Blick zu. „Hey, auf wessen Seite stehst du eigentlich?“

Colleen sah sie verlegen an. „Tut mir Leid.“

„Aber dass du dich mit deiner Schwester gegen mich verbündest, das tut dir nicht Leid?“ warf Patrick ein.

„Oh, sind die Mädchen wieder böse zu dir, Patrick?“ fragte ihre Mutter, als sie in die Küche kam. „Schämt euch, ihr zwei. Muss ich euch denn ständig daran erinnern, dass ...“

„Dass wir alle das beste Geschenk füreinander sind, das du uns jemals gemacht hast“, fielen die drei gleichzeitig ein und begannen zu lachen.

Katy schüttelte den Kopf. „Eines Tages werdet ihr schon merken, wie wahr das ist. Wenn die ganze Welt gegen euch ist und eure Freunde euch enttäuscht haben, dann werdet ihr noch immer eure Familie haben.“

„O Mum“, sagte Moira, stand auf und ging zu ihrem Bruder, um ihn zu umarmen – und in den Arm zu kneifen.

„Ich liebe meinen großen Bruder. Ehrlich.“

„Ich doch auch“, sagte Colleen.

„Und du, Patrick?“ wollte Katy wissen.

„Und ich?“ Patrick grinste Moira an. „Meine Schwestern sind der strahlende Mittelpunkt meines Lebens. Aber es gibt da noch jemanden. Meine Frau. Oh, und meine Kinder auch noch, diese kleinen Teufel. Mein ganzes Leben ist in ein strahlendes Leuchten getaucht.“

„Es reicht“, meinte Katy amüsiert. „Moira, rutsch bitte ein Stück. Und du, Patrick, schieb den Stuhl ganz ran. Die Kinder sind wach und werden jeden Augenblick hier hereinplatzen. Ich muss mich um die Eier kümmern. Würdet ihr mir bitte helfen, Mädchen?“

„Mädchen?“ fragte Colleen.

„Was denn?“ wollte Katy verwundert wissen.

Moira legte einen Arm um ihre Mutter. „Mum, sie will damit sagen, dass du sexistisch bist. Patrick kann genauso mithelfen.“

„Schließlich kochst du ja auch für seine Kinder mit.“

„Nein, Patrick kann nicht helfen“, sagte Katy.

„Und warum nicht?" entgegnete Colleen.

„Weil es keinen zweiten Menschen auf der Welt gibt, der sich in der Küche so dumm anstellt. Granny Jon sagt, dass er der Einzige ist, der nicht mal Wasser kochen kann."

„Er tut doch nur so", behauptete Moira. „Damit er sich davor drücken kann!"

„Kinder, es reicht jetzt", sagte Katy empört.

„War doch nur ein Scherz, Mum", erklärte Moira. „Ich hole den Speck."

„Nimm aber den von unten. Der magere Speck im obersten Fach ist von McDonnell, den brauche ich heute Abend für den Kohl mit Speck."

„Kohl mit Speck", murmelte Moira.

„Und Colcannon", sagte Katy. „Und auch noch Broccoli und Spinat, weil das für das Herz deines Vaters gut ist. Moira Kathleen, ich brauche auch den Haferbrei. Dein Dad hat beschlossen, es morgens etwas einfacher angehen zu lassen. Wegen seiner Cholesterinwerte."

Moira holte den Speck aus dem Kühlschrank und den Haferbrei aus dem Vorratsschrank. Sie sah ihre Mutter an. „Das ist es! Wir werden kochen. Für die Sendung filmen wir dich, wie du das Essen für den St. Patrick's Day vorbereitest."

„An St. Patrick's Day werden wir nicht Kohl mit Speck essen, sondern einen Braten", sagte Katy.

„Mum", stöhnte Moira leise auf. „Ich will nicht wissen, was wir wirklich an St. Patrick's Day essen. Aber Kohl mit Speck ist ein traditionelles irisches Gericht. Für die Sendung wird das einfach fantastisch sein."

„Ach, Tochter, ich mag keine Kameras", protestierte Katy.

„Können wir Patrick in eine Schürze stecken?" rief Colleen erwartungsvoll.

„Nur über meine Leiche“, warf Patrick ein.

„Hey, das wäre doch toll. Lass ihn so richtig irisch auftreten. Er soll Bier trinken und mit der Band spielen“, neckte Colleen ihn weiter.

„Weißt du, das ist schon eine komische Sache“, erwiderte Patrick. „Anzüge stehen mir gut, was für einen Anwalt ganz nützlich ist. Ich kann auch Hüte tragen, aber Schürzen ... Ich bin dafür einfach nicht richtig gebaut.“

„Wir werden dich nicht mit Schürze filmen“, sagte Moira. „Da du nicht kochen kannst, zeigen wir dich einfach anschließend beim Spülen.“

„Ich habe heute Morgen einen Termin“, sagte Patrick.

„Wetten, dass er sich den gerade eben ausgedacht hat?“ rief Colleen.

„Hast du wirklich einen Termin?“ fragte Katy.

Bevor er antworten konnte, klopfte jemand an der Tür zum Treppenhaus. Moira fühlte augenblicklich eine unerklärliche Anspannung, die ihren ganzen Körper ergriff.

Ihre Mutter und ihre Schwester hatten sich umgedreht, nur Patrick sah weiter sie an.

„Es ist also Danny“, sagte er leise.

„Das ist doch lächerlich“, murmelte Moira. „Soll ich aufmachen?“ fragte sie ihre Mutter.

„Nein, um die Zeit kann das nur Danny sein“, sagte Katy. „Komm herein, Danny!“ rief sie.

„Ich habe gestern Abend abgeschlossen“, warf Moira ein.

„Danny hat selbstverständlich einen Schlüssel“, gab ihre Mutter ungeduldig zurück.

Noch während ihre Mutter redete, hörte Moira, wie der Schlüssel im Schloss gedreht wurde.

Sie fragte sich, warum es sie so sehr störte, dass er einen

Schlüssel hatte. Einen Schlüssel zu ihrem Zuhause. Nein, nicht zu *ihrem* Zuhause, sondern zu dem Zuhause ihrer *Eltern*.

Er war hier immer willkommen gewesen.

Als er eintrat, sah sie an seinem noch feuchten, nach hinten gekämmten Haar, dass er eben erst geduscht hatte. Und rasiert hatte er sich auch. Er trug Jeans und einen Sweater, darüber eine bequeme Lederjacke. Sie musste zugeben, dass er gut aussah. Die vergangenen Jahre hatten seiner natürlichen Lässigkeit einen leicht wettergegerbten und ausgeglichenen Ausdruck verliehen. Er ist nicht so attraktiv wie Michael, dachte sie fast analytisch und nur zum Teil abwehrend. Michael hatte ein klassisch gutes Aussehen. Dunkles Haar, strahlende blaue Augen und ebenmäßige Gesichtszüge. Daniel hingegen wirkte etwas schroffer mit dem leicht kantigen Kinn, den schmalen Wangen und den markanten, ein wenig rauen Gesichtszügen. Aber er hatte schöne Augen. Ein seltsamer Braunton ließ sie manchmal wie Bernstein, dann wieder wie Gold schimmern. Er sah, dass sie ihn betrachtete, lächelte aber nur und wandte sich stattdessen ihrer Mutter zu.

„Katy Kellys Kaffee habe ich bis in mein Zimmer riechen können", sagte er, legte ihr liebevoll einen Arm um die Hüfte und gab ihr einen Kuss auf die Wange.

„Hinter dem Tresen in der Bar steht eine Kaffeemaschine", sagte Moira ziemlich scharf. Patrick sah sie an, woraufhin sie die Augen aufriss. „Wie sollen wir sonst Irish Coffee zubereiten?"

„Ich glaube, wir wissen alle, dass hinter dem Tresen eine Kaffeemaschine steht", sagte ihr Bruder.

„Was ich damit sagen wollte ...", setzte sie an.

„Ach, aber mein Kaffee würde niemals so gut schmecken wie der von Katy", fiel Danny ihr ins Wort.

„Und du würdest ihn auch nicht gern allein trinken wollen", sagte Katy nachdrücklich. „Du bist bislang jeden Morgen raufgekommen. Und jetzt, da die Mädchen da sind, wollt ihr natürlich gemeinsam etwas Zeit miteinander verbringen." Katys Worte klangen beiläufig, waren aber bestimmend gemeint.

„Natürlich wollen wir das", sagte Colleen. „Er ist wie noch ein älterer Bruder. Ein netter älterer Bruder."

Patrick stöhnte unüberhörbar auf.

„Nur wie ein Bruder", sagte Moira lächelnd.

Danny hatte sich Kaffee eingeschenkt und neben Patrick Platz genommen. „Wirst du von deinen Geschwistern heute Morgen gequält?"

„Sag mal, würdest du eine Schürze tragen, damit deine Schwester sich landesweit im Fernsehen über dich lustig machen kann?" fragte Patrick.

„Die Sendung läuft nur im Kabelprogramm", murmelte Moira.

„Aber mit enormen Einschaltquoten", sagte Patrick. „Also?"

Für einen Moment glaubte Moira, dass Danny sie verärgert ansah. „Ich habe keine Schwester", sagte er schließlich.

„Aber du bist doch wie ein netterer älterer Bruder", erinnerte Patrick ihn.

„Ja, stimmt. Wie sieht denn die Schürze aus?" fragte Danny und klang wieder so heiter wie zuvor.

„Ich bin sicher, Mum hat irgendwo eine mit Kobolden versteckt", sagte Colleen.

„Niemand muss eine Schürze tragen!" warf Moira ein.

„Genau, wir passen beim Kochen auf", meinte Danny.

„Ich habe doch gar nicht davon gesprochen, dass außer

Mum irgendjemand in die Sendung kommt“, gab Moira zu bedenken.

„Stimmt. Die ewig unterdrückten Geschwister müssen abseits des Rampenlichts spülen“, sagte Patrick.

„Hey“, meldete sich wieder Colleen zu Wort. „Mein Gesicht wollen aber vielleicht tausende von Menschen sehen!“

„Natürlich darfst du mit uns vor der Kamera kochen“, sagte Moira zu ihrer Schwester.

„Danke, aber ich muss erst meinen Agenten fragen.“

„Colleen Mary!“ warf Katy empört ein.

„Nur ein Scherz, Mum.“

„Aber es *ist* ein Gesicht, das tausende sehen wollen – *Schwester*“, sagte Danny zu Colleen. „Gratuliere übrigens. Es ist von Tag zu Tag häufiger zu sehen.“

„Wirklich, Danny?“ fragte Colleen mit ängstlicher Stimme. Einen Moment lang dachte Moira darüber nach, dass ihre Schwester tatsächlich einfach nur nett war. Sie leistete Außergewöhnliches, aber sie fand es immer noch erstaunlich, dass die Menschen ihrem Aussehen Beachtung schenkten. Sie hatte genug Selbstbewusstsein entwickelt, um weiterzumachen, und sie war dennoch mit beiden Beinen fest auf dem Boden geblieben.

„Ja, wirklich. Patrick und deine Eltern haben mir gesagt, dass sich im Westen eine Romanze für dich abzeichnet.“

„Mehr aber auch nicht“, warf Katy ein. „Jedenfalls sagt das meine Tochter.“

„Es ist wirklich nicht mehr dahinter“, meinte Colleen lachend. „Mum, ich würde nie was Ernstes anfangen, ohne dir den armen Kerl erst mal vorzustellen und sicherzugehen, dass er das Zeug für eine echte Beziehung hat.“

Patrick sah sein Schwester an und lächelte flüchtig. „Das ... ‚Zeug‘?“

„Ist er ein netter Kerl?“ fragte Danny. „Alles andere wäre nämlich nichts für meine ... kleine Schwester.“

„Einen netteren gibt es nicht. Hör mal, du bist doch ab und zu in Kalifornien. Komm doch nächstes Mal einfach vorbei, dann kannst du ihn kennen lernen.“

„Dan kann ihn für dich mit links einschätzen“, sagte Patrick.

„Colleen hat genug Grips in ihrem schönen Kopf. Ich bin sicher, dass er ein feiner Kerl ist“, sagte Danny. „Was Moira angeht ...“

„Moira und ihren Michael“, sagte Katy.

„Er ist toll, Mum, und das weißt du“, erwiderte Moira.

„Er scheint ganz anständig zu sein“, räumte Patrick ein.

„Er ist ein Prachtkerl“, erklärte Colleen entschieden.

„Er hat kleine Augen“, bemerkte Danny kopfschüttelnd.

„O Gott, geht das schon wieder los“, sagte Moira gereizt.

„Also ich habe nichts an seinen Augen auszusetzen“, meinte Katy nachdenklich, die die Bemerkung völlig ernst aufgefasst hatte.

„Sieh sie dir in Ruhe an – sie sind klein“, wiederholte Danny und starrte zu Moira.

„Also gut, ich werde mir den Mann nochmals ansehen, Danny“, meinte Katy, während sie die Speckstreifen mit solcher Präzision in die Pfanne legte, dass viel mehr darin Platz fanden, als man für möglich gehalten hätte. „Aber er ist höflich, und er sieht sehr gut aus. Außerdem betet er Moira an.“

„Kann ich mir gut vorstellen“, sagte Danny mürrisch.

„Habe ich jetzt endlich deinen Segen?“ wollte Moira wissen.

„Ich behalte mir ein endgültiges Urteil vor.“

„Und dabei war er so voller Lob mit seinen Bemerkungen über dich“, sagte sie.

„Wirklich?“ fragte Danny.

„Eigentlich nicht. Er hat dich mit keinem Wort erwähnt.“

„Na ja, ich bin schließlich auch nur ein alter Freund der Familie und kein richtiger Verwandter, den er beeindrucken müsste.“

„Aber auf der Gästeliste für unsere Hochzeit wirst du ganz oben zu finden sein“, erwiderte Moira und sah ihn über den Rand ihrer Kaffeetasse an.

Ihre Mutter schnappte nach Luft. „Moira Kathleen!“

„Nein, nein, Mum“, sagte sie rasch und seufzte. Sie musste in der Gegenwart ihrer Eltern mit den Wortgefechten vorsichtig sein, die sie sich mit Danny lieferte. „Wir haben nichts geplant – noch nicht.“

„Ich wünsche dir von ganzem Herzen Glück“, sagte Danny. Sein Blick wich nicht von ihr, seine Stimme klang ernst.

Aus irgendeinem Grund reizte sie das noch mehr.

Vielleicht wollte er gar nicht, dass sie glücklich war. Ja, das war es. Eindeutig. Sie wollte, dass es ihm Leid tat, dass er sich alles selbst zuzuschreiben hatte.

„Danke.“ Sie zwang sich zu einem neutralen Tonfall. „Entschuldigt mich für einen Moment, ich muss telefonieren und für den Tag fertig werden. Mum, würde es dir wirklich nichts ausmachen, wenn wir dich filmen, wie du heute das Abendessen zubereitest? Wenn es dir irgendwie unangenehm ist ...“

„Nein, nein, das ist schon in Ordnung. Ich will mich nur nicht zum Narren machen. Du wirst doch die ganze Zeit dabei sein, ja?“

„Natürlich. Und außerdem haben wir Colleen und Siobhan, und die Kinder auch, wenn sie wollen. Es wird lustig werden, wirklich, Mum.“

„Vielleicht.“

„Da gibts kein ‚Vielleicht‘, Mum“, versicherte Colleen.

Katy nickte wieder.

Moira machte sich in dem Moment auf den Weg in ihr Zimmer, als die Kinder aus dem Elternschlafzimmer gestürmt kamen.

„Auntie Mo!“ rief Brian.

„Guten Morgen, mein Großer“, begrüßte sie ihren Neffen.

Molly war direkt hinter ihm. „Auntie Mo! Auntie Mo! Unsere Geschenke“, rief sie und warf sich Moira an den Hals.

„Molly“, tadelte Shannon sie mit einer Reife, die man von einer Sechsjährigen nicht unbedingt erwartet hätte. „Wir fragen nicht nach unseren Geschenken.“

„Ist schon gut“, versicherte Moira den beiden rasch. „Eure Tante könnt ihr ruhig fragen, aber bei anderen Leuten solltet ihr es nicht machen“, sagte sie zu Molly. „Aber ich bin eure Tante, und ich habe dir ein Geschenk versprochen, darum ist es in Ordnung. Ich muss nur erst noch telefonieren, danach bringe ich euch die Geschenke.“

„Danke, Auntie Mo“, sagte Brian.

„Wo ist denn eure Mum? Ich habe sie noch gar nicht gesehen.“

„Noch im Bad“, sagte Shannon. „Sie hat gesagt, dass sie heute Nacht nicht gut geschlafen hat. Und sie hat gesagt, wenn man älter wird, dann wird es schwieriger, die Falten wegzuwaschen.“

Moira lachte. „Sag deiner Mum, dass sie nichts hat, was auch nur entfernt an Falten erinnert.“ Plötzlich musste sie lächeln, dann fügte sie an: „Sag ihr doch, es tut mir Leid, dass sie nicht gut geschlafen hat.“

Sie ging an Brian und den Mädchen vorbei in ihr Zimmer, rief im Copley an und verlangte Michael. Er nahm nicht ab. Sie ließ sich mit Josh verbinden, der sich sofort meldete. Er berichtete ihr, dass sie sich soeben mit der von Michael angeheuerten vierköpfigen Crew unterhalten hatten. In etwa einer halben Stunde würden sie einsatzbereit sein.

„Und was werden wir machen? Wir sind ja ziemlich Hals über Kopf hierher geflogen, aber ..."

„Wir werden heute gleich hier filmen. Traditionelle irische Küche. Kommt rüber, wenn ihr fertig seid. Übrigens, ich konnte Michael nicht erreichen."

„Ich habe heute schon mit ihm gesprochen. Ich werde ihn anrufen und ihm sagen, dass wir uns bei dir treffen."

Moira legte auf, dann nahm sie die Geschenke und ging zurück in die Küche. Dort angekommen, sah sie ihre Schwägerin, die neben ihrer Mutter an der Spüle stand. Sie drehte sich um, als Moira hereinkam, lächelte breit und eilte zu ihr.

Siobhan war mit ihren langen blonden Haaren und ihren dunkelblauen Augen eine hübsche Frau. Sie sah wunderbar aus, aber auch erschöpft. Sie war noch schlanker geworden, und ihr Gesicht war blass. Unter den Augen lagen leichte Schatten, die auch unter dem geübt aufgetragenen Make-up nicht verschwinden wollten.

„Moira, hey!"

„Siobhan, du siehst großartig aus", sagte sie und umarmte ihre Schwägerin, während sie überlegte, ob man ihren Worten die Lüge hatte anmerken können.

„Danke, aber ich fühle mich heute Morgen hundeelend", erwiderte sie lachend. „Wir drehen also eine typische, natürliche, völlig ehrliche und absolut spontane Szene in der Küche, habe ich gehört?"

„Völlig spontan", stimmte Moira lachend zu. „Auch wenn du fünfmal die Tür aufmachen musst, damit wir die richtigen Einstellungen bekommen, wirst du völlig spontan wirken."

„Das war nicht ernst gemeint. Du willst mich auch dabeihaben?"

„Klar, es wird lustig werden. Wir werden erst Scones backen, damit die Kinder sie im Wohnzimmer essen können, und dann gehen wir vier in der Küche ans Werk. Eine richtige Familienangelegenheit."

„Eine Familienangelegenheit? Und was machen die Männer?"

„Die filmen wir, wie sie auf der Couch rumhängen, Bier trinken, sich ungeniert kratzen und ein Football-Spiel ansehen."

Siobhan lachte. Eamon Kelly, der das Gespräch mitbekommen hatte, legte sofort Protest ein. „Tochter, wie kannst du nur so was sagen?"

„Eamon, beklag dich nicht", rief Danny, der am Küchentisch saß und mit der vergnügt kichernden Molly spielte. „Auf der Couch sitzen, Bier trinken, Football sehen – und sich dann und wann gepflegt kratzen – klingt für mich nach einer guten Methode, den Tag zu verbringen."

„Dad, jeder weiß, dass du wie ein Pferd schuftest", sagte Moira, während sie Danny ignorierte. „Du setzt dich auf die Couch und lässt es gemütlich angehen."

„Ich werde unten sein und mich um den Pub kümmern, Mädchen, und das weißt du", erklärte Eamon.

„Ich mache den Pub für dich auf", schlug Danny vor. „Auf die Weise kannst du deiner Tochter bei der Arbeit zusehen."

„Ich habe um ein Uhr wirklich einen Termin", sagte Patrick bedauernd.

„Patrick“, erwiderte Siobhan. „Ich dachte, wir würden diesmal Urlaub mit der ganzen Familie machen.“

„Liebling, das ist eine Sache, die dauert gerade mal eine Stunde. Es ist ein wichtiger Klient“, beschwichtigte er sie.

„Auntie Mo!“ rief Molly wie aus heiterem Himmel. „Geschenke!“

„Molly!“ Diesmal war es Siobhan, die sie zurechtwies.

„Ich habe ihr vor zehn Minuten ein Geschenk versprochen. Wenn man vier ist, dann ist das eine halbe Ewigkeit“, sagte Moira. „Hier, Molly. Fang!“

Sie warf Molly den verpackten Plüschkobold zu, den sie aber nicht schnappte. Danny hob für sie das Geschenk vom Boden auf, während Moira Brian und Shannon ihre Mitbringsel gab. Dann nahm sie die Spieldose und stellte das Päckchen ihrer Mutter hin.

Katy sah sie fragend an.

„Es wollte unbedingt zu dir.“

„Moira, es ist weder Weihnachten, noch habe ich Geburtstag ...“

„Mum, beruhige dich“, sagte Colleen gut gelaunt. „Mach es einfach auf, lass uns alle ‚ooh‘ und ‚aah‘ rufen, und dann bedank dich bei Moira.“

Katy lächelte verlegen, dann machte sie ihr Geschenk fast so schnell auf wie die Kinder. Molly war glücklich über ihr neues Spielzeug, und Patrick sagte begeistert: „Wow, das ist ja cool.“

Moira sah ihre Mutter an, die die Augen vor Freude weit aufriss, als sie die zierliche Elfe ausgepackt hatte.

„Moira, die ist ja wunderschön.“

„Es ist eine Spieldose.“

„Und was spielt sie?“

Moira nahm sie, um sie aufzudrehen.

„„Danny Boy‘“, sagte Danny leise, noch bevor der erste Ton erklungen war.

Moira warf ihm einen langen Blick zu, während alle anderen die kleine Figur betrachteten. Sie fand, dass er sie seltsam ansah. Das Licht im Zimmer ließ seine Augen goldfarben und zugleich ungewöhnlich verschlossen wirken.

„Woher hast du das gewusst?“ fragte sie ihn.

„Gut geraten“, antwortete er schulterzuckend. „Hey, der Speck brennt an.“

„Jesus!“ rief Katy erschrocken aus, als sie sah, dass Qualm aus der Pfanne aufstieg.

„Ich mache das schon, Mum. Stell du die Spieldose auf den Kamin“, sagte Moira und wendete den Speck in der Pfanne.

„Ich kümmere mich um die Eier“, bot Colleen an.

„Danny, Patrick, ihr holt den Saft“, rief Moira.

„Wo ist eigentlich Granny Jon?“ wunderte sich Patrick.

„Ich sehe nach, ob sie schon auf ist“, erklärte sich Danny bereit und verließ die Küche.

Katy ging nur kurz raus, um ihr neues Schmuckstück sicher zu platzieren. Was nach einem heillosen Durcheinander aussah, war in Wahrheit eine perfekte Teamarbeit, die dafür sorgte, dass das Frühstück auf den Tisch kam.

Danny kam mit Granny Jon zurück, die sich dafür entschuldigte, dass sie verschlafen hatte.

„Wir haben alles unter Kontrolle, Mum“, versicherte Katy.

„Tee?“ fragte sie.

„So stark, dass er aus eigener Kraft zum Tisch gehen könnte, wenn er Beine hätte“, sagte Moira gleichzeitig mit ihren Geschwistern und ihren Eltern.

Alle mussten lachen, ausgenommen Granny Jon, die kurz verächtlich schnaubte, während sie ihre Plätze am Tisch einnahmen. Es war ein großer Tisch, aber sie waren elf Personen, und so saßen sie dicht an dicht. Einige Minuten lang bestand die Unterhaltung ausschließlich aus Bemerkungen wie „Kann ich bitte das Salz haben?“, „Wer hat den Saft?“ und „O nein, Molly, der Becher ist viel zu voll“.

Während Moira den Becher vor ihrer Nichte in Sicherheit brachte, klingelte es an der Haustür. „Ich gehe schon“, sagte sie und sprang auf. „Das wird meine Crew sein.“

Sie goss etwas von dem Saft aus Mollys Plastikbecher in ihr Glas, dann ging sie zur Tür. Als sie aufmachte, sah sie, dass Michael eingetroffen war. Die Luft war frisch und ließ Moira erschauern. Michael schien es nicht zu bemerken. In seinem Wollmantel und mit dem schwarzen Schal sah er aus wie aus einer Armani-Werbung.

„Guten Morgen“, grüßte er mit angenehm rauer Stimme.

„Guten Morgen. Komm rein, hier draußen ist es ja eisig.“

„Die Kälte ist nicht so schlimm. Aber letzte Nacht war ich entsetzlich einsam“, erwiderte er.

„Tut mir Leid“, murmelte sie. „Mein Dad, du weißt ...“

„Ich verstehe das schon“, sagte er sanft. „Aber ich darf mich doch trotzdem einsam fühlen.“ Er sah über ihre Schulter und bemerkte, dass Danny ihr zur Tür gefolgt war.

„Michael, schön dich zu sehen. So wie du da auf der Veranda stehst, musst du an Kälte gewöhnt sein. Was ist dir lieber – Kaffee oder Tee?“

„Kaffee“, antwortete Michael und kam herein. Er zog seinen Mantel aus, den Moira ihm abnahm und an den Garderobenständer aus dem achtzehnten Jahrhundert hängte. Während er seine Handschuhe auszog, hielt er Dannys Blick stand. „Ich glaube, ich hatte heute Morgen schon sechs Tassen, aber die scheinen noch nicht zu genügen.“

„Ein Kaffee ist schon unterwegs."

Danny wandte sich ab, um in die Küche zu gehen. Er wirkte so höflich und freundlich, wie es nur ging.

„Trau ihm nicht über den Weg", flüsterte Moira Michael zu.

„Wirklich?"

Sie schüttelte den Kopf und ging in die Küche.

„Morgen, Michael. Speck und Eier – oder lieber Haferbrei?" Eamon stand auf, um ihm die Hand zu schütteln.

„Danke, weder noch. Ich habe schon gefrühstückt."

„Michael, du kennst meine Schwägerin Siobhan noch nicht", sagte Moira und machte die beiden miteinander bekannt.

„Hallo, Siobhan, ist mir ein Vergnügen."

„Freut mich, dich kennen zu lernen", erwiderte sie und betrachtete ihn lächelnd.

„Hattest du gesagt, dass du Eier mit Speck nimmst?" fragte Katy.

„Er hat gesagt, dass er schon gefrühstückt hat, Mum", sagte Moira.

„Sie werden dich nur mögen, wenn du kräftig zulangst, musst du wissen", warnte Danny ihn.

„Dann nehme ich Eier mit Speck", sagte Michael.

„Dan O'Hara, du weißt, dass das nicht stimmt", protestierte Katy. „Allerdings wird hier alles besser sein als das, was es im Hotel zu essen gibt."

„Davon bin ich überzeugt", stimmte Michael zu. „Aber Katy, all dieses Essen ... Musst du das gleich alles wegräumen und wieder von vorne anfangen, nur damit wir drehen können?"

„Ich koche wieder, weil wir ein Abendessen vorgesehen haben", erwiderte Katy. „Außerdem habe ich zahlreiche Helfer."

„Mich ausgenommen“, sagte Patrick. „Mein Termin“, erklärte er. „Außerdem will ich unterwegs nach dem Boot sehen.“ Von seiner Frau und seinen Kindern abgesehen, war sein Boot seine andere große Liebe seines Lebens. Es lag in Boston vor Anker, weil er es liebte, auf die See hinauszufahren – im Winter allerdings eher selten, da die See meistens zu aufgewühlt war. Es war ein hübsches Spielzeug, fünfzehn Meter lang, unglaublich elegant und mit Betten für acht Personen.

Patrick sah auf die Uhr. „Ich muss jetzt wirklich gehen. Moira, ich versuche, bald zurück zu sein, damit du mich lange genug filmen kannst, wie ich auf der Couch sitze, Bier trinke und mich kratze – und den Abwasch erledige. Schatz ...“ Er gab Siobhan einen Kuss auf die Wange.

Sie reagierte nicht weiter auf seine Verabschiedung.

„Okay, ihr Raufbolde“, wandte er sich an die Kinder und küsste sie flüchtig. „Ihr benehmt euch, verstanden?“

„Die Kinder benehmen sich immer“, sagte Eamon. Moira entging nicht der Tonfall in der Stimme ihres Vaters. Sie fragte sich, ob es ihn wohl ärgerte, dass ihr Bruder ging.

„Bis später“, rief Patrick. An der Tür drehte er sich noch einmal um. „Ehrlich, ich trinke nachher ganz viel Bier und werde mich stundenlang kratzen“, sagte er. Moira reagierte mit einem bemühten Lächeln, während er seine Frau ansah.

Siobhan hatte ihren Blick absichtlich gesenkt und strich Butter auf eine Scheibe Toast für Molly.

Nachdem Patrick gegangen war, räusperte sich Danny. „Tja, ich kann nicht zulassen, dass Patrick das einzige ungezogene Kind ist. Ich gehe mir Zigaretten holen. Ich weiß, ist eine schlechte Angewohnheit. Ich werde auch nicht im Haus rauchen. Katy, soll ich noch irgendetwas mitbringen, wenn ich schon rausgehe? Irgendetwas traditionelles Irisches, was dir noch für dein Essen fehlt?"

„Danny, du weißt doch, dass uns im Pub und im Haus nur selten etwas ausgeht", sagte Katy.

„Ich glaube, die Butter reicht nicht mehr allzu lang", meinte Colleen. „Aber richtige irische Butter, keine Margarine."

„Colleen, wir können unsere Gäste nicht zum Einkaufen schicken", sagte Katy.

„Natürlich können wir das", entgegnete sie. „Er ist kein Gast, er ist ein großer Bruder."

„Wie viel Butter solls denn sein, Katy?" fragte Danny. „Ein Pfund?"

„Lieber zwei. Wir haben ein volles Haus", sagte Katy.

„Okay", rief er. „Ich beeile mich, ich will ja nicht den ganzen Spaß verpassen."

„Du hast doch meinem Vater versprochen, dass du den Pub öffnest", erinnerte Moira ihn.

„Werde ich auch machen. Wahrscheinlich werde ich so wie Patrick auch etwas später auf der Couch landen."

Dann ging er fort. Irgendetwas an seinem plötzlichen Aufbruch kam Moira seltsam vor.

Nur Michael war noch mit dem Frühstück beschäftigt. Siobhan stand auf und stellte die Teller zusammen. „Ich spüle", sagte sie.

„Dann trockne ich ab", bot Colleen an.

„Ich kümmere mich um den Rest", erklärte Moira und sammelte Tassen und Gläser ein.

„Lass Michael doch wenigstens noch zu Ende frühstücken, bevor du ihm den Teller wegreißt", meinte Eamon.

„Ist gut, Dad." Als sie den Teller ihrer Großmutter nahm, bemerkte sie, dass Granny Jon intensiv auf den Fußboden starrte. Dann sah sie jedoch rasch Moira an, als hätte sie sich für nichts anderes interessiert. „Haben die Kinder etwas fallen lassen?“ fragte Moira und bückte sich.

Aber das war nicht der Fall.

Granny Jon hatte auf die noch ungeöffnete Zigarettenschachtel geblickt, die neben dem Stuhl lag, auf dem Danny gesessen hatte.

Patrick eilte durch die Straßen, den Wollschal um den Hals gelegt, den Mantelkragen hochgeschlagen. Er hatte so lange in Massachusetts gelebt, dass er an ein Wetter gewöhnt war, das noch bis weit in den Frühling mit eisigen Temperaturen aufwarten konnte. An einer Ampel blieb er stehen und trat von einem Fuß auf den anderen, während er Selbstgespräche führte. „Kein Wunder, dass die Pilgerväter alle draufgegangen sind“, murmelte er und sah zum Himmel. Wenigstens sah es für den Moment nicht nach Schnee aus: ein blauer Himmel mit ein paar Wolken, die rasch vorüberzogen.

Die Ampel schaltete um. Plötzlich sah er zurück, da ihn das unheimliche Gefühl beschlichen hatte, jemand würde ihn verfolgen.

Nur ein Kind mit einem Roller war auf der Straße unterwegs. Warte nur, bis wieder Nachtfrost kommt, Kleiner, dann wirst du es noch bedauern, dachte er. Es war noch früh am Samstagmorgen. Samstags brauchten die meisten Menschen in Boston etwas länger, um auf Touren zu kommen. Dennoch irritierte es ihn, dass die Straßen so wirkten, als wären sie eben erst leer gefegt worden.

Warum meinte er, dass ihm jemand folgte? Waren es seine Nerven? War es sein schlechtes Gewissen? Vielleicht lag es einfach nur am Wetter.

Er ging schnell weiter, dann warf er einen kurzen Blick über die Schulter. Niemand.

Das Gefühl hielt sich beharrlich. Es machte ihn nervös. Es war fast so, als würde er nur im Geist die Schritte seines Verfolgers hören können.

Als würde er den Atem seines Verfolgers im Nacken spüren.

Vielleicht wurde er ja wirklich verfolgt – von einer Horde Kobolde, Zwergen in grüner Kleidung, die ihm nachliefen.

Vielleicht war er aber auch nur wieder zu lange zu Hause gewesen und hatte die Geschichten mitbekommen, die seine Eltern und seine Großmutter den Kindern erzählten.

Geschichten von Elfen, spitzbübischen Kobolden ...

Und nicht zu vergessen die Todesfeen, schwarze Schatten, die einem Mann nachstellten, die in der Nacht laut heulten und seinen Tod ankündigten.

Er sah sich erneut um und suchte mit seinen Blicken die Straße ab.

Doch da waren keine Elfen, keine Kobolde und auch keine Todesfeen. Das Gute und das Böse auf der Welt ging nur von den Menschen aus.

Entschlossen ging er weiter. Er hatte sich entschieden, und er würde das machen, was er für richtig hielt.

Moira stellte erfreut fest, dass sich ihre Mutter vor der Kamera völlig natürlich gab. Nach den ersten Minuten Nervosität hatte sie sich schnell an die Kamera, die Scheinwerfer und den Mikrofongalgen gewöhnt, der von einem ihr wildfremden Menschen gehalten wurde. Katy Kelly liebte es zu kochen. Sie war in ihrem Element, während sie ihren Töchtern Anweisungen gab und davon erzählte, wie sie als kleines Mädchen in Dublin gelebt hatte, wie sich die Zeiten doch geändert hatten, wie viel aber gleichzeitig auch beim Alten geblieben war. In ihre Arbeit vertieft, die auch darin bestand, Colleen anzuweisen, auf den Kohl zu achten, Moira die Verantwortung für das Fleisch zu übertragen und Siobhan dafür sorgen zu lassen, dass die Mischung aus gehacktem Kohl und Zwiebeln für den Colcannon richtig sautiert war, schaffte sie es, nebenbei über das irische Temperament zu reden. Zu viele Menschen sehen Irland als eine gespaltene Insel, meinte sie, aber sie vergessen, dass sie über die Jahre hinweg alle zu Iren geworden waren.

Nordirland war zwar rein politisch gesehen ein Teil von Großbritannien, aber Irland war ein wunderbares Land, dessen Geist jeden beseelte, der es liebte. Die Wikinger waren dort eingefallen und hatten große Verwüstungen angerichtet, doch dann hatten sich viele von ihnen niedergelassen und waren dort geblieben. Die Engländer hatten ab dem elften Jahrhundert begonnen, das Land zu erobern. Allerdings hatten einige der bekanntesten irischen Familiennamen bei diesen frühen Invasoren ihren Ursprung. Ire zu sein bedeutete mehr, als nur auf der Insel geboren zu sein, und es war mehr als ein Erbe. Es war ein Geist der Wärme, des Geschichtenerzählens, einer besonderen Magie, und das steckte heute auch in vielen Amerikanern.

Als sie während der Aufnahmen einmal Josh ansah, gab Moira ihm mit ihren Blicken zu verstehen, wie froh und erstaunt sie über die entspannte Art ihrer Mutter vor der Kamera war. Josh reagierte mit einem breiten Lächeln und hielt den Daumen nach oben. Es würde eine gute Sendung werden. Ihre Familie war einfach fantastisch, und es würde alles bestens verlaufen.

Eamon Kelly strahlte vor Stolz auf seine Frau. Als Moira die beiden so sah, wurde ihr klar, wie glücklich sie sich schätzen konnte. Die Eltern vieler ihrer Freunde waren längst geschieden, und viele ihrer Bekannten hatten nie erfahren, was es bedeutete, in einem Haushalt mit Mutter und Vater aufzuwachsen. Ihre Eltern waren nicht wegen der Kinder oder aus irgendeinem anderen praktischen Grund zusammen, sondern weil sie sich noch immer liebten.

Michael und Josh verstanden sich großartig mit ihrer Familie, und auch die Crew war erstklassig. Zwischendurch sah sich Moira das bereits gedrehte Material noch einmal an und war sehr zufrieden. Katy, erfreut, dass es so gut gelaufen war, lief rot an, als ihre Familie und das Filmteam ihr gratulierten. Sie verhielt sich wie ein Profi, wenn Josh sie bat, den einen oder anderen Arbeitsgang zu wiederholen, damit der Kameramann sich auf einige der Details konzentrieren konnte.

Die Kinder waren am Tisch gefilmt worden, aber kurz nach dem Dreh hatten sie sich davongemacht. Während Josh damit beschäftigt war, erste Entscheidungen zu treffen, wie die Szenen geschnitten werden sollten, ging Moira ins Wohnzimmer. Granny Jon hatte sich dort niedergelassen und strickte, während sie darauf wartete, als Nächste vor die Kamera zu treten und sich über die hohe Kunst des Teezubereitens zu äußern. Sie sagte Moira, die Kinder seien unten im Pub. Als sie unruhig geworden waren, hatte Danny sie mitgenommen, um sie zu beschäftigen.

„Ich habe ihn gar nicht zurückkommen sehen“, murmelte Moira.

„Er hat darauf geachtet, dich nicht bei deiner Arbeit zu stören. Er hatte deinem Vater ja versprochen, den Pub aufzumachen, und genau das hat er auch gemacht. Die Kinder hat er mit nach unten genommen, damit sie ihm ein wenig helfen“, sagte Granny Jon.

„Ich gehe mal runter und sehe nach dem Rechten“, meinte Moira.

Als sie in den Pub kam, wurde ihr bewusst, wie spät es mittlerweile war. Die Gäste, die zum Mittagessen herkamen, waren schon längst wieder gegangen. Danny stand hinter dem Tresen, während sich Chrissie Dingle, Larry Donovan und die neue junge Kellnerin Marty um die Tische kümmerten. Joey Sullivan und Harry Darcy waren in der Küche am Werk, und die Kinder saßen an einem Ecktisch. Als Moira zu ihnen ging, sah sie, dass Danny ihnen Malbücher gekauft hatte. Mollys Kobolde waren alle kräftig lila angemalt worden, nicht grün. Moira gefielen sie so recht gut.

„Ich male so eigentlich nicht sehr oft, weißt du“, sagte Brian mit ernstem Ton zu seiner Tante. „Onkel Dan hat gesagt, ich soll auf die Mädchen aufpassen. Und das mache ich jetzt.“

„Das kannst du sehr gut“, sagte Moira und zuckte zusammen, als sie merkte, dass sie wieder einmal so redete wie ihre Mutter oder wie Granny Jon.

„Heute Mittag haben wir Eis gegessen“, verkündete Shannon.

„Brrr“, machte Moira. „Schöne Farben. Ihr seid richtige kleine Engel. Patrick hat euch überhaupt nicht verdient.“

Brian legte die Stirn in Falten, da er das Gefühl hatte, sie kritisiere seinen geliebten Vater.

Moira drückte ihn an sich. „Dein Daddy ist mein Bruder, wie du weißt. Ich liebe ihn von ganzem Herzen. Aber du weißt doch, wie du manchmal Mädchen aufziehst, nicht wahr? Auf die gleiche Weise ziehe ich Patrick auf."

Brian war wieder zufrieden und lächelte.

„Ich komme gleich wieder", versprach Moira.

Sie ging zu einem der Tische im vorderen Teil des Lokals, um ein paar leere Gläser einzusammeln, dann kehrte sie zum Tresen zurück und dachte daran, Danny dafür zu danken, dass er während der Dreharbeiten ihrem Vater die Arbeit abnahm. Als sie aber dort ankam, zapfte Chrissie das Bier. Chrissie war dreißig, attraktiv und sehr tüchtig.

„Wo ist Danny?"

„Er ist gerade rüber zu den Kindern", sagte Chrissie.

Als sie sich umdrehte, entdeckte sie nicht nur Danny am Tisch, sondern auch Michael, der nach unten gekommen war. Sie saßen beide da und hielten ein Pint in der Hand. Moira ging zu ihnen.

„Wir nehmen deinen Dad auch mit in die Sendung, Moira." Michael stand auf. „Er wird uns von den irischen Bieren erzählen, die er zapft, und von den irischen Whiskeys, die er führt."

„Tolle Idee", sagte sie. „Aber kein Wort über Politik."

„Wovor hast du Angst, Moira?" wollte Danny wissen und sah sie abwartend an.

„Ich habe vor nichts Angst, Danny."

„Und warum willst du dann so verdammt politisch korrekt sein?"

„Weil ich eine freundliche kleine Reisesendung mache, darum", erwiderte sie wütend.

„Und wir sorgen dafür, dass alle Iren gut aussehen“, fügte Michael lächelnd an.

„Alle Iren. Also weißt du, das finde ich wirklich großartig“, sagte Danny genauso locker. „Lass uns einfach so tun, als wäre alles in bester Ordnung. Die Iren sind noch nie unterdrückt worden, seit Heinrich der Zweite an die Macht kam und die irischen Stammesführer zwang, sich ihm zu unterwerfen. Und Heinrich der Achte ist auch nie an die Macht gekommen, er wollte sich nie scheiden lassen und hat auch keine eigene Kirche gegründet. Die irischen Katholiken hatten auch gar nichts dagegen, etwas an ihrer Religion zu ändern, nur weil er eine neue Frau haben wollte. Er hat sie auch nicht zermalmt und das Land all derer konfisziert, die gegen ihn waren. Und am besten vergessen wir auch ganz schnell Wilhelm von Oranien und die Schlacht an der Boyne und die Unterwerfung der Menschen, die sich hinter den rechtmäßigen König gestellt hatten.“

„Dan, das alles ist doch hunderte von Jahren her“, entgegnete Michael.

„Und der Osteraufstand, bei dem die Führer der erhofften Irischen Republik erschossen, nein, hingerichtet wurden, *nachdem* sie sich ergeben hatten.“ Dan sprach so voller Eifer, als hätte er Michael gar nicht gehört.

Moira wollte etwas sagen, als Michael Danny ins Wort fiel. „Dann sollten wir auch nicht jene Anführer vergessen, die gezielt und kaltblütig englische Staatsdiener in Irland umgebracht haben. Und denken wir auch an die Bomben, die dutzende von unschuldigen Menschen getötet haben – und unschuldige Kinder.“

Moira bemerkte, dass Brian zu ihnen sah, während die Mädchen in ihre Malbücher vertieft waren und nichts um sich herum wahrnahmen.

„Gibt es in Irland immer noch Krieg?“ fragte er.

„Nein“, sagte Moira.

„Doch“, erwiderte Michael zornig und sah Danny an. „Einige Menschen beharren darauf, nach wie vor Krieg zu führen.“

Danny zuckte plötzlich mit den Schultern und verzog den Mund zu einem Lächeln. Ihr wurde klar, dass er Michael absichtlich provoziert hatte. Sie versuchte, die Situation zu entschärfen. „Wir sollten mit den Kindern einkaufen gehen, vielleicht runter zum Quincy Market, und dann in Little Italy etwas essen. Oder in einem chinesischen Restaurant.“

„Die Kinder haben eben gegessen“, gab Danny barsch zurück.

„Es sind Kinder. Die haben gleich wieder Hunger“, sagte Moira energisch.

Danny reagierte mit einer Geste, die Gleichgültigkeit ausdrückte.

Michael seufzte. „Und ich muss wieder zu Josh. Wir filmen jetzt deinen Vater hier im Pub, weil im Moment nicht so viel los ist.“ Er legte seine Hand um Moiras. „Später? Unternehmen wir später etwas?“

„Auf jeden Fall“, sagte sie.

Er zog sie an sich, schob einen Arm um ihre Taille und küsste sie auf die Wange. „Entschuldigung“, flüsterte er.

„Ist nicht deine Schuld“, erwiderte sie absichtlich laut genug, damit Danny sie hören konnte. Michael runzelte die Stirn, drückte ihre Hand und ging dann in Richtung Treppe.

„Was zum Teufel ist bloß los mit dir?“ fragte sie Danny wütend, nachdem sie außer Hörweite der Kinder war.

Er kniff die Augen zusammen und sah sie auf eine Weise an, als würden seine Augen nach einer Beute suchen. Dann zuckte er mit den Schultern. „Ich will nur wissen, woran ich bin."

„Warum? Lass ihn doch einfach in Ruhe."

„Er ist Ire, richtig? Jedenfalls hat deine Mutter mir das erzählt."

Moira machte eine ungeduldige Handbewegung. „Die Menschen wandern seit Jahrhunderten in andere Länder aus. Einige von ihnen kommen in die Staaten und werden Amerikaner. Er ist Ire, aber er ist nicht in dem Sinne *irisch*, wie es manche anderen Leute von sich behaupten."

„Moira, es tut mir Leid, aber ich *bin* Ire."

„Schön, aber wir sind hier in Amerika."

„Das stimmt."

„Auntie Mo", rief Brian plötzlich. „Wirst du Michael heiraten?"

„Nein", antwortete Danny.

„Doch, das glaube ich schon", widersprach Moira ihm.

„Deine liebe Tante gibt sich die größte Mühe, um mich zu verärgern", sagte Danny.

„Dich zu verärgern?" wiederholte Moira ungläubig. „Mal sehen, er ist klug, sieht gut aus, ist charmant und ist bereit, meinetwegen eine ganze Menge über sich ergehen zu lassen. Was, um alles in der Welt, wäre daran falsch, einen solchen Mann zu heiraten?"

Überraschend erwiderte Danny mit sanfter Stimme: „Ich weiß es nicht. Genau das ist ja das Problem, ich weiß es einfach nicht." Sie bemerkte, dass er sie gar nicht ansah, sondern den Blick auf den Fernseher über der Bar gerichtet hatte. „Entschuldige mich", sagte er und ging an ihr vorbei. Er stellte sich vor den Fernseher und blickte hinauf. Neugierig geworden, stellte Moira sich zu ihm.

„Chrissie, machst du das bitte mal lauter?“ Sie lächelte flüchtig und erfüllte seinen Wunsch.

Auf dem Bildschirm war ein großer weißhaariger Mann zu sehen, der auf den Stufen vor dem New Yorker Plaza Hotel stand und Fragen der wartenden Journalisten beantwortete.

„Mr. Brolin, was empfinden Sie dabei, in Amerika zu sein?“ fragte einer der Reporter.

„Es ist großartig“, erwiderte der Mann. „Es ist immer wieder ein wunderbares Gefühl, in Amerika zu sein.“ Er hatte eine tiefe, volle Stimme und sprach mit einem leichten Akzent, der aber genügte, um ihn als Iren zu identifizieren. Es machte ihm offenbar nichts aus, so viele Mikrofone vorgehalten zu bekommen.

„Sind Sie aus diplomatischen Erwägungen hier, Sir?“ wollte eine der Reporterinnen wissen.

„Nun, als Teil Großbritanniens unterhält Nordirland gute Beziehungen zu den Vereinigten Staaten. Als Teil des irischen Volks möchten wir Nordiren auch gern die Amerikaner bei uns begrüßen, die die Republik im Süden besuchen. Einige der schönsten Orte aus unseren Legenden finden sich im Norden, da sind sich alle Iren einig. Armagh, Tara, landschaftlich so schön, dass sie atemberaubend sind. Sie gehören uns allen, auch den Iren in Amerika.“

„Mr. Brolin, haben Sie eine Strategie, damit Irland eines Tages wieder geeint sein wird?“

„Meine erste Strategie besteht darin, bei den Menschen Einigkeit zu schaffen“, antwortete Brolin.

„Kann es denn wirklich dazu kommen?“

„Wir leben im einundzwanzigsten Jahrhundert. Ich glaube, wir sehen jetzt viel klarer, dass wir an die Wurzel all unserer Probleme herankommen können. Ich will nicht behaupten, dass wir Jahrzehnte der Verbitterung einfach über Nacht ungeschehen machen können. Aber in den letzten zehn Jahren haben wir viel erreicht. Wir im Norden arbeiten zusammen. Sie alle wissen doch, dass die Ankurbelung des Fremdenverkehrs – besonders durch amerikanische Touristen – von Vorteil ist. Ein solches Ziel kann alle dazu bringen, zusammenzuarbeiten und an einem Strang zu ziehen."

Er wollte sich abwenden, und für einen Sekundenbruchteil konnte man dem Mann ansehen, wie erschöpft er war.

„Mr. Brolin, Mr. Brolin, bitte noch eine Frage", rief eine zierliche Frau, die sich mit dem Mikrofon ihren Weg in die Nähe des Politikers gebahnt hatte. Brolin zögerte lange genug, um der Frau Gelegenheit zu geben, weiterzureden. „Wir haben tausende von irischen Amerikanern hier in New York. Warum haben Sie sich entschieden, am St. Patrick's Day in Boston aufzutreten?"

Brolin lächelte die Frau an. „New York ist eine wundervolle Stadt, und hier leben tatsächlich viele irische Amerikaner. Aber ich habe mich nicht für Boston entschieden, sondern ich bin dorthin eingeladen worden. Laden Sie mich doch nächstes Jahr nach New York ein, und ich werde gerne herkommen."

Mit diesen Worten wandte er sich von der Kamera ab und ging zum Hotel. Moira fielen die zahlreichen Polizisten auf, von denen er umgeben war.

„Er ist charmant", murmelte sie. „So gelassen und vernünftig. Schade nur, dass er von so vielen Polizisten eskortiert werden muss."

Danny warf ihr einen merkwürdigen Blick zu. „Manche Menschen wollen halt einfach nicht vernünftig sein", sagte er schließlich. „Oh, da kommt dein Vater. Du bist wieder dran. Jetzt kann Eamon für Bier aus Irland werben – und natürlich auch aus Boston.“ Er wandte sich ab, nahm seinen Mantel von der Garderobe und ging nach draußen auf die Straße, ohne sich noch einmal umzudrehen.

Sie hörte zwar, wie ihr Vater, Michael, Josh und einige andere aus der Crew von hinten in den Pub kamen, aber ihr Blick galt Danny, der in so großer Eile davongestürmt war, obwohl er offensichtlich nichts Dringendes zu erledigen hatte. Vom Fenster aus sah sie ihn einfach vor dem Pub stehen und sich eine Zigarette anzünden. Als wüsste er, dass sie ihm nachsah, drehte er sich plötzlich zu ihr um. Dann betrachtete er einen Moment lang das Schild von Kelly’s Pub, trat die Zigarette aus und ging fort.

„Launischer Bastard“, murmelte Moira und drehte sich zur Gruppe um ihren Vater um.

Sie machten sich an die Arbeit. Nachdem Beleuchter und Tontechniker bereit waren, stellte sich Eamon an die Zapfanlage, während Moira sich auf der anderen Seite der Theke auf einen Hocker setzte. Eamon holte aus und erklärte die Unterschiede zwischen den verschiedenen Biersorten. Einige Gäste wurden in die Szene einbezogen, und die anfangs etwas schüchterne Chrissie agierte schon bald ganz natürlich. Seamus und Liam kamen dazu und sprachen darüber, dass der Pub so etwas wie ein Zuhause war, ein Ort, an dem man sich mit seinen Freunden traf.

„Ein Bier ... ein Bier kann man sich überall bestellen“, sagte Liam in die Kamera. „Aber ein Ort, an dem sich ein Mann zu Hause fühlt, wo er mit Freunden diskutieren kann, wo der Barkeeper genau weiß, wer was trinkt ... so etwas findet man nicht so schnell.“

Moira stellte überrascht fest, dass es ihr tatsächlich Spaß machte, durch das Lokal zu gehen und mit den Gästen zu reden. Sie ließ die Kinder noch einmal ins Bild kommen, die an ihrem Tisch nach wie vor mit den Malbüchern beschäftigt waren. Jeff Dolan war schon früh eingetroffen, um die Bühne für den Abend vorzubereiten. Sie erwischte ihn dabei, wie er mit den Kindern spielte, die völlig begeistert waren.

Vor der Videokamera erzählte Jeff: „Ein Pub ist viel mehr als eine Bar. Ein Pub bietet familiengerechte Preise, Kinderteller, gute warme Mahlzeiten und natürlich auch Ale. Also ich kann Ihnen sagen, dass es bis vor kurzem in Irland viele Pubs gab, in dem die Männer ihren Platz hatten und die Frauen ebenfalls. Nur nicht auf derselben Seite wie die Männer. Ich möchte wetten, dass es in der alten Heimat bestimmt immer noch ein oder zwei solche Pubs gibt. Aber heutzutage weiß ich, dass ich allein herkommen kann – und damit meine ich, wenn ich nicht arbeite. Und ich weiß, ich kann auch mit meinen Kinder, meinen Verwandten und wem auch immer herkommen. Da hinten gibt es ein Dartboard, und erst letzte Woche habe ich meinem Neffen das Dartspielen beigebracht. Hier werden auch immer alle Sportübertragungen gezeigt. Also, worum es hier geht: Im Pub kann man ein gutes Bier bekommen, aber auch noch eine ganze Menge mehr. Ein echter irischer Pub ist das Herz der Nachbarschaft. Kelly's Pub hat ein sehr großes Herz, sogar hier in Amerika, und das können Sie mir glauben."

Josh, der Moira mit der Kamera gefolgt war, schaltete ab. Moira lächelte zufrieden und gab Jeff einen Kuss auf die Wange. „Das war wunderbar."

Er wurde rot. „Freut mich. Zum Glück hast du mich nicht vorgewarnt. Sonst wäre ich ganz schrecklich gewesen."

„Ich bin auch froh, dass wir dich nicht gewarnt haben", sagte Josh. „Das wird eine unserer besten Sendungen, Moira. Ich muss mal mit Michael und dem Tontechniker reden. Ich will sichergehen, dass wir eine gute Aufnahme im Kasten haben." Sie nickte, und Josh ging fort.

Jeff machte einen rundum zufriedenen Eindruck. „Mit dem Material kannst du bestimmt zehn Stunden Sendung füllen", meinte er zu ihr.

Sie schüttelte den Kopf. „Wir werden überall schneiden müssen. Wenn man sich das Material anschließend ansieht, merkt man, was alles rausfliegen muss, weil es viel zu lang ist."

„Das heißt, ihr werdet hier noch mehr Aufnahmen machen?" wollte er wissen.

„Klar, warum nicht? Ich hatte übrigens nichts davon gewusst, dass Josh Colleen und mich gestern Abend bei unserem Auftritt gefilmt hatte. Die Aufnahmen habe ich mir noch nicht angesehen, aber vielleicht können wir davon auch was nehmen. Die spontanen Dinge sind für eine solche Sendung immer am besten."

„Ich finde, das ist keine gute Idee", meinte Jeff.

„Wieso nicht?"

Er zögerte und betrachtete das Equipment, das er aufgebaut hatte.

„Was ist", fragte er, „wenn jemand gefilmt wird, der das gar nicht möchte?"

„Jeff, wir machen das genauso wie die großen Jungs von Disney oder wem auch immer. Wir hängen Schilder auf, dass Dreharbeiten stattfinden."

„Und du glaubst, dass jeder solche Schilder liest?"

„Wir lassen uns von jedem, den wir zeigen, eine Einverständniserklärung unterschreiben", sagte Moira, dann runzelte sie die Stirn. „Jeff, ich weiß nicht, worüber du dir Sorgen machst. Bislang waren die Leute hier alle völlig begeistert und wollten gefilmt werden."

„Ja, aber ..."

Sie schüttelte den Kopf. „Jeff, du machst doch nicht ... ich meine, in Dads Lokal wird doch nicht etwa mit Drogen gedealt, oder?"

„Moira, ich bin jetzt seit mehr als fünf Jahren clean. Du kannst deinen Dad fragen. Ich trinke ab und zu mal ein Bier, mehr nicht."

„Ich wollte dir nichts unterstellen, Jeff ..."

„Ich bin nur um dich besorgt, Moira, verstehst du? Pass gut auf, was du filmst. Ich glaube kaum, dass es deinem Bruder gefällt, wenn du hier alles auf Video festhältst."

„Mein Bruder!" So überrascht sie auch klang, hatte sie seit der belauschten Unterhaltung zwischen ihm und Siobhan selbst ihre Bedenken, was Patricks Aktivitäten anging.

„Ja, du weißt doch, er ist Anwalt. Er muss vorsichtig sein."

„Jeff, das ist nichts weiter als eine Reisesendung."

„Ich weiß, ich weiß. Bitte achte trotzdem darauf, was du filmst. Tus für mich, ja? Das hier ist für mich ein sehr wichtiger Ort. Ich gebe zu, dass ich früher ein wilder Kerl war, aber das weißt du ja, du hast es schließlich miterlebt. Mal war ich auf Drogen, dann wieder nicht. Ich war der knallharte Typ von der Straße, und dann wieder habe ich versucht, Geld aufzutreiben, um Waffen nach Irland zu schaffen. Ich habe ein oder zwei Nächte in der Zelle zugebracht. Dein Dad hat sogar dann noch an mich geglaubt, als meine Familie mich längst zum Mond schießen wollte. Sei vorsichtig. Sei einfach nur vorsichtig."

Er wartete ihre Antwort nicht ab, sondern fuhr sich durch sein zerzaustes Haar und wandte sich seinem Equipment zu.

Moira wollte ihn genauer befragen, aber in dem Moment tauchte Michael hinter ihr auf und legte ihr die Arme um die Taille. Sein Aftershave roch so gut. Seine Wange fühlte sich so gut und so verführerisch auf ihrer Haut an, als er sich vorbeugte. Sie fühlte sich geborgen und war froh über seine Berührung.

„Sollen wir uns davonschleichen?“ fragte er heiser.

„Gern.“

„Ich meine, so richtig davonschleichen. Wir wollen bestimmt nicht erfahren, ob Josh sich vorgenommen hat, irische Paarungsrituale am St. Patrick's Day zu filmen.“

Sie musste lachen, dann drehte sie sich um und sah ihn an. „Das würde er nicht wagen.“

„Schleichen wir uns ins Hotel davon?“

„Ja, machen wir das.“

Moira durchquerte das Lokal, um ihrem Vater zu sagen, dass sie gehen wollte. Im Pub war nicht allzu viel los. Chrissie kümmerte sich um die drei Frauen, die an der Theke saßen, und Eamon war in eine Zeitung vertieft.

Moira stellte überrascht fest, dass sie sich ein wenig wie ein ertapptes Kind fühlte, als sie zu ihrem Vater ging. Sie war nicht sicher, was sie als Grund nennen würde. Natürlich war sie alt genug und würde ihm sagen, dass irgendetwas erledigt oder ein Motiv besichtigt werden musste. Welche Frau würde – ganz gleich, wie alt sie war – ihrem Vater gegenüber eingestehen, dass sie eine kurze Pause von ihrer Familie einlegen wollte, weil sie unbedingt ein wenig Zeit mit dem neuen Mann in ihrem Leben verbringen musste?

„Dad ...“, begann sie.

„Sie haben noch nichts gefunden“, sagte Eamon und sah auf.

„Bitte?“

„Ich meine das arme Ding, das vor kurzem ermordet wurde. Die Polizei hat die halbe Stadt befragt, aber keine Spur gefunden. In der Nacht, in der sie umgebracht wurde, war sie in einer von diesen teuren Bars. Ich nehme an, sie war das, was man heutzutage eine Hostess nennt, auch eine von der teuren Sorte. Jeder kann sich daran erinnern, dass sie in der Bar war, aber niemand weiß, mit wem sie fortgegangen ist. Es gibt keine Verbindungen zu anderen Mordfällen."

„Dad, es dauert leider oft Monate oder Jahre, bis die Polizei einen Mörder fasst", sagte Moira. „Manchmal wird der Mörder nie ermittelt."

„Das gefällt mir nicht", sagte Eamon.

„Mir auch nicht, Dad, ich finde so etwas tragisch."

Michael war Moira gefolgt und stand hinter ihr. „Eamon, ich weiß, dass du um deine Töchter besorgt bist, und ich will auch niemanden vorverurteilen. Aber es ist nun mal so, dass ein Callgirl gewisse Risiken eingeht. Deine Töchter würden nie in eine solche Lage geraten."

„Es stört mich einfach nur", sagte ihr Vater.

„Ich bin hier in der Stadt sicher. Ich bin entweder mit Michael oder mit Josh unterwegs, Dad", sagte Moira und hatte den richtigen Ansatzpunkt gefunden. „Wo ich gerade davon ..."

In diesem Augenblick kam Colleen aus dem Büro hinter der Theke und blieb genau hinter ihrem Vater stehen. „Hey, Zeit fürs Abendessen", sagte sie.

„Abendessen?" wiederholte Moira verständnislos.

„Ja, Abendessen. Weißt du noch, was wir den ganzen Tag für deine Sendung zubereitet haben? Mum hat sich entschlossen, dass wir heute Abend alle zusammensitzen und essen. Du weißt schon, Abendessen."

„Jetzt?" wunderte sich Moira.

„Sechs Uhr ist für mein Gefühl eine gute Zeit fürs Abendessen", sagte jemand hinter Moira.

Sie drehte sich um und sah, dass Danny zurückgekehrt war.

Er schien zu wissen, dass sie hatte weggehen wollen. Zusammen mit Michael. Es war offensichtlich, dass ihn die Situation amüsierte.

Colleen beugte sich über die Theke. „Komm bloß nicht auf die Idee, dich jetzt aus dem Staub zu machen, nach allem, was Mum getan hat, damit es für deine Sendung gut aussieht!"

„Sie würde mich umbringen, richtig?"

„*Ich* würde dich umbringen", versicherte Colleen.

Sie würde es Michael erklären müssen. Aber als sie seine Hände auf ihren Hüften fühlte, wusste sie, dass sie gar nichts erklären musste. „Abendessen? Hört sich nach einer guten Idee an", sagte er leise.

Sie drehte sich zu ihm um und sah ihm tief in die Augen. „Du bist wirklich viel zu gut", sagte sie.

Er schüttelte den Kopf. „Du bist das Warten wert, Moira."

Sie strich über seine Wange. Dann wurde ihr bewusst, dass Danny sie noch immer beobachtete. Sie nahm Michaels Hand und sagte: „Lass uns nach oben gehen."

In der Wohnung angekommen, schlug ihnen der köstliche Duft von Kohl mit Speck entgegen, den ihre Mutter zubereitet hatte. Die Kinder saßen schon am Tisch, und Siobhan half ihnen, die Brotscheiben zu schmieren. Es war eine wundervolle Szene, die Moira augenblicklich auf die Idee brachte, dass man sie filmen müsste.

„Keine Kameras, wenn wir beim Abendessen zusammensitzen", erklärte ihre Mutter, als hätte sie ihre Gedanken gelesen.

„Keine Kameras", stimmte sie eilig zu.

Keine Kameras.

Sie musste daran denken, wie besorgt Jeff darüber war, dass sie noch weiter im Pub filmen wollte.

Warum?

Was war es, das sie besser nicht filmen sollte?

Amerika war ein erstaunliches Land. Von seinem Hotelzimmer mitten in New York City aus betrachtete Jacob Brolin das rege Treiben viele Dutzend Stockwerke unter ihm. Von seinem Fenster aus konnte er die Straße und den Central Park überschauen. Die Menschen waren so weit entfernt, dass sie zu kleinen, gesichtslosen Gestalten wurden. Einige von ihnen genossen erkennbar die Stadtansicht, da sie sich Zeit ließen, während andere in Eile waren, um von irgendeinem Punkt zu einem anderen zu gelangen. Touristen blieben stehen und verhandelten mit den Kutschern am Straßenrand. Er hatte sich zuvor zu seiner Zufriedenheit davon überzeugt, dass die Pferde in guter Verfassung waren und keine knochigen und unterernährten Tiere die Touristen durch die Stadt und den Park ziehen mussten. Viele Pferde trugen eine Decke gegen die Kälte, die Mitte März herrschte, andere waren mit Blumen geschmückt worden. Eines von ihnen schien sogar einen Hut zu tragen. Die meisten der Kutscher waren Iren, was er an ihrem Jubel erkannt hatte, als er im Hotel eincheckte. Ja, er war wirklich froh gewesen, dass die Pferde gepflegt waren. Seltsam, dachte er, aber vielleicht ist es auch gar nicht so seltsam. Viele Männer wie er hatten es hingenommen, dass anderen Menschen Gewalt angetan wurde, aber das Leid eines Tieres ging ihnen immer zu Herzen. Doch um diese Pferde kümmerte man sich, und das war eine gute Sache.

„Mr. Brolin?“

Er wandte sich vom Fenster ab. Peter O’Malley, einer seiner Mitarbeiter, hatte an der Tür angeklopft, die den Salon mit dem Schlafzimmer verband, und war eingetreten. O’Malley, ein

Hüne von Mann, maß gut und gerne einsfünfundneunzig. Und auch wenn er an die 150 Kilo auf die Waage brachte, war er ein wandelndes Muskelpaket. Er trug einen Anzug, der ihm gut stand. Brolin war sicher, dass es nur wenigen Leuten auffallen würde, dass O'Malley einen Teil seines schwergewichtigen Aussehens der kugelsicheren Weste zu verdanken hatte.

„Peter?"

„Der Anruf ist da."

„Danke, ich nehme ihn hier an."

Er nahm den Hörer ab und nannte seinen Namen. Der Anrufer sprach Gälisch. Er hörte aufmerksam zu, dann sagte er entschlossen: „Ich sage es nicht ab, ich werde morgen Nachmittag dort sein."

Nach einem kurzen Wortwechsel legte er den Hörer auf und ging wieder zum Fenster. Diesmal schloss er allerdings die Augen.

1973. Er hatte sich für einen anderen Weg entschieden. Ihm war es wie die einzige Wahl erschienen, die er hatte. Er war mit Jenna McCleary unterwegs gewesen, und die Situation war außer Kontrolle geraten. Der Kampf hatte sich in die Straßen verlagert. Kugeln waren ihnen um die Ohren geflogen, während sie in Deckung gerannt waren.

„Wir müssen uns aufteilen", hatte Jenna gesagt.

Er hatte genickt. Aufteilen und dann mitten im Geschehen untertauchen. Wo konnte man sich besser verstecken als in aller Öffentlichkeit? Er war einverstanden gewesen.

Er war in den nächstgelegenen Pub gegangen und hatte sich ein Ale bestellt. Er war nicht sicher, welchen Weg Jenna gewählt hatte, aber spät am Abend erfuhr er, dass man sie aufgegriffen hatte.

Man hatte ihm davon erzählt, davon, wie man sie verhört

hatte. Davon, wie der vorgesetzte Offizier sie einer Gruppe von Soldaten überantwortet hatte, die eben einen Kameraden verloren hatten. Erschossen auf der Straße, als sie davongerannt waren. Vielleicht hatte Jenna den Abzug betätigt, vielleicht war er es aber auch selbst gewesen. Jenna hatte dafür bezahlt. Sie war jung und hübsch gewesen, und von Kindheit an hatte man ihr eingeschärft, dass Vergeltung über allem anderen stand.

Sie war nicht mehr hübsch gewesen, als die Soldaten mit ihr fertig waren. Natürlich gab es einen Plan: Sie würden niemals einen aus ihren Reihen im Stich lassen. Doch als sie den Konvoi stoppten, mit dem sie von der Arrestzelle ins Gefängnis gebracht werden sollte, war etwas in ihr längst gestorben. Als die Bombe vor dem Wagen hochgegangen war und sie sie herausgeholt hatten, war sie nicht weggelaufen. Sie war einfach stehen geblieben. Sie hatte gewusst, dass wieder Schüsse fallen würden.

Er hatte mit angesehen, wie sie erschossen wurde. Er hatte ihre Bewegungen gesehen, als die Kugel sie traf, wie sie zusammenzuckte, mitgerissen wurde, sich drehte und dann zu Boden ging. Einen Moment lang hatte er ihr Gesicht gesehen, die Hoffnungslosigkeit und den Tod in ihren Augen, bevor ihr Blick brach. Er hatte einfach nur dagestanden und war wie durch ein Wunder nicht getroffen worden. In diesem Moment war ihm klar geworden, dass sie alle für ihren Tod verantwortlich waren. So, als hätten sie sie selbst erschossen.

Wieder wurde angeklopft. O'Malley war zurückgekehrt.

„Mr. Brolin?“

„Wir nehmen den Flug um ein Uhr, gleich nach dem Fernsehauftritt. So wie geplant, Peter.“

„Sir, angesichts dessen, was wir wissen und was wir vielleicht nicht wissen ...“

„So wie geplant, Peter.“

O’Malley nickte, ging hinaus und schloss leise die Tür.

Brolin sah hinunter auf die Straße.

Ja, es war wirklich gut, dass die Pferde sich in einem so guten Zustand befanden.

7. KAPITEL

Das Abendessen verlief in angenehmer Atmosphäre. Moira saß neben Michael, Danny hatte einen Platz weiter unten am Tisch zwischen Brian und Molly. Nach der Unterhaltung, die sie am Nachmittag im Beisein der Kinder geführt hatten, war Moira ein wenig besorgt, was Danny den Kleinen jetzt möglicherweise sagen würde. Häufiger als erforderlich stand sie während des Essens auf, um mehr Getränke zu holen, damit sie immer wieder an Danny vorbeigehen und hören konnte, worüber er mit den Kindern sprach. Sie musste sich keine Sorgen machen, da er ihnen lediglich über den heiligen Patrick erzählte.

„Ihr müsst wissen, dass Patricks Leben ein großes Rätsel ist", erklärte Danny. „Er war der Sohn eines Mannes namens Calpurnius, sehr wahrscheinlich ein reicher Römer, der in Britannien lebte. Die Römer hatten sich so gut wie überall angesiedelt, aber Irland streiften sie nur am Rand. Auf der Insel ging es damals noch sehr wild zu, die Menschen waren hitzköpfig und lebten in Stämmen zusammen. Sie glaubten auch an Magie und an den Wind, den Himmel und die Kraft der Erde. Sie waren außerdem sehr gute Seeleute. Patrick war ein Junge, der in Britannien aufwuchs – viele glauben, dass er in Wales lebte. Eines Abends war er noch spät draußen, obwohl er das nicht durfte. Das ist übrigens auch eine Lektion für euch drei, dass ihr immer in der Nähe eurer Eltern und eurer Familie bleibt, wenn ihr draußen unterwegs seid. Jedenfalls wurde Patrick von heidnischen irischen Seeräubern gefangen genommen und über die Irische See entführt. Er wurde als Sklave verkauft, und zwar an einen ganz üblen Kerl, wie man sich erzählt. Patrick wurde Schafhirte. Er hütete seine Schafe wirklich gut, aber er wusste, dass er fliehen musste. Das war sehr gefährlich, weil Sklaven auf

Anweisung ihres Herrn hingerichtet werden konnten, wenn sie flohen. Patrick war jedoch ein mutiger Bursche, und er wollte wirklich verschwinden. Nach einiger Zeit schaffte er es, Rivalen seines Herrn zu überreden, ihm zur Flucht zu verhelfen. Er kehrte nach Hause zurück, und natürlich waren seine Eltern überglücklich, ihn wiederzusehen. Patrick hingegen war davon überzeugt, dass Gott zu ihm gekommen war und ihm gesagt hatte, er müsse zurück nach Irland, um den Iren zu helfen. Patrick wusste, dass er eine besondere Berufung erhalten hatte. Sein Vater wollte, dass er Kaufmann wird ..."

„So wie Daddy", sagte Shannon.

„Ja, so wie Daddy. Es ist auf jeden Fall eine gute Sache", versicherte Danny. „Aber Patrick wusste, dass er nicht das machen konnte, was seine Eltern wollten. Also überzeugte er sie schließlich davon, dass er ein Mann der Kirche werden musste. Viele Jahre später kehrte er dann nach Irland zurück und predigte den Heiden, die noch immer ihre seltsamen Überzeugungen praktizierten, eine Friedensbotschaft. Er hätte von dem Schurken, der ihn als Sklave gehalten hatte, gefasst und auch jetzt getötet werden können, trotzdem kehrte er zurück. Einige sagen, dass Gott ihm half, die Heiden bestimmte Wunder sehen zu lassen. Andere meinen, dass Patricks scharfer Verstand an sich das Wunder war und dass seine Macht in seinen Worten lag und darin, wie er mit den Menschen umging."

„So oder so eine Gabe Gottes", fügte Granny Jon hinzu.

Danny lächelte sie an. „Das ist wohl wahr. Jetzt war unser guter Patrick also bei diesem Volk. Er reiste durch ganz Irland, durch den Norden und durch den Süden, weil es damals noch ein Land war, in dem viele Könige über kleine Gebiete herrschten und manchmal regierte ein Ard-Ri – oder Hoher König – in Tara. Die Legende besagt, dass Patrick zu einer Zeit nach Irland kam, als ein Hoher König in Tara herrschte, der sehr mächtig war und der seinem heidnischen Priester vorbehaltlos vertraute. Dieser wollte Patrick in ein Feuer locken, damit er verbrannte und er selbst als einflussreichster heidnischer Priester übrig blieb. Aber der Ard-Ri wollte die Wahrheit erfahren und zwang beide Männer, durch die Flammen zu gehen. Patrick bewies, dass sein Glaube an Gott die stärkste Magie der Welt war, da er unversehrt durch das Feuer ging, während der heidnische Priester, der seinen Tod gewollt hatte, in den Flammen umkam. Das war aber noch nicht das Ende der Prüfungen, denen sich Patrick stellen musste. Er hatte auch Schwierigkeiten mit anderen Kirchenleuten, die auf seinen Erfolg in Irland eifersüchtig waren. Doch am Ende bestand Patrick, der Irland und die Menschen dort liebte und dessen Glaube an seinen Gott unerschütterlich war, alle Prüfungen, und er veränderte Irland für alle Zeiten. Und wisst ihr was?"

„Was?" wollte Brian wissen.

„Er lebte bis ins hohe Alter in seinem geliebten Irland, und darum feiern wir ihn einmal im Jahr. Auch hier in Amerika."

„St. Patrick's Day ist in Irland ein Nationalfeiertag", sagte Katy.

Moira lächelte. „Ja, Mum. In Irland."

„Ist er wirklich durch das Feuer gegangen?" fragte Brian ganz ernst.

„Na ja, ich war nicht dabei. Ist das die Wahrheit oder ist es eine Legende?" erwiderte Danny. „Es ist alles eine Frage des Glaubens."

„Hat der heilige Patrick die Kobolde nach Irland gebracht?" wollte Molly wissen.

„Nein, die kleinen Leute hatte es schon immer gegeben,

weil sie in der Fantasie der Menschen existiert haben", sagte Danny und zwinkerte ihr zu.

Moira stellte den Kindern eine Flasche Sodawasser auf den Tisch und ging zurück zu ihrem Platz.

Michael beugte sich zu ihr und flüsterte: „Er kann gut Geschichten erzählen."

„O ja, er kennt auch viele Geschichten."

„Hältst du eigentlich nicht besonders viel von diesem Freund der Familie?" fragte er neugierig.

Sie zögerte. Sie hatte bislang Michael gegenüber Danny mit keinem Wort erwähnt. Es lag kein Grund vor, da sie sich gegenseitig über ihre früheren Beziehungen nichts erzählt hatten. Jetzt bekam sie ein schlechtes Gewissen.

Aber sie war nach wie vor noch nicht bereit, ihm die Wahrheit zu sagen.

„Er kann sehr charmant sein, allerdings auch sehr aufreizend", sagte sie nur und sah zu Danny. „So wie ein Bruder", fügte sie laut genug an, dass Danny sie hören konnte.

Er verzog den Mund zu einem flüchtigen Lächeln, dann erzählte er Molly weiter von einem ganz besonderen weiblichen Kobold namens Taloola. Moira kannte viele irische Märchen, diese Geschichte jedoch noch nicht. Sie war sicher, dass Danny den Kindern erzählte, was ihm gerade in den Sinn kam.

Das war in Ordnung. Hauptsache, er verfiel nicht wieder in seine Reden über die Unterdrückung, die die Iren seit langer Zeit erdulden mussten.

Moira bemerkte, dass ihre Großmutter, die ihr gegenübersaß, sie mit ernster Miene ansah. „Würdest du mir bitte den Colcannon reichen, Moira?" sagte Granny Jon.

Moira kam ihrer Bitte nach und fragte sich, welchen Grund es für einen so seltsamen Blick geben mochte.

Nach dem Abendessen überredeten sie, Colleen und Siobhan ihre Mutter dazu, sich mit Granny Jon in das kleine gemütliche Wohnzimmer zu setzen. Dort servierten sie ihnen Tee und sorgten dafür, dass sie in den bequemsten Sesseln Platz nahmen, vor die sie eine Fußbank schoben, damit die beiden sich entspannen konnten. Granny Jon wirkte wie in Gedanken verloren, Katy war rastlos, aber es gelang ihnen, die beiden von der Küche und dem Esszimmer fern zu halten, damit sie in aller Ruhe aufräumen konnten.

„Wo sind die Kinder?" fragte Moira. „Sie haben die Ärmsten doch hoffentlich nicht wieder in den Pub gesetzt?"

„Nein, Patrick bringt sie zu Bett."

„Gut", sagte Moira zu ihrer Schwägerin.

„Na ja, meistens ist er ihnen ein guter Vater."

Moira stellte einen weiteren Teller in die Geschirrspülmaschine und überlegte, ob sie darauf reagieren oder besser den Mund halten sollte.

„Hat er in letzter Zeit viel zu tun?" fragte sie schließlich.

„O ja", antwortete Siobhan und reichte ihr den nächsten Teller. Sie wirkte, als wollte sie noch etwas sagen, zögerte dann und zuckte mit den Schultern. „Ich weiß nicht ganz genau, was diese neue Sache ist. Er hat sich mit irgendwelchen Leuten getroffen, die etwas Wohltätiges für Nordirland organisieren. Sie sammeln Gelder für irische Waisenkinder, damit die eine Ausbildung bekommen."

„Klingt nach einer guten Sache", meinte Colleen.

„Ja, klingt so, nicht wahr?" gab Siobhan zurück.

„Dann weiß ich nicht", sagte Moira, „wo das Problem liegt?"

Siobhan schüttelte den Kopf. „Er ist in letzter Zeit sehr oft in Boston gewesen. Einige Male hat er nicht mal bei deinen Eltern vorbeigeschaut."

„Tja“, erwiderte Moira und wunderte sich darüber, dass sie ihren Bruder verteidigte, „wenn er nur kurz hier ist, macht er es vielleicht nur deshalb nicht, weil er befürchtet, sonst gar nicht mehr nach Hause zu kommen.“

„Ja, sicher“, murmelte Siobhan.

Diese Antwort konnte bedeuten, dass sie mit ihr einer Meinung war oder dass sie nichts von dem glaubte, was sie gesagt hatte. Klar war nur, dass sie nicht länger darüber reden wollte. Moira wusste, dass irgendetwas am Verhalten ihres Bruders seltsam war.

„Hey, Siobhan.“ Colleen beendete das peinliche Schweigen. „Ich muss sagen, dass ich jedes Mal, wenn ich deine Kleinen zu sehen bekomme, wieder ein Stück stolzer bin, ihre Tante zu sein.“

„Zweifellos“, stimmte Moira ihr aus vollem Herzen zu. „Sie sind noch so jung, aber sie sind unglaublich gut erzogen.“

„Danke“, sagte Siobhan lächelnd. „Irgendwie sind die drei alles wert, was man macht, nicht wahr? Du wirst eines Tages auch mal eine großartige Mutter sein. Oh, Entschuldigung, ich meinte eigentlich euch beide“, erklärte sie Colleen. „Ich habe jetzt bloß Moira angesprochen, weil sie die Ältere ist.“

„Danke, dass du mich daran erinnerst.“ Moira grinste.

„Na ja, du gehst doch schließlich auf die große Drei mit der Null zu“, erwiderte Siobhan.

„Stimmt, Moira. Ganz egal, wie alt ich werde, du wirst immer älter sein als ich.“

„Ihr seid beide wirklich reizend.“

Siobhan lachte auf. „Und mit Michael ist es dir wirklich ernst?“

„Auf jeden Fall ist er schön anzusehen“, sagte Colleen.

„Das Aussehen ist nicht alles“, erinnerte Siobhan sie.

„Aber wenigstens hat man einen schönen Anblick, wenn man sich gerade mal nicht unterhält", gab Colleen zurück.

„Er ist aber nicht gerade der temperamentvolle Typ, oder?" fragte Siobhan.

„Überhaupt nicht", sagte Moira.

„Er ist praktisch in jeder Hinsicht perfekt", bemerkte Colleen.

„Ich finde, dass er sich außerordentlich gut schlägt", meinte Siobhan. „Ich meine, es ist nicht gerade leicht, mit dieser Familie zurechtzukommen, und er schlägt sich wirklich tapfer."

„Ja, das stimmt."

„Also *ist* es etwas Ernstes?" hakte Siobhan nach.

„Kann schon sein."

„Deine Kinder würden auf jeden Fall sehr gut aussehen", stellte Colleen fest.

„Nur weil du tausendfach auf irgendwelchen Zeitschriften zu sehen bist, musst du nicht auch von gutem Aussehen besessen sein", beschwerte sich Moira.

„Okay", meinte sie. „Dann eben so: Was ist das für ein grässlicher Typ, mit dem du ausgehst?"

Moira seufzte, während Siobhan lachte.

Als Nächstes stand Colleens Liebesleben auf dem Prüfstand. Moira stellte Siobhan keine weiteren Fragen, da ihre Schwägerin ganz offensichtlich keine Antworten geben wollte. Als sie fertig waren, ging Siobhan zu den Kindern. Moira fühlte sich noch immer unbehaglich.

„Meinst du, Patrick betrügt sie?" fragte Colleen, nachdem Siobhan die Küche verlassen hatte.

„Kann ich mir nicht vorstellen", sagte Moira. „Wenn doch, dann ist er ein Trottel."

„Sollten wir ihm das sagen?"

„Ich ... ich glaube, wir sollten uns so lange heraushalten, bis einer von beiden mit uns darüber sprechen will“, erwiderte Moira.

„Ich schätze, du hast Recht. Es sei denn ...“

„Du glaubst doch nicht, dass ...“, begann Moira.

„Was?“

„Patrick würde sich doch bestimmt nicht auf irgendetwas ... Illegales einlassen, oder?“

„Was redest du denn da? Er ist Anwalt!“

„Schon gut, vergiss es. Ich weiß selbst nicht, was ich sage.“

„Ich gehe nach unten in den Pub, um zu sehen, ob Dad Hilfe braucht“, sagte Colleen und legte das Küchentuch weg. „Du weißt ja, wie sehr er es liebt, wenn wir unten sind.“

„Ich weiß. Ich sehe nur noch nach Mum und Granny Jon, dann komme ich nach.“

Als Moira in das kleine Wohnzimmer kam, war ihre Mutter bereits zu Bett gegangen, während Granny Jon sich noch die Nachrichten ansah. Sie lächelte Moira an und deutete mit einem Nicken auf das Sofa, das gleich neben ihrem bequemen Sessel stand.

„Alles aufgeräumt?“

„Ja, alles erledigt. Ich wollte hören, ob du noch irgendetwas brauchst.“

„Ach, Moira, du kannst dem Herrn danken, dass ich immer noch auf den Beinen bin.“

„Das mache ich jeden Tag“, erwiderte Moira ernst. „Du bedeutest uns allen sehr viel.“

Granny Jon nickte und lächelte weiter. „Ich danke dir. Es ist wirklich schön, dass ihr Kinder zu Hause seid. Es ist gut, wenn man noch in der Lage ist, für sich selbst zu sorgen. Aber man kann sich glücklich schätzen, wenn man so liebe Verwandte hat, die einem das eine oder andere abnehmen."

„Wir können uns auch glücklich schätzen."

„Wirklich?"

Moira machte ein fahrige Handbewegung. „Ich habe so viele Freunde, deren Eltern geschieden sind und die dadurch kein Zuhause mehr haben, in das sie zurückkehren können. Jedes Mal, wenn es in ihrem Leben ein wichtiges Ereignis gibt, müssen sie erst einmal überlegen, wo was mit wem stattfinden soll. Deshalb weiß ich, dass wir glücklich sein können."

Granny Jon nickte ernst. „Gut. Die Hälfte ihres Lebens schätzen die meisten Menschen gar nicht, was sie haben." Sie machte eine Pause. „Aber geh nicht zu hart mit denen ins Gericht, die sich an die alte Heimat erinnern."

„Das ... das will ich doch gar nicht."

Granny Jon schwieg gut eine Minute lang, dann sagte sie: „Ich bin sehr alt, wie du weißt."

„Alter ist relativ", entgegnete Moira.

„Ja, aber ich kann mich an sehr viele Dinge erinnern. Zur Zeit des Osteraufstands war ich noch ein Kind. Wir lebten damals in Dublin, und ich habe gesehen, wie ganze Straßenzüge in Flammen standen. Freunde von mir – kleine Kinder – kamen im Kugelhagel ums Leben."

„Das tut mir Leid. Du hast nie etwas davon erzählt."

Granny Jon zuckte mit den Schultern. „Dublin ist heute eine wundervolle Stadt. Und die Iren sind wunderbare Menschen. Ich sage das, weil ... na ja, manchmal, wenn Menschen in einer Zeit der Gewalt zur Welt kommen, dann bleiben Narben zurück. Die Alten können es nicht immer unterlassen, über die Vergangenheit zu reden ... und darüber, was sie sich von der Zukunft erhoffen."

„Granny Jon, ich glaube nicht, dass Bomben und Granaten ..."

„Bomben und Granaten sind falsch. Unschuldige zu ermorden, ist falsch. Ich würde auch nie das Gegenteil behaupten. Ich möchte nur, dass du verstehst, wie Menschen in bestimmten Situationen empfinden."

„Ich verstehe das, wirklich, Granny Jon. Ich kenne die Geschichte Irlands. Bei Mum und Dad war es gar nicht möglich, von dieser Geschichte nichts mitzubekommen."

„Dein Vater wollte hierher kommen, nach Amerika. Natürlich war ihm klar, dass jedes Land mit seinen eigenen Problemen kämpfen muss. Aber wir hatten Familie im Norden."

„Ich verstehe."

„Ich bin nicht sicher, ob du das wirklich tust. In den letzten Jahren ist viel erreicht worden, um einen echten Frieden möglich zu machen. Der Waffenstillstand 1997, das Good Friday Agreement von 1998. Präsident Clinton war in Nordirland, um auf Frieden hinzuarbeiten. Aber du weißt so gut wie ich, dass es immer Menschen gibt, die zum Sterben bereit sind und denen es nichts ausmacht, für ihre Überzeugungen andere mit in den Tod zu reißen. Du darfst nur nie vergessen, Moira, dass wir stolz darauf sind, Iren zu sein, und dass du auch eine Irin bist."

Moira stand auf und kniete sich neben den Sessel. „Es tut mir Leid, wenn du gedacht hast, ich wäre nicht auf euch alle stolz."

Granny Jon strich ihr über das Haar. „Ich will nicht behaupten, dass es in Irland keine Probleme gibt. Aber weißt du, auch wenn wir uns hier vielleicht im wunderbarsten Land der Welt befinden – in Amerika gibt es ebenfalls Probleme."

„Dass du wunderbar bist, habe ich immer schon gewusst", sagte Moira, „aber mir war wohl noch nie klar, wie unglaublich klug du bist."

Granny Jon grinste. „Manchmal ... ja, es gibt Zeiten, da habe ich auch Angst. Aber jetzt geh nach unten, Mädchen. Geh und sing ‚Danny Boy' für deinen Vater."

„Das haben wir gestern schon gesungen."

„Sing es noch mal – es macht ihn glücklich."

„Brauchst du sonst nichts?"

„Wenn, würde ich dich fragen."

Moira lächelte und ging zur Tür.

„Moira?"

Sie hielt inne. „Ja?"

„Denk daran: Das Land, aus dem wir kommen, ist sehr schön. Früher haben die Iren die Buchkunst lebendig gehalten. Im frühen Mittelalter arbeiteten irische Mönche unermüdlich, um das geschriebene Wort am Leben zu halten. Einige der besten Handwerker der Welt waren Iren. Da lebt ein ganz besonderer Geist im Wind, in der See, den Klippen und Hügelgräbern. Legenden und Geschichten, Kunst und Drama. Vergiss das nie, Moira."

„Wird nicht passieren, Granny. Versprochen."

Granny Jon nickte. „Jetzt geh und vergnüg dich mit deiner Familie. Die Filmaufnahmen heute haben Spaß gemacht."

„Danke. Übrigens, kann ich dich morgen filmen, wenn du den Kindern eine Geschichte erzählst?"

„Wenn du in deiner Sendung wirklich eine alte Frau zeigen willst."

„Ich möchte in meiner Sendung eine unglaublich intelligente und wunderbare Frau zeigen."

Granny Jon lächelte zufrieden. „Jetzt geh endlich."

„Bist du sicher? Ich bleibe gerne noch ein wenig bei dir, wenn du möchtest. Du siehst dir nichts im Fernsehen an, du liest kein Buch. Ich lasse dich nur ungern allein."

„Ich denke, Mädchen. Ich denke nach. In meinem Alter ist das eine sehr interessante Beschäftigung."

Moira nickte und ging nach unten in den Pub.

Als Dan in den Pub kam und zu Michael McLean hinter den Tresen ging, fiel ihm sofort der Mann im marineblauen Sweater auf, der an einem Tisch in der hinteren Ecke saß.

McLean war offenbar auch auf ihn aufmerksam geworden, unterließ jedoch eine Bemerkung. Offensichtlich hielt er sich zurück, stark darum bemüht, sich einzufügen. Es war nicht zu übersehen, dass er Moira sehr liebte und bereit war, das zu beweisen. Allerdings benahm er sich keinesfalls wie ein Speichellecker. Er war standfest, entschlossen und willensstark, er sagte seine Meinung, wenn es darauf ankam, und war auch in der Lage, das auf eine diplomatische Weise zu machen. Dan überlegte, dass er ihn unter anderen Umständen vielleicht sogar sympathisch gefunden hätte.

Sie standen beide hinter dem Tresen, damit Eamon Kelly die Zeit fand, um mit seinen alten Freunden zusammenzusitzen und die Zukunft der freien Welt zu sichern. Die Arbeit an der Theke war keineswegs anstrengend, da die meisten Gäste Bier vom Fass bestellten, das einfach nur gezapft werden musste. Im Pub war recht viel los, trotzdem blieb noch genug Zeit, die Tische im Auge zu behalten und sich mit den Stammgästen zu unterhalten. Die Band spielte, und der Fernseher lief mit abgestelltem Ton. Es war ein ganz normaler Abend.

Der Typ am Tisch in der Ecke war nicht in Begleitung. Er saß da und trank allein sein Bier, mit dem er schon eine Weile beschäftigt war. Er hatte kurzes braunes Haar und sah aus wie ein Buchhalter oder Banker. Oder Anwalt. Oder irgendein Geschäftsmann. Auf jeden Fall war er ein Angestellter, kein Arbeiter.

„Sie fangen schon wieder damit an“, sagte Michael und schob rasch ein „Tschuldigung“ nach.

Dan sah ihn fragend an, woraufhin Michael McLean mit den Schultern zuckte. „Ich habe wieder mal vergessen, wie wichtig jedes Ereignis der irischen Geschichte für euch alle ist.“

Dan nickte, als er auf die Unterhaltung der alten Männer achtete. Es war ein vertrautes Thema.

„Sei doch nicht verrückt, Mann“, erwiderte Eamon Kelly kopfschüttelnd. „Ja, ich bin Amerikaner. Ich habe mich um die Staatsbürgerschaft beworben, sobald ich konnte. Damals hatte ich einen Sohn, und Moira war unterwegs. Katy und ich haben lange darüber diskutiert. Wir beschlossen, die Kinder in Boston großzuziehen, und das war es auch schon.“

„Aber du bist immer noch ein Ire.“

Eamon stöhnte auf. „Ich wurde in Irland geboren.“

„Und wenn Amerika Irland den Krieg erklärt?“ fragte Seamus.

„Warum sollte Amerika Irland den Krieg erklären?“

„Nur mal angenommen, es wäre so.“

„Seamus, ich sage es dir noch mal, du bist verrückt, Mann.“

„Du verstehst nicht.“

„Ich verstehe sehr gut. Du sagst, dass ein Ire ein Ire bleibt, ganz egal, was kommt. Die amerikanischen Iren genauso wie die Nordiren.“

„Aber du denkst, dass die Insel geeint sein sollte.“

„Das denkst *du*.“

„Ja, aber ich weiß nicht, wie das geschehen soll.“

„Darum sind Männer wie Jacob Brolin so wichtig. Er kennt die Probleme in- und auswendig. Er weiß, dass die religiöse Spaltung auch eine wirtschaftliche Spaltung ist, dass die Hälfte aller Probleme in der Vergangenheit erst durch Gesetze entstanden ist, dass der Heilungsprozess von den Menschen ausgehen muss. Wenn man die Menschen eint, dann kann man letztlich auch Irland einen."

„Und was ist mit den finanziellen Verbindungen nach England?"

„Warum streiten wir uns eigentlich, Seamus? Wir sehen es doch beide gleich", sagte Eamon gereizt. Die beiden Männer sahen so aus, als würden sie sich jeden Moment die Köpfe einschlagen wollen. Dan wusste, dass sie sich oft so ansahen.

Seamus schüttelte den Kopf und wirkte traurig. „Da braut sich was zusammen."

„In meinem Pub?" fragte Eamon zornig.

Plötzlich sprach Seamus mit gesenkter Stimme weiter. „Erinnerst du dich noch an diesen Soldaten damals 1971?"

„Ich bin ein Dubliner, Seamus."

„Aber du erinnerst dich an ihn, weil du ihn gekannt hast. Familienbande, Eamon. Die reichen weit. Der arme Junge war ein britischer Soldat, gerade mal zwanzig Jahre alt. Die IRA entführte ihn nach einem Straßenkampf in Belfast. Zwei Wochen lang haben sie ihn in Paddy McNallys Haus festgehalten, und jeder, der mit ihm gesprochen hat, fand ihn nett und sympathisch. Und weil die Briten sich weigerten, ein paar IRA-Leute freizulassen, wurde der Junge einfach erschossen. Und das, obwohl sie ihn quasi längst adoptiert hatten."

„Und die Welt verurteilte die Splittergruppe der IRA, die als Terroristenvereinigung auftrat", sagte Eamon wütend. „Seamus, worauf willst du eigentlich hinaus? Ich sage dir, dass ich das Problem nicht lösen kann. Ich bin Amerikaner und führe einen Pub in Boston. Ich bete jeden Tag so wie der ganze verdammte Rest der Welt für Frieden. Die Regierungen in Nord und Süd wissen, dass die Zeit der Kriege und Revolutionen vorüber ist. In der kleinen Welt, in der wir heute leben, führt man Verhandlungen. Jesus! Ich kann nicht verstehen, was du willst, Seamus. Wir haben es doch beide miterlebt. Sobald die Kinder groß genug sind, um mit Steinen zu werfen, stachelt man sie dazu an. Und sobald sie alt genug sind, um eine Waffe in die Hand zu nehmen, werden die Steine durch Kugeln ersetzt. Wir haben gelernt, wie man mit Worten kämpft ..."

„O ja. Und jedes Mal, wenn eine Vereinbarung unterzeichnet wird, geht irgendwo wieder eine Bombe hoch."

„Tut mir Leid, Seamus, aber ich war vor knapp eineinhalb Jahren in Belfast, und ich sage dir, dass die Nordiren genauso daran interessiert sind, Touristen ins Land zu holen und ihre Wirtschaft anzukurbeln, wie der Rest der Welt. Sie sind auf dem Weg der Veränderung."

„Die *meisten* Nordiren", murmelte Seamus.

„Was willst du mir eigentlich sagen?"

Seamus sah plötzlich zu Dan. „Ich will damit sagen, dass es im Norden immer noch Terroristen gibt."

„Und was habe ich damit zu tun?"

Seamus schüttelte den Kopf und starrte in sein Bierglas. „Geflüster", stieß er hervor. „Auf Gälisch. Ich habs gehört, hier im Pub. Irgendwas ist da im Gange, aber ich weiß noch nicht, was. Auf jeden Fall habe ich Gälisch gehört."

„Ich selbst spreche die alte Sprache auch noch, Seamus. Womit um alles in der Welt soll das etwas zu tun haben?"

Seamus blickte auf und bemerkte, dass Dan ihn beobachtete.

Er hob sein Bierglas. „Es ist eine schöne alte Sprache."

Colleen kam zum Tresen und stellte ihr Tablett ab, um eine Bestellung aufzugeben. „Hey, möchte einer von euch einen Blackbird machen?"

„Ich dachte, die Band heißt so", sagte Michael, während er einem Mann mit schütterem Haar ein Guinness auf die Theke stellte.

„Der Blackbird ist eine alte Spezialität des Hauses", erwiderte Seamus. „Kaffee, zwei Teile Irish Cream und ein Teil Irish Whiskey. Und als Krönung Schlagsahne drauf. Den hat schon lange keiner mehr bestellt."

„Ich erledige das", bot Dan an. „Wer hat den bestellt?"

„Der Typ dahinten", antwortete Colleen und zeigte in den hinteren Teil des Lokals.

„Ich mache den Blackbird fertig und bringe ihn ihm an den Tisch", sagte Dan.

„Nein, nein, ich bringe ihn rüber", widersprach Colleen und rollte mit den Augen. „Sonst meint Dad noch, er müsste sich wieder hinter die Theke stellen. Dabei unterhält er sich im Moment so angeregt mit Seamus."

Dan machte den Drink fertig und sah Colleen nach. Obwohl es im Pub immer voller wurde und eine ganze Reihe von Gästen hinter der Hockerreihe am Tresen stand, um etwas zu bestellen, konnte er sehen, dass sie den Blackbird wie vermutet zu dem Mann im marineblauen Sweater brachte.

Im Pub ging es zu wie im Tollhaus – kein Wunder, schließlich war es der Samstag vor der Woche, in der sie den St. Patrick's Day feiern würden. Als Moira ins Lokal kam, war sie froh, dass sie nicht oben bei Granny Jon geblieben war. Ihr Vater war ein guter Geschäftsmann, der mit so vielen Gästen gerechnet hatte. Aber es herrschte solcher Hochbetrieb, dass jede Hilfe willkommen war.

Überrascht stellte sie fest, dass Michael zusammen mit Danny hinter dem Tresen stand. Er sah ein wenig zermürbt aus, aber er zapfte unverdrossen Bier und mixte einen Drink nach dem anderen. Sie ging zu ihm.

„Alles in Ordnung?“

„Ich denke schon. Jedenfalls gebe ich mir alle Mühe.“ Er senkte seine Stimme und sagte: „Ich versuche, Pluspunkte zu sammeln, weißt du. Glaubst du, ich schaffe es in den engsten Kreis der Familie?“

Sie lachte und war erfreut, dass er sich solche Mühe gab. „Du hast die richtige Vergangenheit, einen guten Familiennamen. Ich glaube, du schaffst das. Du leistest hier Außergewöhnliches. Aber ich hatte gedacht, dass wir zwei uns heute Abend für eine Weile absetzen würden.“

„Moira, wenn du das früher vorgeschlagen hättest, dann hätten wir vielleicht noch eine Chance gehabt.“

Er sah sie bedauernd an, und sie wusste, dass er Recht hatte. Sie konnte unmöglich gehen, wenn es im Pub so voll war wie im Augenblick. Sie legte ihre Arme um ihn. „Du bist unglaublich.“

„Drück mich nicht so fest, es ist schon so schwer genug für mich.“

„Ich kann mich später davonstehlen“, schlug sie vor. „Viel, viel später.“

„Das nenne ich eine verlockende Aussicht.“

„Du weißt, dass ich das wirklich so meine, Michael. Du bist wunderbar.“

„In mehr als einer Hinsicht, wenn du dich erinnern kannst.“

„Vage“, zog sie ihn auf. „Ich muss unbedingt meine Erinnerung auffrischen.“

„Mal sehen“, sagte Michael und lächelte sie an. „Wirst du dich wirklich aus dem Haus deines Vaters davonstehlen?“

„Hey!“ rief Chrissie dazwischen. „Arbeitet hinter dem Tresen eigentlich noch jemand?“

„Tut mir Leid, Chrissie“, antwortete Moira und kam zu ihr.

„Ich brauche einen Gibson, zwei Guinness vom Fass, einen Murphy's, zweimal Weißwein und einen Burgunder.“

„Kommt sofort“, sagte Moira.

„Weißt du was? Du kannst das hier besser als ich, aber Bestellungen notieren – das *kann* ich“, sagte Michael. Er warf einen Blick über die Theke. „Ich lasse dich mit dem guten alten Danny hinter dem Tresen arbeiten und kümmere mich mit den anderen um die Tische.“

Sie nickte. Er hatte Recht, sie war mit den Drinks viel schneller als er.

Moira hatte sich kaum in die Arbeit gestürzt, als Danny ihr zuflüsterte: „Heute Abend sammelt er Punkte, stimmts?“

Sie drehte sich ihm halb zu, während sie sich weiter auf die Getränke konzentrierte.

„Wovon redest du?“

„Groß, dunkel und gut aussehend. Und kleine Augen. Er schleimt sich gut ein.“

„Er hilft mit. Und selbst *wenn* er es macht, um meinen Vater zu beeindrucken, rechne ich ihm das hoch an.“

„Kleine Augen, Moira.“

„Danny, ich glaube, da ruft jemand nach dir.“

„Bin ich dir zu nahe? Ist es das? Ist es die Erinnerung daran, was wirklich gut ist, die dein Blut in Wallung bringt und deinen Puls hochtreibt? Lass mich für dich antworten. Du spürst die Hitze. Du siehst meine Hände auf den Zapfhähnen und musst daran denken, wie gut sie sich auf deiner Haut angefühlt haben.“

„O ja, die Hitze, Danny. Ich fühle mich, als hätte jemand einen Schneidbrenner auf mich gerichtet.“ Sie beugte sich zu ihm vor. „Weißt du, was ich wirklich denke?“

„Dass ich es wert bin, über Leichen zu gehen?"

„Dass du größenwahnsinnig bist", sagte sie.

Er grinste sie breit an. „Vielleicht, meine Liebe. Vielleicht bin ich derjenige, der sich erinnert und der weiß, wie gut es sich anfühlte, meine Hände auf deinen Körper zu legen. Zusammen waren wir gut, nicht wahr?"

„Das war einmal", sagte sie nur. „Chrissie!" rief sie über die Köpfe der Gäste hinweg, die sich am Tresen drängten. „War der Martini pur oder on the Rocks?"

„On the Rocks!" rief Chrissie zurück.

„Ich liebe dich, Moira Kelly", sagte Danny leise.

Seine Stimme war wie eine Berührung. So wie ein streichelnder Finger. Mit einem Mal kehrten alle Erinnerungen zurück. Sie merkte, dass sie seine Hände anstarrte, die die Zapfanlage bedienten. Eine Hitzewallung ging durch ihren Körper, und ihr schoss der Gedanke durch den Kopf, dass sie ein schrecklicher Mensch war. Aber es stimmte. Er *war* gut im Bett.

Doch das war Michael auch. Sie hatte Danny geliebt, wahrscheinlich ihr halbes Leben lang. Sie hatte jahrelang auf einen anderen, auf den Richtigen gewartet. Auf Michael. Sie war nicht so dumm. Sie war alt genug, um zu wissen, dass das, was gut war, nicht immer richtig war.

Dennoch ...

Dannys Augen. Der Schwung seiner Lippen, sein Humor. Die Art, wie er mit ihr lachen konnte, wie er über sich selbst lachen konnte. Die Art, wie er seinen Arm um sie legte, wie er sie festhielt, wie er immer im richtigen Augenblick Wärme und ein Gefühl des Verstehens vermitteln konnte. Und dann kam mit einem Mal seine sinnliche, seine rein sexuelle Art zum Vorschein, dass ihr der Atem stockte ...

„Seamus braucht noch ein Bier“, sagte sie, um sich von ihren gefährlichen Gedanken abzulenken.

„Seamus hat schon mehr als genug getrunken.“

„Patrick ist zurück, da drüben ist er. Er wird den alten Seamus schon nach Hause bringen. Er wohnt nur ein paar Blocks entfernt. Gib ihm noch ein Bier, er unterhält sich so gut mit Dad.“

„Ich glaube, *du* solltest dir mal ein Bier genehmigen.“

„Vielleicht mache ich das.“

„Vielleicht kann ich dir auch mehr als genug einflößen.“

„Mehr als genug für was? Damit du mich ins Bett bekommst? Langweilst du dich hier diesmal zu Tode, Danny? Bin ich für dich zur Herausforderung geworden, weil Michael hier ist? Weil ich nach all den Jahren jemanden habe, der mir wirklich etwas bedeutet?“

„Weil ich dich wirklich liebe.“

„Danny, du weißt doch gar nicht, was das Wort bedeutet.“

„Das habe ich schon immer gewusst, Moira.“

„Moira, haben wir Fosters?“ fragte Colleen.

„Nur vom Fass.“

„Das ist okay. Gib mir zwei Fosters, zwei Buds und ein Coors.“

„Danny, hol mir das Coors“, sagte sie. Er war zu nahe. Sie hatte sein Aftershave schon immer gemocht. Es war ein dezenter Duft, der …

Der Erinnerungen weckte.

Vielleicht *sollte* sie ein Bier trinken. Nein, ein Schuss Whiskey und eine kräftige Ohrfeige waren wohl besser, um wieder einen klaren Kopf zu bekommen.

Während sie weiter die Getränke für Chrissie zusammenstellte, hörte Moira das Telefon klingeln. „Ich gehe ran“, sagte sie zu Danny, als er das Coors auf das Tablett stellte.

„Ich mache das schon“, erwiderte er.

„Moira, ich brauche noch zwei Buds“, rief Colleen dazwischen. „In der Flasche.“

Als Moira zum Kühlschrank ging, hörte sie Danny mit leiser Stimme in den Hörer sprechen.

Sie versuchte, ihn zu verstehen, allerdings wollte es ihr nicht gelingen, ihn zu hören. Aber dann wurde ihr klar, dass sie sehr wohl *hören* konnte, ihn jedoch nicht verstand. Er sprach Gälisch.

Seine Stimme war gedämpft – und sehr eindringlich.

Als er sah, dass sie ihn beobachtete, grinste er sie an. Aber sie merkte, dass es nicht Dannys übliches Grinsen war. Einen Moment später legte er auf.

„Wer war das?“ fragte sie.

„Ach, irgendein alter Kerl. Wollte wissen, ob das hier ein echter irischer Pub ist. Ich hielt es für richtig, ihn davon zu überzeugen.“

Sie sprach kein Gälisch. Von ein paar Worten abgesehen, die sie hier und da aufgeschnappt hatte, war sie mit der Sprache nicht vertraut. In der Schule hatte sie Französisch und Spanisch gelernt, beides Sprachen, die man in den Staaten eher gebrauchen konnte.

Moira entschloss sich zu einer Lüge. „Habe ich dir eigentlich gesagt, dass ich inzwischen einen Kurs in Gälisch besucht habe?“

Sie fragte sich, warum er nicht Schauspieler geworden war. Sie war sicher, dass er sich verkrampfte, aber er würde sie nicht erkennen lassen, was ihm wirklich auf der Seele brannte. Oder er durchschaute ihren Bluff.

„Es ist so weit, Moira Kelly“, sagte er. „Allmählich gehts hier etwas ruhiger zu, ich glaube, ich kann dir die Theke komplett anvertrauen.“

Er wollte nach draußen gehen, blieb aber nach ein paar Metern stehen, kam zu ihr zurück und packte sie überraschend an der Schulter. Sein Blick verriet, dass er es völlig ernst meinte.

„Wenn das stimmt, Moira, dann lass es niemanden wissen, hörst du?"

„Danny ..."

„Hör mir nur dieses eine Mal zu, Moira. Lass niemanden wissen, dass du auch nur ein einziges Wort verstanden hast."

„Danny, was ..."

„Ich meine das ernst, Moira."

Sein Griff schmerzte, da er seine Finger tief in ihre Schulter bohrte. Sein Gesicht hatte einen so intensiven Ausdruck, dass sie einen Anflug von Furcht vor ihm verspürte.

„Danny ..."

„Bitte, Moira, um Gottes willen."

Ihr wurde klar, dass sie diesen Mann nie wirklich gekannt hatte.

Sie nickte reflexartig. „Schon gut, verdammt, Danny. Hör auf, du tust mir weh!"

„Entschuldige", sagte er und lockerte seinen Griff. „Moira, du musst dich in Acht nehmen."

„Wovor?"

„Vor Leuten, die zu leidenschaftlich sind."

„Und wen zum Teufel meinst du damit? Dich, Michael oder etwa den alten Seamus?"

„Jeden. Verstehst du mich?"

„Beim besten Willen nicht."

„Moira, kümmere dich nicht darum."

Ihr wurde plötzlich klar, dass Michael sie beobachtete. Sie wollte, dass Danny endlich ging.

„Lass mich in Ruhe“, sagte sie und versuchte, sich zurückzuziehen.

„Moira ...“

„Ich spreche kein Wort Gälisch, Danny. Ich kann bestenfalls guten Morgen, gute Nacht und bitte und danke sagen.“

„Dann tu nicht so, als könntest du es.“

Er wandte sich ab und verließ den Bereich hinter dem Tresen. Sie starrte ihm nach, wie er durch das Lokal ging. Chrissie leitete eine Bestellung weiter, auf die sie wie mechanisch reagierte.

Michael kam zu ihr. „Ist mit dir alles in Ordnung?“ fragte er.

„Natürlich.“

„Das sah ziemlich heftig aus.“

„Wir waren bei einem Rezept für einen Drink geteilter Meinung“, log sie.

„Du siehst ... abgekämpft aus.“

„Heute Abend ist hier verdammt viel los.“

„Ich weiß. Ich fühle mich auch wie gerädert.“

„Ich mache das wieder gut.“

„Daran werde ich dich schon noch erinnern.“

„Wie ist deine Zimmernummer?“

Er lächelte und nannte sie ihr, dann fügte er an: „Oh, ich bekomme auch noch drei Bier vom Fass.“

„Marke?“

„Bud. Und ich brauche noch einen ... einen Black... irgendwas.“

„Einen Blackbird?“

„Ja, genau.“

Sie lachte und stellte die Getränke zusammen. Sie sah ihm zu, wie er das Bier an einem Tisch abstellte und dann den

Blackbird zu dem Mann am Tisch in der Ecke brachte, der schon seit einer ganzen Weile dort saß und der Band zuhörte.

Michael schlug sich bei dieser Arbeit gar nicht so schlecht. Er sprach mit den drei Gästen, die das Bier bestellt hatten, und auch mit dem Mann im marineblauen Sweater wechselte er ein paar Worte. Jemand am Tresen rief ihren Namen, und sie musste sich aufs Bierzapfen konzentrieren. Als sie wieder aufblickte, entdeckte sie Danny, der auf den Mann zuging, dem Michael eben erst den Blackbird gebracht hatte.

Augenblicke später nahm Danny seinen Mantel von der Garderobe und verließ den Pub.

Es vergingen nur ein paar Minuten, da stand der Mann im blauen Sweater auf und ging ebenfalls nach draußen.

Sie fragte sich, ob dieser Mann irgendwem im Pub bekannt war. Sie würde ihren Bruder darauf ansprechen.

Als sie sich nach ihm umsah, konnte sie Patrick nirgends entdecken. Auch Michael schien wie vom Erdboden verschluckt. Ihr fiel auf, dass fast die Hälfte aller Gäste in den letzten Minuten den Pub verlassen haben musste. Leute, die den ganzen Abend anwesend gewesen waren, schienen sich in Luft aufgelöst zu haben.

„Verdammt“, murmelte sie, als ihr auffiel, dass nicht mal mehr ihr Vater im Lokal zu sein schien.

Ein beharrliches Gefühl der Unruhe kam in ihr auf. Das lag wieder an Danny. Und an seinem Temperamentsausbruch, nachdem sie ihn angelogen hatte, sie würde Gälisch sprechen.

Morgen würde sie ihn endgültig zur Rede stellen.

„Moira, noch ein Guinness für meine alten Knochen“, sagte Seamus zu ihr. Er saß allein am Tresen. Dann sah sie endlich ihren Vater, der mit Jeff bei der Band stand.

Sie stellte ihm ein volles Glas hin: „Das ist das Letzte für heute, Seamus."

Er nickte. „Wie du willst, Moira." Sie wollte gerade weggehen, als er ihr nachrief: „Moira Kelly." Sie drehte sich wieder zu ihm um.

„Moira, sei ein braves Mädchen, ja? Siehst du, wie ruhig es geworden ist? Richtig bedrohlich", murmelte er. „Pass auf dich auf, wenn du durch Boston gehst."

„Seamus, was redest du da?"

„Das Mädchen wurde auch tot aufgefunden."

Sie seufzte, lehnte sich über die Bar und gab ihm einen flüchtigen Kuss auf die Stirn. „Ich verspreche dir, dass ich nicht anschaffen gehe, Seamus. Und ganz besonders werde ich dabei nicht Gälisch sprechen. Zufrieden?"

„Geh nicht zu weit von zu Hause fort", sagte er mit ernstem Tonfall.

„Seamus ..."

„Es gibt immer irgendwelche Probleme", fügte er leise an.

Sie sind alle verrückt geworden, dachte sie.

Schließlich goss sie sich einen Whiskey ein. Es ist noch nie leicht gewesen, nach Hause zurückzukehren, dachte sie.

„Achte auf Fremde", fügte Seamus an. „Und sprich nicht mit ihnen."

„Seamus, das hier ist ein Pub. Wir bedienen ständig irgendwelche Fremden."

„Und achte auch auf Freunde", meinte Seamus bedauernd. „Manchmal können Freunde einem ... fremder sein als ... Fremde."

„Seamus, du hast eindeutig genug."

„Ich bin nicht betrunken, Moira Kelly", widersprach er.

„Dann redest du einfach so wirres Zeug."

Seamus beugte sich weit vor. „Es wird geflüstert, Moira.“

„Über was, Seamus?“

Er lehnte sich wieder zurück, schüttelte den Kopf und sah sich unbehaglich um, als hätte er schon zu viel gesagt. „Pass auf dich auf, Mädchen!“ wiederholte er. Dann stand er auf und ließ das Glas halb voll stehen. „Gute Nacht, Kindchen.“

„Seamus, warte, ich suche jemanden, der dich nach Hause begleitet.“

„Moira, ich bin nüchtern, ich schwörs. Außerdem gehe ich schon seit mehr Jahren von diesem Pub nach Hause, als du auf der Welt bist.“

„Seamus, du bist nicht betrunken, aber du hast einiges getrunken. Ich würde dich nicht Auto fahren lassen, und ich bin nicht sicher, ob ich dich allein nach Hause gehen lassen kann.“

Er hob eine Hand zum Abschied.

„Seamus!“

Aber der ging bereits zielstrebig in Richtung Tür. Sie war zu besorgt um ihn, als dass sie ihn einfach so gehen lassen konnte. „Chrissie!“ rief sie. „Kannst du bitte die Theke für mich übernehmen?“

Sie wartete deren Antwort nicht ab, sondern eilte dem alten Seamus hinterher.

Auf der Straße musste sie erstaunt feststellen, dass Seamus bereits verschwunden war. Es war dunkel und kalt, sehr kalt.

Wolken verdeckten in dieser Nacht den Mond, und alles, was jenseits der Beleuchtung des Pubs lag, verschwand in fast völliger Finsternis.

„Seamus?“ rief sie nervös.

Moira ging die Straße entlang, da sie den Weg kannte, den Seamus nach Hause nehmen würde. Als sie das Ende des Häuserblocks erreicht hatte, bog sie nach links ab und tauchte in die Schatten ein.

Die Kälte drang durch ihre Kleidung hindurch.

Während sie weiterging, verfluchte sie, dass sie um diese Uhrzeit den Pub ohne Mantel verlassen hatte. Auf dem Fußweg hatte sich bereits eine dünne Schicht Eis gebildet.

Aber es war nicht allein der Winter, der Boston so fest in seinem eisigen Griff hatte, der sie zittern ließ. Es war auch Kälte, die von innen kam. Sie kannte die Straßen, die an den Pub angrenzten, seit ihrer Kindheit, sie kannte die Familien, die dort wohnten. Sie war mit Winternächten in Boston aufgewachsen. Aber sie hatte nie zuvor ein solches Unbehagen empfunden und nie diese innere Kälte gespürt, die nicht weggehen wollte.

Sie bog um die nächste Ecke in eine Straße, in der die Dachtraufen eines Gebäudes tiefe Schatten warfen. Moira bewegte sich auf diesen Schatten zu, in dem sie Schutz suchen wollte, um nicht gesehen zu werden.

Beinahe wäre sie mit den beiden Gestalten zusammengestoßen, hätte sie sie nicht im letzten Moment bemerkt. Sie nahm die Worte einer Unterhaltung wahr, die so leise geführt wurde, dass sie trotz der Stille der Nacht kaum etwas verstehen konnte.

„Es ist also entschieden, die Sache kann steigen."

„Und das Teil?"

„Das bekommst du rechtzeitig."

Plötzlich herrschte Stille. Obwohl sie wahrscheinlich nur einige Sekundenbruchteile anhielt, schien sie eine Ewigkeit zu dauern. Unbewusst war sie stehen geblieben.

Es war, als würde sich etwas Großes aus dem Schatten lösen, dessen Sog sie erfasste und herumwirbelte. Sie wurde nach vorn gerissen. Auf dem glatten Boden fanden ihre Schuhe keinen Halt. Sie rutschte weg, während sie vergeblich versuchte, doch noch das Gleichgewicht zu halten. Sie fürchtete sich vor der Finsternis, die hinter ihr Gestalt anzunehmen schien. Etwas traf sie heftig in die Seite. Sie stürzte und sah Sterne an einem Himmel strahlen, der eben noch wolkenverhangen gewesen war.

Als Moira aufstehen wollte, rutschte sie erneut weg. Sie sah auf, da tauchte plötzlich ein Gesicht über ihr auf.

„Moira Kelly! Was um alles in der Welt machst du denn da?"

Danny. Er beugte sich vor und nahm ihre Hände. Anstatt ihr sofort aufzuhelfen, stand er einen Moment lang gebückt da und sah ihr in die Augen. „Hast du dir wehgetan?"

„Ich glaube nicht."

„Alles in Ordnung? Bist du auf dem Eis ausgerutscht? Wo ist überhaupt dein Mantel, es ist doch eisig kalt."

„Ich weiß selbst, dass es eisig kalt ist."

„Aber was machst du dann hier?"

„Es ist wirklich eiskalt, Danny. Könntest du aufhören, Fragen zu stellen, und mir stattdessen helfen?"

„Genau die richtigen Schuhe für Glatteis", bemerkte er. „Bist du sicher, dass du nicht verletzt bist? Was ist denn passiert? Ein Streit unter Liebenden? Bist du Michael hinterhergelaufen, dem Mann mit den kleinen Augen?"

„Nein", sagte sie entrüstet. „Michael und ich, wir haben uns nicht gestritten, und ich glaube auch nicht, dass ich mir was getan habe. Ich wurde ..."

Sie verstummte abrupt, während er ihr aufhalf. *Gestoßen.* Sie hatte sagen wollen, dass sie zu Boden gestoßen worden war, aber instinktiv hatte sie es nicht laut ausgesprochen. Außer Danny war niemand zu sehen, und er war der Mann, der sie gewarnt hatte, andere Leute nicht glauben zu lassen, sie spreche oder verstehe Gälisch.

Hatte er sie aus dem Schatten heraus gestoßen und war dann zurückgekommen, um ihr zu helfen?

„Du wurdest was?“ fragte er und sah sie aufmerksam an.

„Nichts. Ich ... ich war um Seamus besorgt. Er hat etwas zu viel getrunken, und deswegen bin ich ihm nachgelaufen. Dann bin ich gefallen.“

Während sie sprach, zog Danny seinen Mantel aus und legte ihn ihr über die Schultern. Die Wärme tat ausgesprochen gut, aber sie ließ sie auch spüren, dass ihr Körper von Kopf bis Fuß schmerzte. „Und was machst *du* hier?“ fragte sie ihn.

„Ich habe ein paar alten Freunden eine gute Nacht gewünscht.“

„Wo ist mein Bruder? Warst du mit ihm unterwegs?“

„Patrick habe ich schon eine ganze Weile nicht mehr gesehen“, erwiderte er und sah sie erstaunt an. „Müssen wir uns neuerdings alle bei dir an- und abmelden?“

„Ich konnte bloß niemanden finden, der Seamus nach Hause hätte begleiten können“, behauptete sie und wunderte sich, warum sie Danny nicht die Wahrheit sagte, dass sie zwei Männer bei einem merkwürdigen Gespräch belauscht hatte und dann zu Boden gestoßen worden war.

Der Grund war eigentlich offensichtlich. Außer Danny war niemand zu sehen, und so sehr sie den Gedanken auch verabscheute, war es doch möglich, dass er derjenige war, der sie umgestoßen hatte.

„Lass uns zurückgehen“, sagte sie. „Es ist viel zu kalt.“

Er nickte und legte einen Arm um sie, während sie sich auf den Rückweg zum Pub machten.

„Hast du hier irgendwen gesehen?“ fragte er.

„Nein.“

„Warum belügst du mich?“

„Mache ich nicht.“ Genau genommen hatte sie in der Dunkelheit außer dunklen Schemen niemanden gesehen. Sie blickte stur geradeaus, spürte aber, dass er sie misstrauisch betrachtete.

„Dann eben nicht."

Es war nicht zu überhören, dass er ihr nicht glaubte. Mit einem Mal hatte sie es sehr eilig, in den Pub zurückzukehren.

Danny passte sich ihrem schnelleren Tempo an und hielt sie fest, als sie auszurutschen drohte. Je näher sie dem Lokal kamen, umso schneller ging sie.

Wieder rutschte sie auf einem überfrorenen Stück Fußweg aus. Diesmal hatte sie allerdings so viel Schwung, dass Danny sie nicht festhalten konnte, sondern selbst das Gleichgewicht verlor. Irgendwie gelang es ihm, so auf der Straße zu landen, dass Moira auf ihn fiel. Einen Moment lagen sie einfach nur da und starrten sich an. Dann strich Danny ihr eine Strähne aus der Stirn.

„Hey, das ist gar nicht mal so schlecht." Er grinste.

Sofort versuchte sie, sich wieder aufzurichten, rutschte aber erneut weg und landete so hart auf Danny, dass ihm die Luft aus den Lungen gepresst wurde. Trotzdem musste er lachen.

„Hör auf zu lachen!"

„Warte mal, ich bin schließlich der Leidtragende. Ich werfe mich auf den Boden, damit du weich landest, und was ist der Dank? Dein Knie in meinem Unterleib."

„Ich habe dir mein Knie nicht in den Unterleib gerammt."

„Bestimmt nicht mit Absicht. Glaube ich zumindest."

Sie gab einen zornigen Laut von sich und rollte sich zur Seite. Ehe sie sich versah, war Danny schon wieder auf den Beinen und streckte ihr seine Hand entgegen, nach der sie trotz allem griff. An der Tür des Pubs stand Colleen und lachte ebenfalls. „Wenn ihr Kinder euch genug im Schnee gewälzt habt, dann könnt ihr ja wieder ins Haus kommen. Hier ist es sehr viel wärmer."

Dannys Mantel lag auf dem Fußweg. Moira wollte sich nach ihm bücken, aber er hatte ihn schon gepackt. „Ich glaube, es wäre wirklich eine gute Idee, wieder nach drinnen zu gehen. Obwohl es Spaß gemacht hat", sagte er grinsend.

Moira ging in den Pub, Danny folgte ihr. Colleen fragte: „Und was hat dich nach draußen in Eis und Schnee verschlagen?"

„Es schneit nicht."

„Ich meinte es nicht wörtlich."

„Ich hatte mich gewundert, wieso sich auf einmal die Gäste in nichts auflösten", sagte Colleen. „Sogar die Band hat für heute Schluss gemacht, und Jeff ist irgendwo hingegangen. Ach, Moira?"

„Ja."

„Michael hat dich vorhin gesucht. Er lässt ausrichten, dass er jetzt auf dem Weg ins Hotel ist."

„Danke."

Sie hatte ihm versprochen, zu ihm ins Hotel zu kommen, und sie wusste, dass sie dieses Versprechen halten sollte. Das Problem war jedoch, dass sie erschöpft war und Schmerzen hatte und zudem fürchtete, eine Bemerkung darüber fallen zu lassen, wie komisch sich die Leute im Pub an diesem Abend benahmen. Vor allem ihr Bruder.

Und Danny.

Moira sah, dass Chrissie hinter dem Tresen stand. Sie nahm ein Tablett und begann, Tische abzuräumen. Colleen und Danny machten es ihr nach.

„Moira Kathleen!" rief ihr Vater plötzlich aus.

Beinahe hätte sie das Tablett mit den Gläsern fallen lassen. „Was ist?"

„Was ist denn mit dir passiert?"

„Nichts, was soll denn sein?“

„Du blutest ja, Mädchen!“

Sie sah nach unten und bemerkte, dass ihr Strumpf aufgerissen und Blut aus einer Verletzung am Knie bis zum Schienbein gelaufen war.

„Dad, ich habe nur den Fußweg geküsst. Ich bin gestolpert“, sagte sie. „Danny hat mir aufgeholfen.“

„Du musst sofort versorgt werden.“

„Ich werde nach oben gehen“, sagte Moira.

„Im Büro ist ein Verbandskasten“, erwiderte Eamon.

„Ich kann auch nach oben ...“

„Kommt nicht in Frage“, beharrte Danny. „Vielleicht musst du genäht werden. Wir werden uns das ansehen.“

Im nächsten Moment war er neben ihr und grinste sie frech an.

„Danny, ich habe mir das Knie aufgeschrammt.“

„Ja, aber du bist *die* Moira Kelly. Du kannst nicht mit einem aufgeschrammten Knie vor die Kamera treten. Wir kümmern uns sofort darum.“

Er drängte sie hinter dem Tresen zur Tür, die ins Büro führte.

„Der Verbandskasten ist ...“, begann Eamon.

„In der obersten Schublade, ich weiß“, unterbrach Danny ihn.

Im nächsten Augenblick hatte er sie im Bürostuhl platziert und kniete vor ihr, während er die Schublade durchsuchte.

„Was machst du da?“ fragte sie.

„Ich nutze jede noch so kleine Gelegenheit, um in deiner Nähe zu sein.“

Sie wollte aufstehen, doch er hatte ihr bereits den Schuh ausgezogen. Sie gab auf.

„Du musst den Strumpf ausziehen“, sagte er.

„Das ist kein Strumpf, sondern eine Strumpfhose.“

„Umso besser.“

„Danny ...“

„Du musst vorsichtiger sein, Moira. Du kannst nicht einfach den Leuten nachrennen.“

Sein Tonfall hatte nichts Unbeschwertes oder Amüsiertes, er war mit einem Mal todernst.

„Okay, Danny, ich werde das nicht mehr machen“, sagte sie und senkte den Kopf. „Wenn du im Pub gewesen wärst, hätte ich dich bitten können, Seamus zu folgen.“

„Stimmt, aber Seamus ist schon ein großer Junge.“

„Seamus hat sich heute Abend sehr seltsam benommen.“

„Wieso? Was hat er denn gemacht oder gesagt?“

„Ich habs vergessen“, log sie. „Aber er hat sich einfach sehr seltsam geäußert.“

„Hatte er vor irgendetwas Angst?“

„Sollte er?“

„Ich versuche nur zu verstehen, warum du ihm gefolgt bist. Moira, du musst diese Strumpfhose ausziehen. Ich verspreche dir auch, dass ich die Augen zumache. Obwohl ...“

„Danny, ich gehe jetzt einfach nach oben und kümmere mich selbst um diese Schramme.“

„Hast du Angst davor, dass ich dein Bein berühre?“

„Davor habe ich keine Angst. Wahrscheinlich soll ich jetzt meine Strumpfhose ausziehen, nur um dir das zu beweisen, wie?“

„Ja, so habe ich mir das vorgestellt“, sagte er und grinste wieder.

Urplötzlich verspürte sie den Wunsch, ihm übers Haar zu streichen, das so zerzaust war wie immer und das ihm so gut stand. So wie dieser Ansatz eines Lächelns, den er so oft zur Schau trug.

„Du versuchst mein Leben zu ruinieren“, sagte sie.

„Niemals.“

„Ich habe einen tollen Job und eine großartige Beziehung.“

„Er hat kleine Augen.“

„Er ist ein anständiger Mann.“

„Das sehe ich anders. Außerdem ... ist das wirklich das, was du im Leben willst? Einen anständigen Mann?“

„Du hast doch gesagt, ich hätte Josh heiraten sollen.“

„Das habe ich nicht so gemeint.“

Sie stand auf und ging um den Schreibtisch herum, um die Strumpfhose auszuziehen. Dann setzte sie sich wieder. Seine Finger strichen sanft über ihr Knie. „Und davon hast du nichts gemerkt?“

„Ich war von Kopf bis Fuß durchgefroren, wie sollte ich da irgendetwas merken? Was machst du da eigentlich? Komm bloß auf die Idee ...“

„Keine Panik, das ist Alkohol. Ich will die Wunde reinigen.“

Mit einem Wattebausch säuberte er die Schramme, während Moira seine Hände und seinen gesenkten Kopf ansah. Diese wunderbaren Hände, die langen Finger, die gepflegten Nägel.

Es waren auch kräftige Hände. Es gab kein Marmeladenglas, das diese Hände nicht öffnen konnten.

„Und was ist das?“ wollte sie zögernd wissen.

„Jod. Das schmerzt auch nicht. Seit wann benimmst du dich wie ein Kleinkind?“

„Seit ich so müde und sauer bin. Was hast du draußen zu suchen gehabt?“

„Habe ich dir doch schon gesagt. Ich habe ein paar alten

Freunden eine gute Nacht gewünscht. Und jetzt ganz ehrlich: Wieso warst du draußen unterwegs?“

„Ich bin Seamus nachgelaufen. Verdammt, Danny, was geht hier vor?“

„Nichts, so gut wie sicher nichts.“ Er klebte ein Pflaster auf ihr Knie. „Jedenfalls nicht, wenn es nach mir geht“, murmelte er.

Sie fasste sein Kinn und hob seinen Kopf, bis sich ihre Blicke trafen. „Was redest du da?“

„Nichts, Moira. Ich will nur sagen, dass ich lieber mein Leben opfere, ehe irgendjemandem aus deiner Familie etwas zustößt.“

„Warum sollte jemandem aus meiner Familie etwas zustoßen?“

Er seufzte gereizt. „Moira, ich meinte das rein theoretisch.“

Sie stand auf, da er nichts weiter sagen würde. „Ich gehe jetzt schlafen. Vielen Dank für deine Hilfe.“

„Hey!“

Moira drehte sich zur Tür um und sah Patrick, der sie und Danny anstarrte. Danny kniete noch immer, während sie neben ihm stand.

„Das Fernsehen steigt ihr allmählich zu Kopf, wie? Sie hat dich doch schon mal auf die Knie sinken lassen“, sagte Patrick.

„Er hat meine Verletzung behandelt.“

„Ich habe gehört, dass sie Männer mag, die vor ihr auf die Knie gehen“, gab Danny zurück.

„Sachte, ich bin immer noch ihr großer Bruder, klar?“

„Und wo warst du?“ wollte sie von ihm wissen.

Patrick hob erstaunt eine Augenbraue. „Der Kerl von dieser Wohltätigkeitsvereinigung war heute Abend hier. Ich habe ihn noch ein paar Schritte begleitet, damit er sieht, wie dicht sein

Hotel am Pub liegt. Wieso fragst du eigentlich? Ich habe schließlich jetzt eine Ehefrau, die mir eine Standpauke halten kann. Was ist los?"

„Ich wollte, dass jemand Seamus nach Hause begleitet."

„Er wohnt doch nur ein paar Blocks entfernt."

„Er hatte etwas zu viel getrunken", sagte sie.

„Ich war nicht da, du warst nicht da, nicht mal der wundervolle Michael war zu finden", sagte Danny. „Also hat sich das arme Kind selbst auf den Weg gemacht, um Seamus zu begleiten, und dabei ist die gute Moira auf dem Eis ausgerutscht."

„Und wo war der wundervolle Michael?" fragte Patrick.

„Der wundervolle Michael ...", begann sie, dann stieß sie einen wütenden Laut aus. „Michael arbeitet hier nicht."

„Ich auch nicht."

„Es ist unser Pub."

„Okay, ich werde versuchen, dich beim nächsten Mal nicht zu enttäuschen. Nur gut, dass du dir nicht den Hintern aufgeschrammt hast, wie?" sagte Patrick.

„Reizend, großer Bruder, ganz reizend."

„Das wäre bestimmt interessant geworden", meinte Danny.

„Ach, zur Hölle mit euch beiden!" sagte sie süßlich, wandte sich ab und ging nach oben.

Sie musste sich nicht umdrehen, um zu wissen, dass Danny ihr nachsah.

Es war spät in der Nacht, sehr spät.

Oder sehr früh am Morgen, je nachdem, wie man es betrachtete.

Zu dieser Tageszeit benutzte er einen anderen Namen. Er hatte Papiere, die es ihm ermöglichten, viele Namen zu verwenden.

Die Kunst der Tarnung bestand darin, sich stets in aller Öffentlichkeit zu verstecken. Das Auge glaubte nicht immer, was es sah. Eine Brille konnte ein Gesicht grundlegend verändern, ebenso eine andere Frisur oder Haarfarbe, ein Bart. Die Menschen verhielten sich meistens ihrer tagtäglichen Routine entsprechend und bemerkten nur sehr wenige Dinge.

Ihm hatten immer die vermissten Kinder Leid getan, deren Gesichter auf Milchverpackungen aufgedruckt waren. Die wenigsten Menschen, die einen Milchkarton in die Hand nahmen, schenkten den Gesichtern Beachtung, und nicht anders verhielten sie sich bei den Menschen um sie herum.

Für ihn war das sehr nützlich.

Er hätte sich eigentlich bedeckt halten müssen. Sie befanden sich jetzt in der Wartestellung. Sie warteten einfach nur, um zu sehen, wie sich die Dinge entwickelten.

Das Warten ...

Tagsüber war es einfach, aber die Nächte waren anstrengend.

Rastlos zog er durch die Straßen und kehrte jede Nacht in einer anderen Bar ein. Ein Lokal in irgendeinem unauffälligen Stadtviertel, in dem die Zeit herumging, ohne dass man jemandem auffiel, und in dem Drinks mit Wasser gestreckt wurden, dafür aber preiswert waren. Er hatte wirklich nur etwas trinken wollen, aber dann war ihm die junge Frau am anderen Ende des langen Tresens aufgefallen. Sie hatte langes, volles Haar, das einen leichten Rotschimmer hatte.

Es war gefärbt.

Egal. Die Bar war düster und schmuddelig.

Ihr Rock war sehr kurz, ihre Strümpfe hatten eine Laufmasche. Die Stiefel, die ihre langen Beine besonders gut betonten, hatten hohe Absätze. Meine Liebe, du könntest dir genauso gut ein Schild umhängen, auf dem steht, dass du eine Prostituierte bist, dachte er amüsiert. Doch ihr Gesicht hatte etwas Verlorenes. Aus einiger Entfernung betrachtet, war sie sogar hübsch. Ein kleines Mädchen, das vom rechten Weg abgekommen war und jetzt in diesem Leben feststeckte, ohne Hoffnung auf einen Ausweg ...

Sie sah auf und bemerkte, dass sein Blick auf ihr ruhte. Er reagierte mit einem Lächeln. „Hi."

Sie lächelte zurück und begutachtete seine Kleidung. Er hatte sich für diese Nacht recht lässig angezogen, aber für dieses Etablissement war er immer noch bestens gekleidet.

„Darf ich Sie zu einem Drink einladen?" fragte er.

Ihr Lächeln wurde noch breiter, während sie aufstand und sich auf den Hocker gleich neben ihm setzte. „Sehr nett", sagte sie. Er runzelte die Stirn, da er in den beiden Worten sofort einen Akzent bemerkte. „Ich bin Cary. Vielen Dank für die Einladung. Und Sie sind ...?"

„Richard, Richard Jordan", log er.

„Engländer?" fragte sie, als sie seinen Akzent bemerkte. „Ich schätze, ich sollte das wissen."

„Australier", antwortete er. „Aber ich bin ein wenig in der Welt herumgekommen."

„Es ist ein sehr schöner Akzent."

„Ihrer aber auch."

Sie verzog das Gesicht. „Ich werde County Cork einfach nicht los."

„Wollen Sie das denn?"

„O ja. Zu Hause ist alles so elend."

„Dort ist es doch sehr schön."

„Aber nicht bei meinen Eltern", sagte sie. „Mein Dad war ständig nur unterwegs. Er hat in einem albernen Krieg mitgemischt, und er hat meine Mom betrogen. Sie hat Untermieter aufgenommen. Die hat sie immer ‚ihre Männer' genannt. Als ich ihr sagte, ich würde die Dinge immer bei ihrem wahren Namen nennen, hat sie mich geschlagen und aus dem Haus geworfen. Mich interessiert die alte Heimat einen Dreck, bis auf ..." Sie stoppte und sah ihn entschuldigend an. „Tut mir Leid, das ist nicht das, was Sie erwartet haben. Ich bin etwas müde. Es sind Massen von Amerikanern in der Stadt, die sich alle für Iren halten. So viele Arschlöcher!"

„Ich verstehe", murmelte er.

„Ist Ihnen kalt?" fragte sie plötzlich.

„Wie?"

„Sie haben Ihre Handschuhe nicht ausgezogen."

„Ach so. Meine Hände sind ein wenig durchgefroren."

„Ich kann sie für Sie wärmen, wenn Sie wollen", sagte sie und zuckte mit den Schultern. „Wie gesagt, ich nenne die Dinge beim Namen. Zu viele Arschlöcher. Aber Sie ... Sie sind anders. Ich meine, ich kann nichts kostenlos machen, ich muss auch sehen, wie ich mein Geld verdiene. Aber bei Ihnen ... da würde ich ein paar Extras dazugeben, für die Sie nichts zahlen müssen."

Sie hatte dieses gewisse Aussehen. Unschuld, die zu Schund geworden war. Ein durch Erschöpfung verbrauchter Optimismus. Sie hatte ihn angezogen, gereizt und erregt. Sie war Müll. Sie lebte in der Gosse.

Aber er war rastlos. Und in der Stimmung, sich im Dreck zu wälzen.

„Gut. Holen Sie Ihren Mantel, ich bezahle die Getränke."

Am Sonntagmorgen war der Kirchgang das Wichtigste für die Kellys. Moira telefonierte mit Michael und sagte ihm, er müsse nicht mit zur Messe kommen.

„Das würde ich mir doch nicht entgehen lassen", versicherte er ihr. „Ich gebe mir größte Mühe, mich bei deinem Vater ins rechte Licht zu rücken."

„Na ja, ich gebe zu, dass ihm deine Teilnahme an der Messe sicher gefallen würde."

„Was war eigentlich mit dir gestern Abend?" fragte er.

„Was mit mir war? Wo warst *du* denn abgeblieben? Du bist gegangen, ohne ein Wort zu sagen."

Sie hörte ihn seufzen. „Es ist mir etwas peinlich."

„Erzähl es mir trotzdem."

„Ich hatte vergessen, an einem Tisch zu kassieren. Die Leute sind gegangen, ohne zu bezahlen. Ich war entrüstet und bin ihnen gefolgt."

„Es sind Gäste gegangen, ohne zu bezahlen? Im Pub meines Dads?"

„Wahrscheinlich bin ich ein schlechter Kellner."

„Nein, du machst das ganz wunderbar, ganz sicher. Die meisten von ihnen sind Stammgäste, aber es kommen auch Leute nur ein einziges Mal in den Pub. Du hattest einfach Pech, dass du an die Falschen geraten bist."

„Da haben wir's wieder. Durch und durch loyal. Kein Wunder, dass ich dich liebe."

„Ich liebe dich auch."

„Jedenfalls habe ich die Leute aus den Augen verloren, bin zurückgegangen und habe die Rechnung aus meiner Tasche bezahlt, damit es keiner erfährt. Als ich dich dann gesucht habe, um mich von dir zu verabschieden, habe ich dich nirgendwo finden können. Ich bin dann zurück ins Hotel gegangen und habe noch eine ganze Weile gewartet."

„Tut mir Leid. Es kamen tausend Sachen gleichzeitig zusammen, und ich ..."

„Das mit der Familie ist nicht ganz so einfach, nicht wahr?"

„Michael, ehrlich ..."

„Hör auf, ich kann das doch verstehen. In ein paar Tagen ist der ganze Trubel um den St. Patrick's Day auch wieder vorüber. Wir treffen uns in der Kirche."

„Du kannst auch herkommen ..."

„Du musst schon auf genug Leute aufpassen. Ich komme mit Josh, seiner Frau und den Zwillingen. Wir treffen uns dort."

Im Haus der Familie Kelly ging es drunter und drüber. Moira war sicher, dass sie niemals der Typ Mutter wie ihre Mum sein würde. Trotz des Durcheinanders kam das Frühstück zeitig genug auf den Tisch, damit alle vor dem Weg in die Kirche etwas in den Magen bekommen konnten. Siobhan hatte die Mädchen in die Badewanne gesteckt und Patrick losgeschickt, damit der an Moiras Badezimmertür anklopfte und ihr sagte, dass er auch noch duschen musste.

„Hey, ich bin erst seit ein paar Minuten hier", rief sie ihrem Bruder zu.

„Wasch jede Stelle nur einmal – nur Schmutzwäsche muss erst eingeweicht werden."

„Ach ja? Und was weißt du über Wäsche?"

„Moira, von wie vielen Schmutzschichten willst du dich denn befreien?"

„Geh zu Colleen und scheuch sie aus dem Badezimmer!"

„Ich glaube, sie ist da drinnen eingeschlafen. Musst du nicht eigentlich Mum helfen oder so?"

„Du kannst Mum genauso helfen, du Chauvinist."

„Ich bin kein Chauvinist. Ich lobe, wenn es Lob zu verteilen gibt. Du kannst zaubern, wenn es um Toastbrot geht, Moira Kelly. Das ist einfach so."

„Nimm das Badezimmer von Mum und Dad!"

„Da ist schon Brian. Er ist jetzt ein großer Junge, er badet nicht mehr mit den Mädchen zusammen in einer Wanne."

„Dann sorg das nächste Mal dafür, dass du deinen Hintern aus dem Bett bekommst, bevor deine Kinder wach sind."

„Du könntest schon längst fertig sein, Schwesterchen, wenn du dich nicht unbedingt mit mir streiten wolltest."

„Lass mich endlich in Ruhe. Geh doch nach unten und schmeiß Danny aus dem Bad."

„Wie unhöflich. Du willst, dass ich einen Gast belästige?"

„Danny ist kein Gast."

Zu ihrer Erleichterung zog sich ihr Bruder endlich zurück. Als sie aus dem Badezimmer kam, sah sie, dass Siobhan geduscht hatte und die Kinder mit dem Bad fertig waren. Die Mädchen trugen hübsche Samtkleider und halfen ihrer Großmutter, den Toast mit so viel Butter zu bestreichen, dass man mehrere Bleche Kekse damit hätte zubereiten können. „Na, da helfe ich euch am besten mal", schlug Moira vor und setzte sich zu den Mädchen.

„Danke", sagte Siobhan leise. Sie war damit beschäftigt, den Speck in der Pfanne umzudrehen. Als ihre Schwägerin sich umdrehte, bemerkte Moira, dass sie noch blasser aussah als am Tag zuvor und dunkle Ränder unter ihren hübschen Augen hatte.

Sie ging zu ihrer Schwägerin. „Ist alles in Ordnung?"

„Ja, sicher", antwortete sie eine Spur zu schnell.

„Du brauchst mal eine Pause. Du und Patrick, ihr müsst mal was ohne die Kinder unternehmen."

„Patrick unternimmt ständig was ohne die Kinder, jedenfalls ohne unsere Kinder", sagte sie. Sie warf Moira einen kurzen Blick zu. „Du weißt ja, dass er viel zu tun hat."

„Das hast du auch."

„Aber das ist etwas anderes. Er verdient schließlich das Geld. Ich will ihm nicht in den Rücken fallen. Ich liebe deinen Bruder."

„Ich auch, aber das heißt nicht, dass ihm dann und wann ein Tritt in den Hintern schaden würde. Gestern Abend hätte ich ihn gebraucht, aber er war nicht da."

„Ach, wirklich?" sagte Siobhan und starrte auf den Speck, der in der Pfanne brutzelte. „Was war denn los?"

„Ich fand, dass jemand Seamus nach Hause begleiten sollte. Natürlich war keiner der Männer greifbar."

„Männer!" schnaubte Colleen, als hätte sie die gesamte Unterhaltung mitbekommen, obwohl sie eben erst in die Küche gestürmt kam. „So sind sie nun mal." Sie sah sich um, ob ihre Mutter in der Nähe war. „Sie sind wie Blutegel, wenn sie etwas wollen, vor allem Sex. Braucht man sie, dann weiß der liebe Gott allein, wo sie sich herumtreiben."

„O Darling, das stimmt doch gar nicht", sagte Danny, der aus dem kleinen Wohnzimmer kam. Er hatte sich offenbar schon längere Zeit oben aufgehalten. Moira fragte sich, warum dieser Gedanke ihr Unbehagen bereitete. „Ich bin hier, und ich kann kochen. Siobhan Kelly, setz dich hin, ich übernehme das."

„Wo ist Mum?" fragte Moira, als Danny Siobhan zu ihrem Platz bugsierte.

„Unter der Dusche", erwiderte Danny. „Colleen, meine Schöne, du darfst dich auch setzen."

„Danke, ich werde mich auch setzen und dich sehr genau beobachten", sagte Moira.

„Ach, beobachte du doch lieber den Speck, während ich mich um die Eier kümmere."

Ehe sie sich versah, hielt sie eine Gabel in der Hand, und

Danny schlug die Eier auf. Colleen setzte sich nicht hin, sondern brachte Saft, Kaffee und Tee zum Tisch.

Moira legte die Speckstreifen auf einen Teller, auf dem Küchenpapier lag, um das Fett aufzusaugen. Nebenbei beobachtete sie Danny, der wirklich gut kochen konnte. Jackett und Hose, die er für den Gang zur Kirche angezogen hatte, standen ihm ausgesprochen gut, außerdem war er frisch rasiert, und wieder reagierte sie viel zu stark auf sein Aftershave.

„Wo ist denn dein Liebhaber?“ fragte er.

„Wir treffen uns in der Kirche.“

„Oh, ist er denn auch ein guter Katholik, oder will er bei deinem Vater nur noch mehr Bonuspunkte sammeln?“

„Er ist natürlich ein guter Katholik“, sagte sie mit süßlichem Tonfall. „Außerdem weißt du ja, dass ich als braves Mädchen für unsere Trauung die Kirche unserer Familie in Boston wählen werde, falls wir heiraten. Darum ist es gut, wenn er dort jetzt schon eine Messe miterlebt.“

„*Falls*“, sagte er.

„Was?“

„Du hast nicht ‚wenn‘ gesagt, sondern ‚falls‘. Du musst noch immer Zweifel haben.“

„Keine Spur“, erwiderte sie.

„Oh, dem Herrn sei Dank, es ist alles unter Kontrolle“, sagte Katy, als sie vom Flur in die Küche kam. „Danny, du bist ein Goldstück.“

„Danny? Siobhan hat das alles gemacht“, widersprach Moira.

„Nein“, warf Siobhan ein. „Danny war schon vor mir hier. Er musste nur zwischendurch telefonieren.“

„Telefonieren? Während der Speck in der Pfanne brutzelt? Muss ja sehr wichtig gewesen sein“, murmelte Moira.

„Ich führe nur wichtige Telefonate“, erklärte Danny. „Die

Eier sind so weit, und der Haferbrei für Eamon ist jeden Augenblick fertig. Katy Kelly, du darfst dich setzen, ich bringe alles an den Tisch."

Eamon kam in die Küche und wünschte allen einen guten Morgen. Molly stand auf und brachte ihm einen gebutterten Toast. „Granda! Den hab ich extra für dich gemacht!"

„O Molly, Liebling, Granda darf den Toast nicht essen, sonst kriegt er einen Herzanfall und muss ins Krankenhaus", protestierte Katy.

„Katy, ich werde ihn nicht wirklich essen", versicherte Eamon ihr. „Molly Kelly, bring mir ruhig den Toast. Das wird ein besonderer Genuss sein!"

Patrick kam von unten in die Wohnung, Granny Jon traf in der Küche ein, und dann war die ganze Familie um den Tisch versammelt. Eamon sprach ein kurzes Gebet, doch vor dem Amen sah er sich um und fuhr fort. „Ich danke dir, Herr, dass ich meine ganze Familie um mich haben kann. Ich danke dir für dieses Rudel von Rohlingen, die ihrem alten Vater zuliebe zum St. Patrick's Day nach Hause kommen. Und ich danke dir für alte Freunde, die wie Verwandte sind, und dafür, dass Danny auch hier sein kann."

„Amen, und jetzt lasst uns essen", sagte Patrick.

„Patrick, dein Vater hat gebetet", wies Katy ihn zurecht.

„Gut, dann soll der Herr noch alle Iren segnen, und jetzt möchte ich endlich frühstücken", gab Patrick zurück.

„Ich war noch nicht fertig", sagte Eamon verärgert. „Ich wollte dem Herrn auch noch für eine Schwiegertochter wie Siobhan danken, eine so wunderbare Frau, die mir drei der schönsten Geschenke gemacht hat, die sich ein Mann wünschen kann – Brian, Shannon und Molly, die den besten Toast der Welt macht."

„Hört, hört“, sagte Moira und sah ihren Bruder an. „Auf Siobhan – und natürlich auch auf die Kinder.“

Molly kicherte wieder. Granny Jon warf einen Blick auf die Uhr in ihrem silbernen Anhänger. „Auf Siobhan. Und Patrick hat Recht: Wir sollten jetzt frühstücken, sonst sind wir erst zur Kommunion in der Kirche.“

„Ein letzter Toast“, verkündete Danny und hob seine Kaffeetasse. „Auf Eamon Kelly, seine wunderbare Frau Kathleen, und auf Speck und Toast.“

„Das wars dann wohl. Dann können wir alles herunterschlingen und uns auf den Weg machen“, meinte Patrick.

„Viel Arbeit?“ fragte Siobhan ihn.

Er sah seine Frau an und erwiderte nur: „Kirche.“

„Die Messe wartet auf niemanden“, murmelte Danny.

Michael und Josh mit seiner Familie warteten bereits vor der Kirche. Da es die Kirche ihrer Familie war, begrüßte Moira Michael liebevoll, aber zurückhaltend, obwohl sie sich auf dem Weg dorthin zwischen Siobhan und Danny sitzend nichts lieber gewünscht hätte, als ihm um den Hals zu fallen. Bei Joshs Frau Gina konnte sie mehr Enthusiasmus zeigen und umarmte sie, dann bewunderte sie die Zwillinge, die von Woche zu Woche schnell größer zu werden schienen. Sie nahm einen der Jungs, um ihn während des Gottesdienstes auf dem Schoß zu halten. Die beiden waren einfach niedlich und sahen schon jetzt Josh ähnlich.

Während der Messe konzentrierte sie sich mehr auf das kleine Etwas in ihren Armen als auf den Priester. Erst als der auf den St. Patrick’s Day zu sprechen kam, wurde sie aufmerksam. Er verkündete die Ankunft von Jacob Brolin in Boston und rief seine Gemeinde auf, für Brolin und dessen Friedensbotschaft zu beten, die er nicht nur nach Nordirland brachte, sondern allen Iren und den Menschen in aller Welt. Es war eine bewegende Predigt, die ihm viel Beifall einbrachte.

Der Applaus weckte Gregory auf, der sofort zu weinen begann. Moira versuchte, ihn zu beruhigen, doch in dem Moment nahm Danny ihr den Jungen aus den Armen und hielt ihn hoch in die Luft. Er flüsterte etwas, und zu Moiras Ärger begann das Baby leise zu lachen. „Ich nehme ihn wieder", flüsterte sie.

„Dann wird er nur wieder weinen."

„Das wird er nicht."

„Du bist gereizt, und das merkt der Kleine."

„Ich bin nicht gereizt!"

„Du strahlst Feindseligkeit aus. Du bist sogar wütend darüber, dass ich ein kleines Kind besänftigen kann."

„Das ist nicht wahr."

„Moira, du streitest dich mit mir während eines Gebets!"

„Ach, verdammt, behalt doch das Baby."

„Moira Kathleen Kelly! Wir sind in der Kirche!"

„Dann eben verflixt. Behalt das Baby. Was hast du überhaupt neben mir zu suchen?"

„Ich habe mich an Colleen vorbeigeschmuggelt, als ich gesehen habe, dass du in Nöten warst."

„Das war ich nicht."

„Sieh mal, da kniet dein lieber Michael, gleich neben dir. Möchtest du dich nicht neben ihn hinknien? Er betet. Was glaubst du wohl, für was er betet? Für Frieden in Irland? Oder dafür, dass du endlich mal dein Versprechen einlöst und ihn in seinem Hotelzimmer besuchst? Oder vielleicht für irgendwas viel Übleres?"

„Danny ..."

„Ich weiß, für was ich bete."

„Weltfrieden?“

„Das natürlich auch.“

„Ich verpasse dir gleich eine Ohrfeige, auch wenn wir in der Kirche sind.“

„Dein Geflüster wird allmählich ziemlich laut.“

„*Mein* Geflüster?“

„Du solltest eigentlich knien und mit deinem Geliebten beten. Ich würde wirklich gerne hören, was dein Michael betet.“

„Vielleicht solltest du ja knien?“

„Ich halte ein Baby im Arm, falls du das nicht bemerkt hast.“

Moira ignorierte ihn und kniete sich neben Michael. Sie nahm seine Hand, die er fest drückte. Als sie wieder aufstand, gelang es ihr, Danny das Baby abzunehmen, und sie schaffte es schließlich, auf die andere Seite von Danny zu gelangen.

Nach der Messe grüßten die Kelly-Kinder vor der Kirche brav die alten Freunde ihrer Eltern, und Moira machte alle mit Michael bekannt.

Danny hatte genug eigene Freunde, denen er sich widmen musste.

Moira stand bei Michael. Sie spürte die Wärme dieser kleinen Gemeinde inmitten der großen Stadt und schloss für einen Moment die Augen. Sie liebte New York, aber Boston bedeutete ihr genauso viel. Sie liebte auch die Schrullen ihrer irischen Verwandten und Freunde. Alle waren so begeistert darüber, dass Jacob Brolin in die Stadt kam. Sie sprachen darüber, als würde sich eine Auferstehung ereignen.

„Er kommt aus Belfast, richtig?“ sagte Michael.

„Wer?“

„Dein alter Freund. Danny. Er kommt aus Belfast.“

„Er ist da geboren, ja. Ich weiß nicht, was er gemacht hat,

als er noch ganz jung war. Er ist bei einem Onkel aufgewachsen, der viel auf Reisen war. Er war oft hier, und ich glaube, er hat auch einige Zeit in Dublin verbracht."

„Ich habe gehört, dass er in seiner Jugend ein ziemlich wilder Kerl gewesen sein soll. IRA?"

„Ob Danny zur IRA gehört hat? Nein, das glaube ich nicht", erwiderte Moira und sah, dass der Mann, über den sie sich unterhielten, zu ihnen kam.

„Und, Michael, wie hast du die Zeit mit der ganzen Familie in der Kirche überlebt?" fragte Danny freundlich.

„Es war sehr nett", sagte Michael.

„Ja. Vor allem, dass jeder für Jacob Brolin gebetet hat."

„Muss ein wichtiger Mann sein. Moira, du solltest ihn anrufen und fragen, ob du ihn in deiner Sendung interviewen kannst."

„Du bist doch der Locations Manager, richtig?" warf Danny ein. „Hast du denn nicht versucht, ihn zu erreichen?"

Michael zuckte mit den Schultern und ignorierte den unterschwelligen Vorwurf in der Frage.

„Ich bin nicht Moira Kelly. Ich glaube, eine solche Anfrage sollte besser von ihr persönlich kommen. Ich kümmere mich um die Motive, sie um die Gäste. Aber ihn für die Sendung zu filmen, das wäre schon ein richtiger Coup, nicht wahr, Moira?"

Sie hörte Michael zu, entdeckte in einer Gruppe in ihrer Nähe Seamus. „Entschuldigt mich einen Augenblick, da ist Seamus. Mit dem habe ich noch ein Hühnchen zu rupfen."

„Dann kommen wir mit und begrüßen ihn", sagte Danny und folgte Moira.

Die Gruppe um Seamus verabschiedete sich gerade, aber er nahm es nicht wahr, da seine Aufmerksamkeit den dreien galt, die sich ihm näherten.

„Seamus, da bist du ja“, sagte Moira. „Warum bist du gestern Abend einfach davongelaufen?“

Er sah nicht sie an, sondern die beiden Männer.

„Seamus?“

Plötzlich wurde er auf sie aufmerksam. „Ach, Moira, ich bin einfach nur allein nach Hause gegangen.“

„Du hast dich so seltsam verhalten.“

„Ich bin Ire, stimmts? Wir erzählen ständig Märchen. Moira Kelly, ich sehe dich nachher im Pub. Bis dann.“

Er wandte sich um und ging.

„Was ist bloß mit ihm los?“ Moira sprach mehr zu sich selbst als zu Danny oder Michael.

„Er ist Ire, wie er ja selbst gesagt hat. Du kannst dir nicht über jeden Freund deines Vaters Gedanken machen. Der alte Knochen ist exzentrisch. Belass es dabei, Moira“, sagte Michael.

Sie spürte Dannys Hand auf ihrem Arm, als er ihr zuflüsterte: „Ausnahmsweise muss ich ihm zustimmen. Belass es dabei, Moira.“

9. KAPITEL

„Kleine Augen, wie?“ flüsterte Moira Danny zu.

Es schien unmöglich, ihn abzuschütteln.

Sie hatten entschieden, am Nachmittag in den Straßen von Boston zu filmen. Moira wollte nach wie vor die Sequenz drehen, in der ihre Großmutter alte Geschichten erzählte. Doch nach einer Besprechung mit Jeff und Michael waren sie zu dem Schluss gekommen, dass sie auch Ansichten von Boston benötigten, also sollte beides miteinander kombiniert werden. Michael hatte bereits eine Dreherlaubnis für Quincy Market und das Gebiet von Faneuil Hill eingeholt, sodass die Crew in den historischen Bezirk gefahren war, in dem mittlerweile Geschäfte dominierten, deren Stil dem aktuellen Geschmack entsprach.

Ihre Mutter, immer darauf bedacht, dass alles funktionierte, hatte dafür gesorgt, dass Freunde von ihr zusammen mit ihren Kindern anwesend waren. Moira hatte ihre Großmutter auf einer Bank Platz nehmen lassen, auf der sie von einer Schar Kinder umgeben war.

Es war eine alte Weisheit, die aber immer noch Gültigkeit hatte: Es ist nie einfach, Kinder und Tiere zu filmen. Tiere hatte sie gar keine haben wollen, aber es reichte auch so, da die Kinder sich von jedem Hund ablenken ließen, der zufällig von seinem Besitzer ausgeführt wurde.

Michael leistete alles Menschenmögliche, um die Kinder dorthin zu bekommen, wo sie sein sollten. Während die Kameraeinstellungen ein letztes Mal korrigiert wurden, versprach Michael den Kindern, dass die Geschichten ihnen gefallen würden, da die irische Sagenwelt einige Ungeheuer zu bieten hatte.

„Ich sehe, er kann gut mit Kindern und Hunden umgehen“, gab Danny zu. „Aber denk dran, dass Hänsel und Gretel die alte Hexe im Wald auch für eine nette Frau gehalten haben, bis die sie beinahe in den Ofen gesteckt hätte."

„Eine weise Bemerkung, Danny. Ich werde sie mir gut merken."

„Deine Großmutter hat die Kleinen gut im Griff", bemerkte er.

Es stimmte. Die kleinen Zuhörer waren von Granny Jon gefesselt. „Die Todesfee ist ein Geist des Todes. Sie heult und klagt in der Nacht, wenn sie kommt, um die Seelen derjenigen zu holen, die von dieser Welt gehen werden. Hier in Amerika habt ihr hunderte von Ungeheuer, und so viele davon im Film. Aber als ich ein kleines Mädchen war, hatten wir die Todesfee. Wir kannten das schreckliche Geheul der Todesfee, und wir wussten, wann wir Angst haben mussten. Die Erwachsenen ermahnten uns, brav zu sein. Wenn wir das nicht gewesen wären, wisst ihr, was dann passiert wäre?"

Die Kinder sahen sie erwartungsvoll an.

„Was?" flüsterte ein Junge, der vielleicht acht oder neun Jahre alt war.

„Dann hätte uns die Todesfee auf dem Weg zum Klohäuschen weggeholt."

„Was ist ein Klohäuschen?" fragte ein kleines Mädchen.

„Ach ja, jetzt seht ihr wieder, wie unglaublich alt ich schon bin", antwortete Granny Jon. „Als ich noch ein kleines Mädchen war und wir in Dublin lebten, hatten wir im Haus kein Badezimmer. Nichts mit schönen Fliesen und duftenden Seifen. Unsere Toilette war ein kleines Häuschen auf dem Hof. Manchmal in der Nacht, wenn es ganz dunkel war und vielleicht sogar ein Sturm drohte, dann konnte man hören, wie der Wind in den Bäumen heulte. Die Zweige schaukelten hin und her und warfen riesige Schatten. Und in diesen Schatten konnte man die traurige düstere Gestalt der Todesfee sehen, die in die Nacht verschwand."

„Hat sie dich mal gekriegt?" fragte ein kleiner Junge ängstlich.

„Nein, natürlich nicht, sonst könnte ich euch heute nicht die Geschichte erzählen."

Die Kinder prusteten vor Lachen.

„Sag mir bitte, dass diese Kamera auch läuft", flüsterte Moira.

„Es ist drauf", sagte Danny und zeigte auf den Kameramann.

„Es gibt aber noch eine andere Geschichte, die mit Kindern zu tun hat", fuhr Granny Jon fort. „Es war einmal ein großer König, der hieß Lir. Er hatte vier Kinder, die er alle von ganzem Herzen liebte. Seine liebliche Frau war gestorben, und später hatte er noch einmal geheiratet. Aber die Liebe zu seinen Kindern war das Wichtigste in seinem Leben. Seine neue Frau besaß magische Kräfte, und sie war auf die Kinder sehr eifersüchtig. Sie brachte sie zum See und verzauberte sie für neunhundert Jahre in Schwäne. Aber sie war keine wirklich böse Hexe, denn das, was sie mit den Kindern gemacht hatte, tat ihr sofort Leid. Also verlieh sie den Schwänen die Gabe des Gesangs. Sie konnten singen wie die Nachtigallen. Die Schwäne wurden in ganz Irland verehrt. Das war in den alten Tagen, als ein Mann nach Irland kam, der heilige Patrick, der den Iren das Christentum brachte. Die neunhundert Jahre waren vorüber, und aus den Schwänen wurden wieder Menschen. Aber die Jahre ihres Schwanendaseins hatten sie geschwächt, und sie waren sehr zerbrechlich. Bevor sie aber starben, wurden sie getauft, und so wurden sie zu Kindern Gottes. Ihr Vater war erschüttert und befahl, dass zum Gedenken an sie in Irland niemals ein Schwan getötet werden dürfe. So gibt es bis heute in Irland ein Gesetz, das alle Schwäne schützt."

„Ihr Vater hat noch gelebt?" fragte ein flachsblondes Mädchen erstaunt. „Dann war er ja noch älter als mein Daddy!"

„O ja, er war sehr, sehr alt", sagte Granny Jon und zwinkerte. „Darum haben wir Geschichten, Mythen, Legenden und Sagen. So wie bei den meisten Legenden stimmt ein Teil, und ein Teil ist übertrieben. Und manche Geschichten sind schlichtweg gelogen. Aber irische Geschichten sind so wie alle anderen. Sie werden erzählt, um zu erklären, was im Leben passiert. Manche Geschichten werden auch einfach nur zum Spaß erzählt."

„So wie die Kobolde?" fragte ein Junge.

„O nein", sagte Granny Jon. „Kobolde gibt es wirklich. Jedenfalls sagen das die Legenden."

Die Dreharbeiten verliefen hervorragend. Andere Kinder, die sich zufällig in der Gegend aufhielten, gesellten sich zu der Menge. Patrick und Siobhan standen Arm in Arm da und beobachteten ihre Kinder, die einiges von dem erzählten, was sie schon früher von ihrer Großmutter gehört hatten, und die damit für die anderen Kinder ebenfalls interessant wurden.

Als die Dreharbeiten beendet waren, verabschiedete sich das Bostoner Team rasch, nachdem mit Michael und Josh der Drehplan für den nächsten Tag abgesprochen worden war. Granny Jon war müde und wollte nach Hause. Danny erklärte sich sofort bereit, sie heimzubringen. Er bot auch Patrick und Siobhan an, die Kinder mitzunehmen und auf sie aufzupassen, da ihre Mum ein wenig Erholung gebrauchen konnte. Siobhan nahm das Angebot dankbar an.

Josh schlug vor, dass sie irgendwo in der Nähe etwas zu Abend essen sollten.

„In Little Italy gibt es das beste Essen der Welt", behauptete Patrick.

„Aber sicher nicht besser als in Kelly's Pub", meinte Michael.

„Sals Familie hat hier ein Restaurant, das einfach exzellent ist", sagte Moira. „Außerdem wäre zur Abwechslung italienisches Essen nicht schlecht."

„Ich werde Mum nicht verraten, dass du das gesagt hast." Patrick zwinkerte ihr zu.

„Mum liebt italienisches Essen", sagte Moira. „Lange bleiben können wir ohnehin nicht. Es ist zwar Sonntag, doch das hält einen echten Iren nicht davon ab, in den Pub zu gehen. Außerdem rückt der St. Patrick's Day immer näher. Ich möchte Dad nicht allein dem Ansturm aussetzen."

„Colleen ist zu Hause", erinnerte Patrick sie.

„Ja, aber er wird vielleicht mehr Hilfe benötigen."

„Das stimmt", meinte Patrick. „Wir sollten ihm so viel helfen wie möglich."

„Ja", murmelte Siobhan. „Immerhin schauen ja auch so viele von deinen Freunden und Geschäftspartnern vorbei."

Moira glaubte, Verbitterung aus ihren Worten herauszuhören, aber anscheinend war sie die Einzige, der das auffiel.

„Es wird nicht lange dauern", sagte Josh. „Und Essen beim Italiener klingt genau richtig."

„Josh, du musst ja nicht im Pub arbeiten", gab Patrick zurück. „Warum machst du dir um die Zeit Gedanken?"

„Ich kann Gina nicht den ganzen Abend mit den Kindern allein im Hotel lassen."

„Dann ruf sie an und sag ihr, sie soll herkommen", schlug Moira vor.

„Nein, sie hat sicher längst gegessen und die Zwillinge ins

Bett gebracht. Ich esse schnell etwas mit euch, und dann mache ich mich auf den Rückweg. So lange wird es sicher nicht dauern."

„Nein, es ist eigentlich noch etwas zu früh fürs Abendessen, es wird also noch nicht viel los sein. Wir können zu Fuß gehen, Little Italy fängt gleich da drüben an", sagte Siobhan.

Auf dem Weg dorthin bemerkte Patrick, dass es in Boston immer irgendeine Baustelle gab. Siobhan erklärte daraufhin, die Arbeiten seien erforderlich, da sie sich mitten im Herzen der Stadt befanden, die sich einer wachsenden Bevölkerung anzupassen versuchte.

„Es ist eine verrückte Stadt", sagte Patrick.

„Ich liebe Boston", hielt Moira dagegen. „Hier gibt es für jeden Geschmack etwas: Altes, das zum Teil noch aus der Zeit stammt, als diese Nation geboren wurde, und genauso Neues."

„Außerdem sind die Iren und die Italiener hier", fügte Siobhan hinzu.

„Vergiss bitte nicht die Asiaten, die Latinos und die Europäer", betonte Moira.

„Und nicht zu vergessen die berühmten gebackenen Bohnen aus Boston", merkte Patrick ironisch an und legte einen Arm um seine Frau. Während sie nach Little Italy gingen, stellte Moira fest, dass sie mit Michael den Schluss der Gruppe bildete und es fast so wirkte, als wären sie beide allein unterwegs.

„Das ist schön", sagte Michael.

„Was?"

„Das hier. Du und ich, weit weg vom Rest deiner Welt. Und die Abwesenheit deines alten Kumpels Dan O'Hara."

„Michael, er ist ein langjähriger Freund der Familie, daran kann ich nicht viel ändern."

„Ich bin nur froh, dass er das Abendessen ausgelassen hat."

„Ich auch."

Er drückte sie an sich. „Weißt du, in einem Punkt hat er Recht."

„Und zwar?"

„Dass ich mit den Leuten von Jacob Brolin Kontakt hätte aufnehmen sollen."

„Ich bin sicher, dass er von allen großen Sendern mit Anfragen bombardiert wird."

„Aber du hast das gewisse Etwas. Du bist eine wunderschöne Frau, und du bist eine Irin."

„Ich bin Amerikanerin. Und danke für das Kompliment."

„In der ersten Generation. Und das Kompliment war längst fällig. Ich denke wirklich, dass du das gewisse Etwas hast. Vielleicht ... vielleicht hatte ich gestern einfach Angst, mehr zu sagen. Mir ist dieser machohafte Machtkampf mit deinem Mr. O'Hara bewusst gewesen ... Aber um ganz ehrlich zu sein: Ich finde, du solltest selbst mit Brolin Kontakt aufnehmen. Du bist eine Amerikanerin irischer Abstammung, du bist eine Frau, deinem Vater gehört einer der angesehensten Pubs der Stadt."

„Hm."

„Was?"

„Ich weiß nicht. Ich habe den Pub nie als angesehen betrachtet. Es ist ein schöner Ort, an dem man sich wohl fühlt. Und mein Dad ist ein hervorragender Gastgeber. Aber wir haben kein Gourmetrestaurant."

„Ich möchte wetten, wenn Jacob Brolin sich über Boston informiert hat, dann hat er von Kelly's Pub gehört."

„Es gibt dutzende von Pubs in Boston."

„Aber der von deinem Vater ist absolut authentisch."

„Also gut, ich werde Brolin anrufen. Beziehungsweise seine Leute – ich weiß nicht, wie nah ich an sie herankomme."

„Gut so. Ich bin überzeugt, dass keiner so hervorragend wie du das Eis brechen kann."

„Vielleicht hast du ja Recht." Sie zeigte auf ein Geschäft. „Da kannst du die beste Cannoli der Welt kaufen. Das Geschäft gehört Sals Tante. Die ältere Generation sitzt vor dem Laden, streitet sich auf Italienisch und spielt Schach – natürlich nur, wenn das Wetter gut ist. Die Old ..."

„... North Church ist gleich da unten", führte Michael ihren Satz fort. „Ich bin dein Locations Manager, ich erkundige mich nach solchen Dingen."

Sie lachte und umarmte ihn.

„Komm, ein schneller Kuss. Dein Bruder beobachtet uns nicht."

„Mein Bruder weiß alles über dich."

„Du sprichst mit deinem Bruder über so etwas?"

„Nein, das nicht, aber ich bin sicher, dass er weiß, wie unsere Beziehung aussieht."

Sie blieben stehen, und er gab ihr den sanftesten Kuss auf die Lippen, der möglich war. Sie fühlte seine starken Schultern, seine Kraft, als er sie an sich drückte, und schmiegte das Gesicht an seine Brust. Ja, sie liebte diesen Mann.

„Weißt du was?"

„Was?"

„Nimm dich vor ihm in Acht."

„Vor wem?"

„Vor deinem Freund Danny."

Sie wich ein Stück zurück. „Warum denn das?"

Er schüttelte den Kopf. „Als ich gestern Abend hinter den Typen her war, die nicht bezahlt hatten, war er draußen. Er hielt sich in der Dunkelheit auf und wirkte auf mich sehr sonderbar. Der Typ *kommt* nun mal aus Belfast. Vielleicht hat er ja irgendwas vor, ich weiß es nicht. Vielleicht bin ich auch nur neidisch, weil er so einen festen Platz in deiner Familie hat. Aber sei vorsichtig ... mir zuliebe. Irgendetwas an ihm behagt mir nicht. Ich weiß, dass er ein guter Freund ist und dass das nur so ein Gefühl ist. Aber bleib ein wenig auf Distanz zu ihm, ja?"

Er sah sie an, seine tiefblauen Augen verrieten, wie ernst er seine Worte meinte.

„Hey, wo bleibt ihr zwei denn?" rief Patrick.

„Wir kommen schon", rief Moira den anderen zu.

Da sie weiter nichts sagte, ging Michael davon aus, dass sie mit ihm einer Meinung war. Sie nahm seine Hand und eilte zu Patrick, der ungeduldig an der Ecke wartete, als könnte seine Schwester nach all den Jahren plötzlich vergessen haben, wo sich das Restaurant von Sals Familie befand.

„Kinder, Granny Jon, ich muss nur einmal kurz anhalten, wenn niemand was dagegen hat. Ich will nur ein paar von den Cannoli holen, die Katy so gerne mag", sagte Dan zu seinen Mitfahrern in Eamons Minivan.

Granny Jon, die auf dem Beifahrersitz saß, nickte. „Dann bring bitte auch ein paar von den italienischen Keksen mit, Danny. Die mit Vanillegeschmack, nicht die mit Anis."

„Geht klar. Kinder?"

„Schokolade!" sagte Shannon. „Und für Molly nur ein Stück Butter."

„Butterkekse", rief Brian.

„Butterkekse mit Schokolade", kicherte Molly. „Bonbons."

„Bonbons gibts da nicht, du Dummerchen. Das ist eine italienische Bäckerei."

Der erste freie Platz, den Dan fand, war gut einen Block

vom Geschäft entfernt. Nachdem er eingeparkt hatte, ließ er wegen der Heizung den Motor laufen.

„Und du hältst dich vom Fahrersitz fern“, ermahnte er Brian, der zur Antwort nur breit grinste.

„Ich beeile mich“, sagte Dan.

„Wir schaffen das schon. Ich werde die Kinder unterhalten“, sagte Granny Jon.

Dan nickte, ließ die Fahrertür ins Schloss fallen und ging zügig zu der italienischen Bäckerei. Dort angekommen, lächelte er der dunkelhaarigen jungen Frau hinter der Theke zu. Sie hieß Elena, wie er wusste, weil er hier schon einmal eingekauft hatte.

„Ich bekomme eine Schachtel Cannoli, Kekse ... Biscotti mit Vanille, kein Anis, und ... haben Sie irgendwas mit Schokoladenguss?“

„Butterkekse in Schokolade?“ schlug Elena vor.

„Genau richtig. Ich muss nur schnell telefonieren.“

Das Telefon befand sich gleich neben der Tür. Er warf einige Münzen ein und wählte die Nummer. Augenblicke später meldete sich eine wohlklingende weibliche Stimme, nannte aber keinen Namen.

„Liz, ich bins, Dan.“

„Wo bist du?“

„Telefonzelle“, erwiderte er, um sich langwierige Erklärungen zu ersparen. „Hast du irgendwas für mich?“

„Also, ich habe den Mann durchleuchtet.“

„Und?“

„Geboren in Ohio. Sohn amerikanischer Eltern, die aus Irland stammen. Gute Schulen, gute Jobs. Abschluss im Fach Film an der UCLA. Gearbeitet hat er als Produktionsassistent, Kameramann, Tontechniker – praktisch alles, was man hinter der Kamera machen kann. Schauspieler war er nie. Hat als Produzent und Regisseur einige Preise der Filmschule erhalten. Verließ Kalifornien, arbeitete in Florida und Vancouver, und letztes Jahr zog er nach New York."

Dan sah beiläufig aus dem Fenster und erschrak. Patrick und Siobhan Kelly schlenderten gerade an der Bäckerei vorüber. Josh war alleine und versuchte, die beiden einzuholen. Dan stellte sich so hinter eine Säule, dass er weiter aus dem Fenster sehen konnte, ihn aber niemand entdecken konnte.

„Er kam also nach New York – und bekam seinen ersten Job in Moira Kellys Sendung?"

„Das ist das, was ich erfahren habe. Und du weißt, wie ich Leute überprüfe."

„Bist du sicher, dass es überhaupt nichts über ihn zu berichten gibt? Keine politischen Aktivitäten, keine Demo gegen Tierquäler? Kein Protest gegen irgendwelche militärischen Aktionen der Amerikaner?"

„Dan, der Typ hat keine eigene Website, auf der das alles steht. Ich habe auch keine süßen Fotos auftreiben können, auf denen er mit seinem alten Teddy zu sehen ist. Aber nach allem zu urteilen, was ich finden konnte, ist der Kerl sauber. Er ist noch nie verhaftet worden, es sind keine politischen Verbindungen zu finden. In der Wählerliste wird er sogar als unabhängig bezeichnet. Soweit ich das recherchieren konnte, hat er nicht einmal einen Strafzettel wegen Falschparkens zu spät bezahlt."

„Er kommt mir trotzdem seltsam vor. Außerdem kursieren Gerüchte, dass irgendwas im Gange ist."

„Also wenn er in irgendwelche unsauberen Machenschaften verwickelt ist, dann sind die gut getarnt. So viel ist sicher."

Frustriert sah Dan wieder aus dem Fenster. Der Gegenstand

seiner Untersuchungen ging soeben vorüber, einen Arm um Moiras Schulter gelegt. *Schleimer.* Moira lächelte ihn an. O ja, der Kerl war einfach perfekt. Dan kniff die Augen zusammen. Michael war groß, verdammt gut in Form – wahrscheinlich stemmte er Gewichte, war Kickboxer und hatte den schwarzen Gürtel in Karate.

Er sah wirklich gut aus.

So verdammt perfekt.

Und zumindest auf dem Papier war er so unschuldig und rein wie Neuschnee.

„Such weiter", sagte Dan. Moira und Michael waren stehen geblieben.

Wie sie so nebeneinander standen, waren die beiden wirklich ein perfektes Paar. Moira, atemberaubend wie immer, das rötliche Haar, das ihr bis in den Rücken fiel, als sie ihr klassisch schönes Gesicht anhob, damit er sie küssen konnte. McLean, groß und breit, so hoch gewachsen, dass er die ohnehin schon große Moira wie ein männlicher Beschützer überragte.

„Dan, bist du noch da?"

„Such weiter", beharrte Dan.

„Wonach?"

„Keine Ahnung, nach irgendwas, das nicht passt."

„Du bist besessen, Dan O'Hara."

„Es ist mein Job, wachsam zu sein."

„Zu deinem Job gehört noch verdammt viel mehr als nur das", erinnerte Liz ihn.

„Ist er mal in Irland gewesen?"

„Ja, im ersten Semester am College."

„Hm, da hätten wir doch schon etwas."

„O ja, das hätten wir allerdings. Das machen unzählige Studenten, die Geld haben. Er war in Irland, England, Schottland und auf dem Kontinent. Die meiste Zeit verbrachte er in Rom und Florenz. Dan, ich habe ihn gründlich durchleuchtet."

„Such weiter", sagte Dan dennoch. Die beiden gingen weiter. Michael hatte noch immer einen Arm um Moira gelegt.

„Dan ..."

„Such weiter."

„Nur für den Fall, dass es dich interessiert", sagte Liz ironisch. „Patrick Kelly engagiert sich sehr stark für eine Gruppe namens ‚Americans for Children'."

„Das ist doch ein Wohltätigkeitsverein, oder?"

„Ja, er ist neu, aber er scheint sauber zu sein. Allerdings gehören zu den Gründern einige ehemalige IRA-Leute, die in die Staaten ausgewandert sind. Vielleicht wirst du von Patrick Kelly beobachtet."

„Okay."

„Und dann wäre da noch Jeff Dolan."

„Dolan hat ein Vorstrafenregister, bei dem die härteste Vorort-Gang blass vor Neid würde", sagte Dan ungeduldig. „Aber er ist ausgebrannt."

„Er könnte trotzdem ein Auge auf dich haben. Er könnte derjenige sein."

„Lizzie, du weißt, dass ich von Natur aus vorsichtig bin. Ich beobachte *ihn*, und ich bin sicher, dass er aufpasst, was ich mache. Hast du mit dem Mann gesprochen?"

„Natürlich, ich stehe permanent mit ihm in Kontakt."

„Und die Sache ist noch immer geplant? Sicher?"

„Ja."

„Verdammt."

„Was ist los? Ich denke, du sollst so gut sein."

„Oh, Lizzie", erwiderte er bissig. „Du weißt gar nicht, wie

gut ich bin. Mir gefriert bloß das Blut, wenn ich daran denke, was hier auf dem Spiel steht."

„Halt die Augen auf. Er wird mit dir auf seine Weise Kontakt aufnehmen, wenn die Zeit gekommen ist."

„Gut. Und du kümmerst dich weiter um McLean."

„Pass auf, dass deine Gefühle dich nicht vom Weg abbringen."

„Du kennst mich, Lizzie", erwiderte er. „Ich lasse mich durch nichts von meinem Weg abbringen. Niemals."

Er legte auf. Elena hatte seine Bestellung eingepackt, er bezahlte, ging nach draußen und eilte zum Wagen.

Das Abendessen verlief harmonisch – und dann stieß Danny dazu.

„He, wo sind meine Kinder?" fragte Siobhan, als sie sah, dass er ins Lokal kam. Man konnte ihn gar nicht übersehen. Es war klein und gemütlich hier, so wie in Restaurants in Boston und vor allem in Little Italy, und Danny war ein großer Mann.

Er zog seinen Wollmantel aus und hängte ihn an die Garderobe, dann kam er an den Tisch. Moira hatte sich keine Gedanken gemacht, einen Außenplatz am Tisch zu wählen. Neben ihr saßen Michael, Siobhan, Patrick und Josh. Zu ihrer anderen Seite war dagegen noch ein Platz frei.

Als Danny sich neben sie setzte, erkannte sie, dass sie keine gute Wahl getroffen hatte. „Die Kinder? Ach, die habe ich unterwegs abgesetzt. Die laufen den restlichen Weg."

„Ernsthaft ...", begann Siobhan.

Patrick schnaubte ungeduldig. „Natürlich, er hat sie irgendwo unterwegs abgesetzt."

„Keine Sorge", sagte Danny und lächelte Siobhan an. „Deine Mutter war ganz versessen darauf, etwas Zeit mit ihnen zu verbringen. Und was gibts hier Leckeres? Wahrscheinlich schmeckt alles gut. Was sehe ich denn da? Sal arbeitet zur Abwechslung mal in seinem eigenen Laden?"

„Wir haben die Spezialität des Hauses", sagte Patrick. „Eine Auswahl Nudelsorten – Ziti, Lasagne, Spaghetti, und dazu ein Antipasto."

„Ich weiß zwar nicht, was das alles ist, aber es schmeckt großartig", fügte Siobhan an und sah auf die große Platte in der Mitte des Tisches, auf der sich italienische Köstlichkeiten türmten.

Sal war an den Tisch gekommen und begrüßte Danny mit Handschlag. „Hey, mein italienischer Freund", sagte er. „Benvenuto."

„Grazie, Salvatore", erwiderte Danny. „Hey, das sieht wunderbar aus. Was ist das alles?"

„Das kann ich nicht sagen, wenn Siobhan mithört."

„Ach was, Siobhan hat es vor ein paar Jahren auch geschafft, das Haggis zu essen, das Katy für ein Schottentreffen zubereitet hatte", verriet Danny und lächelte Siobhan an. „Magen oder Blase vom Schaf, gefüllt mit Eingeweiden. Ein Glück, dass die Schotten das erfunden haben, sonst würde man uns Iren dafür auch noch die Schuld geben."

„Also, auf der Platte ist Tintenfisch, das Schlimmste, was wir zu bieten haben", meinte Sal. „Damit dürften wir Italiener für den Augenblick den Kopf aus der Schlinge gezogen haben."

„Ich weiß nicht, Sal, ihr mischt ja die Tinte unter schrecklich viele Gerichte", sagte Danny vorsichtig.

„Für Nudeln eignet die sich sehr gut", erwiderte Sal. „Ich bringe noch eine Portion unserer Spezialität an den Tisch."

Sal ging und Danny schenkte sich aus der Weinflasche ein, die auf dem Tisch stand. „Und? Was habe ich verpasst?"

„Weltbewegende Dinge“, gab Moira knapp zurück.

„Wir haben uns gut unterhalten“, sagte Siobhan. „Wir haben Michael besser kennen gelernt. Er kann Leute imitieren. Weißt du, Michael, du solltest das vor der Kamera machen. Du siehst nicht nur gut aus, du bist auch begabt.“

„Stimmt das?“ fragte Danny und sah Michael an.

„Deinen Akzent bekommt er perfekt hin“, sagte Siobhan. Moira hätte sie am liebsten unter dem Tisch getreten. Michael war wirklich großartig, und er hatte sogar sie überrascht, als er Akzente aus Boston, aus der Bronx und aus den Südstaaten und erst vor ein paar Minuten Dannys Tonfall nachgeahmt hatte.

„Ich habe meinen Abschluss im Fach Film gemacht“, sagte Michael und zuckte mit den Schultern. „Ich wollte nie vor der Kamera stehen. Trotzdem danke. Wir mussten auch Sprach- und Dialektunterricht absolvieren.“

„Ich würde gerne mal hören, wie du mich imitierst“, sagte Danny zu Michael.

„Auf Kommando kann ich so was nicht“, entgegnete er.

„Wie wärs denn mit Granny Jon?“ bohrte Siobhan nach.

Moira rutschte näher an Michael heran, um etwas Abstand zu Danny zu schaffen. Michael seufzte. „Das wird ganz sicher schief gehen“, meinte er. „Aber gut. ‚Ich möchte meinen Tee so stark, dass er aus eigener Kraft zum Tisch gehen könnte, wenn er Beine hätte‘“, sagte er mit breitem Akzent, verpasste aber die eine oder andere richtige Betonung, was ihm bis dahin nicht passiert war. „Siehst du, warum ich das nicht vor einer Kamera machen kann?“ fragte er Siobhan. „Unter Druck klappt das nicht.“

„Aber, aber“, meinte Danny. „Das war doch hervorragend. Man könnte ja fast glauben, dass du selbst aus der alten Heimat stammst.“

Michael lächelte so wie die anderen, Moira glaubte jedoch nicht, dass die Bemerkung ihn wirklich amüsierte.

„Ah, da kommt dein Essen", sagte Patrick und löste die Anspannung.

Sal half dem Kellner, die zusätzliche Portion zu servieren. „Köstlich", sagte Danny und nahm sein Besteck. „Und ungefährlich – keine schwarzen Nudeln auf dem Teller, Siobhan."

„Schwarze Nudeln?"

„Die sind mit der Tinte vom Tintenfisch abgeschmeckt", erklärte Sal und zwinkerte ihr zu. „Das ist wirklich völlig harmlos. Es sei denn, du bist Vegetarierin geworden."

„Nein, ich haben immer noch Kühe auf dem Gewissen."

„Kühe haben diese großen braunen Augen", zog Patrick sie auf. „Die sehen viel besser aus als irgendein unheimlicher Tintenfisch."

Siobhan lächelte ihn an und sah zu Sal. „Was immer es ist, es ist wunderbar. Mein Mann hat kein einziges Mal den Tisch verlassen, um irgendeinen Geschäftspartner zu begrüßen. Ich glaube, ich gebe die irische Flagge zurück und werde Italienerin, Sal."

Sal nahm ihre Hand. „Cara mia, du darfst Italienerin werden, wann immer du möchtest."

„Sal, nimm die Finger von meiner Frau und benimm dich, bevor deine höchstpersönliche italienische Ehefrau aus der Küche kommt und dir mit der Bratpfanne eins überzieht."

Sal grinste. „Na, ich könnte ja Mormone werden. Und wie siehts mit dir aus, Danny?"

„Ich fürchte, dass einige von uns ihr Leben lang Iren bleiben müssen", sagte Danny. „Aber dem Herrn sei Dank, dass es auch in Irland viele italienische Restaurants gibt." Er sah Michael an. „Gute Imitation, Mikey. Verdammt gut. Du bist besser, als du glaubst."

„Oh, ich weiß ziemlich genau, in welchen Dingen ich gut bin", erwiderte Michael.

„Und du bist verdammt gut in allem, was dir unterkommt, richtig?" fragte Danny.

„Verdammt gut", gab Michael gelassen zurück.

„So wie ich", sagte Danny. „So wie ich."

Moira hatte das Gefühl, der „Blitzableiter" für zwei Boxer zu sein, die sich gegenseitig für eine Konfrontation anstachelten. Seltsamerweise kam es ihr nicht so vor, als wäre sie die Belohnung für den Sieger dieser Auseinandersetzung.

Josh lenkte das Gespräch darauf, wie zufrieden er mit den Dreharbeiten des abgelaufenen Tages war. Er war damit einverstanden, dass Moira versuchen wollte, Jacob Brolin für ein Interview zu bekommen. „Danny hat mich auf die Idee gebracht, und Michael ist seiner Meinung", sagte sie in der Hoffnung, eine friedliche Atmosphäre zu schaffen.

„Versuchen können wir es auf jeden Fall", meinte Josh. „Ich habe die Crew ohnehin bis zum Achtzehnten gebucht. Wir können also außerdem über alles berichten, was sich nach dem eigentlichen Feiertag noch ereignet." Er sah auf seine Armbanduhr. „Ich muss gehen. Meine Hoffnung auf einen unanständigen Film und eine Nacht voll wilder Leidenschaft wird von Minute zu Minute geringer. Die Zwillinge nehmen uns sehr in Anspruch. In letzter Zeit ist es für Gina schon ein langer Abend, wenn sie bis um neun Uhr aufbleibt."

„Aber die Zwillinge sind es wert, oder?" fragte Moira.

„Auf jeden Fall. Und ich werde dich an deine Worte erinnern, wenn du Nachwuchs bekommst. Allerdings werde ich mir wünschen, dass es bei dir Drillinge sind.“ Er stand auf. „Gute Nacht allerseits.“

Josh verließ das Lokal. Kurz darauf kam Sal an den Tisch, um zu fragen, wer noch einen Kaffee wünschte. Danny lehnte dankend ab, da er in den Pub zurückkehren wollte.

„Du hast doch gesagt, dass Katy sich mit den Kleinen gut amüsiert“, erinnerte Siobhan ihn.

„Ja, aber ich bin um Eamon besorgt. Chrissie hat sich krankgemeldet. Die Tacos heute Mittag waren wohl nicht in Ordnung“, antwortete Danny.

„Dann sollte ich mich auch auf den Weg machen“, erklärte Moira.

„Bleib doch noch und genieße die Zeit mit Michael und Siobhan und Patrick“, sagte Danny. „Ich bin mit dem Wagen deines Vaters hier, und ihr könnt ja alle mit Patrick fahren.“ Er stand auf, klopfte auf seine Manteltasche, wo die Wagenschlüssel klimperten, dann ging er.

„Wir sollten auch in den Pub zurückkehren“, sagte Moira zu Patrick.

„Wir bleiben doch nur noch ein paar Minuten“, erwiderte er. „Ich würde wirklich gern in Ruhe und Frieden meinen Kaffee trinken, bevor es zurückgeht in den irischen Zirkus.“

„Ein Cappuccino wäre himmlisch“, meinte Siobhan.

„Für mich einen Espresso“, sagte Michael zu Moira.

Sie nickte. „Ja, für mich auch.“

Als Moira später am Abend in den Pub kam, fiel ihr zuerst der Fremde auf, der am Abend zuvor den Blackbird bestellt hatte.

Sie wollte eigentlich sofort zu ihm gehen, aber an der Theke drängelten sich die Gäste, sodass sie erst zu ihrem Vater eilte und ihre Handtasche in eins der freien Ablagefächer warf.

„Ah, Moira, wie war dein Abendessen?“ fragte ihr Vater gut gelaunt.

„Gut, Dad. Allerdings hätte ich schon viel früher wieder hier sein sollen.“

„Danke, Tochter, aber wir kommen hier auch klar, wenn ihr drei nicht hier seid und euer Leben lebt – was auch nur recht ist“, fügte er rasch an.

Sie nahm sich die Zeit, um ihn auf die Wange zu küssen, bevor sie die Bestellungen notierte. Sie sah, dass Seamus und Liam an der Theke saßen. Als sie einen Augenblick Ruhe hatte, ging sie zu den beiden. „Geht es dir gut?“ fragte sie Seamus.

„Es könnte nicht besser gehen, Moira Kathleen“, versicherte er ihr. „Jetzt guck nicht so auf meinen Bierkrug. Ich hatte ein echtes Bier und eins von diesem alkoholfreien Zeugs.“

„Gut für dich, Seamus.“

„Ich werde den ganzen Abend auf mich aufpassen, Moira. Ganz gemütlich natürlich. Ich will ja nicht, dass du dir Sorgen um mich machst. Danny hat mir erzählt, dass du hingefallen bist, als du mich nach Hause bringen wolltest.“

„Mir geht es gut. Danny hätte das gar nicht erwähnen sollen.“

„Ja, er ist eben ein guter Junge. Macht sich um uns alle Sorgen.“

Sie zwang sich zu einem Lächeln, dann sah sie zu ihrem Vater, der den Tresen unter Kontrolle hatte. Als Colleen die Bestellung für einen Blackbird aufgab, sagte Moira, sie werde den Drink selbst zum Tisch bringen. „Es ist der Typ in der Ecke, stimmts?“

„Ja. Woher weißt du das?“

„Er hat gestern Abend schon einen bestellt.“

Moira nahm kein Tablett, da sie nur ein Glas zu tragen hatte, und ging hinüber zum Tisch in der Ecke. Der Mann trug jetzt einen dunkelbraunen Sweater. Er schien von mittlerer Statur zu sein, vielleicht dreißig oder fünfunddreißig, braune Augen und ordentlich frisiertes dunkles Haar.

„Hallo, willkommen im Kelly's. Ich glaube, ich habe Sie hier schon mal gesehen."

Er nickte, dann sagte er: „Gute Band." Er lächelte nicht, sondern sah sie nur ernst an.

„Es hat schon lange niemand mehr einen Blackbird bestellt."

„Ein Freund hat ihn empfohlen", sagte er beiläufig. „Sie sind Moira Kelly?"

„Ja."

„Ich habe Ihre Sendungen gesehen." Ob sie ihm gefallen hatten oder nicht, sagte er nicht. Zu ihrer Überraschung fragte er: „Können Sie sich für eine Minute setzen?"

Moira sah sich um. Danny und ihr Vater waren hinter dem Tresen, Colleen kümmerte sich um die Tische. Es war so viel Ruhe im Lokal eingekehrt, dass sich Patrick und Michael hatten hinsetzen können, um sich zu unterhalten.

„Ich denke schon", murmelte sie und nahm ihm gegenüber Platz.

„Ein schönes Lokal", sagte der Mann und lächelte. Moira fand aber, dass es unsicher wirkte.

„Viele Gäste", fuhr er fort.

„Es ist ein Pub", erwiderte sie nur.

„Sehr irisch."

„Es ist ein irischer Pub."

„Gab es hier schon mal Probleme?"

„Probleme?" wiederholte Moira. „Mal überlegen. Einmal ist ein Mann gewalttätig geworden, nachdem mein Vater ihm erklärt hatte, er würde ihm nichts ausschenken, weil er schon betrunken war. Wir haben die Polizei angerufen, die ihn dann mitgenommen hat."

„Und dieser Jeff Dolan aus der Band, der ist doch ein paarmal festgenommen worden."

Moira sah ihn misstrauisch an. „Entschuldigung, wie war Ihr Name?"

„Kyle, Kyle Browne", sagte der Mann und reichte ihr quer über den Tisch seine Hand. Moira schüttelte sie kurz.

„Sie wissen bestimmt, dass Amerikaner die Hälfte aller Probleme finanzieren, die es auf der Welt gibt."

„Sie meinen Nordirland."

Kyle Browne zuckte mit den Schultern. „Ihr Vater ist ein politisch sehr engagierter Mann. Und Ihr Bruder wohl auch, oder? „

„Was sind Sie? Polizist?" fragte Moira geradeheraus.

„Sagen wir, ich bin ein Freund, der auf die Dinge ein wachsames Auge hat."

„Schön, dann halten Sie mal alles im Auge. Und ehe Sie auf die Idee kommen, hier irgendwelche Verdächtigungen auszusprechen oder jemandem etwas zu unterstellen, lassen Sie sich eines über meinen Vater gesagt sein: Er ist einer der nettesten Menschen, den Sie sich vorstellen können. Er ist nach Amerika gekommen, weil es in seiner Familie irische Katholiken und ein paar Oranier gibt. Die Art von Konflikten, die dadurch zu Hause entstehen konnten, haben ihm nicht zugesagt. Er hat nie daran geglaubt, dass es richtig ist, einen anderen wegen seines Glaubens zu töten. Inzwischen ist aus der Glaubensfrage längst etwas Politisches und Wirtschaftliches geworden. Ein geeintes Irland wäre ganz sicher eine schöne Sache. Aber mein Vater tritt nicht dafür ein, dass tausende von Menschen, die in Irland geboren wurden und deren Familien schon seit Jahrhunderten dort leben, einfach in eine Reihe gestellt und erschossen werden. Mein Dad hat keine Wut auf die Engländer wegen etwas, das ein brutaler König vor Jahrhunderten getan hat. Er versteht auch, warum die Protestanten in Nordirland sich vor dem fürchten, was kommen könnte, wenn sie nicht mehr Teil von Großbritannien sind. Er ist amerikanischer Staatsbürger, ein Katholik und irischer Republikaner. Aber er hofft darauf, dass es mit der Zeit durch Verhandlungen und gute, aufrechte Menschen Frieden geben wird. Beantwortet das Ihre Fragen über unseren Pub?"

Sie stand wütend auf und wollte fortgehen, drehte sich dann aber doch noch einmal zu dem Mann um. „Sehen Sie das Paar am Ende der Theke? Die beiden sind Engländer, und sie sind vor etwa zwei Jahren hierher gezogen. Sie kommen gerne her, und sie sind herzlich willkommen. Danny, der ein guter Freund von mir ist, wurde in Belfast geboren. Ebenso Peter Lacy, der große schmale Typ, der im Augenblick mit meinem Dad spricht. Er ist Protestant. Das heißt, er war es. Er hat eine Jüdin geheiratet und ist zum jüdischen Glauben übergetreten. Auch er ist hier gern gesehen. Ebenso Sal, der gerade hereingekommen ist. Er ist Italiener. Wir lieben sein Essen, er liebt unser Bier. Gott weiß, welcher Religion Sie angehören, und ob überhaupt. Na und? Mein Vater lässt auch einen Atheisten in den Pub. Sie sind hier so willkommen wie jeder andere auch, können Ihr Bier trinken und wenn Sie wollen, auch etwas essen. Unsere Küche ist gut. Sie können da sitzen und sich umsehen und umhören, so lange Sie wollen. Aber wenn Sie meinen, Sie könnten hier Fragen stellen, weil Sie irgendeine Verschwörung oder so was vermuten, dann sind Sie auf dem falschen Dampfer!"

Sie wollte wieder gehen, doch er hielt sie an der Hand fest.

„Entschuldigung", sagte er leise.

„O ja, kein Problem", zischte sie ihn an.

„Nein, ich meine das ehrlich", sagte er. „Es tut mir Leid, wenn ich Sie verärgert habe. Sie sind eine hübsche Frau, und das hier ist ein guter Pub. Es würde mir nur nicht gefallen, wenn sich hier üble Dinge abspielen würden."

„Dazu wird es nicht kommen."

„Was ist mit dem alten Kerl da an der Theke?"

„Seamus?" fragte sie ungläubig. „Der ist völlig harmlos. Wie wärs? Vielleicht wollen Sie ja noch meine Schwester verdächtigen. Oder meine Mutter."

„Ich beschuldige niemanden, ich beobachte nur."

„Schön. Das können Sie so lange machen, wie Sie wollen."

„Der Drink ist hervorragend."

„Der geht aufs Haus."

Moira zog ihre Hand zurück und ging fort. Es beunruhigte sie, dass sie so aufgewühlt war. Als sie hinter die Theke trat, hob Roald Miller, der Engländer, sein Glas. „Endlich eine gute Barkeeperin. Hey, Moira, wieso musstest du wegziehen und erfolgreich werden? Du fehlst uns allen so sehr."

„Danke, Roald. Was war in dem Glas, das du mir hinhältst?"

„Sarah und ich trinken Fosters."

Sie stellte ihnen zwei volle Flaschen hin und erschrak, als sie hinter sich Dannys Stimme hörte. „Dem hast du aber gehörig die Meinung gesagt."

Sie wurde rot. „Du hast mich gehört?"

„Mehr oder weniger. Ich habe so getan, als wäre ich in Gedanken und mit etwas anderem beschäftigt."

„Dieser Kerl hat vielleicht Nerven. Er wollte meinem Vater unterstellen ..."

Danny unterbrach sie mit einem Seufzen. „Er muss nicht zwangsläufig deinem Vater irgendetwas unterstellen. Hier im Pub sind noch viele andere Leute außer deinem Vater."

Sie drehte sich um und fragte ihn leise: „Was wird hier gespielt, Danny?"

Er schüttelte den Kopf. „Keine Ahnung. Ich wünschte, ich wüsste es. Aber nachdem du dem Kerl jetzt den Kopf gewaschen hast, solltest du dich vielleicht von ihm fern halten."

„Ich glaube, er ist ein Cop."

„Vielleicht. Vielleicht auch nicht. Aber verabrede dich nicht mit ihm zum Essen, ja?"

„Du weißt, dass ich ..."

„Du bist verliebt, ich weiß. In den Mann mit den kleinen Augen. Von dem solltest du dich auch fern halten."

„Wenn ich auf den Mann in der Ecke hören würde, dann würde ich mich ganz bestimmt von dir fern halten."

„Aber du musst dich auf deinen Instinkt verlassen, nicht wahr, Moira? Außerdem weißt du, dass ich dir nie wehtun würde."

„Wenn du wüsstest, wie oft du mir in der Vergangenheit wehgetan hast!"

„Das tut mir Leid, es war nie meine Absicht. Ich schwöre bei Gott, dass ich versuche, das wieder gutzumachen."

„Schön, nur ist es dafür zu spät."

„Ist es das wirklich, Moira?"

Sie sah zu Michael, der sich immer noch mit Patrick unterhielt. Mittlerweile hatten sich auch Seamus und Liam in das Gespräch eingemischt.

Michael blickte auf, als hätte er gefühlt, dass sie ihn brauchte. Er lächelte und hob sein Glas. Ich tue mein Bestes, um an allem teilzuhaben, schien er ihr zu sagen.

Sie erwiderte das Lächeln und sah zu Danny.

„Ja, es ist viel zu spät“, sagte sie leise und wandte sich von ihm ab.

Dabei fiel ihr Blick auf den Mann in der Ecke. Kyle Browne. Er runzelte die Stirn, als ...

... als wolle er sie warnen.

Aber vor was oder ... vor wem?

10. KAPITEL

Moira war sich nicht sicher, warum, aber sie war noch immer um Seamus besorgt, obwohl er an diesem Abend verhältnismäßig wenig getrunken hatte. Ihr Bruder stand neben ihr hinter dem Tresen, als im Pub allmählich Ruhe einkehrte. Liam war so wie fast alle Gäste längst gegangen, nur Seamus war immer noch da.

„Patrick?"

„Ja?"

„Tu mir einen Gefallen."

„Was denn?"

„Bring Seamus nach Hause."

„Warum? Er wohnt doch nur ein paar Blocks entfernt."

„Bitte tu mir diesen Gefallen."

„Ja, ja, schick mich nur mitten in der Nacht raus in die Eiseskälte."

„Dann frage ich eben jemand anderes."

„Nein, Moira, ist schon gut. Ich mache es. Ich wollte dich nur auf den Arm nehmen. Weißt du noch, was das ist? Ich verstehe nur nicht, warum du dir solche Gedanken um den Alten machst."

„Ich weiß es nicht", erwiderte sie und ging ans andere Ende des Tresens. „Patrick bringt dich heute Abend nach Hause."

„Komm schon, Moira, ich hab abwechselnd richtiges und alkoholfreies Bier getrunken."

„Und wie viel insgesamt?"

„Nur ein paar."

„Etwa zehn, würde ich sagen", rief Colleen ihr zu. Sie war damit beschäftigt, die leeren Gläser und Flaschen von den Tischen einzusammeln.

„Zehn? Mich wundert, dass du noch eine Leber hast, Seamus", sagte Moira.

„Eine irische Leber. Was Besseres gibts nicht."

„Ich bin ja stolz auf dich, dass du zwischendurch auch alkoholfreies Bier trinkst, aber ich hätte dir trotzdem schon längst nichts mehr gegeben."

„Ja, genau das ist ja der Trick. Das echte Bier bestelle ich immer bei einem anderen Barkeeper."

„Schäm dich, Seamus", sagte sie nachdrücklich.

„Na und? Ich fahre ja nicht anschließend Auto, Moira."

„Sonst würdest du auch nur ein einziges Bier bekommen."

„Ist gut, Mädchen. Ich geh jetzt nach Hause."

„Mit Patrick."

„Tut mir Leid, Patrick", meinte Seamus.

„Kein Problem", erwiderte der gut gelaunt und schnitt hinter seinem Rücken eine Grimasse, die nur Moira sehen konnte. „Dann komm."

Kyle Browne war gegen ein Uhr gegangen, inzwischen war es fast zwei.

Der St. Patrick's Day bescherte ihnen eine lange Woche.

„Bring Dad dazu, nach oben zu gehen", sagte Patrick zu Moira, während er Seamus folgte.

„Mach ich", sagte sie, aber Colleen war ihr zuvorgekommen und drangsalierte Dad bereits, sich endlich schlafen zu legen.

„Ich sollte mich jetzt auch auf den Weg machen, dann könnt ihr hier zumachen", sagte Michael leise zu Moira. Sie sah ihn an und bemerkte das Bedauern in seinem Blick.

„Eines Abends *werde* ich es ins Hotel schaffen."

„Ich werde auf dich warten."

„Dad ist gegangen. Wie wäre es mit einem Kuss zum Abschied?" fragte sie, während sie neben ihm zur Tür ging.

Er legte einen Arm um sie, dann fasste er mit Daumen und Zeigefinger ihr Kinn und hob ihren Kopf an. Er gab ihr einen zärtlichen Kuss, doch sie wollte mehr Leidenschaft und schmiegte sich fester an ihn.

Michael zog sich jedoch zurück, als ihre Schwester sich räusperte und fragte: „Sollen wir besser rausgehen?"

Michael betrachtete Moira eindringlich und neugierig. „War das ein Kuss", fragte er, „oder eine Vorstellung?"

Sie spürte, wie ein Schauer sie überlief. „Ein Kuss", sagte sie überzeugt. „Und vielleicht auch eine Vorstellung. Ich möchte bloß ein paar Dinge klarstellen. Ist das ... in Ordnung für dich?"

„O ja."

Ihre Lippen berührten sich wieder sanft. „Es ist zwei Uhr. Wir werden uns morgen früh alle so müde fühlen, wie du jetzt aussiehst."

„Vielen Dank", murmelte sie.

Er grinste sie an. „Gute Nacht. Ich gehe jetzt."

Kalte Luft wehte herein, als er die Tür öffnete. Moira drückte sie hinter ihm zu und schloss ab. Als sie sich umdrehte, starrten Colleen und Danny sie an.

Danny applaudierte betont langsam.

„Du hättest mit ihm mitgehen können. Ich kann auch mit Danny hier aufräumen", sagte Colleen.

„Ich ... ja, gut, ihr beide räumt hier auf, und ich gehe schlafen."

Als sie um die Theke herumging, fiel ihr ein, dass sie ihre Handtasche in das Fach gelegt hatte. Sie konnte sie aber nicht finden.

„Hey, Colleen, hast du meine Handtasche weggepackt?"

„Nein. Ich habe sie nicht mal gesehen."

„Hast du sie im Restaurant vergessen?“ fragte Danny.

„Nein, da bin ich mir sicher. Ich kam herein, es war brechend voll. Ich bin hinter den Tresen gegangen und habe sie in das Ablagefach geworfen.“

„Vielleicht hat Dad sie nach oben gebracht, oder Patrick“, überlegte Colleen.

„Vielleicht“, sagte Moira und sah zwischen den Flaschen nach, ob sie vielleicht dort gelandet war. „Verdammt, ich kann sie nicht finden.“

„Sie muss doch irgendwo sein“, sagte Danny. „Ich habe keinen unserer Gäste mit ihr weglaufen sehen.“

„Moira, nun beruhige dich erst mal. Du wühlst zwischen Dads ältestem Whiskey herum. Was ist denn in der Handtasche, das ...“

„Nur meine Papiere, einfach alles!“ erwiderte Moira.

„Ich wollte eigentlich wissen, ob du etwas in der Tasche hast, das du vor morgen früh brauchst“, sagte Colleen. „Ich bin sicher, dass sie nur irgendjemand weggelegt hat.“

Moira seufzte. „Ja, wahrscheinlich hast du Recht.“

Danny legte eine Hand auf ihre Schulter. „Geh ins Bett, du siehst völlig erschöpft aus. Geh endlich schlafen.“

„Du hast Recht.“

„Und lauf nicht wieder in der Nacht draußen herum und verletze dich, hörst du?“

Sie sah ihn fragend an.

„Bitte“, sagte er leise.

„Ich hatte nicht vor, noch mal rauszugehen.“

„Gut.“

„Aber das wird mich nicht davon abhalten, mit ihm zu schlafen, Danny.“

„Ich glaube, das muss ich nicht mithören“, sagte Colleen

und summte eine Melodie, während sie die Tische abräumte und dabei so viel Lärm wie möglich machte.

„Vielleicht bist du gar nicht so sicher, ob du das überhaupt willst", sagte Danny. „Vielleicht hast du deshalb diese oscarreife Darbietung an der Tür geliefert."

„Vielleicht bin ich auch nur einfach sehr, sehr müde."

„Vielleicht bist du dir nicht sicher, was du willst, und verbringst deshalb die ganze Zeit bei deiner Familie."

„Woher willst du wissen, wo ich meine Zeit verbringe?" wollte sie von ihm wissen.

„Vertrau mir, ich weiß es."

„Großartig. Spionierst du mir nach? Beobachtest du mich?"

„Zufälle, Moira, weiter nichts"

Colleen begann lauthals „The Irish Washwoman" zu singen.

„Sei bitte so gut und lauf nachts nicht allein durch die Gegend, ja? Eine vernünftige Frau sollte sowieso nachts nicht allein unterwegs sein."

„Ich habe Pfefferspray dabei."

„Den kannst du in deiner Handtasche gar nicht so schnell finden, und gegen eine Waffe nützt der sowieso nichts."

„Warum sollte mich jemand mit einer Waffe bedrohen?"

Er seufzte ungeduldig. „Moira, Boston ist eine ziemlich große Stadt. Erinnerst du dich an die tote Prostituierte? Gott allein weiß, wie viele Leute hier jedes Jahr umgebracht werden. So ist das nun mal. Geh bitte nicht nachts allein raus."

„Danny, ich gehe jetzt allein, aber in mein Bett."

Er ließ sie endlich los, während er sie weiter ansah. Sie wünschte, sie würde sein Gesicht nicht so mögen. Es war ein interessantes Gesicht. Warum konnte Danny nicht eine Einladung nach Timbuktu erhalten haben, um dort eine Rede über diesen speziellen St. Patrick's Day zu halten?

„Gute Nacht. Nacht, Colleen“, rief sie und ging zur Treppe.

„Hör mal, Patrick“, sagte Seamus verlegen, während sie nebeneinander durch die Straßen gingen.

„Ja, Seamus?“

„Du musst das nicht machen. Ich weiß nicht, was in deine Schwester gefahren ist, aber ich kann ohne Probleme ein paar Bier vertragen.“

„Seamus, es schadet nie, wenn man auf dem Heimweg Begleitung hat. Außerdem“, sagte er und lächelte, „komme ich so wenigstens noch mal aus dem Haus.“

„Und was machst du um diese Zeit noch draußen?“

„Na ja, ich hatte geschäftlich wirklich viel zu tun. Ich war in den letzten Tagen nicht so oft da, wie ich es hätte sein sollen. Ich gehe gerne nach Downtown und sehe mir mein Boot an.“

„Mitten in der Nacht?“

„Klingt verrückt, was?“

„Klingt nach einer Ausrede, um was anderes zu machen“, meinte Seamus.

„Ach ja?“ erwiderte Patrick und blieb stehen.

„Andererseits“, fügte Seamus rasch an, „*hast* du genau das gemacht. Nämlich was anderes. Jeder weiß, dass ein Mann stundenlang in einem Pub bleiben kann, sogar ohne was zu trinken und nur um zu reden. Reden. Das ist der springende Punkt“, murmelte er mit einem Mal. „Ich hätte nicht so viel reden sollen. Oder vielleicht mehr.“

„Was sagst du da, Seamus?“

„Nichts, gar nichts.“ Seamus sah seinen Begleiter von der Seite an. Patrick Kelly war ein großer Mann, schmal, aber kräftig. Er hatte ein fein geschnittenes Gesicht, so wie alle von Eamon Kellys Kindern. Wahrscheinlich verdankten sie das Katy

Kelly, auch wenn es schwer zu sagen war. Er und Eamon waren gemeinsam alt und faltig und grau geworden. Aber in seiner Blütezeit hatte Eamon Kelly gut ausgesehen.

„Geht es dir gut?“ fragte Patrick.

„Oh, mir geht es sehr gut. Ich bin ein großer Junge. Hast du eigentlich gewusst, dass ich mal geboxt habe?“

„Ich bin sicher, dass du gute Treffer gelandet hast.“

„O ja, das habe ich. Bloß hat das Ale sich an meinem Bauch festgesetzt.“

„Du bist immer noch ein Frauenschwarm, Seamus, ganz sicher.“

„Ich bin müde und beunruhigt, das bin ich.“

„Wieso bist du beunruhigt?“

Seamus schüttelte den Kopf und fragte sich, ob er sein Herz ausschütten konnte oder besser den Mund hielt. „Diese Waisenkinder, um die du dich kümmerst, Patrick. Was hat es damit auf sich? Brauchst du Geld? Ich kann was springen lassen. Ich bin kein Fall für die Wohlfahrt. Damals hatten wir Bürgen und Jobs nötig, um in die Staaten zu gelangen. Mein Onkel bürgte für mich, und ich habe über zwanzig Jahre lang schwer in der Fischereibranche gearbeitet. Ich habe einiges gut angelegt.“

„Seamus, ich habe diese Leute gerade erst kennen gelernt, aber sobald ich mehr weiß, werde ich bei dir zuallererst betteln kommen. Wie klingt das?“

Seamus hatte das Gefühl, dass Patrick ihn irgendwie seltsam ansah. „Gut, gut“, meinte er nur. „Na, da vorn ist ja schon mein Haus. Der alte Kowalski wohnt im Erdgeschoss. Ein Pole. Netter Kerl. Seine Kinder sind immer da, er hat ständig irgendwelchen Besuch. Ich komme schon allein nach oben, Patrick.“ Er bemerkte, dass sich auf seiner Oberlippe Schweißperlen gebildet hatten.

„Ich soll dir nicht noch bei der Treppe behilflich sein?" fragte Patrick zweifelnd.

„Nein, nein. An dem Tag, an dem ich die paar Stufen nicht mehr schaffe ... tja, an dem Tag werde ich mir eine Wohnung im Erdgeschoss suchen."

Er steckte den Schlüssel ins Schloss, öffnete die Tür und ging ins Treppenhaus. Er winkte Patrick zu, der zurückwinkte und dann ging.

Seamus nahm zwei Stufen auf einmal. „Na bitte", sagte er zu sich selbst. „Noch immer so schnell wie ein junger Gott, wenn es sein muss."

Auf dem Treppenabsatz angekommen, fiel ihm ein, dass er vergessen hatte, die Haustür hinter sich abzuschließen. Er hatte seinen Begleiter so rasch loswerden wollen, dass ihm das völlig durchgegangen war. Jetzt war ihm der Gedanke unbehaglich, dass die Tür nicht abgeschlossen war, und er machte sich noch einmal auf den Weg nach unten.

Während er eine Stufe nach der anderen zurücklegte, hörte er, wie die Haustür geöffnet wurde. Er vernahm das markante Quietschen und kniff die Augen zusammen, um zu sehen, wer da ins Haus gekommen war. Die Straßenlampe zeigte den Besucher aber nur als schwarze Silhouette, ein Mann mit Hut und Mantel. Mehr konnte er nicht erkennen.

„Seamus, Seamus, Seamus. Schäm dich, Seamus." Die Stimme war tief und kehlig und bedrohlich. Und sie klang nach der alten Heimat.

In diesem Augenblick wurde ihm klar, dass er zu viel wusste und zu viel gesagt hatte.

Er drehte sich um und eilte mit rasendem Herzschlag los. Es war nicht sehr weit bis zu seiner Wohnungstür. Außerdem *war* er so schnell wie ein junger Gott.

Er verfehlte die erste Stufe, verlor das Gleichgewicht und fiel hin.

Hart schlug er mit dem Kopf auf. Sein ganzer Körper schmerzte.

„Tut mir Leid, alter Mann, tut mir Leid", sagte der Fremde mit dem irischen Akzent. Seamus nahm entfernt wahr, dass jemand auf ihn zukam. „Wirklich, alter Mann. Aber ich kann das Risiko nicht eingehen, dass du mich auffliegen lässt. Es darf mir einfach nichts in den Weg kommen."

Seamus wollte schreien. Er hatte gelogen. Der alte Kowalski war stocktaub, er war nie verheiratet gewesen, und Kinder hatte er erst recht keine. Trotzdem wollte er schreien.

Er konnte es nicht. Er spürte einen kräftigen Griff. Der Mann hob ihn hoch, und dann fiel er. Er fiel und fiel, und nichts schien seinen Sturz zu bremsen.

Als er diesmal landete, spürte er für einen Moment einen schrecklichen Schmerz.

Dann zerbrach etwas, und sogleich war der Schmerz verschwunden.

Auf dem Weg zum Schlafzimmer bemerkte Moira, dass etwas Eckiges, Flaches auf dem Küchentisch lag. Es handelte sich um eine Videokassette. Sie hielt das Etikett ins dämmrige Licht und erkannte die Handschrift ihres Bruders, der offenbar etwas aus dem Fernsehen aufgenommen hatte: die Unruhen in Irland und ihre Folgen. Sie wollte das Band wieder hinlegen, zögerte dann aber. Sie hatten ihr ganzes Leben lang so gut wie alles geteilt, und Patrick hatte das Band so liegen lassen, dass es jeder sehen konnte. Sie nahm es mit.

Spionierte sie ihm nach? Vielleicht. Aber sie wollte auch wissen, was Patrick so trieb.

Sie legte die Kassette in den Rekorder in ihrem Zimmer und sah sich die Aufnahme ein oder zwei Minuten lang an. Es schien sich um kaum mehr als einen Reisebericht zu handeln. Sie gähnte und ging ins Bad, wusch sich das Gesicht und putzte sich die Zähne, während sie weiter der Aufnahme lauschte. Sie hörte Musik und einen Sprecher, der etwas über traditionelle irische Lieder und Tänze erzählte.

Bislang war nichts Verdächtiges zu hören gewesen.

Sie ließ das Band weiterlaufen, während sie rasch duschte. Nachdem sie sich abgetrocknet hatte, ging sie ins Schlafzimmer, zog ein T-Shirt über, auf dem eine gähnende Katze zu sehen war. Tanz und Musik aus Irland waren vorüber, der Sprecher hatte sich den „Problemen“ zugewandt, jenen dreißig Jahren der Gewalt, die Nordirland seit dem späten zwanzigsten Jahrhundert fest im Griff hatte. Der damalige Präsident Clinton tauchte auf und sagte: „Ich glaube nicht, dass eine Umkehr eine Option ist.“

Moira spulte das Band zurück. Der Sprecher berichtete über Clintons Besuch, seine Treffen mit dem irischen Premierminister Bertie Ahern sowie Gerry Adams und Martin McGuinness von der Sinn Féin. Seine Reise nach Dundalk wurde diskutiert, jener Stadt unmittelbar südlich der Grenze zu Nordirland, die lange Zeit Rekrutierungsort der so genannten Real IRA gewesen war. Die linksradikale Splittergruppe hatte 1998 die Verantwortung für die Autobombe übernommen, die neunundzwanzig Menschen in Omagh das Leben gekostet und das zerbrechliche Good Friday Agreement gefährdet hatte, das die Grundlage für eine von Katholiken und Protestanten gemeinsam geführte Regierung geschaffen hatte und im April 1998 angenommen worden war.

Wieder war Clinton zu sehen. Er betonte, dass die Gewalt

nicht nur Menschenleben kostete, sondern auch das Leben der Hinterbliebenen zerstörte. Das wichtige Thema des Tourismus und der Investitionen amerikanischer Unternehmen wurde angeschnitten. Der Film zeigte Clinton beim Besuch weiterer wichtiger nordirischer Politiker.

Es folgten Interviews mit Kindern, manche Vollwaisen, manche Halbwaisen, die ein Elternteil durch die Gewalt verloren hatten. Sie alle sprachen über die Zukunft, über eine Wende für Irland, das wieder aufblühen sollte. Eine attraktive junge Frau führte den Kameramann durch die Grafschaften Armagh und Tara, die alten Stätten der Könige. Nordirland, das wegen der Probleme von den meisten Touristen gemieden wurde, hatte wunderbare historische Orte zu bieten, faszinierende normannische Festungen, Spukschlösser, wunderbare Landschaften und noch vieles mehr. Die junge Frau war charmant und überzeugend, und zum Abschluss sprach sie von der Hoffnung auf die Art von Bildung, die es ihrer Generation ermöglichen würde, der Welt ein friedliches Irland zu präsentieren. „In den Vereinigten Staaten leben heute mehr Iren als in Irland selbst", sagte sie. „Das hier ist noch immer Ihre Heimat. Bitte helfen Sie uns und dem Land, dem Ihr Herz gehört."

Der Ton verstummte, ein lautes Brummen erfüllte das Zimmer. Moira sprang auf und ließ das Band zum Anfang zurücklaufen. Während der Rekorder es zurückspulte, glaubte sie, ein dumpfes Geräusch zu hören. Sie stoppte die Kassette und lauschte. Nichts. Trotzdem war sie sicher, dass sie irgendetwas aus dem Pub hörte.

„Danny", murmelte sie. Es musste Danny sein. Was machte er da unten?

Sie verließ ihr Zimmer und zog die Tür leise hinter sich zu. Ohne Hausschuhe und Morgenmantel, nur in ihrem T-Shirt, schlich sie auf Zehenspitzen durch den Flur und horchte. Sie meinte zu hören, dass unten jemand umherlief. Holte sich Danny ein Bier? Es war fast halb drei.

Ganz egal, was dort vor sich ging, sie wollte die Wahrheit erfahren.

Leise öffnete sie die Tür zur Wendeltreppe und schloss sie hinter sich, dann blieb sie stehen und horchte. Stimmen. Dumpfe Stimmen. Unterhielten sich da unten Leute? Oder lief ein Fernseher oder ein Radio?

Langsam ging sie nach unten und verfluchte die Tatsache, dass im Büro eine Notbeleuchtung brannte, während es im Pub völlig dunkel war. Trotzdem ging sie weiter und versuchte bei jedem Schritt, das Geräusch zu identifizieren und seine Quelle zu lokalisieren. Als sie im Erdgeschoss angekommen war, blieb sie stehen. Sie konnte kein Wort verstehen. Es musste ein Radio sein. Oder ein Fernseher. Schließlich ging sie weiter, wobei ihr bewusst wurde, wie kalt der Fußboden war. Sie bekam eisige Füße, und auf ihren Armen machte sich eine Gänsehaut bemerkbar.

Moira verließ das Büro und kroch hinter den Tresen. Der Lärm kam aus dem hinteren Teil des Lokals, wahrscheinlich aus Dannys Zimmer. Wenigstens hatte sie ihn und ihren Bruder nicht bei irgendeiner Verschwörung ertappt.

Langsam bahnte sie sich einen Weg zwischen den Tischen hindurch, während sie sich dem Gästezimmer näherte. Sie würde nicht klopfen, sie wollte nur sicher sein, dass es das Dröhnen seines Fernsehers war, das sie da hörte.

Auf halber Strecke bemerkte sie mit einem Mal einen kalten Luftzug. Sie blieb stehen und blickte sich um. Im Pub und draußen auf der Straße war es so dunkel, dass sie die Tür nicht ausmachen konnte. Eigentlich hätte sie dazu in der Lage sein müssen, doch die Straßenlampen waren in dieser Nacht offenbar einfach nicht hell genug. Endlich hatten sich ihre Augen an die Dunkelheit gewöhnt, und sie sah die Tür. Sie schien geschlossen zu sein, aber vielleicht stand sie auch einen Spalt offen. Sie musste einen Spalt offen stehen. Kalte Luft zog in den Pub, so kalt, dass sie durch und durch ging. Wieso konnte die Tür offen sein? Patrick hätte niemals vergessen, sie nach seiner Rückkehr abzuschließen.

Moira schlang ihre Arme um sich, um gegen die Kälte anzukämpfen. Auf dem Weg zur Vordertür verspürte sie auf einmal ein völlig anderes Gefühl, als würde ein Geist ihr zuflüstern, um sie zu warnen und zur Umkehr zu bewegen. Sie gehorchte der Stimme, blieb stehen und drehte sich um.

Die Tür zu Dannys Zimmer schien einen Spaltbreit geöffnet zu sein, da ein schmaler Lichtstrahl ins Lokal fiel. Vor wenigen Augenblicken war sie noch nicht offen gewesen, das wusste sie absolut sicher. Sie hätte das Licht bemerkt. Plötzlich schien es ihr von größter Wichtigkeit zu sein, zur Vordertür zu gelangen und sicherzustellen, dass die abgeschlossen war.

Wieder wandte Moira sich um. Die Dunkelheit vor ihr schien noch absoluter geworden zu sein, als hätte sich eine Wolke auf den Raum herabgesenkt. Sie streckte die Arme aus und schob langsam einen Fuß nach dem anderen nach vorn. Etwas befand sich vor ihr. Sie stolperte und ruderte mit den Armen, um etwas zu fassen, das ihren Sturz bremsen konnte. Stoff? Ein Körper? Etwas ... jemand ... nahm ihr die ohnehin schon dürftige Sicht.

Aber ihre Hände bekamen nichts zu fassen. Sie taumelte nach vorn, dann verfingen sich ihre Füße in irgendetwas. Sie streckte die Arme aus, um den Aufprall auf den Boden abzufedern.

Mit der Stirn traf sie auf den Linoleumboden hinter dem Tresen, und ein stechender Schmerz schoss durch ihren Kopf. Sie wunderte sich noch, dass er vom Hinterkopf auszugehen schien, dann wurde alles um sie herum noch dunkler.

Sie schloss ihre Augen.

„Moira, was zum Teufel machst du denn da?“

Sie blinzelte und begriff, dass sie zumindest für ein paar Minuten bewusstlos gewesen sein musste. Hinter dem Tresen brannte ein Licht, und ein Mann hielt sie in seinen Armen. Danny. Sie war immer noch auf dem Fußboden, aber er hatte sie aufgesetzt und betrachtete ihr Gesicht.

„Danny“, stieß sie hervor. Sie starrte ihn an, während sie überlegte, ob sie sich ihm an den Hals werfen oder vor Schreck einen Satz von ihm fort machen sollte.

„Wen hast du denn sonst hier unten erwartet?“

„Bist du rausgegangen?“ fragte sie.

Er kniff die Augen leicht zusammen. „Für ein paar Minuten. Wieso? Was machst du hier unten? Nach deiner Kleidung zu urteilen, wolltest du mich bestimmt nicht verführen.“

„Danny, hast du mir einen Schlag auf den Kopf verpasst?“

„Geht es dir noch gut?“

„Wer war in deinem Zimmer?“

„Niemand, soweit ich weiß.“ Er wirkte angespannt. „Warum?“

„Ich habe Geräusche gehört. Stimmen.“

„Aus meinem Zimmer?“

„Ja.“

„Der Fernseher?“

Sie zögerte und sah ihn lange an. Im fahlen Schein der einzigen Lampe hatten seine Augen einen goldenen Glanz. Das Spiel von Licht und Schatten betonte seine markanten Gesichtszüge zusätzlich. Sie hatte solche Angst gehabt, hier, im Lokal ihrer Familie. In einem Raum, in dem sie ihr halbes Leben verbracht hatte. An einem Ort, an dem sie sich noch nie gefürchtet hatte.

Sie hatte Stimmen gehört, Schatten gesehen, etwas ... berührt. Sie hatte die Gefahr gespürt und gewusst, dass da etwas gewesen war ...

Und dieses Etwas hätte durchaus Danny sein können.

Aber die Angst ebbte allmählich ab, so, wie die Dunkelheit durch das Licht zurückgedrängt worden war.

„Moira, was ist los? Du hast gesagt, dass du Stimmen gehört hast."

Sie seufzte, setzte sich auf und tastete mit einer Hand ihren Hinterkopf ab. Sie schien keine Beule zu haben.

„Vielleicht war es der Fernseher", räumte sie ein. „Ich dachte, die Vordertür sei offen ... dann schien deine Tür offen zu stehen. Es war kalt, und ich nahm an, Patrick hätte die Tür nicht richtig abgeschlossen ..." Ihre Stimme wurde leiser.

„Du warst doch nicht auf dem Weg ins Hotel zu deinem Geliebten, oder?" fragte er sie grinsend.

„Barfuß und im T-Shirt?" gab sie zurück.

„Aha. Die nackten Füße und das T-Shirt waren also für mich bestimmt. Wie nett."

Sie runzelte die Stirn. „Ich habe mir den Kopf gestoßen. Ich glaube, ich bin bewusstlos geworden."

Er beugte sich vor. „Du bist mit der Stirn aufgeschlagen, armes Baby. Nicht bewegen."

Danny stand auf, nahm ein sauberes Handtuch und legte einige Eiswürfel hinein. Als er wieder zu ihr kam, versuchte sie aufzustehen. „Nein, nein, dir könnte noch schwindlig sein. Bleib sitzen. Sag mal, hast du gestern Abend getrunken?"

„Nein!" gab sie empört zurück. „Zwei Gläser Wein zum Abendessen. Danny, ich könnte schwören, dass jemand vor mir gestanden hat, als ich hingefallen bin. Warst du ... warst du die ganze Zeit über hier?"

„Nein, aber die Tür der Lokals war abgeschlossen, als ich wieder hereinkam." Er kniete neben ihr nieder und drückte das Handtuch gegen ihre Schläfen. Sie zitterte.

„Hier, nimm das Eis."

Sie gehorchte reflexartig. Ihr war kalt, und das Eis ließ sie zusätzlich erschaudern, auch wenn es sich auf ihrem Kopf gut anfühlte.

„Danny", murmelte sie, als sie merkte, dass er sie hochhob. Sie hielt noch immer das Eis fest, legte aber den anderen Arm um seinen Nacken, damit sie nicht wegrutschen konnte.

„Du fühlst dich an wie ein Eiszapfen", sagte er heiser. Er ging mit ihr in den hinteren Teil des Lokals, dann verlagerte er ihr Gewicht so, dass er die Tür zu seinem Zimmer öffnen konnte, die nicht abgeschlossen war.

„Hey!" protestierte sie.

„Ich werde mich nicht an dich heranmachen, ich will dich nur aufwärmen", versicherte er ihr.

Er blieb in der Türöffnung stehen und hielt Moira weiter fest. Er roch immer noch schwach nach dem Aftershave, das sie so gut kannte und liebte.

Sie bemerkte, dass er sein Zimmer aufmerksam betrachtete – die Gästesuite, wie ihr Vater den Raum immer nannte, der eigentlich ein ganz normales Zimmer war, aber keine Suite. Ihr Vater hatte sich immer vorgestellt, dass dieser Raum früher einmal möglicherweise ein geheimer Treffpunkt der Gründungsväter von Amerika gewesen war, in dem sie über die Abspaltung vom Heimatland diskutiert hatten. Vielleicht hatte Sam

Adams einige seiner bewegenden Reden genau hier geschrieben. Jetzt befanden sich in diesem Zimmer ein Doppelbett, zwei Kommoden und eine TV-Hi-Fi-Kombination; durch eine Tür gelangte man in ein modernes Bad.

Die Türen des Fernsehschranks standen offen, der Fernseher lief. CNN. Die Schlagzeilen.

„Sieht alles so aus, wie es auch sollte", murmelte er.

„Vermutlich habe ich den Fernseher gehört", erwiderte sie.

Er sagte nichts, sah sich aber weiter um. Ihr Gewicht schien er gar nicht zu spüren. Sie hatte völlig vergessen, dass Danny zwar schmal wirkte, jedoch äußerst kräftig und sehr muskulös war. Er drehte sich um.

„Danny, du kannst mich jetzt runterlassen."

„Ja, du brauchst eine Decke."

Mit einer Hand zog er die Tagesdecke herunter, dann legte er Moira aufs Bett und deckte sie sofort zu.

„Danny ..."

„Wird dir schon wärmer?"

„Ein wenig. Aber ich muss wieder nach oben gehen. Ich habe mir das wohl alles nur eingebildet."

„Ich sehe mich noch mal im Pub um. Halt du in der Zwischenzeit das Eis auf deine Stirn."

Er verließ den Raum, während sie zum Fernseher sah. Der Ton war recht leise, dennoch konnte sie jedes Wort klar und deutlich verstehen. Sie fragte sich, warum der Ton zuvor so seltsam und verzerrt gewesen war. Hatte es daran gelegen, dass sie ihn durch die Tür hindurch gehört hatte?

Als sie ihren Blick vom Bildschirm abwandte, sah sie, dass Danny zurückgekehrt war. Er stand in der Tür zum Schlafzimmer und hielt etwas in der Hand. Ihre schwarze Handtasche.

„Meine Tasche." Sie setzte sich auf. „Wo war die?"

„Sie lag hinter dem Tresen. Vermutlich bist du darüber gestolpert."

Sie legte die Stirn in Falten, als er sie ihr gab. „Danny, ich weiß ganz genau, dass ich sie da nicht hingelegt hatte. Außerdem hättest du oder Colleen sie sehen müssen, als ihr aufgeräumt habt."

Er zuckte mit den Schultern. „Vielleicht klemmte sie irgendwo zwischen."

Danny zog seinen Mantel aus und hängte ihn auf den Haken an der Tür. Dann zog er den Sweater über den Kopf und setzte sich zu Moira aufs Bett. „Sieh nach, ob irgendwas fehlt."

„Meinst du, jemand hat sie gestohlen und dann zurückgebracht?"

Er schüttelte den Kopf und sagte nach einer Weile: „Ich glaube eher, jemand hat sie aus der Ablage genommen, um sie dir zu geben, und hat sie dann mit sich herumgetragen, auf den Tresen gestellt und vergessen. Aber da sie anscheinend aus eigener Kraft ihre Position verändert hat, solltest du schon nachsehen. Und ich will sehen, ob du eine Beule auf der Stirn hast." Er nahm ihr das mit Eis gefüllte Handtuch weg und betrachtete sie aufmerksam.

„Keine Beule. Nicht mal ein blauer Fleck."

„Gut", murmelte sie.

„Kopfschmerzen?"

„Nicht richtig."

„Willst du eine Aspirin?"

„Für meine eingebildete Verletzung?"

„Ich habe nie behauptet, dass du dir eine Verletzung eingebildet hast." Er stand auf, ging ins Badezimmer und kehrte mit zwei Tabletten und einem Pappbecher voll Wasser zurück.

„So schlecht fühle ich mich gar nicht", sagte sie, als er ihr die Tabletten reichte. „Dabei sollte ich das eigentlich. Schließlich bin ich ohnmächtig geworden."

Er hörte nicht auf das, was sie sagte, sondern sah zum Fernseher und hörte dem Reporter zu, der soeben die Route der Parade zum St. Patrick's Day erklärte.

Dann blickte er sie an und strich ihr eine Haarsträhne zur Seite.

Er war so nah. Diese Wärme. Seine Fingerspitzen waren wie ein Zauber. „Du weißt, dass du wirklich hübsch bist."

„Du sollst dich nicht an mich heranmachen", murmelte sie.

„Habe ich gar nicht vor. Ich will nur dein Haar ein wenig in Ordnung bringen."

„Wie romantisch."

„Ich kann nicht romantisch sein, da ich mich nicht an dich heranmachen darf. Ich muss natürlich sagen, dass mich dein raffiniertes Negligee rasend vor Lust macht. Bist du sicher, dass du nicht nach unten gekommen bist, um dich an *mich* heranzumachen?"

„Ich an *dich*?"

„Um mich zu verführen?"

„Danny ..."

„Du weißt schon, die reizende Heldin in großer Gefahr, am Boden liegend, der starke, schweigsame Held, der sie hochhebt, und so weiter und so fort?"

„Seit wann bist du der schweigsame Held?"

„Ein Punkt für dich."

Er strich noch immer durch ihr Haar. Irgendwie gelang es ihm dabei, sich neben ihr auf das Bett zu legen, ohne dass es ihr wirklich bewusst war. Als sie die Augen schloss, spürte sie seinen Atem. Sie war überwältigt von der Flut der Erinnerungen, die über ihr zusammenschlug. Die Bilder, die Berührungen, der

Klang seiner Stimme, das Heisere, der leichte Akzent. Sie erinnerte sich sogar an den Geschmack seiner Lippen auf ihrem Mund, an den sanften Druck, mit dem er auf ihre hauchzarten Küsse reagierte. Wie lange war es her? Wieso, in Gottes Namen, konnte es ihr so völlig natürlich erscheinen, neben ihm zu liegen, ihn berühren und schmecken und atmen zu wollen?

„Sogar in dem, was du gerade trägst, bist du eine absolute Schönheit", sagte er leise.

„Das ist ein Standardsatz."

„Ich meine ihn aber so."

„Du bist voreingenommen, weil du ein alter Freund der Familie bist."

„Ein langjähriger Freund, kein alter. Du wirst ihn nicht heiraten."

„Wen? Michael?"

„Das musst du noch fragen?"

„Vielleicht heirate ich ihn ja doch."

Er schüttelte den Kopf. „Du bist hier bei mir. Du hast es nie riskiert, dich mitten in der Nacht auf den Weg zu machen, um mit ihm zusammenzusein."

„Ganz ehrlich, Danny: Es wäre dumm von mir, ihn nicht zu heiraten. Er unternimmt alles, was er kann, um meiner Familie näher zu kommen. Er weiß, was mir wichtig ist. Er kümmert sich um mich. Er versucht nicht, die Welt zu retten oder sie zu vernichten, je nachdem, worauf du es abgesehen hast. Das weiß ich bei dir nie so genau. Er ist ein Amerikaner." Danny strich noch immer durch ihr Haar. Er schien es sich neben ihr noch bequemer gemacht zu haben und strahlte eine unglaubliche Hitze aus. „Bodenständig", fuhr sie fort und wünschte sich, es wäre nicht so schwierig, sich auf das zu konzentrieren, was sie sagen wollte. Er lächelte sie an. Sein Gesicht war ihr so nah.

Sein Duft und seine Wärme schienen tief in sie einzudringen und sie zu erfüllen. Es war irische Magie. „Er sieht gut aus“, brachte sie zustande. „Verdammt gut sogar. Und er ist zuverlässig.“

Er hatte eine Strähne ihres Haare um seine Finger gewickelt und sah sie amüsiert an. „Zuverlässig. Wundervolles Wort, um eine leidenschaftliche Beziehung zu beschreiben.“

„Dann solltest du dir mal ein paar von meinen Freunden anhören, die eine Scheidung hinter sich haben. Für die ist Zuverlässigkeit hundertmal wichtiger als aufregend.“

Er schüttelte den Kopf. „Einige von deinen Freunden brauchen so was vermutlich. Aber *du* brauchst das .... und aufregend dazu.“

„Michael ist ...“, begann sie.

Seine Lippen berührten sanft ihren Mund, dann zog er sich nur um einige Millimeter zurück. „Das war nur freundschaftlich, kein Annäherungsversuch“, erklärte er. Der Hauch seiner geflüsterten Worte strich über ihre Wange. „Michael ist ... was?“

„Ähm ... aufregend und zuverlässig ...“

Diesmal küsste er sie mit mehr Nachdruck und öffnete ihre Lippen. Feuchte, mitreißende Hitze strömte in ihren Mund. Seine Zunge drang tiefer vor und erregte jede erogene Zone ihres Körpers. Moira protestierte nicht, und das war das eigentlich Erstaunliche. Jegliche Moral, jedes Gefühl für das, was richtig oder falsch war, schien ihr zu entgleiten. Sie ließ ihre Fingerspitzen über sein Gesicht gleiten und vergrub sie in seinem Haar. Er löste sich von ihr. „*Das* war ein richtiger Kuss“, murmelte er.

„Was? Das ... war nicht anders als mit ...“

„Michael“, führte er ihren Satz fort.

Mit einem Mal war er über ihr.

„Michael“, stimmte sie zu.

„O nein. Das mit Michael war eine Vorstellung. Das hier war ein richtiger Kuss. Komm, ich zeige dir noch mal den Unterschied.“

„Du sollst dich doch nicht an mich heranmachen“, erinnerte sie ihn.

„Das tue ich auch nicht“, flüsterte er. „Du kannst jederzeit gehen, wenn du willst.“

„Während du halb auf mir liegst?“

„Ich will es dir ja nicht zu leicht machen.“

Sie hätte ihn von sich fortschieben können, aber es war leichter für sie, sich einzureden, dass er sie am Aufstehen hinderte. Sie lag völlig regungslos da und sah in seine Augen. Als er sie erneut küsste, schob sie ihre Hände auf seine Brust, drängte ihn aber immer noch nicht fort. Während sie sich zur Seite rollten, ließ sie ihre Finger über seine Hemdknöpfe wandern und öffnete sie, um ihre Hände auf seine nackte Haut zu legen. Die feinen Härchen, die an ihren Fingerspitzen kitzelten, die festen Muskeln, all das war so vertraut. Für einen Augenblick richtete er sich auf und zog sein Hemd aus, wandte sich wieder Moira zu und ließ Momente später ihr T-Shirt auf den Fußboden fallen. Als er sie wieder in die Arme nahm, spürte sie seine Anspannung, seine Hitze. Sie liebte das Gefühl, wenn ihre Lippen seinen Hals berührten, sein Schlüsselbein, die Art, wie er seine Hand um ihren Hinterkopf legte. Er streifte seine Schuhe ab, ohne sie loszulassen, dann fühlte sie einen Fuß an ihrer Wade. Er ließ seine Hände über ihre Schenkel wandern und mit dem feinen Stoff ihres Slips spielen. Er küsste ihre Brüste und wanderte langsam weiter auf ihren Bauchnabel zu. Er wusste, wie er seine Zunge benutzen musste – überall. Wenn es einen Zeitpunkt gab, um Protest einzulegen, dann war er jetzt gekommen. Sie sprach seinen Namen, aber es war kaum mehr als ein Flüstern. Ihre Hüften bewegten sich und reagierten auf jede seiner erregenden, gleitenden Bewegungen. Ihr kam es so vor, als wäre sie von glühender Lava erfüllt, die jeden Winkel ihres Körpers erfasste. Beinahe hätte sie laut aufgeschrien, so gewaltig war der Höhepunkt. Doch sie biss sich auf die Lippe und ließ nur ein leises, unterdrücktes Stöhnen zu.

Moira nahm kaum etwas von seinen Bewegungen wahr, als er seine Jeans auszog, zu den übrigen Kleidungsstücken auf den Boden warf und zärtlich in sie eindrang. Sie verschränkte ihre Finger auf seinem Rücken und schlang die Beine um seine Hüften. Sie hatte völlig vergessen, wie es war, von Danny geliebt zu werden. Nein, korrigierte sie sich. Sie hatte es in Wahrheit nie vergessen. Danny liebte so, wie er lebte, voller Leidenschaft und Vehemenz, mit unglaublicher Energie. Er erfüllte sie mit seiner Präsenz, erregte sie erneut, obwohl sie sich völlig erschöpft gefühlt hatte. Erst langsam, dann immer schneller und heftiger, bis das Verlangen zu einem süßen Schmerz wurde und sie ihn sanft in die Schulter biss. Sie spürte, wie ein weiterer Höhepunkt die Kontrolle über ihren Körper übernahm.

Danny legte sich in einer einzigen geschmeidigen Bewegung neben sie. Er hatte diese ganz besondere Art, nach dem Sex eine Frau so zu halten, dass die Wärme andauerte. Mit seinen Fingern fuhr er durch ihr Haar und strich ein paar Strähnen zurück. Sie lag da und kam allmählich wieder zu Atem, während ihr Gedanken durch den Kopf schossen, zu denen sie vor wenigen Augenblicken nicht in der Lage gewesen war.

Schuldgefühle erwachten. Wenn auch nur die mindeste Chance bestanden hätte, dass dies passieren könnte, hätte sie Michael gegenüber ehrlich sein sollen. Aber es hätte diese

Chance gar nicht geben *dürfen*. Sie war eine reife, erwachsene Frau, sie war ... nicht so verliebt, wie sie sich hatte einreden wollen. Trotzdem war es falsch, was sie getan hatte. Völlig falsch.

„Ich muss gehen“, murmelte sie.

„Das ist alles, was du zu sagen hast?“

„Ich muss *sofort* gehen.“

Er nahm seine Arme weg. Ein Schatten legte sich über seine bernsteinfarbenen Augen.

„Was hast du erwartet?“

„Ich weiß nicht. Vielleicht etwas in der Art: ‚Warum habe ich nur vorgegeben, so unsterblich in einen anderen Mann verliebt zu sein, wenn ich doch Danny habe und wir beide zusammen so verdammt gut sind.‘“

„Dass du gut bist, ist wohl klar“, sagte sie mit einer Spur von Verbitterung in ihrer Stimme. „Sonst wäre ich nicht hier.“

„Na ja, du kennst mich doch. Ich möchte nicht einfach nur gut sein, ich möchte der Beste sein.“

Sie verschwieg ihm, dass er das zweifellos geschafft hatte. „Und ich soll mein Leben lang auf die wenigen Gelegenheiten warten, wenn du auf die Idee kommst, mal wieder in die Staaten zu reisen?“

„Du hast Recht“, sagte er. „Das ist nicht fair von mir.“

Sie hatte gesagt, sie müsse gehen, aber sie lag immer noch neben ihm und hasste den Gedanken aufzustehen. Zärtlich strich sie mit den Fingern über seinen Bauch.

„Wenn du damit noch einen Moment weitermachst und anschließend doch gehst“, meinte er, „dann bist du nicht fair.“

„Du bist unglaublich gut in Form“, sagte sie und bewunderte seine straffe Bauchmuskulatur. „Untypisch für jemanden, der Bücher schreibt und Vorträge hält.“

„Umso leichter kann ich dich verführen, wenn ich denn mal im Land bin."

„Du bist albern. Ich rede hier über das richtige Leben."

„Du solltest Michael nicht heiraten."

„Offenbar", murmelte sie, „sollte Michael mich nicht heiraten."

„Deine Schuldgefühle sind wirklich unbegründet."

„Oh, klar. Er sitzt in seinem Hotelzimmer, in dem ich ihn immer besuchen will, aber ich liege in deinem Bett und soll keine Schuldgefühle haben!"

„Er ist nicht der Richtige für dich."

„Wieso? Weil er da ist, wenn du auch zufällig mal wieder im Land bist?"

Er schüttelte den Kopf. „Weil er kleine Augen hat."

„O Gott, Danny, hör endlich damit auf." Sie wäre fast aufgestanden, wenn sie ihre Beine frei gehabt hätte. „Danny, ich glaube wirklich, dass ich jetzt gehen sollte."

Er reagierte mit einem nachdrücklichen Kopfschütteln. „Warum? Damit du nach oben rennst und dich in deinen Schuldgefühlen ergehen kannst? Damit du zu ihm ins Hotel rennst und dich in seine Arme fallen lässt? Damit du alles gestehst – oder vielleicht auch nicht? Damit du eine weitere Vorstellung abliefern kannst?"

„Nein!" erwiderte sie wütend. „So etwas würde ich nicht machen. Das ist nicht meine Art, und das weißt du ganz genau!"

„Stimmt. Du bist viel zu katholisch. Was du brauchst, ist eine heiße Dusche, damit deine Sünde weggespült wird."

„Verdammt, Danny, wenn wir in den letzten Wochen nur ein wenig Zeit für uns gehabt hätten ..."

„Aha", sagte er leise.

„Aha?"

„Das ist keine Liebe", sagte er. „Wenn du zu mir kommst, nur weil ihr beide keine Zeit füreinander hattet, dann tut es mir Leid ... aber das ist keine Liebe."

„Es gibt Liebe, und es gibt Sex", gab sie zurück.

„Ja, und wenn beides zusammentrifft, ist es umso schöner."

„Tatsächlich? In all den Jahren ist mir nie der Gedanke gekommen, dass du eines Tages zurückkommen und mir deine Liebe erklären würdest", sagte sie spitz.

„Ich habe nie gesagt, dass die Liebe einen völlig beherrschen oder wie durchgedreht verhalten lassen soll. Oder dass sie Vorrang vor allem anderen bekommen soll, vor Verantwortungen, dem Leben und so weiter."

„Ich weiß nie, was du eigentlich sagst, Danny. Oder was du meinst. Vielleicht macht das unser Problem mit aus."

„Na bitte. Du siehst ein, dass wir ein Problem haben. Das heißt, es gibt ein ‚wir'."

„Danny, das Problem bist *du*!"

„Ich werde erst so richtig zum Problem, wenn du mich weiter kitzelst."

Sie machte eine Faust.

„Ich wollte eigentlich nicht, dass du aufhörst."

„Danny, ich sollte nicht hier sein. Ich hätte gar nicht erst herkommen dürfen. Und ich hätte ganz bestimmt nicht bleiben dürfen."

„Aber du hast schon gesündigt", erwiderte er und verlagerte sein Gewicht so, dass er sie auf die Matratze drückte. „Und du weißt, dass ich dich wirklich liebe."

„Danny, ich glaube, dass ich dir wirklich etwas *bedeute*."

Er stöhnte leise auf und ließ den Kopf sinken. Seine Haare berührten sanft ihre Brüste, und sie fragte sich, wie etwas so

Einfaches auf sie so unglaublich erotisch wirken konnte. „Die Sünde wurde bereits begangen“, wiederholte er leise.

„Ich glaube, es ist noch schlimmer, zweimal zu sündigen“, erwiderte sie. „Vor allem, wenn man es beim ersten Mal hätte besser wissen sollen.“

„Darum geht es ja. Du hast es beim ersten Mal besser gewusst. Und da du jetzt schon gesündigt hast – jedenfalls deiner eigenen Ansicht nach –, solltest du es durchziehen. Bis zum Ende. Man sollte alles im Leben mit Leidenschaft und Überzeugung machen.“ Als er sie ansah, schienen seine Augen zu glühen.

„Danny“, murmelte sie, „wenn ich jetzt noch eine Zeit lang bleibe, dann darfst du nicht glauben, dass ...“

„Dass ...?“

„Ich meine ...“

„Keine Sorge, ich werde gar nichts denken. Es ist einfacher und bequemer, sich den Mann zu nehmen, der im Haus ist, als den, der woanders ist. Es ist nichts Persönliches, es ist nur Sex, weiter nichts. Ich bin gern zu Diensten.“ Er gab seinen Worten einen sarkastischen Tonfall, der aber kaum die Verbitterung überdecken konnte. Die Wut, die sie über seine Bemerkungen empfunden hatte, wurde dadurch auf unerklärliche Weise abgeschwächt.

„Nein, Danny, ich ...“

Sie spürte seine Lippen an ihrem Hals, am Schlüsselbein.

„Das war unhöflich. Und unnötig. Ich sollte ... ich sollte dir eine Ohrfeige verpassen“, flüsterte sie.

„Man sollte nie zur Gewalt neigen“, erwiderte er. „Außerdem kannst du mich nicht schlagen. Das würde ja bedeuten, dass einer von uns beiden das Ganze ... persönlich nimmt.“

Er ließ seine Hand über ihren Körper wandern und streichelte sie zart. Er machte es so erfahren und subtil, dass Moira nicht anders konnte, als auf ihn zu reagieren. Sein Atem war nah und heiß. Es war zu einfach, zu natürlich und zu vertraut, als dass sie ihn hätte zurückweisen können.

„Verdammt, Danny“, murmelte sie.

„Oh, mein Name ... wie persönlich und intim“, sagte er. „Das macht eine entsprechende Reaktion notwendig.“

Seine Hand wanderte weiter über Haut. Sehr persönlich und sehr intim.

„Danny ...“ Als sie diesmal seinen Namen aussprach, war es ein lang gezogenes Aufstöhnen.

„Taten sind immer besser als Worte“, flüsterte er.

11. KAPITEL

Im ersten Morgengrauen stand Moira auf.

Sie fand ihr T-Shirt auf dem Boden neben dem Bett. Danny schlief noch. Jedenfalls hatte sie das angenommen. Als sie sich aber zu ihm umdrehte, stellte sie fest, dass er hellwach war und sie ansah. Hätte er geschlafen, wäre er wohl bei der leisesten Bewegung aufgewacht.

Sie erwartete, dass er dagegen protestierte, dass sie ihn verließ, aber er wusste auch, dass in Kürze das Haus wieder voller Leben sein würde.

Er stützte sich auf einen Ellbogen auf und betrachtete sie. „Wie war das noch mal? Warum genau bist du heute Nacht nach unten gekommen?"

„Was?"

„Was hast du heute Nacht hier unten gemacht? Du wolltest wissen, ob ich noch draußen gewesen bin. Du meintest, es wäre jemand in meinem Zimmer gewesen. Und du hast gedacht, dass irgendjemand vorne im Lokal war. Du hast mich sogar gefragt, ob ich dich mit einem Schlag auf den Kopf zu Boden geschickt hätte. Warum warst du wirklich hier unten? Du wolltest in dem Aufzug bestimmt nicht zu Michael ins Hotel gehen."

„Ich habe doch gesagt, dass ich ein Geräusch gehört hatte."

„Das hast du in deinem Zimmer gehört?"

„Ja."

„Und du dachtest, es käme von hier?"

„Ja, Danny, ja."

„Was für ein Geräusch?"

„Ich weiß nicht. Ein Poltern. So als ... würde jemand etwas Schweres irgendwo hinschieben oder etwas fallen lassen. Ich weiß es nicht. Ich hatte einfach nur ein Geräusch gehört."

„Bist du sicher?“

„In letzter Zeit bin ich mir nur noch sehr selten einer Sache sicher“, sagte sie.

Er rollte sich aus dem Bett, kam nackt, wie er war, zu ihr und fasste sie an den Schultern. „Moira, verlass dich auf deine Instinkte. Leidenschaft, Hingabe. Schick deinen Kerl mit den kleinen Augen in die Wüste, am besten noch heute.“

„Komm nicht auf die Idee, ihm ein Wort davon zu sagen. Und entscheide bitte auch nicht an meiner Stelle darüber, was für meine Zukunft richtig und falsch ist.“

„Das muss ich gar nicht. Ich kenne dich. Du hast dich letzte Nacht schon entschieden. Und was deinen Freund mit den kleinen Augen angeht, werde ich dich diesen Kampf mit dir selbst ganz allein austragen lassen.“

„Vielleicht habe ich mich noch gar nicht entschieden. Vielleicht bist du gar nicht so gut, wie du glaubst.“ Sie hob ein wenig trotzig das Kinn und hielt seinem Blick stand.

„Moira, was immer du machen willst, sei bitte vorsichtig. Wenn du nachts irgendwelche Geräusche hörst, solltest du nicht durch das Haus schleichen.“

„Das ist das Zuhause und der Betrieb meiner Familie“, erinnerte sie ihn. „Ich bin hier aufgewachsen. Ich habe hier schon als kleines Kind die Tische abgeräumt. Warum sollte ich Angst davor haben, mitten in der Nacht hier herumzulaufen?“

Er betrachtete sie und dachte einen Moment lang über ihre Frage nach.

„Weil es das Böse auf der Welt wirklich gibt. Als du ein Kind warst, haben dir deine Eltern beigebracht, dich vor Fremden in Acht zu nehmen. Denk nur an Son of Sam, der in den siebziger Jahren in New York sein Unwesen trieb, an den Würger von Boston, Jack the Ripper.“

„Schön und gut. Aber von denen hat niemand einen Schlüssel zum Pub meines Vaters."

„Ja, aber zurzeit ist dein Bruder hier, ich bin hier, deine Mitarbeiter sind hier. Da kann es passieren, dass mal eine Tür offen bleibt."

„Danny, warum sagst du mir nicht einfach die Wahrheit?"

„Was meinst du?"

„Ich meine das, was hier läuft."

„Ich bin in nichts eingeweiht, was hier laufen könnte."

Sie betrachtete ihn einen Moment lang und ließ ihre Blicke über seinen ganzen Körper wandern. Danny war wirklich durchtrainiert. Er hätte mühelos die Titelseite eines Magazins für Kampfsport schmücken können. Wieder fragte sie sich, warum ein Autor in so exzellenter physischer Verfassung war.

„Wie du meinst, Danny", murmelte sie und wandte sich um.

„Moira."

„Was?"

„Du weißt, dass *du* Dinge vor *mir* verheimlichst."

„Ach?"

„Zum Beispiel, was vorgestern Abend auf dem Fußweg passiert ist."

„Ich bin ausgerutscht."

„Vertrauen ist eine Frage von Geben und Nehmen, Moira."

„Stimmt."

„Also?"

„Ich sehe nicht, dass mir jemand etwas geben will, Danny. Also werde ich auch nichts geben."

Sie drehte sich wieder um, aber er hielt sie am Arm fest. „Moira, hör mir zu. Wenn du irgendetwas Seltsames bemerkst, dann ist es wichtig, dass du mir das sagst."

„Ich werde daran denken." Ein leichtes Unbehagen ergriff von ihr Besitz, als sie auf seine Hand sah, die ihren Arm umschlossen hielt. „Ich muss jetzt nach oben gehen, Danny."

Er ließ sie los. Moira ging nach draußen, zog die Tür leise hinter sich zu und schloss oben die Tür zur Wendeltreppe hinter sich ab. In ihrem Zimmer nahm sie die Videokassette und legte sie dann zurück auf den Tisch, auf dem sie sie entdeckt hatte. Es war noch sehr früh am Morgen. Sie duschte und zog sich an, dann setzte sie sich in ihr Zimmer und sah zögernd zum Telefon. Nach einer Weile ging sie ins Wohnzimmer und entdeckte die Zeitung vom Sonntag, in der ein Interview mit Jacob Brolin abgedruckt war. Es ging um seinen anstehenden Besuch in Boston, und es wurde auch das Hotel erwähnt, in dem er wohnen würde.

Als sie wenig später in die Küche kam, musste Moira feststellen, dass ihre Mutter bereits aufgestanden war und das Frühstück vorbereitete. „Mum", sagte sie, ging zu ihr und legte ihr von hinten die Arme um die Taille.

„Moira, Schatz, es ist noch so früh."

„Stimmt."

„Was steht heute auf dem Plan?"

„Also heute Abend werde ich auf jeden Fall Dad im Pub helfen."

Katy drehte sich um und legte die Hände um das Gesicht ihrer Tochter. „Ihr Kinder seid nicht für den Pub verantwortlich."

„Aber es macht Spaß, und außerdem helfe ich Dad gern. Und die Sendung entwickelt sich auch ganz hervorragend."

„Dann bin ich froh. Immerhin habe ich dich dazu gedrängt, nach Hause zu kommen."

„Dad ist in guter Verfassung", sagte Moira lächelnd.

Katy zuckte mit den Schultern und seufzte. „Er musste eine ganze Reihe von Untersuchungen über sich ergehen lassen. Ich war besorgt, weil er so viel arbeitet. Aber der Arzt hat mir erklärt, dass ihm die Arbeit gut tut. Und ein Ale am Tag ist auch nicht gefährlich. Es gibt zu viele Männer, die in den Ruhestand gehen und dann überhaupt nichts mehr machen. Das ist nämlich ihr Tod, sagt der Arzt."

„Du weißt, wer zu viel arbeitet?" fragte Moira.

„Wer?" Katy sah sie verwundert an.

„Du."

„Ach, Moira, das stimmt doch nicht."

„Doch. Du kochst und kochst und kochst!"

„Wenn dein Dad und ich allein sind, dann gibt es morgens nur Haferbrei. Außerdem bereite ich ihm nicht sein Frühstück, weil er ein Tyrann ist und mich dazu zwingt, sondern weil es mir Spaß macht. Ich bin gerne Ehefrau und Mutter. Ich bin überglücklich, dass es meinen Kindern so gut geht und sie so viel erreicht haben. Ich bin mit dem zufrieden, was ich habe."

„Das weiß ich, Mum. Aber heute ..." Moira hielt inne, da sie sich ein wenig schuldig fühlte. Ihre Mutter bekannte sich dazu, Hausfrau zu sein, und sie hatte mehr oder weniger eingeräumt, dass sie sie unter einem Vorwand hergelockt hatte. Und jetzt war sie diejenige, die nicht mit offenen Karten spielte.

„Mum, ich kann nur sagen, dass du den schwersten Job der Welt hast. Der Kaffee läuft durch, und den werden alle gleich als Erstes brauchen. Ich möchte, dass du dich jetzt umziehst. Ich gehe mit dir auswärts frühstücken."

„Moira! Die Kinder sind hier, Siobhan und Colleen ..."

„Versteh es nicht falsch, aber Granny Jon kann auch kochen, und Danny kommt zum Frühstück rauf, Siobhan und Colleen sind hier – ganz zu schweigen davon, dass es Patrick gut tun würde, sich zur Abwechslung auch mal selbst zu versorgen. Ich möchte einmal meine Mutter für mich allein haben."

„Aber Moira ..."

„Bitte."

„Ich sage deinem Vater Bescheid."

„Wir können doch einen Zettel hinlegen."

„Moira, ich muss mich doch sowieso erst umziehen."

„Da hast du Recht. Aber beeil dich bitte."

Katy kam ihrem Wunsch nach und lief aus der Küche. Moira war sich dagegen nicht sicher, ob sie Schuld oder Freude empfinden sollte, dass ihr Plan ihre Mutter so glücklich machte.

Jacob Brolin hielt sich in einem Hotel nahe dem New England Aquarium in unmittelbarer Nachbarschaft zu Little Italy auf. Moira hatte sich einer kleinen Notlüge bedient und ihrer Mutter erzählt, sie habe davon gehört, dort gäbe es ganz besonders gute Eier à la Benedictine, auf die sie schon seit Tagen Heißhunger hatte.

„Also, Moira Kathleen", sagte Katy, nachdem sie sich gesetzt hatten, „die kann ich auch zubereiten. Du hättest nur ein Wort sagen müssen."

„Das weiß ich doch, Mum. Aber ich wollte, dass du mal von zu Hause fortkommst."

Moira sah sich um und fragte sich, ob Brolin und seine Leute hier im Restaurant frühstücken würden. Es war nichts weiter als ein Versuch, da er sich das Frühstück wahrscheinlich auf sein Zimmer bringen ließ.

Plötzlich merkte sie, dass ihre Mutter die Speisekarte zur Seite gelegt hatte und sie ansah. Sie schob ihre Lesebrille ein Stück nach unten und betrachtete Moira fragend.

„Moira Kathleen."

„Ja, Mum?"

„Es gibt hier keine Eier à la Benedictine."

„Ehrlich?"

„Du kannst deiner Mutter nichts vormachen, Mädchen."

„Nein, Mum, ich dachte nur ..."

„Verkauf mich nicht für dumm, Tochter. Warum sind wir hier?"

Sie lehnte sich vor. „Also gut, Mum. Ich dachte, wir würden hier vielleicht Jacob Brolin über den Weg laufen."

Katy legte den Kopf schräg. „Warum hast du nicht einfach versucht, ihn anzurufen?"

„Ich bin bei keinem Network, nicht mal bei einem großen Kabelsender, Mum", erklärte Moira. „Außerdem ... wollte ich das persönlich machen."

Katy nickte. „Ich verstehe. Aber warum hast du mir das nicht einfach gesagt?"

„Ich habe die ganze Zeit noch keine Minute mit dir allein verbracht, seit ich angekommen bin, Mum", antwortete Moira ernst und widmete sich ganz ihrer Mutter.

Der Kellner kam an den Tisch, wünschte den beiden Damen einen guten Morgen und fragte dann, ob sie schon gewählt hätten.

„Ich nehme eine Waffel mit Erdbeeren, Kaffee und Orangensaft", sagte Katy. „Moira?"

„Rührei mit Schinken und Käse, Kaffee und Orangensaft bitte", bestellte Moira. Nachdem der Kellner gegangen war, beugte sie sich zu ihrer Mutter vor. „Mum, ehrlich, ich wollte mit dir zusammen sein." Das entsprach tatsächlich der Wahrheit. Sie wollte nicht mit ihrer Verwirrung über die abgelaufene Nacht allein sein, und sie hatte nicht im Haus sein wollen, falls

Michael und Josh schon früh am Tag eintrafen, um mit ihr den Drehplan für den Tag durchzugehen oder mit ihr über die weitere Planung zu sprechen. Sie hatten schon so genügend gefilmt, um eine ganze Sendung zu bestreiten, selbst wenn sie auf Szenen vom St. Patrick's Day verzichten würden, was allerdings dem Leisure Channel nicht gefallen würde.

„Geht es dir gut, Moira?“ fragte ihre Mutter.

Moira nahm ihre Hand und drückte sie. „Ich bin ein wenig verwirrt, das ist alles.“

„Danny?“

„Ist das so offensichtlich?“

„Nein, du bist praktisch unhöflich ihm gegenüber.“

„Mum, du magst Michael, richtig?“

„Er gibt sich sehr viel Mühe. Und er sieht gut aus. Wahrscheinlich noch etwas besser als Danny, aber bei Jungs aus Irland bin ich nun mal voreingenommen. Du sagst, dass er zuverlässig ist, dass er hart arbeitet, Theater und Musik mag, und gegen ein Football-Spiel hat er auch nichts einzuwenden.“

„Ja, er ist bereit, sich in allem zu versuchen. Er ist höflich und aufmerksam, und er arbeitet in derselben Branche wie ich.“ Moira verstummte, weil der Kellner kam und Saft und Kaffee brachte. Nachdem er gegangen war, beugte sich Katy vor.

„Aus deinem Mund hört es sich so an, als hätte euch ein Computer verkuppelt.“

„Ich meine es aber nicht so, Mum. Ich mag ihn, ich bin gerne mit ihm zusammen. Es ist schön, ihn um sich zu haben.“

„Das kann man von einer dänischen Dogge auch sagen.“

„Nein, er ist nett und witzig ... ich ... ich bin gerne mit ihm zusammen“, wiederholte sie, ohne überzeugt zu klingen.

„Und ...“, sagte Katy, zögerte dann jedoch und schüttelte den Kopf. „Du weichst aus, Tochter. Ich verstehe schon, dass du darüber nicht gerne mit deiner Mutter sprechen möchtest. Deinen Vater um sich zu haben ist auch großartig, aber um ehrlich zu sein, finde ich ihn auch sehr ... sehr aufregend."

„Was?" fragte Moira irritiert.

„Ich bin ja nicht von gestern. Und ich glaube, dass ich meine Kinder zu Moral und Anstand erzogen habe, aber wenn man sich auf sexuellem Gebiet versteht, dann ist das keine schlechte Sache."

„Wow, Mum", gab Moira lachend zurück, wurde jedoch ruhig, als das Essen gebracht wurde.

„Gar nicht so schlecht hier. Das Personal ist schnell und tüchtig", meinte Katy.

„Ich bin froh, dass es dir hier gefällt."

„So weit ist es o. k.", sagte Katy und schnitt ein Stück Waffel ab. „Wenn wir schon reden, dann lass uns auch weiterreden. Sei nicht entsetzt darüber, dass ich deinen Vater mag. Wir sind noch nicht so altersschwach. Ganz ehrlich, Kind, was glaubst du, woher du und deine Geschwister hergekommen seid? Mir ist schon klar, dass Kinder nicht gerne über diesen Aspekt nachdenken wollen, wenn es um ihre Eltern geht ..."

„Nein, ich weiß genau, wo wir hergekommen sind. Es ist nur so, dass ..."

„Ich will nicht, dass du mir mehr erzählen musst als nötig, Tochter. Ich versuche nur zu verstehen, was dir so auf der Seele lastet."

„Ich fühle mich zu beiden hingezogen", sagte Moira leise. „Bin ich deswegen ein schlechter Mensch?"

„Mein Kind, ich verehre deinen Vater, und wir führen eine gute Ehe. Und, nein, wir sind nicht mehr so leidenschaftlich wie damals, als wir noch jung waren. Kein Leben ist eine endlose Folge von aufregenden Augenblicken, es gibt immer ganz gewöhnliche Dinge. Dennoch haben wir unsere Augenblicke, und die genießen wir nach wie vor. Und das hat uns zusammengehalten, wenn wir nicht einer Meinung waren und uns am liebsten gegenseitig die Köpfe eingeschlagen hätten. So sind die Menschen nun mal. Du kannst dich zu mehr als nur einem Mann hingezogen fühlen. Aber der, an den du dich bindest, der muss der Richtige sein. Und da kommt dein Mann."

„Was?"

„Da ist dein Mann. Brolin. Er ist gerade hereingekommen, und er ist von vier Schwergewichtsboxern umgeben. Dreh dich nicht zu schnell nach ihm um."

Moira wirbelte auf der Stelle herum.

„Ich habe doch gesagt ‚nicht zu schnell'", beklagte sich Katy.

„Tut mir Leid." Moira nahm einen Schluck Orangensaft und versuchte, gelassen zu wirken. „Mum, ich sollte das doch machen, oder?"

„Deine Fernsehsendung läuft schon eine ganze Weile. Wie hast du denn bisher Prominente angesprochen?"

„Bis vor kurzem hat das Josh erledigt, inzwischen ist es aber Michaels Aufgabe. Außerdem berichten wir üblicherweise über Leute, die viel durchschnittlicher, aber wundervoll sind."

„Du hast doch keine Angst, oder?"

„Ich bin nicht sicher, wie ich ihn ansprechen soll."

Katy legte ihre Brille und die Serviette auf den Tisch und stand auf. „Entschuldige mich einen Moment."

„Mum?" setzte Moira an, aber da war ihre Mutter bereits auf dem Weg zu Brolins Tisch. Obwohl sie völlig harmlos wirken musste, stellten sich die Männer sofort schützend vor Brolin.

„Entschuldigung", sagte Katy höflich zu ihnen. „Jacob, ich bins, Kathleen Kelly. Erinnerst du dich noch an mich?"

Brolin lächelte breit und stand auf. Er war nicht nur groß, sondern auch eine imposante Erscheinung. Stahlgraues Haar, tiefblaue Augen. Ein markantes Gesicht, das zwar faltig, aber nach wie vor sehr attraktiv war.

„Kathleen!“ rief er aus und schob sich zwischen den Leibwächtern hindurch, um Moiras Mutter zu begrüßen.

„Du kennst mich also noch?“

„Wie könnte ich dich vergessen?“

Moira stand in einiger Entfernung hinter ihrer Mutter und beobachtete die Szene.

„Ich wusste natürlich, dass du hier bist. Ich hatte auch vor, in Kelly's Pub vorbeizuschauen, wenn der St. Patrick's Day vorüber ist.“

„Wirklich?“

„Natürlich. Ich wusste, dass du Eamon Kelly geheiratet hattest und in die Staaten gegangen warst. Kelly's ist in der Heimat ziemlich bekannt, Katy. Mein Gott, du hast dich ja kein bisschen verändert!“

„Das ist zwar lieb, aber es ist über dreißig Jahre her.“

„Ich bleibe dabei, du hast dich nicht verändert.“

„Ach, komm schon, Jacob. Wir sehen doch beide richtig ... müde aus“, sagte Katy und lachte. „Ich bin zum Frühstück mit meiner Tochter hier. Ich würde sie dir gern vorstellen. Sie wollte dich übrigens anrufen.“

„Ach ja?“ Brolin sah ihr über die Schulter und entdeckte Moira. Er lächelte sie freundlich an. „Sie ist dir wie aus dem Gesicht geschnitten, Katy.“ Er ging auf sie zu, nahm ihre Hände und küsste sie auf die Wangen. „Warum wollten Sie mich denn anrufen?“

„Ich ... ich würde mich gerne mit Ihnen für eine amerikanische Reisesendung unterhalten, Mr. Brolin“, sagte sie. „Wir wollen den Zauber des St. Patrick's Day in Amerika zeigen. Es geht zum großen Teil um das Sprichwort, dass an St. Patrick's Day jeder zum Iren wird." Sie machte eine Pause und überlegte, ob sie womöglich dummes Zeug redete. Sie war so überrascht gewesen. Kannte ihr Vater Brolin auch? Wenn ja, hätte er das nicht dann erwähnt, als Seamus und Liam so voller Begeisterung über den Mann gesprochen hatten?

Brolin sah einen seiner Leibwächter an. „Das bekommen wir schon irgendwie geregelt. Rufen Sie mich morgen auf meinem Zimmer an, dann machen wir eine Zeit aus. Möchten Sie sich zusammen mit Ihrer Mutter zu uns setzen?"

„Wir müssen leider wieder zurück", sagte Katy. „Aber wir wären wirklich sehr erfreut, wenn wir dich als unseren Gast begrüßen dürfen, sobald du frei von deinen Verpflichtungen bist."

„Und wie läuft Kelly's Pub?" wollte er wissen.

„Volles Haus, schließlich naht St. Patrick's Day", erwiderte Katy.

Er nickte. Moira stellte überrascht fest, dass er sie betrachtete. „Na, das ist doch schön. Und ich werde dich und Eamon und die Familie sehr gerne besuchen."

„Dann sehen wir uns noch, Jacob." Sie lächelte die Leibwächter an. „Entschuldigung für die Störung."

Jacob Brolin gab Katy einen Kuss auf die Wange. Sie nahm Moira am Arm und sagte: „Zeit zum Aufbruch."

„Vergessen Sie nicht, mich anzurufen", sagte Brolin.

Moira blickte noch einmal zurück. „Auf keinen Fall, und nochmals vielen Dank."

„Nun komm schon", sagte ihre Mutter. „In all den Jahren wirst du bestimmt gelernt haben, wie man einen würdevollen Abgang macht."

„Ich habe nicht aufgegessen."

„Ich mache dir zu Hause deine Eier à la Benedictine. Wir gehen jetzt."

„Mum! Wenn wir gehen, ohne zu bezahlen, könnte das sehr peinlich werden."

„Oh, natürlich", sagte Katy und blieb neben dem Tisch stehen und wartete, bis der Kellner die Rechnung brachte und das Geld einsteckte.

Auf der Straße angekommen, sah Moira ihre Mutter eine Zeit lang einfach nur an. „Ich ... ich hatte keine Ahnung, dass du ihn kennst!"

„Ich kenne ihn nicht wirklich, wir sind uns nur vor vielen Jahren begegnet."

„War er ... war er ...", stammelte sie verlegen.

„War er was?"

„Ich weiß nicht. Eine frühere große Liebe oder so?"

Katy schüttelte ungehalten den Kopf. „Du machst dich über mich lustig, Tochter."

„Nein, Mum ..."

„Die jüngere Generation meint immer, sie würde als Erste Sex und Leidenschaft entdecken. Dabei geht das schon seit Jahrhunderten so, Moira." Sie ging zur Treppe, die zur Haltestelle der U-Bahn führte.

„Mum, ich wollte dir sagen, wie beeindruckt ich bin ..."

„Das musst du nicht sein."

„Er ist ein sehr wichtiger Mann."

„Er ist so wie jeder andere. Bloß kennt er beide Seiten des Problems."

„Aber wie bist du ihm begegnet? Ich dachte, wir kommen aus Dublin. Und ich dachte, du hättest dich nie für Politik interessiert."

Katy sah sie verärgert an. „Du bist aus Boston, du lebst in New York, und du bist viel herumgekommen. Du weißt einiges über den amerikanischen Bürgerkrieg. Väter, die gegen ihre Söhne gekämpft haben, Brüder, die auf verfeindeten Seiten standen, Familien, die zerrissen wurden."

„Ja, aber sie haben für eine Sache gekämpft, für etwas, das mehr mit ihrer Überzeugung zu tun hatte, weniger damit, wo sie geboren waren ..."

„Glaub mir, den Mann, der für seine Plantage kämpfte, hat es sehr wohl interessiert, wo er geboren worden war – jeder Mensch glaubt an eine Sache. So ist das Leben. Jemand, der im kleinsten Dorf in Limerick wohnt, kann politisch aktiv sein, während ein Mann in Belfast Scheuklappen aufsetzt und jeden Tag zur Arbeit geht, ohne sich darum zu kümmern, wer an der Macht ist. Hauptsache, er kann sich einmal im Jahr einen Spanienurlaub leisten. Moira, weißt du, warum wir in die Staaten gekommen sind?"

„Dad wollte einen Pub in Amerika aufmachen. Zu Hause lief es wirtschaftlich nicht sehr gut, aber er hatte sein Leben lang über Amerika gelesen. Es war ein Traum und ein Neubeginn."

„Das stimmt. Doch wir haben erst geheiratet und sind hergezogen, nachdem eine Cousine deines Vaters getötet worden war. Sie hätte wissen müssen, welches Risiko sie einging. Sie war in einer Gruppe aktiv, die Gewalt befürwortete. Sie hatte ihren Anteil Gewalt zum Konflikt beigetragen, und sie hatte dafür ihren Teil abbekommen. Das hatte dein Vater nicht ertragen können: eine Welt, in der die Kinder zum Hass erzogen werden. Sie war erst einundzwanzig, als sie getötet wurde, Moira. Ich wollte Vergeltung; zum Glück hatte dein Vater den Mut, Nein zu sagen und einfach wegzugehen. Er lebt jeden Tag mit diesem Mut und macht allen klar, dass Hautfarbe, Rasse oder Religion eines Menschen nichts zu sagen haben, sondern nur sein Charakter. Brolin hat das auch gelernt. Er war nicht immer ein Musterknabe, aber er hat es auf die harte Tour lernen müssen. Ich habe seine Karriere mitverfolgt. Er ist einer der wenigen Leute an der Spitze, die erkannt haben, dass Hass anerzogen und so von einer Generation an die nächste weitergegeben werden kann. Er weiß, dass man jahrzehnte- oder sogar jahrhundertelanges Blutvergießen, Unterdrückung auf beiden Seiten, kaltblütige Morde nicht einfach ungeschehen machen kann. Aber man kann sich die Mühe machen, eine neue Welt zu schaffen, in der Männer und Frauen miteinander reden, anstatt sich gegenseitig zu erschießen."

Moira stand da und sah ihre Mutter fassungslos an.

Katy blieb an der Treppe zur U-Bahn stehen, dann ging sie weiter die Straße entlang.

„Mum?" rief Moira ihr nach. „Wo willst du hin?"

„Spazieren gehen. Ich ... ich möchte mir das Boot deines Bruders ansehen."

Moira folgte ihr. „Mum?"

„Was?" gab sie barsch zurück.

„Wenn du dir wirklich Patricks Boot ansehen willst, dann müssen wir die Straßenseite wechseln und dort entlang gehen", sagte Moira.

Katy drehte sich um, lächelte und lachte dann laut auf. „Tut mir Leid", murmelte sie.

Moira ging zu ihr und legte einen Arm um sie. „Ich habe jeden Morgen dein Frühstück genossen und es geschätzt, dass du uns geweckt hast, damit wir zur Schule gehen, und dass du mit Tee und Saft da warst, wenn wir erkältet waren. Ich habe die weichen Kissen und die warmen Decken geliebt, die du uns gegeben hast, und ich war stolz, dass du die beste Mum der Welt bist. Ich habe nie an deiner Intelligenz gezweifelt, aber ich habe nicht gewusst, wie weise und wunderbar zu bist. Entschuldige, wenn mir das nicht klar gewesen ist."

Katy tätschelte die Wange ihrer Tochter. „Jeder muss irgendwann in seinem Leben die eine oder andere schwere Entscheidung treffen."

„Erzähl mir mehr über Brolin", bat Moira. „Wie seid ihr euch begegnet?"

Ihre Mutter zögerte einen Moment lang, bevor sie weitersprach. „Meine Cousine war tot. Sie hatte in Nordirland gelebt, und ich hatte ihn bei der Beerdigung getroffen. Ich erinnere mich nicht gern an diese Zeit. Lass uns losgehen, ich möchte das Boot sehen. Es ist jetzt März, und bald werden wir hinaussegeln können. Manchmal wünschte ich, wir wären nach Florida gegangen. Ich liebe das Wasser. Patrick hat in diesem Jahr schon so oft nach seinem Boot gesehen, dass ich glaube, er wird allmählich unruhig. Er liebt den Ozean. Und ich bin froh, dass es so ist, weil er dadurch immer wieder nach Boston kommt."

Sie hatten den Pier erreicht, wo Patricks Segelschiff lag. Moira war außer Atem, da sie mit dem forschen Tempo ihrer Mutter kaum hatte mithalten können.

„Das Tor ist zu", sagte Katy verärgert.

„Das bezweifle ich. Die Leute hier sind ziemlich locker." Moira drückte gegen das Tor, das sofort aufging. „Siehst du? Es sollte abgeschlossen sein, ist es aber nie."

Sie gingen über den Pier. Ein kräftiger Wind wehte ihnen entgegen.

„Ah, da ist es ja", murmelte Katy.

Das Boot hieß *Siobhan*. Es war ein hübsches, elegantes Segelboot mit Motor. Patrick hatte es erst vor ein paar Wochen ins Trockendock geholt, um ihm einen neuen Anstrich zu geben.

Moira sah, dass Patrick unter der Plane, die über das Steuer gespannt war, etliche Kisten gestapelt hatte. „Wahrscheinlich war er hier und hat die Vorräte aufgestockt", bemerkte sie beiläufig.

„Natürlich hat er das. Er hat ja auch gesagt, dass er herkommt. Wieso erwähnst du das überhaupt?"

„Ach, ich weiß nicht. Ich glaube, Siobhan hat sich ein paarmal Sorgen gemacht. Er hat seit kurzem mit dieser Gruppe zu tun, die Waisen unterstützt. Zumindest sagt er das."

Katy drehte sich zu ihr um. „Wenn er das sagt, dann ist es auch so. Wenn du jemanden liebst, vertraust du ihm."

„Natürlich", erwiderte Moira.

„Du sprichst hier von deinem Bruder, Moira."

„Ich weiß. Keine Sorge, ich liebe ihn. Ich mag es nur nicht, wenn es Spannungen zwischen ihm und Siobhan gibt."

„Das werden sie schon unter sich regeln. Sie haben Glück. Sie waren jung, als sie sich begegnet sind. Aber sie lieben sich wirklich. Manchmal ist es nicht leicht, jemandem zu vertrauen. Doch wenn du es schaffst, dann weißt du, dass dein Herz am rechten Fleck sitzt."

„Mum, kein Grund zur Sorge. Ich trete immer für Patrick ein. Ich habe ihm schon seit bald zehn Jahren keine mehr runterhauen wollen."

Ihre Mutter lächelte sie an, doch ihr Blick war sehr ernst. „Lass deinen Bruder seine Angelegenheiten regeln. Du musst dir jetzt über deine eigene Situation Gedanken machen, nicht wahr? Was empfindest du, Moira? Es ist nie verkehrt, wenn man eine Situation analysiert, aber meistens ist es am wichtigsten, was man empfindet."

Moira zögerte. „Mum, ich weiß nicht, was ich empfinde. Will ich mein Leben lang auf jemanden warten, der aufregend, explosiv und vielleicht sogar gefährlich ist? Dass man zusammenpasst, ist eine wichtige Sache. Wenn ich nur meinem Verstand folge, würde ich mich für den Zuverlässigen entscheiden, so wie ..."

„So wie ich es getan habe?" fragte Katy und schüttelte sofort den Kopf. „Du hast mich falsch verstanden. Dein Vater war der Wilde und Ungezügelte, der mit den Überzeugungen und Träumen, der Mann, der mich von allem fortbrachte, was ich gekannt und geliebt hatte. Er sagte, wir würden nach Amerika gehen, sonst wären wir verloren. Entscheidungen sind nie einfach. Und sie sind auch nie eindeutig. Bis heute bewundere ich andere Männer, aber ich liebe deinen Vater. Er war ein Glücksspiel, und die Chancen standen nicht gut für mich. Doch ich habe mich auf meinen Instinkt und mein Herz verlassen." Sie wandte sich ab. „Lass uns nach Hause gehen. Deine Geschäftspartner versuchen bestimmt schon den ganzen Morgen, dich zu erreichen."

Katy verfiel wieder in ihr zügiges Tempo, während Moira Mühe hatte, mit ihr Schritt zu halten. Es war ein sehr sonderbarer Morgen. Sie hatte erreicht, was sie sich vorgenommen hatte.

Und noch viel mehr.

12. KAPITEL

Moira war überrascht, wie spät es schon war, als sie nach Hause zurückkehrten. Colleen räumte bereits die Küche auf, doch ein Kreischen aus dem Wohnzimmer verriet ihnen, dass das Haus nicht verlassen war.

Katy sah Colleen fragend an.

„Gina ist da drin, mit Granny Jon, Siobhan und allen Kindern", erklärte sie. „Molly und Shannon sind völlig begeistert. Sie wünschen sich, dass Siobhan Zwillinge bekommt, damit sie die ganze Zeit über mit Babys spielen können."

„O weh, Zwillinge sind wohl das Letzte, was Siobhan im Moment gebrauchen kann", meinte Katy und ging zur Tür, die ins Nebenzimmer führte.

„Wo sind die anderen?" fragte Moira.

„Dad ist unten und macht alles fertig. Er meint, dass montags zwar ziemlich wenig los ist, aber immerhin geht es jetzt auf St. Patrick's Day zu ..." Sie zuckte mit den Schultern.

„Patrick?"

„Wer weiß das schon? Er ist unterwegs."

„Danny? Josh? Ich nehme an, Josh war hier, wenn er Gina abgesetzt hat."

„Ja, Josh ist unten bei Dad und hilft ihm. Michael und Danny sind auch unterwegs – gemeinsam."

„Was?" sagte Moira ungläubig. Sie fühlte, wie ihr kalter Schweiß ausbrach. „Danny und Michael sind zusammen weggegangen?"

Colleen warf ihr einen scharfen Blick zu. „Du bist heute Morgen gegangen, ohne irgendeinen Hinweis zu hinterlassen, was und wo gefilmt werden soll. Josh hat Michael daran erinnert, dass du die Fassaden der besten Pubs von Boston einblenden willst. Nicht ganz so gut wie Kelly's, aber trotzdem erwähnenswert. Danny erwähnte, dass er jeden Pub in der Stadt kennt, vom feinsten bis zum schmuddeligsten. Daraufhin haben sich die beiden mit Dads Wagen auf den Weg gemacht, um sich ein wenig umzusehen. Was ist denn los? Man könnte ja meinen, du hast einen Geist gesehen!"

Moira schüttelte den Kopf. „Es ist nichts", sagte sie eine Spur zu schnell. „Überhaupt nichts. Ich kann mir nur nicht vorstellen, dass die beiden sich verstehen."

Colleen sah sie eindringlich an und legte das Küchentuch zur Seite. „Du hast Michael nie davon erzählt, dass du mal was mit dem alten Freund der Familie hattest. Stimmts?"

„Colleen ..."

„Das hast du nicht gemacht, oder?"

„Es war nicht wichtig. Wir wussten beide, dass jeder von uns zuvor andere Partner gehabt hatte", sagte Moira. „Wir hielten es nicht für nötig, Namen und Daten auszutauschen."

Colleen lachte leise. „Wohl nicht, wenn es um seine Exfreundin aus L.A. oder Ohio geht. Aber du hast ihn hergebracht, während Danny hier ist."

„Ich hatte nicht gedacht, dass es wichtig sein könnte."

„Bloß, dass sie jetzt zusammen unterwegs sind und Michael nichts weiß. Und ... oh!" rief Colleen aus und betrachtete sie noch eindringlicher.

„Was heißt jetzt ‚oh'?"

„Da warst du letzte Nacht."

„Was?"

„Du warst bei Danny."

„Colleen, halt den Mund!"

„Nur, wenn du mich nicht belügst."

„Woher willst du wissen, dass ich nicht in meinem Zimmer war?“

„Ich konnte nicht schlafen. Ich wollte zu dir, um zu hören, ob du Lust zum Quatschen hattest. O mein Gott!“

„Colleen, hör bitte auf!“

„Und ich dachte, du wärst total in Michael verliebt. Andererseits habe ich mir auch nie vorstellen können, dass du Danny wirklich vergessen könntest. Du kannst so stur sein ... Na ja, Danny kommt und geht, wie es ihm passt, und Michael ist schon ein Mordskerl, aber ... Nun, das musst du selbst entscheiden. Allerdings, wenn ich an deiner Stelle ... tja, um ehrlich zu sein, Sex ist in einer Beziehung so wichtig ...“

Moira hörte Schritte aus dem Wohnzimmer nebenan und legte ihrer Schwester die Hand auf den Mund, um sie zum Schweigen zu bringen. „Bitte ...“

Colleen schob Moiras Hand weg und sah zur Tür. „Wer immer das war, er hat kehrtgemacht. Was meinst du, reden Männer über so was? O Gott, Moira, denkst du, sie reden jetzt über dich? Was glaubst du, was sie sagen werden?“ Sie zuckte leicht zusammen. „Großer Gott, was rede ich denn da? Du musst dich ja schon so mies fühlen. Ich kenne dich doch, du würdest niemals einfach ... ich meine, es gab irgendeinen Grund dafür. Ich kenne dich, ich weiß, wie schwierig das für dich sein muss. Nein, mach dir keine Gedanken, die zwei geraten nicht aneinander. So wie ich Danny kenne, wird er Michael gegenüber nichts sagen. Glaub mir, es wird alles gut ausgehen. Ich mache uns einen Tee. Granny Jon sagt schließlich immer, dass der alle Probleme löst. Wenn du einen Schuss Whiskey in deinen Tee möchtest, müsstest du mir das nur sagen.“

„Nein“, sagte Moira. „Ich gehe nach unten in den Pub. Erzähl Mum, Granny Jon und Gina irgendwas. Bitte.“

„Schon klar. Ich werde sagen, dass du mit Josh reden musstest.“ Ihre Schwester spürte, wie elend sie sich fühlte, packte sie an den Schultern und drückte sie an sich. „Glaub mir, es wird alles gut ausgehen.“

„Das glaube ich nicht. Michael ist so gut und anständig. Und er vertraut mir ...“

„Wenn du jetzt sagst, dass er der Richtige für dich ist, ist das vielleicht eine Entscheidung, die du ohne Zögern triffst. Moira, du hast dich nicht dutzenden von Männern an den Hals geworfen“, betonte Colleen und sah Moira weiter an. „Hey, Kleine, niemand tut dir etwas Schlimmeres an als das, was du dir selbst antust.“ Sie seufzte. „Du bist Michael unmittelbar nach Weihnachten begegnet?“

Moira nickte.

„So wie ich dich kenne, habt ihr euch x-mal getroffen, bevor irgendwas passiert ist.“

„Nein. Im Januar sind wir ungefähr ein Dutzend Mal ausgegangen, dann Anfang Februar ...“

„Schon gut, schon gut, ich will ja nicht alle Details wissen, jedenfalls nicht im Moment“, sagte Colleen. „Und wie lange ist es her, dass du richtig mit jemandem ausgegangen bist, seit ... seit du Danny zum letzten Mal gesehen hast?“

Sie schüttelte den Kopf.

„Niemand?“ Colleen schnappte nach Luft.

„Ich bin ausgegangen.“

„Aber du hast die ganze Zeit über ... mit niemandem geschlafen? Hm, und ich dachte, du wärst einfach unheimlich diskret. Moira, jetzt mach dich wegen dieser Sache nicht verrückt. Glaub mir, nach der heutigen Moral gehst du glatt als Nonne durch. Reg dich darüber bitte nicht so auf.“

„Ich rege mich nicht auf, ich bin verwirrt. Ich liebe Michael wirklich. Aber ich glaube, dass ich Danny immer schon geliebt habe. Bloß hätte ich mich zurückhalten sollen."

„Er hat dich nicht gerade in den Keller geschleift, nicht wahr? Oder hattest du was getrunken?"

„Nein. Allerdings kann ich jetzt einen Drink gebrauchen."

„Ja, das kann ich gut verstehen. Große Schwester, wenn du mich brauchst, bin ich für dich da. Überall und jederzeit."

„Danke. Ich gehe jetzt nach unten und genehmige mir einen Whiskey."

Moira ging aus der Küche, und als sie die Tür zur Wendeltreppe hinter sich zuzog, hörte sie, dass Gina nach ihr fragte und Colleen eine Ausrede vorbrachte.

Ihr Vater und Josh hielten sich am anderen Ende des Tresens auf. Ihr Vater rief Getränkenamen, während Josh sich durch die offenen Kisten auf dem Boden kämpfte und sich alle Mühe gab, die richtigen Flaschen in die jeweiligen Fächer zu stellen.

„Morgen", rief Josh.

„Willkommen, meine Tochter."

„Hey Dad, hey Josh. Sag mal, Josh, wie lange sind die beiden schon unterwegs? Werden wir heute die Pubs filmen?"

„Sie wollen die Crew von unterwegs anrufen", sagte Josh. „Von uns muss eigentlich niemand mit dabei sein. Es ist zwar ganz und gar nicht Dans Aufgabe, aber er wollte wohl helfen. Außerdem kennt er die Pubs in Boston."

„Ja, allerdings", murmelte Moira und schenkte sich einen Whiskey ein, während ihr Vater und Josh sie überrascht ansahen. Sie lächelte den beiden zu. „Miese Nacht, ich habe so gut wie gar nicht geschlafen."

„Ich hatte schon befürchtet, dass deine Mutter dich in den wenigen Stunden wahnsinnig gemacht hätte", sagte Eamon.

„Dad!“

„Du trinkst den Whiskey, nicht ich.“

„Mum und ich, wir ...“ Sie zögerte, als sie daran denken musste, dass Jacob Brolin ihre Mutter auch nach dreißig Jahren auf Anhieb wiedererkannt hatte. „Wir haben uns gemeinsam gut unterhalten.“

„Gut. Deine Mutter ist ja auch eine wunderbare Frau. Du solltest das zu schätzen wissen.“

„Das tue ich auch. Ich sagte doch, kein Schlaf“, erklärte sie.

„Sind Gina und die Kinder okay?“ wollte Josh wissen.

„Ja. Und die anderen Kinder sorgen für Unterhaltung“, erwiderte sie. Sie trank den Whiskey in einem Zug. Er brannte wie Feuer in ihrer Kehle, aber genau das hatte sie jetzt gebraucht. Fast so wie einen Schlag ins Gesicht. Die Schuldgefühle begannen allmählich an Gewicht zuzulegen.

Moira hörte ein Geräusch aus dem hinteren Teil des Lokals und sah sich um. Vielleicht war Danny ja doch in seinem Zimmer.

Doch es war nicht Danny, sondern Jeff Dolan. Er baute die Instrumente auf und erledigte den Soundcheck.

„Hey Jeff“, rief sie. „Brauchst du Hilfe?“

Sie entfernte sich vom Tresen, da ihr Vater und Josh sie viel zu eindringlich ansahen – und da beide sie viel zu gut kannten, als dass sie ihnen etwas hätte vorspielen können.

„Klar, Moira“, sagte Jeff. „Allerdings bin ich fast fertig. Ich wollte mir was zu essen holen und noch ein bisschen spazieren gehen, bevor wir heute Abend spielen. Wird ein langer Tag heute für einen Montag. Jedenfalls für mich, weil wir normalerweise nicht montags spielen. Kannst du bitte den Verstärker anschließen?“

„Mache ich.“

Jeff warf ihr mit seinen braunen Augen einen langen Blick zu. „Alles in Ordnung?“

„Natürlich.“

„Ich habe dich neulich abends mit dem Typ reden sehen.“

„Dem Typ?“

„Der in der Ecke gesessen hat“, erklärte er. „Der den Blackbird getrunken hat.“ Er grinste sie an. „Genauer gesagt, habe ich dich auch verstehen können. Am liebsten hätte ich Beifall geklatscht. War das ein Cop?“

„Ich hatte den Eindruck.“

„Auf jeden Fall hast du ihm die Meinung gegeigt. Hat mich nur gewundert, dass der Typ nicht hergekommen ist und mich von der Bühne gezerrt hat.“

„Ich dachte, du gerätst mit dem Gesetz nicht mehr aneinander.“

„Ich bin absolut unschuldig“, sagte Jeff und spannte einige Saiten seiner Gitarre. „Aber seine Vergangenheit wird man nie los.“

„Jeff“, fragte sie sehr leise, „ist hier irgendwas im Gang?“

„Nein“, antwortete er eine Spur zu schnell.

„Du lügst.“

„Nein, ich lüge nicht. Wirklich nicht. Wieso arbeitest du heute eigentlich nicht?“

„Die Jungs sind unterwegs und filmen andere Pubs. Von außen.“

„Aha.“

„Jeff ...“

„Sollen wir zusammen ein Sandwich essen gehen?“ schlug er vor.

„Wir können nach oben gehen, und ich mache dir was.“

„Nein, ich meinte, ob du mit mir irgendwo anders essen gehst?“ erwiderte er.

„Ich ... sicher, warum nicht?“ sagte sie. Er wollte sich mit ihr unterhalten, aber nicht hier. „Ich hole nur eben meine Handtasche.“

„Dein Dad bezahlt uns ganz anständig. Davon kann ich dir eine Limo und ein Sandwich ausgeben.“

„Okay, einverstanden.“

Sie gingen zum Tresen. „Dad, Josh, ich bin mal kurz weg. Jeff will einen Happen essen.“

Eamon runzelte die Stirn und sah von seiner Bestandsliste auf. „Jeff, du kannst gerne hier essen.“

„Danke, Eamon, aber ich habe einen wahnsinnigen Heißhunger auf ein Sandwich bei Zeno’s vorn an der Ecke.“

„Und mir steht der Sinn nach einem guten Kaffee“, fügte Moira an. „Wir sind bald wieder da.“

„Lasst euch ruhig Zeit“, meinte Eamon. „Josh macht sich hier verdammt gut.“

„Ich übe, für den Fall, dass das Fernsehen mich irgendwann nicht mehr will“, sagte Josh heiter, betrachtete Moira aber argwöhnisch.

Als sie die Tür erreicht hatte, hörte sie ihren Vater fluchen, da er sich den Kopf gestoßen hatte, als er sich zu schnell aufrichten wollte. „Moira!“ rief er.

„Was ist, Dad?“

„Bleib auf jeden Fall bei Jeff.“

Sie sah ihn überrascht an. „Dad, es ist helllichter Tag.“

„Es war eben in den Nachrichten. Sie haben wieder ein totes Mädchen gefunden.“

„Das stimmt“, fügte Josh an und reichte ihrem Vater eine Flasche Tequila.

„Wieder eine Prostituierte?“ fragte sie.

„Ein irisches Mädchen“, antwortete Eamon.

„Dad, ich bin Amerikanerin, keine Irin. Außerdem werde ich nur anschaffen gehen, wenn Jeff mein Zuhälter wird, zufrieden?“

„Moira Kathleen!“ brüllte ihr Vater empört.

„Tut mir Leid, Dad, ehrlich. Das ist natürlich eine ganz schreckliche Sache. Aber du musst dir keine Sorgen machen. Ich werde bestimmt nicht mit fremden Männern mitgehen. Ich werde wie eine Klette an Jeff hängen.“

„Wenn ich das früher gewusst hätte, dann hätte ich deine Mutter und dich heute Morgen nicht allein aus dem Haus gehen lassen“, sagte Eamon.

„Dad, ich schwöre dir, ich werde auf mich aufpassen.“

„Willst du auch ein Sandwich, Josh?“ fragte ihr Vater. „Vielleicht willst du ja mit ihnen mitgehen?“

„Eamon, ich habe eben erst sehr ausgiebig gefrühstückt“, erwiderte Josh. „Außerdem helfe ich dir hier. Ich sorge mich auch um deine Tochter, allerdings finde ich, dass sie normalerweise gut auf sich aufpassen kann. Manchmal zumindest.“

„Eamon, ich werde sie mit meinem Leben verteidigen, wirklich“, sagte Jeff geduldig.

Er nickte. „Na, dann macht euch auf den Weg, aber beeilt euch.“

„Klar, Eamon“, rief Jeff.

Sie verließen den Pub. „Das ist wirklich schlimm“, sagte Moira leise.

„Du meinst die Morde?“

Sie nickte. „Ich hatte gar keine Nachrichten gesehen. Du?“

„Ja, dein Vater hatte den Fernseher an, bevor du nach unten gekommen bist. Zum Glück kenne ich in der Branche niemanden mehr.“

„Mehr?“ wiederholte Moira.

Er zuckte beiläufig mit den Schultern. „In meiner wilden Zeit kannte ich einige von den Mädchen. Ich hab sowieso viel Mist gebaut, als ich noch jung war. Drogen, Vandalismus. Einmal haben sie mich wegen eines bewaffneten Raubüberfalls rangekriegt. Dabei hatte ich gar keine Waffe. Durch deinen Dad hab ich mein Leben in den Griff bekommen. Ab und zu ein Bier. Keine Waffen, keine Drogen ... okay, dann und wann ein bisschen Nikotin ..." Er holte ein Päckchen aus der Tasche und zündete sich eine Zigarette an, während sie weitergingen. „Darum hat der Cop mich nervös gemacht."

„Da ist doch noch irgendetwas anderes, was dich nervös macht."

Jeff fuchtelte mit der Zigarette. „Gerüchte, Moira. Einfach nur Gerüchte."

„Und was sind das für Gerüchte?"

Er inhalierte tief, bevor er antwortete. „Jacob Brolin."

„Was ist mit ihm?" Sie versteifte sich innerlich und betete, dass es keine Verbindung zu ihrer Mutter gab.

„Na ja, er ist ein hohes Tier. Und ein Gemäßigter. Es gibt viele Menschen in Nordirland, die vom Blutvergießen und von der Gewalt genug haben. Aber seit Jahrzehnten gibt es eine Gruppe, die nach wie vor glaubt, dass Gewalt das einzige Mittel für eine Veränderung ist. Die Zusammensetzung dieser Gruppe ändert sich zwar ständig, die Ziele bleiben jedoch die gleichen. Außerdem darfst du nicht vergessen, dass die Republik Irland überhaupt erst durch Gewaltanwendung realisiert wurde."

„Jeff, komm bitte auf den Punkt, ich weiß nicht, worauf du hinauswillst."

„Moira, tu nicht so. Ein Attentat."

Sie blieb abrupt stehen. „Ein Attentat?"

„Moira, hier können dutzende von Verrückten herumlaufen, die bereit sind, Gewalt anzuwenden. Entweder weil sie gestört sind oder weil sie nicht an Mäßigung und Verhandlungen glauben."

„Und was hat das mit uns zu tun? Wenn es so offensichtlich ist, dann weiß Brolin das sicher selbst. Er läuft mit ..." Sie unterbrach und begann von neuem: „Bestimmt geht er nicht ohne Leibwächter aus dem Haus. Und er hat zweifellos eine Polizeieskorte."

„Sicher, sicher. Ich weiß auch nichts Genaues, das schwöre ich dir. Aber es gab so ein Gerücht, dass Blackbird so etwas wie ein Codewort sein soll. Und Kelly's Pub ist ein Lokal, in dem viele Menschen zusammenkommen."

Sie sah ihn entsetzt an. „Das ist ja schrecklich. Das darf nicht sein, wir müssen die Polizei informieren."

„Anscheinend weiß die schon davon. Deswegen auch der Typ, der den Blackbird bestellt hat."

Sie atmete tief durch. „Das Gerücht, Jeff, wo hast du es gehört?"

„Ach, Moira ..."

„Ich muss es wissen!"

„Da ist der Sandwich-Laden."

„Jeff, ich muss es wissen!"

Er seufzte laut. „Seamus. Seamus hat gesagt, dass er irgendwann nachts Leute hat flüstern hören. Er wusste nicht, um was es ging, aber er hatte Angst. Er hat im Pub darüber gesprochen, weil er sich bei seinen Freunden sicher fühlte. Ich habe ihm gesagt, er soll den Mund halten."

„Jeff, du solltest zur Polizei gehen und berichten, was du weißt."

„Und was weiß ich? Dass der schwerhörige Seamus nachts jemanden hat flüstern hören? Unsere Band heißt Blackbird.

Genau wie der Drink. Die Polizei weiß auch so, dass ein paar Verrückte in der Stadt sein könnten, aber was kann ich ihnen sagen, was sie noch nicht wissen? Wenn ich Pech habe, werde ich sogar noch angeklagt, weil man meint, ich wäre in irgendeine große Verschwörung verwickelt. Das hat mir noch gefehlt."

„Jeff ..."

„Dein Vater hat Recht, Moira", sagte er und blieb vor der Tür zum Sandwich-Laden stehen. „Traue keinem Fremden. Und sei verdammt vorsichtig, auch im Pub. Wenn du mehr wissen willst, musst du schon den alten Seamus fragen. Er *könnte* zur Polizei gehen, aber das macht er nicht. Seamus hat nichts zu verbergen. Er kam in die Staaten, hat sich hier krumm und buckelig gearbeitet und ist ein mustergültiger Bürger. Allerdings kann ich mir nicht vorstellen, dass er mit dir redet. Und zur Polizei wird er garantiert nicht gehen."

„Warum nicht?"

„Weil es zu gefährlich ist, irgendjemandem zu sagen, dass du zu viel weißt", sagte er zu ihr.

„Aber wenn ..."

„Glaub mir. Die Radikalen, die Gemäßigten oder sogar die, die sich um nichts kümmern, sind ausgezeichnet informiert. Die Polizei ist schon anwesend. Den größten Teil der Gäste machen unsere Stammkunden aus, die zum Mittagessen, auf einen Cocktail, zum Abendessen und wegen der Musik herkommen. Die meisten Gesichter sind mir inzwischen vertraut. In der letzten Zeit sind mir allerdings viele Fremde aufgefallen."

„Im Pub gibt es immer Fremde."

„Ja, aber so viele sind für meinen Geschmack ungewöhnlich. Ich möchte sogar wetten, dass Brolins Leute auch schon im Pub waren. Jesus, Moira, vertrau mir und halt dich völlig raus aus dieser Sache."

„Der Pub gehört meinem Vater."

„Im Pub deines Vaters wird nichts passieren. Und es gibt auch nichts, was wir Brolins Leuten sagen könnten, was die nicht schon längst wissen."

„Wenn alle so informiert sind, warum sind dann über die Jahre hinweg so viele Menschen getötet worden?"

„Weil es zu viele Leute gibt, die ihre Ansicht für die einzig wahre halten und bereit sind, dafür zu sterben. Du musst den Mund halten, und Seamus muss ebenfalls den Mund halten. Unwissenheit ist nicht nur praktisch, Moira, sondern lebensrettend. Wir sollten jetzt reingehen, da drinnen starrt man uns schon an, weil ich die Tür so lange aufhalte. Ich werde mit dir über diese Sache nie wieder reden, wenn wir nicht unter vier Augen sind. Und jetzt sag mir, welches Sandwich du gerne hättest."

Als sie in den Pub zurückkehrten, war ihr Vater weg. Chrissie hatte ihre Schicht begonnen und stand hinter dem Tresen. Patrick und Josh saßen an einem der vorderen Tische, tranken Kaffee und unterhielten sich mit einem Fremden. Er war blond, vielleicht fünfundvierzig Jahre alt und gut angezogen. Seine langen Beine hatte er neben dem Tisch ausgestreckt.

Der Fremde sah, wie Moira in den Pub kam, und stand auf. Auch Patrick und Josh erhoben sich.

„Moira, ich möchte dir gerne Andrew McGahey vorstellen. Er arbeitet für Irish Children's Charities. Andrew, meine Schwester Moira. Jeff Dolan kennst du ja schon, nicht wahr?" fragte Patrick.

„Moira, schön, Sie kennen zu lernen", sagte McGahey. Er hatte keinen irischen Akzent, sondern klang eher nach New York City. Er schüttelte Jeff die Hand. „Natürlich kenne ich

Jeff. Ich habe mir die Blackbirds schon oft angehört. Tolle Band."

„Danke", sagte Jeff.

„Kaffee für euch?" fragte Patrick.

Moira hielt einen Pappbecher hoch. Sie hatte nicht vergessen, den Kaffee mitzubringen, von dem sie ihrem Vater vorgeschwärmt hatte.

„Danke, nein", sagte Jeff.

„Moira, hast du für heute noch irgendwelche Pläne?" fragte Josh.

„Was?"

„Pläne. Für Dreharbeiten. Die Jungs sind mit der Crew unterwegs und kommen mit dem Dreh gut voran. Sollen sie heute noch irgendetwas anderes erledigen?"

Sie hatte ihre eigene Sendung völlig vergessen. Genauso wie sie längst vergessen hatte, dass sie Josh und die anderen um einen wunderbaren Arbeitsurlaub in Florida gebracht hatte, um bei ihr zu Hause den St. Patrick's Day zu filmen. Für heute hatten sie genug gearbeitet.

„O nein, heute nicht", sagte sie hastig. „Aber ich glaube, ich bekomme ein Interview mit Brolin. Ich muss seine Leute zwar noch anrufen, um Zeit und Ort festzumachen, aber es dürfte klappen."

„Du hast Brolin", sagte Josh anerkennend.

„Ich glaube schon", erwiderte sie leise.

„Davon hast du mir nichts gesagt", meinte Jeff.

„Mir auch nicht", stimmte Patrick ein.

„Na, es hat sich halt so ergeben. Heute Morgen." Moira fühlte sich unbehaglich. Sie erwähnte nicht, welche Rolle ihre Mutter dabei gespielt hatte. Zwar ging es ihr nicht darum, Ruhm für sich in Anspruch zu nehmen, der ihr nicht zustand, doch sie wusste nicht, ob es Katy recht war, wenn jemand erfuhr, dass sie Brolin noch aus der Zeit in Irland kannte.

„Gut", sagte Josh. „Wenn wir dann heute nichts mehr machen, kann ich Gina die Stadt zeigen."

„Danke übrigens für deine Hilfe."

„War mir ein Vergnügen, Patrick." Er winkte zum Abschied.

„Wo ist Dad?" wollte Moira wissen.

„Ich weiß nicht", antwortete Patrick und legte die Stirn in Falten. „Er erhielt einen Anruf, danach hat er uns gebeten, dass wir uns um alles kümmern, und dann ist er rausgestürmt." Ihr Bruder machte einen unglücklichen Eindruck. „Ich wollte ihm eigentlich folgen, weil er so kreidebleich war. Aber er wollte unbedingt, dass ich hier bleibe."

„Das ist seltsam. Bist du sicher, dass es ihm gut ging?"

„Nein, es ging ihm überhaupt nicht gut. Doch ich konnte ihn ja nicht festhalten und zwingen, mir zu sagen, was los ist. Er wird es uns schon noch sagen. Übrigens ist Andrew extra vorbeigekommen, um dich zu treffen."

„Ach ja?" Sie sah den blonden Mann an.

Er lächelte. Er besaß einen natürlichen Charme, war groß. Und er hatte ein Grübchen.

„Ich hatte gehofft, Sie könnten uns durch Ihre Sendung ein wenig helfen."

„Und wie?" fragte sie.

„Sendezeit."

Sie nickte. „Natürlich. Meinten Sie ... jetzt? Für diese Sendung?"

Er schüttelte den Kopf. „Nein, wir bauen das Ganze gerade erst auf. Ihr Bruder hat sich um die rechtliche Seite gekümmert. Ich hoffe, ich kann Jeff und seine Band dazu überreden, eine

CD speziell für uns aufzunehmen, deren Einnahmen meiner Sache zufließen. Sobald das alles anläuft, werden wir uns an alle Sender und Zeitungen wenden, aber mit Ihrer Sendung ... nun, es wäre schön, wenn wir die reiselustigen Amerikaner ansprechen könnten. Die haben meistens das Geld, um auch etwas zu spenden."

„Was genau macht Ihr gemeinnütziger Verein?" wollte sie wissen.

„Moira, du hörst dich an, als würde hier eine Inquisition ablaufen", protestierte Patrick.

„Ich muss das wissen", sagte sie zu ihrem Bruder. Sie wusste nicht, welcher Teufel sie ritt, aber sie war unhöflich. „Ich möchte die Gewissheit haben, dass Sie diese Kinder in Literatur und Sprachen und Mathematik und Computertechnik und so weiter unterrichten. Sie richten doch keine Schulen ein, die den Kindern vermitteln, wie man Waffen herstellt und benutzt, oder?"

„Moira", sagte Patrick aufbrausend.

„Ist schon gut." Andrew faltete die Hände auf dem Tisch und sah Moira ernst an. „In den siebziger und achtziger Jahren gab es sehr viel Gewalt in Nordirland. Die schlechten Zeiten haben viele zum Auswandern bewogen. Außerdem gibt es viele Voll- und Halbwaisen. Viel Armut. Doch allmählich kommt auch Nordirland finanziell auf die Beine. Aber es wächst eine Generation ins Erwerbsleben nach, die nur wenig Ausbildung erfahren hat. Junge Erwachsene mit nur geringer Bildung und wenigen Fertigkeiten. Wir hoffen, das ändern zu können."

„Gut. Wenn die Sache steht, werde ich gerne sehen, was sich machen lässt", versprach sie. Patrick sah sie noch immer so an, als wollte er sie am liebsten unter dem Tisch vors Schienbein treten. Auch Jeff warf ihr einen etwas vorwurfsvollen Blick zu.

War sie etwa paranoid? Viele Politiker ergriffen die Chance, die Dinge zu verändern und eine bessere Welt zu schaffen. Aber es gab auch immer jemanden, der Gewalt als Möglichkeit in Erwägung zog.

„Danke“, sagte Andrew. „Ich kann Ihnen übrigens ein ganz besonderes Mädchen zeigen.“ Er griff in seine Innentasche, woraufhin sich Moira nur mit Mühe davon abhalten konnte, zur Seite zu springen, weil sie glaubte, er würde eine Waffe ziehen.

Er holte seine Brieftasche hervor, öffnete sie und zeigte ihr das Bild einer jungen Frau, die vielleicht achtzehn Jahre alt sein mochte. Sie hatte langes dunkles Haar. „Jill Miller. Beide Eltern wurden durch eine Autobombe getötet. Sie selbst erblindete bei der Explosion. Aber sie ist eine begabte Musikerin. Sie spielt Gitarre wie ein Engel. Sie ist sehr begabt, und sie möchte nach Amerika kommen und zur Juillard-Akademie gehen.“

Moira nickte. „Ich hoffe, sie schafft es“, sagte sie leise.

„Das wird sie“, versicherte er ihr. „Überall auf der Welt gibt es Probleme. Osteuropa, Afrika und natürlich auch hier in den Staaten. Aber ich glaube, das hier ist eine gute Sache. Meiner Ansicht nach gibt es nichts, was wertvoller ist als eine gute Ausbildung.“

„Ja, natürlich“, murmelte Moira.

„Außerdem ist nichts verkehrt daran, dass diejenigen von uns, die es in Amerika zu etwas gebracht haben, die in der alten Heimat unterstützen“, sagte Patrick.

„Du bist Amerikaner“, erinnerte sie ihren Bruder.

„Ich bin auch Amerikaner, geboren und aufgewachsen in New York, wie Sie sicher längst gemerkt haben dürften“, sagte Andrew. „Aber ich bin so wie Sie Amerikaner der ersten Generation. Meine Eltern haben so lange davon gesprochen, so etwas in die Wege zu leiten, bis mir schließlich klar wurde, dass sie Recht hatten. Auf jeden Fall möchte ich Ihnen für Ihre Zeit danken. Und ich würde mich sehr über Ihre Hilfe freuen, ganz egal, was Sie für uns tun werden."

„Wie gesagt, ich sehe mir gerne an, was Sie machen."

„Und das werde ich Ihnen auch zeigen, wenn die Zeit gekommen ist." Er lächelte Moira wieder an, dann sah er zu ihrem Bruder. „Ach, Patrick, ich glaube, es ist bald Cocktailstunde. Ich hätte gerne die Spezialität des Hauses. Einen Blackbird."

Einen Blackbird. Na, klar. Seit Jahren hat den kein Mensch mehr bestellt. Aber auf einmal sind alle ganz verrückt danach.

„Ein Blackbird. Ist schon unterwegs. Bleib ruhig sitzen, Patrick, ich mache den. In den letzten Tagen bin ich darin ja Expertin geworden."

Als sie aufstand, wurde die Tür des Pubs geöffnet. Moira drehte sich um und sah ihren Vater. Sein Gesicht war schneeweiß.

„Dad!" rief sie aufgeregt und eilte zu ihm.

Er protestierte nicht, schien jedoch auch gar nicht wahrzunehmen, dass sie seinen Arm gepackt hatte.

„Dad? Dad, ist alles in Ordnung?" fragte sie. „Was ist los?"

Patrick, Andrew und Josh waren sofort aufgesprungen und sahen Eamon an.

„Ich muss mich setzen", flüsterte er.

Patrick nahm seinen anderen Arm, und dann führten die beiden ihren Vater langsam zum nächsten Stuhl.

„Brauchst du deine Tabletten?" fragte Moira besorgt. „Ist es dein Herz?"

„Mein Herz ist in Ordnung, Mädchen."

„Ich hole Mum."

„Nein, noch nicht“, sagte er und winkte ab.

„Ich bringe dir einen Whiskey“, meinte Patrick.

„Den kann ich gut gebrauchen.“

„Dad, nun sag doch, was los ist“, drängte Moira.

Patrick stellte Eamon ein Glas Whiskey auf den Tisch, er nahm es und trank den Inhalt in einem Zug aus.

Dann stellte er das Glas hin und starrte es einen Moment lang an, ehe er sich den vieren zuwandte, die ihn erwartungsvoll ansahen.

„Seamus ist tot.“

13. KAPITEL

Eamons Worten folgte eine lange Stille.

„Tot“, sagte Moira schließlich.

Seamus tot? Nein. Seamus, ein so guter Freund, ein Mann, der für sie wie ein Mitglied der Familie gewesen war, sollte tot sein? Es gab keinen Zweifel, das Gesicht ihres Vaters sprach Bände. Tränen schossen ihr in die Augen. Was war geschehen? Hatten sie nicht genug auf den Gesundheitszustand des alten Mannes geachtet? War er krank gewesen?

Furcht und Misstrauen bahnten sich mit einem Mal einen Weg durch ihre Trauer. Sie sah ihren Bruder vorwurfsvoll an. „Patrick, ich hatte dich doch gebeten, ihn nach Hause zu begleiten.“

„Das habe ich auch gemacht, direkt bis vor die Haustür“, versicherte Patrick und starrte seinen Vater an. „Es ging ihm gut. Er war ganz sicher nicht betrunken, es ... es ging ihm gut.“

„Was ist denn passiert?“ wollte Jeff wissen.

Eamon schüttelte den Kopf und sah zu Moira. „Gib deinem Bruder nicht die Schuld, Mädchen. Seamus ist gestorben, als er einem anderen helfen wollte. Jedenfalls sieht es danach aus. Sein Nachbar in der Etage unter ihm hatte wahrscheinlich einen Herzinfarkt. Er ist wohl noch nach draußen in den Flur gekommen. Die Polizei meint, dass Mr. Kowalski um Hilfe gerufen hat, damit Seamus nach unten kam. Und er hat in der Eile wohl eine Stufe verpasst.“ Eamon schwieg einen Moment lang. „Er hat sich das Genick gebrochen. Wenigstens hat er nicht gelitten, das konnten sie mir sagen.“ Er vergrub sein Gesicht in den Händen. „Sie haben beide da gelegen. Wenn der Paketkurier nicht eine Unterschrift für eine Sendung gebraucht hätte, dann hätten sie da gelegen, bis ... bis einer von uns nachgesehen hätte, weil er hier nicht aufgetaucht wäre.“

„Ein Paketkurier hat sie gefunden?“ fragte Patrick. Seine Stimme klang seltsam.

Eamon nickte. „Er hat sie durch die Scheibe der Haustür gesehen und die Polizei gerufen. Die ist gekommen und hat sofort den Gerichtsmediziner angefordert. Offenbar sind sie beide in den frühen Morgenstunden gestorben. Als die Polizei ... als die Untersuchungen abgeschlossen waren, haben sie die Toten weggebracht und mich angerufen. Seamus war ein sehr ordentlicher Mann, vor allem, was Papiere anging. In seiner Brieftasche und neben seinem Telefon hatte er einen Zettel mit meinem Namen und meiner Nummer. Ich bin Seamus' Testamentsvollstrecker. Wir sind alles, was er als seine Familie hätte bezeichnen können. Der Pub war sein wahres Zuhause. Hier in Amerika.“

„Kowalski hat Verwandte“, sagte Patrick wie benommen.

Eamon sah seinen Sohn an. „Nicht wirklich. So wie Seamus hat er nie geheiratet. Jedenfalls sagt das die Polizei. Irgendwo in Colorado soll ein Großneffe leben.“

„Komisch“, meinte Patrick. „Vielleicht war Seamus gar nicht mehr so bei Verstand, wie ich dachte. Er hat mir unterwegs noch erzählt, dass Kowalski Kinder hat und ständig irgendwer bei ihm zu Besuch ist.“

Eamon schüttelte nachdrücklich, aber auch ein wenig irritiert den Kopf. „Die Polizei weiß davon nichts. Ich war ja eine Weile dort, um einige Fragen über Seamus zu beantworten.“

„Du hast ihnen gesagt, dass Seamus gestern Abend hier war?“ fragte Jeff Dolan.

„Natürlich. Ich wusste bloß nicht, dass du ihn nach Hause gebracht hattest, Patrick. Ich bin froh, dass du das gemacht hast. Wenigstens war er bis zum Schluss von Freunden umgeben ...“

„Ich habe ihn bis zur Haustür gebracht", sagte Patrick. „Ich glaube, er war ein wenig sauer. Er meinte, es müsse ihn niemand begleiten, er würde nicht zu viel trinken. Ich wollte ihn bis nach oben bringen, aber das hat ihm nicht gepasst."

Eamon legte eine Hand auf die Schulter seines Sohns. „Und da ging es ihm bestimmt noch gut. Die Polizei ist ziemlich sicher, wie sich alles abgespielt hat. Kowalski ist aus seiner Wohnung gelaufen, weil er einen Herzanfall hatte. Er hat Seamus zurückgerufen, der wohl schon ein Stück weiter oben auf der Treppe war. Du hast ihn sicher nach Hause gebracht, Patrick, denk einfach nur daran. Er hat euch Kinder und die ganze Familie geliebt." Er seufzte und sah sich um. „Er hat den Pub geliebt. Seinen letzten Abend hat er hier verbracht, wir waren seine Familie. Er wird die Beerdigung bekommen, die er haben wollte. Was mit Kowalski geschieht, weiß ich nicht. Der Neffe wird herkommen. Bei beiden Männern wird eine Autopsie vorgenommen werden, das ist in solchen Situationen Routine. Aber wir werden am Mittwochabend die Totenwache für Seamus halten können. Die Beerdigung ist am Donnerstag. St. Patrick's Day. Das hätte ihm sicher gefallen. Er hat an Gott geglaubt, und den St. Patrick's Day hat er geliebt."

Sie saßen da und blickten Eamon an. Niemand wusste, was er sagen sollte. Moira hatte Angst davor, ihren Bruder anzusehen. Sie war sich nicht sicher, was sie in seinem Gesicht entdecken würde. Vergeblich versuchte sie, gegen die Tränen anzukämpfen, während sie daran dachte, wie oft sie Seamus das Leben schwer gemacht hatte. Sie hatte mit ihm gestritten, dass sie Amerikaner waren. Sie hatte darauf bestanden, dass er sich damit abfinden und aufhören müsse, den Osteraufstand immer wieder aufleben zu lassen. Sie konnte ihn vor sich sehen, wie er auf dem Barhocker saß und ihr sagte, dass er noch ein Guinness vertragen könnte. Sie erinnerte sich noch an die Zeit, als sie klein war und er fast immer, wenn er in den Pub kam, für die Kinder Süßigkeiten in seinen Taschen versteckt hatte.

Aber ganz egal, was ihr Vater sagte – etwas an seinem Tod stimmte nicht. Sie war traurig und wütend ... und misstrauisch.

Und ihr war übel. Speiübel.

„Tja", sagte Eamon. „Ich werde jetzt nach oben gehen und es Katy und Granny Jon sagen. Und Colleen und Siobhan. Und den Kindern." Er sah Moira an, als hätte er ihre Gedanken gelesen. „Und den Kindern", wiederholte er. „Er hat es geliebt, wenn die Kinder da waren. Dann versteckte er immer Bonbons in seiner Jacke und begeisterte sich an den strahlenden Augen der Kleinen. Er hätte eine eigene Familie haben sollen, er wäre ein guter Vater gewesen."

Er schüttelte den Kopf. Dann sah er sich im Pub um. Am Tresen saß ein Mann auf einem der Hocker, ein Paar speiste an einem Tisch weiter hinten im Lokal. „Heute Abend wird es wieder brechend voll sein. Das Leben geht weiter. Und das ist trotz allem die alte irische Art. Der Tod ist nur eine Phase, und das erfüllte Leben eines Mannes wird am Ende gefeiert."

„Dad", sagte Moira. „Geh nach oben und sprich mit Mum und Granny Jon. Wir haben das hier unten schon im Griff."

„Ach, Tochter ..."

„Sie hat Recht", warf Patrick ein. „Ruh dich heute Abend einfach mal aus. Mit Mum. Du kannst noch so viel davon reden, das Leben eines Mannes zu feiern, aber ich weiß, wie du dich fühlst. Du hast einen deiner besten Freunde verloren. Morgen musst du dich um die Beerdigung kümmern."

„Flannery's", sagte Eamon und nickte mit dem Kopf. „Flannery's. Dort wollte er die Totenwache haben. Früher hätten wir die Wache hier im Pub gehalten und am Sarg gestanden, um unsere Gläser auf ihn zu erheben. Das hätte Seamus gefallen. Doch jetzt ist es Flannery's. Er hat das so entschieden. Sein Sarg war schon ausgewählt, sein Grab hatte er bereits gekauft. Viel bleibt für mich nicht mehr zu tun."

„Ich bringe dich nach oben, Dad", schlug Patrick vor.

„Ich schaffe das schon", erwiderte Eamon.

„Dad, lass mich dich nach oben begleiten", beharrte er.

Bevor sie aber einen Schritt machen konnten, wurde erneut die Eingangstür geöffnet. Ein kalter Windstoß fegte in den Pub, und vor dem Licht der Nachmittagssonne standen Michael und Danny wie zwei Scherenschnitte da. „Hallo Leute", sagte Danny. „Ich habe Michael ein paar gute irische Trinklieder beigebracht. Er hat sie sofort beherrscht. Fertig, Michael? Also los ... komm, Michael, sing mit."

Danny begann zu singen, und Michael stimmte im nächsten Moment ein. Er traf den irischen Akzent recht gut, während Danny absichtlich akzentuierter sang.

Die Gruppe im Pub hörte die beiden zwar singen, aber vom Text nahm sie nur wenig wahr.

Danny bemerkte die starren Blicke und legte Michael einen Arm um die Schulter, um ihn zu sich heranzuziehen. „Wir sind nicht betrunken. Wir sind bloß unterwegs in ein paar Pubs eingekehrt", versicherte er. „Ehrlich, Moira, ich habe deinen Michael nicht zum Trinken verführt."

Michael reagierte ebenfalls etwas irritiert, als Moiras starrer Blick ihm bewusst wurde. „Ich glaube, wir haben gute Arbeit geleistet. Du und Josh, ihr bekommt natürlich das Band zu sehen. Wir waren auch in ein paar Pubs, aber ..." Er verstummte, als ihm klar wurde, dass Moira sichtlich aufgewühlt war. „Sind wir zu spät? Haben wir irgendetwas verpasst?"

Danny war mit einem Mal völlig ernst. „Was ist los? Was ist passiert?“ fragte er.

„Seamus ist tot“, sagte Moira.

„Mein Gott“, flüsterte Danny. „Was ist passiert?“

„Seamus?“ fragte Michael.

„Der Freund von meinem Dad, du hast ihn kennen gelernt“, erklärte Patrick knapp.

Danny ging zu Eamon und hockte sich neben dem Stuhl hin. „Eamon, das tut mir so Leid. Geht es dir gut?“

„Ja, Sohn. Mir geht es gut. Er hat sein Leben gelebt, ein erfülltes und langes Leben. Hätte bloß länger sein können ... nun, wenigstens hatte er schon ein schönes Alter erreicht. Trotzdem – es ist egal, wie alt jemand wird ... wenn er weg ist, vermisst man ihn. Da ist diese Leere, weißt du?“

„Ja, Eamon“, erwiderte Danny. „Woran ist er gestorben. Ich weiß zwar nicht genau, wie alt er war, aber auf mich hat er einen gesunden Eindruck gemacht.“

„Ich werde es erzählen“, sagte Moira und stand auf. „Patrick wollte Dad eben nach oben bringen. Mum und Granny Jon und alle anderen wissen noch nichts davon.“

„Komm, Dad“, sagte Patrick leise.

Eamon stand auf. Moira fühlte, wie die Tränen ihr wieder in die Augen schießen wollten, als sie ihren Vater beobachtete. Mit einem Mal wirkte er alt. Der Verlust hatte ihn tief getroffen. „Dad, du gehst rauf. Du brauchst heute Abend Mum um dich.“

Eamon berührte ihre Wange, dann ließ er sich von Patrick durch das Lokal führen. Plötzlich blieb er stehen und sah sich um. „Danny?“

„Ja?“

„Du schmeißt heute Abend den Laden für mich, ja? Es werden die üblichen Gäste da sein, und du weißt, was du sagen musst. Wir werden ihm eine schöne Totenwache und Beerdigung bieten, aber jemand muss heute Abend mit seinen Freunden reden."

„Ich kümmere mich darum, Eamon, versprochen", erwiderte Danny.

Patrick und Eamon verschwanden ins Büro hinter dem Tresen. Danny sah Moira an. Auch wenn er einige Pubs hinter sich hatte, war er jetzt völlig nüchtern. „Was ist passiert?"

Moira betrachtete ihn aufmerksam. „Die Polizei sagt, dass der Mann, der im ersten Stock wohnte ..."

„Kowalski?" warf Danny ein.

„Ja. Offenbar hatte er einen Herzinfarkt. Vielleicht hatte er Seamus ins Haus kommen gehört. Er rief nach ihm, und in der Eile hat Seamus eine Stufe verpasst. Kowalski erlag seinem Herzinfarkt, und Seamus brach sich das Genick."

Danny blickte einige Sekunden lang zu Boden. Moira sah, dass er die Lehne des Stuhls, auf dem vor wenigen Augenblicken noch ihr Vater gesessen hatte, so fest umklammerte, dass die Knöchel weiß hervortraten.

„Wann ist das passiert?" wollte er wissen.

„Irgendwann in den frühen Morgenstunden."

Danny blickte noch immer nicht auf. Sie konnte seine Augen nicht sehen, doch als er dann aufblickte, war es ihr nicht möglich, seinen Gesichtsausdruck zu deuten. Plötzlich schob er den Stuhl von sich und ging zur Tür.

„Wo gehst du hin, Danny?" fragte Jeff.

„Du hast meinem Vater gerade eben versprochen, dass du heute Abend für ihn einspringst", rief Moira.

Er blieb stehen, und erst nach einer scheinbar endlos langen Zeit drehte er sich um. „Das werde ich auch machen. Ich bin höchstens eine Stunde weg."

Er wollte weitergehen, kehrte dann aber zum Tisch zurück.

Andrew McGahey hatte die ganze Zeit dabeigesessen und sich fehl am Platz gefühlt. Jetzt baute sich Danny vor ihm auf und herrschte ihn an: „Und wer zum Teufel sind Sie?“

„Danny!“ rief Moira erschrocken.

„Andrew McGahey, Irish Educational Charities“, sagte er kühl, reichte Danny aber nicht die Hand.

„Oh“, meinte Danny nur, sah den Mann noch einen Moment lang an und verließ dann den Pub.

Moira stellte fest, dass sie sich auf die Seite des Fremden schlug, dem sie vor kurzem selbst noch misstraut hatte. „Es tut mir sehr Leid, Mr. McGahey“, sagte sie. „Das ist nicht Dannys Pub. Er hat kein Recht, sich so zu benehmen.“

„Er hat den alten Seamus sehr gemocht“, sagte Jeff ruhig.

„Das ist schon in Ordnung, und bitte, sagen Sie doch Andrew zu mir“, gab McGahey zurück. „Bitte sprechen Sie Ihrem Vater und der ganzen Familie mein herzliches Beileid aus. Und richten Sie doch bitte Patrick aus, dass wir zu einem passenderen Zeitpunkt weiterreden.“ Er griff nach ihrer Hand. Moira ließ es zu, dass er sie kurz schüttelte, dann nickte er den anderen zu und verließ den Pub.

Moira fühlte Michaels Hände auf ihren Schultern. Sie waren kräftig und gaben ihr Rückhalt. Es kam kein Schuldgefühl auf, zu tief saß der Schock.

Sie reagierte mit einem schwachen Lächeln, ging dann aber zur Tür. Über den ins Glas geätzten Schriftzug *Kelly's* hinweg sah sie hinaus auf die Straße.

Danny war nicht weit gegangen. Er stand auf der anderen Straßenseite und betrachtete die Tür des Pubs, dann die Straße bis zu der nächsten Ecke, um die man biegen musste, um Seamus' Haus zu erreichen.

Während Moira ihn beobachtete, ging McGahey hinüber zu Danny, der ihn kommen sah. Zwar stand McGahey ihr im Weg, aber sie nahm an, dass sich die beiden Männer unterhielten. Dann gingen sie in verschiedene Richtungen davon, McGahey nach rechts, Danny zur Ecke. Moira hätte zwar die Tür aufmachen müssen, um zu sehen, wohin er sich wandte, doch das war gar nicht nötig. Sie wusste, dass er zu Seamus' Haus ging.

Sie spürte, dass Michael wieder hinter ihr stand. „Sag mir, was ich tun kann", sagte er leise. Er drehte sie um, damit er ihr ins Gesicht sehen konnte. Sie begann zu weinen. Die Tränen, die sie bislang erfolgreich zurückgehalten hatte, liefen ihr über die Wangen. „Schon gut, schon gut", flüsterte er. „Klingt so, als wäre er auf eine ehrenvolle Weise aus dem Leben gegangen. Er hat ein gutes Leben geführt."

„Er ist fort", sagte sie nur und drückte ihr Gesicht an seine Brust. Michael war wie ein Fels in der Brandung. Sie spürte in ihrem Herzen, wie sehr sie ihn betrogen hatte. Er war hier bei ihr, während Danny aufgebracht irgendwo hinlief. Und Seamus ...

Seamus und seine komischen Äußerungen. Jeff, der ihr gesagt hatte, dass die Leute den Mund halten sollten. Blackbird. Politiker. Gerede von einem Attentat. Seamus, Seamus, Seamus ...

Seamus hatte Angst gehabt. Er hatte geredet, er war nervös gewesen. Und jetzt war er tot. Er hatte einem Freund helfen wollen, um dessen Leben zu retten. Dabei war er gestürzt.

Aber war er das wirklich?

Was, wenn ...?

Seamus, wenn hier irgendetwas läuft, wenn hier etwas nicht stimmt, dann schwöre ich dir, dass wir erst ruhen werden, wenn wir die Wahrheit herausgefunden haben.

„Er ist fort, und du kannst ruhig weinen", besänftigte Michael sie. „Du hast einen alten Freund verloren. Oh, Liebling, es tut mir so Leid. Im Pub bringe ich nicht viel zustande, aber im Moment ist ja noch so gut wie nichts los. Geh doch nach oben zu deiner Familie."

Moira wich ein Stück zurück und sah ihn an. Sie legte ihre Hand auf seine Wange und schüttelte langsam den Kopf. Michael. Er verdiente es nicht ... Nein, das musste warten. Seamus war fort. Die Tränen trübten ihren Blick. Michael hatte Recht. Sie brauchte etwas Zeit, um sich in den Griff zu bekommen. Sie sah an ihm vorbei. Chrissie war hinter dem Tresen und sprach mit Jeff. Sie hatte den Kopf gesenkt, Moira konnte sie schluchzen hören. Ihr Misstrauen begann die Oberhand zu gewinnen, verbunden mit einem Gefühl der Entrüstung und dem Verlangen, die Wahrheit ans Licht zu bringen.

Was immer diese Wahrheit auch sein mochte.

„Nein, Michael", sagte sie. „Danke für den Vorschlag, aber ich habe meinem Dad gesagt, dass wir alles hier im Griff haben."

„Du weißt, dass du ein Schild in die Tür hängen könntest. ‚Wegen Todesfall geschlossen'", schlug Michael vor.

Sie schüttelte den Kopf und löste sich mit einem schwachen Lächeln von ihm. „Das kann ich nicht machen. Das wäre nicht die Art, wie mein Vater damit umgehen würde. Es wäre nicht die irische Art. Seamus' Freunde werden herkommen. Sie brauchen ihr Bier, und sie müssen von ihm sprechen. Mir geht es gut, wirklich. Danke. Würdest du auf das Pärchen dahinten achten? Ich werde Chrissie sagen, dass sie ein paar Minuten Pause machen soll. Die Band kommt gleich, also kann Jeff nicht aushelfen. Zum Glück ist es noch nicht so voll."

Michael nickte, als würde er verstehen, dass sie in dieser Situation etwas tun musste. „Ich bin hier, wenn du mich brauchst", versprach er.

„Du bist wirklich unglaublich", sagte sie ihm.

„Danke." Er wollte sie allein lassen, drehte sich dann jedoch noch einmal zu ihr um. „Das ist jetzt nicht der richtige Zeitpunkt, aber erinnere mich später daran, dass ich noch mit dir reden muss."

„Mache ich."

Er ging weg. Sie begab sich zum Tresen, nahm Chrissie in den Arm, die wieder zu weinen begann. Dann bot sie ihr an, den Abend freizunehmen, aber das wollte sie nicht.

Es kam Moira so vor, als hätte sie ein geheimes Zeichen gegeben, denn in dem Moment, als sie Chrissie in die Pause schickte, füllte sich der Pub schlagartig mit einer Gruppe von Angestellten aus den umliegenden Büros, die zum Abendessen herkamen.

Als Moira fürchtete, nicht mehr Herr der Lage zu sein, da die Gäste am Tresen und an den Tischen gleichermaßen ihre Aufmerksamkeit erforderten und Michael nicht genug wusste, um wirklich eine Hilfe zu sein, kamen Patrick und Colleen nach unten. Gemeinsam übernahmen sie sofort die Tische, und als es richtig voll wurde, kehrte auch endlich Danny zurück. Er hatte ein grünes Band dabei, das er um Seamus' Hocker wand, auf den er dann noch einen Rosenkranz legte. Liam traf ein, als Danny fertig war. Danny legte ihm einen Arm um die Schultern und begann mit ihm zu reden.

Der alte Liam konnte nicht an sich halten, Tränen liefen über sein faltiges Gesicht. Er setzte sich auf seinen Platz gleich neben Seamus' leeren Hocker. Auch viele andere Stammgäste waren da, Sal, der Engländer Roald mit seiner Frau. Danny sprach kurz mit Jeff, dann trat er auf die Bühne, wo die anderen Musiker bereits warteten.

Jeff gab ihm das Mikrofon und bat um Ruhe, weil er etwas sagen wollte. Danny sprach zu denen, die an diesem Abend nur zufällig hergekommen waren, ebenso wie zu denen, die wussten, dass der Pub für Seamus eine zweite Heimat gewesen war. Er erklärte, dass Seamus nicht mehr unter ihnen weilte, und schilderte in wenigen Worten, was sich zugetragen hatte. Er sprach von Seamus als einem Menschen und Freund, dann sagte er, dass im Gedenken an ihn eine Runde auf das Haus ging. Er hoffte, jeder Anwesende werde ein Gebet sprechen und einen Toast auf Seamus ausbringen, der den Schrei der Todesfee gehört hatte und zu dem Gott gegangen war, an den er so fest geglaubt hatte.

Er verließ die Bühne, und die Band setzte zu „Amazing Grace" an, während Moira und die anderen Bier zapften, damit alle in den Trinkspruch auf den Verstorbenen einstimmen konnten.

Von ihrem Platz hinter dem Tresen aus sah Moira, dass Kyle Browne wieder am Tisch in der Ecke saß. Diesmal trug er einen malvenfarbenen Sweater.

Sie beschloss, ihm ein Bier vom Fass zu bringen, und rief Chrissie zu, dass sie für ein paar Minuten nicht den Tresen im Auge halten konnte. Chrissie nickte bestätigend.

„Kannten Sie Seamus?" fragte Moira, als sie den Tisch erreicht und das Bier abgestellt hatte.

„Nein, aber ich bedauere trotzdem, dass er tot ist."

„Danke. Und was haben Sie so gesehen?"

„Bislang? Na ja, wie gesagt, ich beobachte nur."

„Mir ist zu Ohren gekommen, dass dies hier ein Ort sein soll, an dem man besser nicht redet“, fuhr sie fort.

„Tatsächlich?“

„Seamus konnte man manchmal gar nicht bremsen, so viel hat er geredet.“

„Ach? Und ... was hat er so alles geredet?“ fragte Browne und beugte sich vor.

„Ich hatte schon mit dem Gedanken gespielt, selbst zur Polizei zu gehen“, sagte Moira, „und wegen meines Freundes Seamus ein paar Fragen zu stellen.“

„Gut“, sagte Browne und lehnte sich auf seinem Stuhl zurück. „Ich werde dort sein.“

Moira nickte und ging zurück zum Tresen, während sie überlegte, ob sie den Verstand verlor. Hatte sie gerade einem Polizisten gegenüber angedeutet, jemand im Pub ihres Vaters könnte ein Mörder sein? Nein, das war mehr gewesen als nur eine Andeutung.

Kaum dass sie wieder hinter dem Tresen stand, begann sie zu zittern. Patrick hatte Seamus nach Hause gebracht, also musste er der Letzte sein, der ihn noch lebend gesehen hatte. Abgesehen natürlich von seinem Mörder, wenn sie mit ihrer Vermutung richtig lag. Und vielleicht auch noch Kowalski. Wahrscheinlich hatte er gehört, wie Seamus gestürzt war. Als er dann den Toten gesehen hatte, war das für sein Herz einfach zu viel gewesen. Wenn sie zur Polizei ging, wäre das dann gleichbedeutend mit dem Gedanken, ihr Bruder könnte das alles irgendwie verursacht haben? Sollte er in der Lage gewesen sein, bei Kowalski einen Herzinfarkt auszulösen und Seamus die Treppe hinunterzustoßen? Nein, den Gedanken würde sie nicht weiterführen.

Plötzlich legte jemand von hinten seine Arme um ihre Taille. Michael. „Geht es dir gut?“ fragte er liebevoll.

„Ja. Du schlägst dich beim Servieren aber auch ganz wacker“, erwiderte sie.

„Da wäre ich nicht so sicher. Ich habe das Gefühl, dass ich ziemlich viel Corned Beef und Kohl abbekommen habe. Ich habe zwar bislang noch nichts gegessen, doch das Püree mit Soße, das ich von meinen Handgelenken abgeleckt habe, hat wirklich gut geschmeckt.“

„Das höre ich gerne“, sagte sie und bemerkte dann eine Frau an einem Tisch, die ihre Kreditkarte hochhielt und Michael ansah.

„Ich glaube, dein Typ ist gefragt.“

„Ja, sieht so aus. Vielleicht gibt sie ja ein ordentliches Trinkgeld.“

„Versuch dein Glück.“

Er hob sein Kinn. „Ich bin kein Kellner. Ich behalte kein Trinkgeld. Das wandert alles in Chrissies Spardose.“

Moira lächelte und hauchte ihm einen Kuss auf den Handrücken. Es gab noch so vieles, womit sie sich würde befassen müssen, wenn das alles hier hinter ihnen lag. „Ich bin sicher, das sie durch dich eine Menge extra bekommt. Und ich bin sicher, dass sie es zu schätzen weiß.“

„Ich sollte sie nicht zu lange warten lassen.“

„Genau. Du willst doch nicht, dass sich noch ein Kunde aus dem Staub macht.“

„Was?“

„Erinnerst du dich nicht mehr an die Gäste, die einfach gegangen sind? Das soll dir gewiss nicht noch mal passieren. Der Pub kommt über den Verlust sicher hinweg, aber dein Ego war doch ziemlich geknickt.“

„Ja, ich weiß.“

„Guter Mann.“

„Darauf kannst du wetten."

Michael ging zu dem Tisch, während Moira zu Liam sah, der in sein leeres Glas starrte.

Sie ging zu ihm, nahm sein Glas und füllte es wieder auf. Liam trank nur langsam, da er lieber ein warmes Bier hatte.

„Gehts?"

Er nickte. „Und mit wem streite ich mich jetzt?" fragte er traurig.

„Mit Dad. Er ist immer für einen Streit zu haben", versicherte Moira ihm. „Pass auf dich auf, hörst du? Wir brauchen dich."

Liam nickte und hob sein Glas. „Auf Seamus."

„Auf Seamus", sagte sie ebenfalls.

Als sie sich umdrehte, stand Josh hinter der Theke und wartete schon auf sie. Er musste gar nicht erst fragen, wie es ihr ging, stattdessen nahm er sie einfach nur in die Arme. „Alles klar?" fragte er dann.

„Ja, es geht so."

„Hier ist eine Notiz von deiner Mutter. Und ich habe eine Frage an dich: Wer ist Sally Adair?"

„Oh!" rief Moira überrascht aus. „Sie ist eine Freundin. Eine Wicca."

„Sie betreibt Hexerei?"

„Ja, sie lebt in Salem. Wir sind zusammen zur katholischen Schule gegangen."

„Und jetzt ist sie eine Hexe?"

„Sie ist eine Universalistin und eine Wicca. Ich habe ihr eine E-Mail geschickt und geschrieben, was ich mache. Daraufhin hat sie vorgeschlagen, dass wir in Salem drehen. Das ist eine wundervolle Stadt, um dort Urlaub zu machen. Ich nehme an, dass sie angerufen hat?"

„Ja, sie wollte wissen, wie dein Terminplan aussieht."

„Ich werde sie anrufen."

„Ruf sie morgen an. Ich habe ihr gesagt, ein Freund der Familie sei gestorben, und du würdest dich bei ihr melden."

„Sie kannte Seamus. Sie wird das verstehen."

„Moira, ich will dich nicht unter Druck setzen, aber wie solls nun weitergehen? Hören wir auf zu drehen? Mit dem, was wir haben, können wir mühelos eine Sendung zusammenbekommen."

„Nein, nein ... ich glaube, wir können noch viel mehr machen. Ich möchte morgen früh meinem Dad helfen, damit alles bereit ist. Am Mittwoch gibt es die Totenwache, und am Donnerstag ist die Beerdigung. Vorausgesetzt, die Autopsie ist abgeschlossen und der Leichnam wird freigegeben. Außerdem muss ich auch noch mit Brolins Leuten wegen des Interviews reden."

„Gut, Moira. Morgen früh kümmerst du dich erst mal um deinen Vater, danach ist die Sendung an der Reihe. Lass es heute Abend etwas ruhiger angehen", sagte Josh, stockte dann aber. „Das war nicht sehr intelligent. Heute Abend habt ihr wieder ein volles Haus, und es sieht nicht so aus, als würdest du irgendetwas ruhiger angehen."

Sie lächelte ihn an. „Weißt du, das hier war das Beste, was ich machen konnte, um mich abzulenken. Eigentlich habe ich ein schlechtes Gewissen, dass ich Dad nach oben geschickt habe."

„Keine Sorge, er hat ja deine Mutter."

„Ich habe völlig die Kinder vergessen!"

„Es ist alles in Ordnung. Ich habe Gina schon vor einer Weile zurück ins Hotel gebracht. Die drei von Patrick und Siobhan liegen seit einiger Zeit im Bett. Im Pub geht alles ruhig zu. Ich wollte dir nur sagen, dass du dir morgen so viel Zeit für deinen Dad nimmst, wie du brauchst. Danach sagst du, ob wir noch mehr filmen oder Schluss machen. Lass es mich wissen."

„Das ist auch deine Sendung, Josh."

„Die Sendung an sich ja, aber nicht diese spezielle Episode. Die gehört voll und ganz dir, und sie wird großartig werden. Ich mache mich jetzt auf den Weg. Und du weißt ja, wenn du mich brauchst – Anruf genügt."

„Ach, Josh, du bist wirklich der beste Mann, dem ich je begegnet bin. Ein Glück, dass wir nie miteinander geschlafen haben."

Er lächelte sie an und küsste sie auf die Wange. „Gute Nacht."

Als Josh gegangen war, wurde Moira bewusst, dass sie die Notiz von ihrer Mutter noch immer in der Hand hielt. Sie las sie halb laut vor: „Brolins Leute haben angerufen. Du sollst nicht zurückrufen, sondern morgen Nachmittag für ein persönliches Gespräch bei ihm vorbeikommen und ihm sagen, was du vorhast. Alles Liebe, Mum."

„Was gibts?"

Jeff Dolan war an den Tresen gekommen, da die Band eine Pause eingelegt hatte.

Moira wusste nicht, warum, aber sie knüllte den Zettel rasch zusammen und warf ihn in den Abfluss des Spülbeckens gleich neben der Zapfanlage. Sie ließ das Wasser laufen, um ihn hinunterzuspülen, obwohl ihr Vater sie immer wieder davor gewarnt hatte, weil die Abflussrohre verstopfen konnten.

„Nichts. Wie geht es dir?"

„Gut. Und dir?"

„Auch gut. Jeff ..."

„Ja?"

„Glaubst du, Seamus hat zu viel geredet?“

Jeff wurde bleich. „Das werden wir nie erfahren. Er ist auf der Treppe gestürzt, als er einem Freund helfen wollte. Gibst du mir ein Bier? Es war ein anstrengender Abend.“

„Sicher.“

Sie nahm ein sauberes Glas und begann zu zapfen.

Michael kam zu ihr und legte einen Lappen auf den Tresen. Er lächelte sie mitfühlend an. „Es ist alles unter Kontrolle. Allmählich leert es sich. Du kannst jetzt schlafen gehen.“

„Bald“, erwiderte sie.

Er seufzte. „Moira, ich wünschte, ich könnte irgendetwas für dich tun. Ich bin hier der Außenstehende.“

„Nein, Michael, so ist das nicht.“

„Ich *bin* der Außenstehende. Und ich schätze, du brauchst deine Familie. Und deine Freunde“, fügte er mit einem sonderbaren Tonfall an. „Ich mache mich jetzt auf den Weg ins Hotel. Es sei denn, du brauchst mich hier noch.“

„Michael, du hast schon so viel getan.“

„Und ich werde noch mehr tun. Ich möchte dich in den Arm nehmen und dich trösten, aber ich glaube, du möchtest lieber allein sein.“

„Es ist wirklich alles in Ordnung. Die Arbeit tut mir gut.“

„Ich verstehe. Doch ich *werde* dich in den Arm nehmen und dich trösten, das weißt du.“

„Hier im Pub ist das anders, Michael. Hier kann ich mich nützlich machen. Gläser einsammeln und spülen lenkt mich ab.“

„Josh sagte, er hätte mit dir gesprochen. Du weißt, wo du mich findest. Ich werde auf deinen Anruf warten.“

„Danke“, sagte sie leise.

„Bringst du mich noch zur Tür?“

„Klar."

Sie gingen zusammen zur Tür, wo er Moira sanft auf den Mund küsste. Plötzlich stutzte sie. „Du wolltest mir doch noch was sagen."

„Morgen."

„Nein, du kannst es mir auch jetzt sagen."

Er hielt inne und sah sich im Pub um.

„Ich weiß nicht ..."

„Ich ziehe mir etwas über, dann können wir draußen reden."

Sie nahm ihren Mantel von der Garderobe gleich neben der Tür, zog ihn an und folgte Michael nach draußen. Sie bemerkte, dass es nicht mehr ganz so kalt war. Die Fußwege waren frei von Eis. Vielleicht war der Frühling tatsächlich unterwegs.

„Was gibt es denn?"

„Ich glaube, ich sollte dir das nicht jetzt erzählen", wich er aus.

Sie schüttelte den Kopf. „Wieso? Was ist denn?"

„Vielleicht weißt du es ja längst. Ich habe deinen Freund Danny durchleuchten lassen."

„Was?"

„Tut mir Leid, ich konnte einfach nicht anders."

„Du hast ihn *durchleuchten* lassen?"

„Ich habe so meine Quellen. Ich gebe es nur ungern zu, aber ich bin eifersüchtig und besorgt. Er scheint ein wenig ... gefährlich zu sein. Und ich war mir auch nicht sicher, wie gut du ihn wirklich kennst."

„In welcher Beziehung?"

„Nun, er ist aus Belfast ..."

„Das weiß ich."

„Wusstest du auch, warum er bei einem Onkel aufgewachsen ist, der ihn immer wieder mit hergebracht hat?“

„Weil seine Eltern tot waren.“

„Ja, aber sie sind keines natürlichen Todes gestorben. Sein Vater wurde von einer Einheit der Britischen Armee erschossen, die gerade dienstfrei hatte. Er hatte eine jüngere Schwester, die bei dem Überfall ebenfalls ums Leben kam. Seine Mutter kam ein Jahr später um, als sich zerstrittene Gruppierungen gegenseitig mit Steinen bewarfen.“

Moira starrte ihn an. Davon hatte sie tatsächlich nichts gewusst. Sie hatte auch nicht alles über ihre eigenen Eltern gewusst, und von einer so bitteren und brutalen Vergangenheit hatte Danny nie ein Wort verlauten lassen.

„Mein Gott“, hauchte sie.

„Moira, ich sage dir das, weil ihm da etwas wirklich Schreckliches widerfahren ist, aber er ... na ja, meinen Quellen zufolge hatte er in Nordirland mit einigen sehr radikalen Gruppen zu tun. Ich möchte nur, dass du vorsichtig bist. Halt dich von ihm so fern, wie es nur geht.“

„Du warst heute den ganzen Tag mit ihm unterwegs“, murmelte sie.

„Tja“, sagte er bedauernd. „Wenn ich schon nicht bei dir sein kann, dann kann ich wenigstens ein Auge auf ihn haben.“

Sie fuhr sich mit der Zunge über die Lippen und nickte. Der gesamte Tag war komisch gewesen. Und traurig dazu. Auf einmal wünschte sie sich nichts mehr als eine Tasse Tee mit einem Schuss Whiskey, und dann viel Schlaf, damit sie wenigstens für ein paar Stunden alles um sich herum vergessen konnte.

„Moira, es tut mir Leid, wenn ich dich mit etwas aufgeregt habe, das ich gesagt oder getan habe. Ich möchte nur, dass du auf dich achtest. Die Tür in den ersten Stock kann man abschließen?"

„Ja", entgegnete sie, erwähnte Michael gegenüber jedoch nicht, dass Danny einen Schlüssel zu allen Schlössern im Haus der Kellys besaß.

„Kann sein, dass dein Freund einfach nur ein großartiger Kerl mit einer bewegten Vergangenheit ist", sagte Michael. „Aber schließ nachts alles ab. Beschütz dich selbst. Du bist sehr wertvoll, vor allem für mich", sagte er.

Wieder nickte sie. Was sie eben erfahren hatte, brachte sie völlig durcheinander. Sie versuchte, nicht über die Tatsache nachzudenken, dass er so anständig und besorgt um sie war, während sie ihn ausgerechnet mit dem Mann betrogen hatte, vor dem er sie beschützen wollte.

„Geh wieder in den Pub, vorher mache ich mich nicht auf den Weg", sagte er.

Moira ging wieder ins Lokal zurück und fragte sich, ob ihm aufgefallen war, dass sie ihn zum Abschied nicht einmal umarmt hatte. Sie war zu fassungslos und zu müde gewesen, um daran zu denken.

Als sie zum Tresen hinüberging, war sie überrascht, Granny Jon auf dem Hocker links von Seamus' freiem Platz vorzufinden. „Ich bin auf einen Schlummertrunk hier, Kind. Heute Abend brauche ich den", sagte sie und hob ihr Glas. „Ein Blackbird. Nimmst du auch einen?"

„Aber sicher. Warte einen Augenblick."

Moira machte ihren Drink fertig, dann stießen die beiden an. „Auf Seamus", sagte Granny Jon. Moira erschrak, als sie hörte, wie laut und volltönend ihre Großmutter redete. Jeder im Pub musste sie gehört haben. „Auf Seamus und alle Männer des Friedens. Mögen alle verdammt sein, die unschuldige Männer, Frauen und Kinder für ihre Sache töten, ganz gleich, was das für eine Sache ist."

Sie trank ihr Glas in einem Zug leer, während alle im Lokal schwiegen und sie nur ansahen.

Dann rief Jeff Dolan: „Auf Seamus und auf die Iren. Auf das goldene Zeitalter des Lernens, und auf eine friedliche Zukunft."

„Salute!" rief ein anderer.

Überall im Pub wurden Gläser hochgehalten.

Granny Jon stellte ihr Glas auf die Theke. „Gute Nacht", sagte sie leise zu Moira und machte sich auf den Weg zur Treppe.

Patrick stellte sich neben seine Schwester. „Was war denn das?" fragte er beunruhigt. „Denkst du, das Ganze hat sie ein wenig ... aus der Fassung gebracht?"

„Der Verlust schmerzt sie", erwiderte Moira.

Patrick machte einen zustimmenden Laut. „Willst du schon hochgehen? Colleen, Danny und ich können abschließen. Du hast heute Abend genug geschuftet. Es war ein sehr langer Tag."

Moira wollte widersprechen und bis zum Schluss dableiben, aber dann überlegte sie es sich anders. „Ist gut. Danke, Patrick."

Als sie oben an der Treppe angekommen war, zögerte sie einen Moment, weil sie die Tür abschließen wollte. Dann wiederum wusste sie nicht, wen sie damit aufhalten sollte. Ihren Bruder? Danny? Beide hatten einen Schlüssel zu dieser Tür.

Sie ging durch den Flur und kam am Zimmer ihrer Großmutter vorbei. Sie hörte, dass im Bad das Wasser lief.

Kaum in ihrem Zimmer angekommen, legte Moira sich ins Bett. Doch ihr schwirrten tausend Gedanken durch den Kopf, die ihr den Schlaf raubten, obwohl sie völlig erschöpft war.

Seamus war tot. Ihre Mutter kannte Jacob Brolin von früher. Dannys gesamte Familie war unter tragischen Umständen umgekommen. Sie hatte mit ihm geschlafen. Jeff hatte gesagt, dass im Pub vielleicht irgendetwas passieren würde. Seamus war tot. Er hatte geredet. Granny Jon war nach unten gegangen und hatte einen merkwürdigen Toast ausgesprochen ...

Mit einem Satz war sie aus dem Bett gesprungen und ging zum Zimmer ihrer Großmutter. Sie klopfte leise an die Tür.

„Ja?"

„Granny, ich bins, Moira."

„Komm rein."

Granny Jon lag zwar im Bett, war aber noch hellwach. Der Fernseher lief, auch wenn der Ton abgestellt war.

Moira ging durch das Zimmer und setzte sich auf die Bettkante. Granny Jon beugte sich vor und legte ihre Hände um die ihrer Enkelin.

„Das war vorhin ein bemerkenswerter Toast", sagte Moira.

Granny zuckte mit den Schultern. „Ich bin vielleicht alt, aber ich sage trotzdem hin und wieder, was ich denke."

„Bereitet dir irgendetwas Sorgen?" fragte Moira. „Ist irgendetwas los?"

„Ich bin traurig. Wir haben einen alten Freund verloren. Und vielleicht bin ich auch etwas besorgt. Es geschieht im Augenblick so einiges."

Moira sah sie an, wechselte dann jedoch das Thema. „Wenn ich das richtig sehe, kennen sich Mum und Jacob Brolin von früher."

Granny Jon nickte. „Allerdings."

„Was glaubst du, was los ist?"

Sie schüttelte den Kopf. „Es ist nur so ein Gefühl in meinen alten Knochen, mein Mädchen. Und vermutlich auch eine Vergangenheit voller Gewalt, die sich niemals wiederholen soll. Es macht mich wütend, weil Irland ein so wunderbares Land ist. Moira, du bist selbst da gewesen. Sag selbst, lässt sich ein Sommertag in Connemara mit irgendetwas anderem vergleichen? Der Wind, der über das Gras weht ... Die gigantischen Felsen im Norden, die wie eine gewaltige Treppe von der Erde in den Himmel wirkten. Alles auf der Insel hat seine eigene Magie. Du kannst dabei fast an die Legende von Finn MacCool glauben."

Moira lächelte und erinnerte sich. „Finn MacCool, Krieger, Anführer der Fianna, die Irland vor Invasoren schützte. Er war stark, und er hatte die Gabe des zweiten Gesichts. Er konnte an seinem Daumen lutschen und dabei Weisheit erlangen. Ich weiß, dass Mum und Dad Colleen einfach nicht davon abbringen konnten, am Daumen zu lutschen, nur weil sie glaubte, sie würde dann so schlau wie Finn MacCool."

Granny Jon grinste. „Stimmt, aber Colleen war nicht die Erste, die Finn als Vorwand fürs Daumenlutschen benutzte. Ich glaube, du hast sie auf die Idee gebracht. Ich muss unbedingt nach Hause. Ich möchte wieder nach Armagh reisen und die große Kathedrale sehen. Die weiten Felder, die grünen Wiesen. Das hat etwas Magisches an sich. Ich muss das alles einfach wiedersehen."

„Du bist doch schon so oft dort gewesen."

„Ich weiß, aber ich habe Heimweh. Ich liebe Amerika, und ich bin eine stolze Bürgerin dieses Landes. Dennoch möchte ich auch die schönen Orte meiner Jugend wiedersehen."

„Dann sollten wir eine Reise planen", schlug Moira vor.

„Das werden wir noch sehen. Erst mal müssen wir die nächsten Tage hinter uns bringen."

Moira nickte zustimmend, dann legte sie einen Arm um ihre Großmutter. „Ich liebe dich."

„Ich weiß, Moira. Und ich liebe dich auch sehr. Wir sind alle sehr stolz auf dich. Und auf Patrick und Colleen natürlich auch."

„Darf ich dich etwas fragen?"

„Mein Mädchen, im Leben können wir jede Frage stellen, die uns in den Sinn kommt. Ob wir auch eine Antwort bekommen, steht auf einem anderen Blatt."

Moira lächelte. „Wirst du mir die Wahrheit über Danny sagen?"

„Welche Wahrheit?"

„Ich habe nie gewusst, dass sein Vater und seine Schwester erschossen wurden."

Granny Jon schwieg einen Moment lang. „Wer hat dir das gesagt?"

„Das möchte ich lieber nicht verraten. Stimmt es?"

„Ja, sie wurden vor seinen Augen umgebracht."

„Warum hat mir das niemand erzählt?"

„Danny spricht nie darüber. Ich nehme an, es ist für ihn zu schmerzhaft. Auch jetzt noch, nach all den Jahren."

„Aber das ist doch wichtig. Das ist eine Sache, die ..."

„Die ... was?"

„Sie könnte jemanden ..."

„Verrückt machen? Willst du das sagen?"

„Nein, nicht verrückt, sondern ... radikal."

„Das trifft vielleicht auf manche Leute zu", räumte Granny Jon ein. „Er ist überall auf der Welt aufgewachsen, und seine Gefühle lässt er in das einfließen, was er schreibt."

Moira wurde klar, dass ihre Großmutter kein schlechtes Wort über Dan O'Hara sagen würde. Trotzdem hatte sie erfahren, was sie hatte wissen wollen. Michael hatte die Wahrheit gesagt.

„Granny Jon, vielleicht ist die Zeit nicht so geeignet, um Reden zu halten oder um einen Toast auf einen alten Freund auszubringen."

„Ich bin eine alte Frau. Ich darf sagen, was ich will, wenn ich es will. Diese Gabe entwickelt sich erst, wenn man älter wird."

„So alt bist du gar nicht."

„O doch, meine Liebe, das bin ich."

„Seamus war alt, aber es gab keinen Grund, ihn zu verlieren."

„Ach, Moira, sein Tod geht dir sehr zu Herzen, das weiß ich. Wir alle wissen das."

„Es ist mehr als nur das", murmelte sie.

„Du spürst etwas in deinen jungen Knochen, nicht wahr? Gut, dann verspreche ich dir, dass ich mich benehme und meine Gefühle für mich behalte, wenn du das auch machst."

„Verschwiegenheit ist mein zweiter Vorname", versprach Moira.

„Dann gib mir einen Kuss und geh ins Bett."

Moira küsste Granny Jon, bevor sie zögernd aufstand. Sie fühlte sich versucht, ihre Großmutter zu bitten, ein Stück zu rutschen, weil sie nicht in ihrem eigenen Bett schlafen wollte.

Sie ging zur Tür und fragte sich, warum sie tief in ihrem Inneren eine so seltsame Furcht verspürte. Sie beschloss, ihre Großmutter nicht auch noch in Angst und Schrecken zu versetzen.

Aber sie würde nicht weggehen.

Sie würde sich für den Moment vor ihrem Zimmer auf einen Stuhl setzen.

Moira öffnete und schloss die Tür leise und hätte fast einen Schrei ausgestoßen, als sie über etwas im Flur stolperte. Ein

Körper, ein Mann. Kniete er? Saß er da? Hatte er sich hingehockt? Es war egal. Noch während sich der Schrei in ihrer Kehle bildete, bewegte sich der Mann und sprang auf. Bevor sie auch nur einen Laut von sich geben konnte, hatte er eine Hand fest auf ihren Mund gepresst.

14. KAPITEL

„Schhht."

Moira zitterte in seinem Griff, aber sie hätte seine Stimme gar nicht hören müssen, um zu wissen, dass Danny hinter ihr war. Sie hatte ihn gefühlt, und er war so dicht, dass sie sein Aftershave riechen konnte.

„Moira, ich bins. Sag nichts."

Sie unterdrückte ihren Schrei, stand jedoch weiter zitternd da. Danny. Der Mann, den sie so gut kannte und den sie doch eigentlich überhaupt nicht kannte.

Er ließ sie los, und sie musste sich zwingen, nicht schreiend durch den Flur wegzurennen. „Was machst du hier?" flüsterte sie zornig.

„Ich passe auf deine Großmutter auf."

Er passte auf jemanden auf?

„Warum?" fragte sie.

„Ich weiß nicht", erwiderte er. „Jedenfalls nicht so genau. Und was machst du hier?"

„Ich wohne hier."

„Im Zimmer deiner Großmutter?"

„Sie ist meine Großmutter."

„Ja, aber was machst du *jetzt gerade* hier?" wollte er wissen.

Moira war unruhig, aber sie war entschlossen, sich nicht in die Enge treiben zu lassen. „Ich passe auf meine Großmutter auf."

Er reagierte nicht. Im dunklen Flur konnte sie seinen Gesichtsausdruck nicht sehen.

„Du kannst dich ruhig hinlegen", sagte er dann. „Ich werde noch eine Weile hier bleiben."

Moira biss sich auf die Lippe. Sie fragte sich, ob er vielleicht wie der Wolf war, der sich anbot, die Schafe zu hüten. Sie waren bei ihr zu Hause. Ein paar Türen weiter schliefen ihre Eltern. Das Haus war voller Leute.

Er konnte unmöglich etwas geplant haben.

Aber worüber war er so besorgt? Und worüber war *sie* so besorgt?

„Ich werde hier bleiben", entgegnete sie. „Und du kannst dich hinlegen."

Plötzlich nahm er ihre Hand. „Gut, wie du willst. Da an der Wand ist mein Platz, du kannst da sitzen."

Er setzte sich hin, und sie ließ sich steif neben ihm nieder. Sie waren nah genug, um sich berühren zu können. Moira wusste nicht, ob sie sich fürchten sollte oder nicht.

Oder ob sie aufschreien sollte ...

„Wirklich, du kannst gehen ...", begann sie.

„Ich bewege mich nicht von der Stelle."

„Ich auch nicht."

„Dann werden wir wohl zusammen hier sitzen, nicht wahr?" gab er zurück.

Und so saßen sie da, während die Zeit verstrich. Irgendwann musste sie eingeschlafen sein, da sie plötzlich hochfuhr und einen Moment lang nicht wusste, wo sie war. Dann erinnerte sie sich. Ihr Genick schmerzte. Auch Danny fuhr hoch und horchte intensiv auf jedes Geräusch in der Dunkelheit.

Moira streckte sich, ohne einen Laut von sich zu geben. So sehr sie sich auch bemühte, sie konnte nichts hören.

Er beugte sich zu ihr hinüber. „Von deiner Familie sind alle zu Hause?" fragte er fast tonlos.

Sie gab einen zustimmenden Laut von sich, doch dann wurde ihr klar, dass sie es gar nicht sicher wusste. Patrick, Colleen und Danny waren alle noch unten gewesen, als sie den Pub verlassen hatte. Sie hatte sich fürs Bett fertig gemacht und war dann noch zu ihrer Großmutter ins Zimmer gegangen. Wenn sie es sich genau überlegte, hatte sie keine Ahnung, wer im Haus war und wer nicht.

Danny erhob sich lautlos. Auch Moira richtete sich auf. Ihr Kniegelenk knackte, und sie erschrak, doch Danny achtete nicht darauf, sondern ging durch den Flur zur Eingangstür. Moira folgte ihm barfuß. Er blieb abrupt stehen und gab ihr ein Zeichen, sie solle wieder zurückgehen. Sie warf ihm einen wütenden Blick zu.

Dann sah sie, dass die Anspannung aus seinem Körper wich. „Es ist jetzt gut", sagte er. „Sie sind weg."

„Wer ist weg?" fragte sie.

„Ich wünschte, ich wüsste das."

„Ich habe nichts gehört."

„Du hast fest geschlafen."

„Und was hast du gehört?"

„Irgendwas ... an der Haustür."

„Und was war es?"

„Als ... als würde jemand einen Schlüssel in ein Schloss stecken."

„Aha", sagte sie. Er log. Außer ihrer Familie und Danny besaß niemand einen Schlüssel für die Haustür. Sie sah auf ihre Uhr. Es war kurz nach fünf.

„Mum wird bald aufstehen", sagte sie und sah ihn ausdruckslos an.

Er erwiderte ihren Blick, während er verärgert fragte: „Was ist plötzlich mit dir los?"

„Nichts ist mit mir los", entgegnete sie und hoffte, dass sie sich nicht zu nervös anhörte. „Meine Mutter steht sehr früh auf, und dann kommt Leben in diesen Haushalt. Du kannst jetzt gehen, ich werde hinter dir abschließen."

„Du willst mich nicht in deinem Haus haben?" sagte er. Es war weniger eine Frage, eher eine Feststellung.

„Danny, das war ein harter Tag für mich. Du hast Recht, ich möchte dich nicht hier oben haben."

„Schon gut. Es ist ja auch schon fast Morgen. Die Bedrohung ist vorüber."

„Welche Bedrohung? Vielleicht bist du der Einzige, der eine Bedrohung darstellt."

Ihr wurde bewusst, dass sie sich am Ende des Flurs befand und Danny vor ihr stand. Sie benahm sich wie ein Dackel, der sich für einen Dobermann hielt. Aber sie hatte das hier angefangen, und sie würde den Bluff auch durchziehen.

„Ich bin eine Bedrohung?"

„Ja, das glaube ich."

Sie dachte, er würde sich mit ihr streiten. Sie hatte sogar Angst, dass er wütend werden und auf sie losgehen würde. Diesmal war sie bereit, loszuschreien, bevor er sich ihr auch nur einen Schritt genähert hätte.

Aber er kam nicht auf sie zu, sondern drehte sich um und ging nach unten in den Pub, ohne sich noch einmal umzusehen.

Moira blieb zitternd einen Moment lang stehen.

Hatte er wirklich etwas gehört? War ihre Großmutter *wirklich* in Gefahr?

Was, wenn Danny im Begriff war, jeden Moment loszuschlagen?

Sie ging zu ihrem Zimmer, blieb aber an Colleens Tür stehen und öffnete sie vorsichtig.

Ihre Schwester schlief fest.

An der Tür zum großen Schlafzimmer, in dem Patrick mit

seiner Familie untergebracht war, blieb sie länger stehen. Wenn Colleen sie bemerkt hätte, wäre es kein Problem gewesen. Sie konnte nicht schlafen und wollte sehen, ob es ihrer Schwester genauso ging und ob sie vielleicht Gesellschaft gebrauchen konnte. Patrick dagegen lag mit seiner Frau im Bett. Wenn Siobhan aufwachte, welche Erklärung sollte sie ihr dann geben? *Tut mir Leid, Siobhan, ich wollte nur nach meinem Bruder sehen.*

Aber sie musste sich Gewissheit verschaffen. Sie umfasste den Türknauf und hoffte, dass sie nicht abgeschlossen hatten. Wenn die Tür allerdings verschlossen war, würde das bedeuten, dass Patrick im Bett lag. Siobhan würde sonst nicht abschließen.

Sekunden verstrichen, dann endlich drehte Moira den Türknauf und dankte Gott, dass ihr Vater alle Schlösser im Haus immer gut ölte.

Sie sah in das Zimmer, bis sich ihre Augen an die Dunkelheit gewöhnt hatten. Von der Tür zum Badezimmer war der schwache Schein einer Nachtbeleuchtung für die Kinder zu sehen, aber das Bett stand im Dunkeln.

Nach einigen Augenblicken erkannte sie schließlich, dass nur eine Person im Bett lag.

Sie stand da und hatte das Gefühl, von einem eisigen Hauch erfasst zu werden. Rasch schloss sie die Tür, bevor Siobhan aufwachen und sie sehen konnte. Sie ging durch den Flur in die Küche und wollte eben das Licht einschalten, als sie hörte, wie die Tür zum Pub aufgeschlossen wurde.

Wie erstarrt blieb sie neben dem Kühlschrank stehen. Ihr Herz pochte so laut, dass sie fürchtete, gehört zu werden, auch wenn sie sonst keinen Laut von sich gab.

Wenn es Danny war, würde sie sofort losschreien. Sie würde alle aufwecken und ihrem Vater sagen, er solle Daniel O'Hara sofort aus dem Haus werfen.

Aber es war nicht Danny, sondern ihr Bruder. Er schloss die Tür leise hinter sich ab und trat – auf Strümpfen gehend – in den Flur.

„Das hat aber lange gedauert, den Pub zu schließen", sagte Moira leise aus dem Schatten heraus.

Patrick wirbelte herum und sah sie leichenblass an. „Verdammt, Moira, was ist eigentlich in letzter Zeit mit dir los? Willst du das ganze Haus aufwecken?"

„Wo bist du gewesen?"

„Was soll das? Bin ich dir irgendeine Erklärung schuldig?"

„Wo bist du gewesen?"

„Warum redest du nicht gleich so laut, dass meine Frau aufwacht und mir dieselbe Frage stellt? Dann hätten wir wenigstens einen richtigen Streit."

„Patrick, ich habe dich gefragt ..."

Ihr Bruder kam zu ihr. „Ich war mit Freunden unterwegs, Moira."

„Am Abend nach Seamus' Tod?"

„Ja, am Abend nach Seamus' Tod. Das ist etwas typisch Irisches, weißt du? Ich war mit anderen Freunden von Seamus unterwegs, wenn du es genau wissen willst. Wenn du noch mehr wissen willst, dann schreib deine Fragen bitte auf, und ich werde sie dir später beantworten. Ich möchte noch ein paar Stunden schlafen."

Er ließ sie in der Küche stehen und ging durch den Flur zum Schlafzimmer. Wütend und ängstlich zugleich sah sie ihm nach. Sie liebte ihren Bruder.

Aber wo zum Teufel war er gewesen?

War er schon früher zurückgekommen und hatte gemerkt,

dass jemand auf ihn wartete? Nein, das ergab keinen Sinn. Er hätte jederzeit zurückkommen können, er hatte eine plausible Erklärung. Er wohnte hier.

Mit einem Mal war sie hundemüde. Immerhin war es schon nach fünf Uhr früh.

Ein paar Stunden Schlaf wären vielleicht keine so schlechte Idee.

Moira ging zur Haustür und betrachtete sie. Sie fragte sich, ob sich der obere Riegel noch immer zuschieben ließ. Schließlich war er seit ihrer Zeit an der High School nicht mehr benutzt worden.

Sie wagte einen Versuch, und nach anfänglichem Widerstand gab der Riegel schließlich nach und ließ sich zuschieben. Sie ging weiter zur Tür, die zur Wendeltreppe führte. Hier hatte man früher eine Kette vorgehängt, aber die Kette fehlte schon seit langer Zeit. Sie war nicht mehr nötig, denn der Pub hatte eine Alarmanlage.

Moira wandte sich von der Tür ab. Anstatt in ihr eigenes Zimmer ging sie in Granny Jons Zimmer und legte sich vorsichtig neben sie ins Bett. Sie ließ den Kopf auf das Laken sinken, glaubte jedoch nicht, dass sie noch Schlaf finden würde. Sie hatte alles abgeschlossen, aber hatte sie damit die Gefahr für ihre Familie ausgesperrt oder vielleicht doch eingesperrt?

Irgendwann schlief sie ein, bis die panische Stimme ihrer Mutter sie hochschrecken ließ.

„Eamon! Moira ist nicht im Haus!“

Sie hatte mit dem Kopf am Fußende gelegen, und als sie hochfuhr, sah sie, dass ihre Großmutter ihr einen erstaunten Blick zuwarf. Moira lächelte traurig und sprang auf. Sie war noch so verschlafen, dass sie benommen zur Tür taumelte und dann in den Flur eilte.

„Ich bin hier, Mum, ich bin hier."

„Oh, Moira, Liebes", sagte Katy und nahm sie in die Arme. „Es tut mir Leid. Ich wollte dich wecken, weil du mit Dad zu Flannery's gehen wolltest. Ich wollte dir nicht nachspionieren, aber als ich sah, dass du nicht in deinem Zimmer warst ... in letzter Zeit geschieht hier so viel ..."

„Ich bin da, ich bin nur ... es war mir einfach lieber gewesen, mich zu Granny Jon zu legen."

Katy nickte verstehend.

„Ich will auf jeden Fall Dad begleiten. Ich gehe nur schnell unter die Dusche, dann bin ich so weit."

Als Moira aus ihrem Zimmer kam, waren ihr Vater und ihre Schwester bereits angezogen und warteten auf sie.

„Willst du noch frühstücken, Moira?" fragte Katy.

„Nein, Mum, ist nicht nötig."

„Trink wenigstens einen Tee."

Sie wollte Nein sagen, doch ihre Mutter goss bereits Tee in eine Tasse ein. Sie sah ihren Vater entschuldigend an, weil sie ihn warten ließ.

„Kommt Patrick auch mit?" fragte sie, nahm die Teetasse entgegen und nippte daran.

„Patrick bleibt bei Frau und Kindern", sagte Eamon. „Wenn wir dann gehen könnten, Moira."

Sie trank den Tee in großen Schlucken, gab ihrer Mutter einen Kuss auf die Wange und folgte den beiden aus dem Haus. Flannery's war nur fünf Blocks entfernt, also gingen sie zu Fuß.

Eamon saß in der Mitte zwischen ihnen, als sie die Bestattung durchgingen. Wie sie erfuhren, hatte sich Seamus seinen Sarg bereits ausgesucht. Es war ein einfaches Modell, auf dem Deckel war über einem großen Kreuz ein Claddagh-Symbol eingeschnitzt – zwei Hände, die ein Herz hielten, und darüber eine schwebende Krone. Der Bestattungsunternehmer erklärte, dass es sich um ein Modell handelte, das immer auf Lager war, da er sehr viele irische Kunden hatte. Der Mann hatte auch mit der Gerichtsmedizin gesprochen, und so wie es aussah, würden sie am Nachmittag den Leichnam abholen können. Die Totenwache würde damit am Mittwochabend abgehalten werden können, wie Eamon es auch gewollt hatte. Die Beerdigung würde am Donnerstagmorgen erfolgen. Father Mulligan hatte bereits von dem Todesfall gehört und würde den Gottesdienst abhalten.

Auf dem Weg zurück nach Hause sagte Eamon: „Es gibt da zwei Dinge, von denen er immer gesprochen hat. Er wollte aus dem Himmel zusehen und hören, wie ihr zwei ‚Amazing Grace' singt. Und er wollte, dass ich eine Grabrede auf ihn halte, die vor Liebenswürdigkeiten und Lob nur so strotzt, egal, ob mir die Worte im Hals stecken bleiben oder nicht."

„Wir werden singen, keine Sorge", erklärte Colleen, zögerte dann jedoch. „Aber was ist, wenn ... wenn unsere Stimme versagt, Dad?"

„Das wird nicht passieren. Und wenn doch, wird sich Seamus nicht daran stören."

Als sie wieder zu Hause ankamen, waren alle aufgestanden, und es herrschte der übliche Trubel. Siobhan zog den Kindern gerade die Mäntel an. „Wir gehen Blumen für Seamus aussuchen. Brian findet, wir sollten für ihn einen ganz besonderen Kranz aussuchen."

Siobhan nahm die Mädchen an der Hand. „Wir gehen los."

„Wo ist Patrick?" fragte Moira.

„Er duscht noch. Er kann nachkommen – wenn er will", erwiderte Siobhan knapp.

„Hey, ich könnte euch begleiten", schlug Moira vor. Siobhan wirkte nicht begeistert, wandte aber nichts dagegen ein. Als sie auf der Straße waren, sah Siobhan sie an. „Wolltest du nur aus dem Haus entkommen, ohne dir von deinem Vater anhören zu müssen, dass du eine bewaffnete Eskorte benötigst?"

„Nein", entgegnete Moira, aber Siobhan wandte ihren Blick nicht von ihr ab. „Okay, ja, vielleicht. Allerdings nicht absichtlich, eher ... unterbewusst. Ich wollte wirklich zum Blumenladen mitkommen, außerdem will ich noch ein paar Dinge erledigen."

Während sie gingen, ließ sie die Kinder ein Stück vorgehen. „Das muss für dich im Moment ziemlich schwierig sein. Schon vor dem Unfall mit Seamus war dein Vater wegen der Morde besorgt. Um ehrlich zu sein, ich sehe nicht, wo die Gefahr sein soll. Ich will nicht sagen, dass irgendjemand es verdient hat, umgebracht zu werden. Aber wenn hier wirklich ein Serienmörder sein Unwesen treibt, dann hat er es auf Prostituierte abgesehen."

„Ich weiß. Und ich bin sicher, Dad weiß das auch. Hast du schon mal versucht, abends allein aus dem Haus zu gehen?"

„Ja, an dem Abend, als du angekommen bist. Ich wollte nur zum Dinner zu meinen Eltern. Dein Vater hat mich hingefahren, obwohl es gerade mal einen Kilometer entfernt ist. Aber nimm es dir nicht zu sehr zu Herzen – nicht nur dein Vater ist so. Mein Vater hat mich anschließend zurückgefahren."

„Ich schätze, wir sollten ihnen dafür dankbar sein", sagte Moira.

„Ja, ich weiß. Und wenn so was passiert wie jetzt mit Seamus, dann merkt man erst mal, wie zerbrechlich der Mensch doch sein kann."

„Da hast du Recht", murmelte Moira.

Siobhan sah sie neugierig an. „Hast du Andrew McGahey kennen gelernt?“

„Ja, erst gestern.“

„Und ...?“

„Und was?“

Siobhan zuckte mit den Schultern. „Ich finde, er ist falsch.“

„Meinst du?“

„Ja, ich traue ihm nicht.“

„Wirklich?“

„Na ja, er hat uns eine Videokassette gegeben, über die Kinder in Irland ... aber er ist selbst wohlhabend, er ist in den Hamptons aufgewachsen, und ich habe kein Wort davon gehört, was er selbst spendet. Allerdings ist er einige Male in Irland gewesen. Ich weiß nicht, womit er seinen Lebensunterhalt bestreitet. Außer, dass er das Geld seiner Eltern ausgibt.“

„Ich habe mich nicht lange genug mit ihm unterhalten, um mir ein Urteil über ihn bilden zu können“, sagte Moira.

Siobhan reagierte mit einem Schulterzucken. „Vielleicht irre ich mich, aber ich finde, dass ‚falsch‘ genau das richtige Wort ist. Vielleicht ändere ich meine Meinung, wenn ich ihn in Aktion sehe, doch bislang kann er am leidenschaftlichsten reden, wenn es ums Angeln geht. Und er ist in Patricks Boot vernarrt.“

„In einer Sache stimme ich dir zu: Ich will auch abwarten, was dieser Mann genau macht“, murmelte Moira. Siobhans Bemerkungen beunruhigten sie. Siobhan und Patrick hatten eindeutig Meinungsverschiedenheiten. Sie mochte ihre Schwägerin sehr, und es tat ihr sehr Leid, sie so zu erleben.

Hinzu kam, dass sie selbst ihrem Bruder auch misstraute.

„Vielleicht liegt es nur daran, dass wir älter und unseren Vätern ähnlicher werden, als uns lieb ist, indem wir auf alles paranoid reagieren“, überlegte Moira.

Sie hatten das Blumengeschäft erreicht. Siobhan war eine großartige Mutter, die völlige Ruhe bewahrte, während sich ihre Kinder überschlugen, als sie erklärten, was sie für Seamus haben wollten. Moira wählte für die Beerdigung ein schlichtes Bouquet aus. Seamus gehörte zu dem Schlag Menschen, die es lieber sahen, wenn für eine gute Sache gespendet wurde, anstatt alles Geld für Blumen auszugeben. Aber wie ihr Vater so treffend gesagt hatte, waren sie seine Familie, und ganz ohne Blumen wäre es nicht gegangen.

Als sie fertig waren, sah Moira auf die Uhr. Fast Mittag.

„Wohin musst du?“ fragte Siobhan.

„Ich ...“, setzte sie an, zögerte aber einen kurzen Moment. *Ich gehe zur Polizei, weil ich den Menschen nicht vertraue, die sich in meinem Zuhause aufhalten.*

Das konnte sie nicht sagen, und sie wollte schon gar nicht ihren Bruder in die Sache hineinziehen. Sie wollte nur erklären, worüber sie sich Sorgen machte.

„Ich muss mir noch ein paar Dinge für die Sendung ansehen“, log sie schließlich.

„Also ich bin froh, dass ich ohne großes Theater aus dem Haus kommen konnte“, sagte Siobhan. „Ich werde so bald nicht zurück sein. Da vorne ist eine U-Bahn-Haltestelle, ich fahre mit den Kindern zu meinen Eltern.“

„Gute Idee. Grüß sie bitte von mir“, sagte Moira.

„Mache ich.“

Sie gingen in entgegengesetzter Richtung weiter. Moira fragte sich, ob sie das Richtige tat. Sie würde der Polizei von Gerüchten berichten, die man dort schon längst kannte. Was sollte sie sagen? Dass Seamus ihnen so einiges hätte erzählen können, jetzt aber leider tot war? Sie liebte ihren Bruder, und sie konnte sich nicht vorstellen, dass er in irgendetwas Ungesetzliches verstrickt war. Doch ein seltsames Gefühl blieb. Und dann war da noch die Tatsache, dass im Haus ein Gast logierte, der wirklich einen Grund dazu hatte, militanter Radikaler zu sein ...

Sie war sich nicht sicher. Und sie merkte, dass sie auf dem Weg zur Wache immer wieder über die Schulter zurückblickte. Was erwartete sie? Dass sie auf Schritt und Tritt beobachtet wurde?

Vor dem Polizeirevier entdeckte sie einen Mann, der gegen die Wand gelehnt dastand und eine Zigarette rauchte. Als er Moira sah, schnippte er die Zigarette weg und kam auf sie zu. Er trug einen einfachen Anzug, darüber einen Mantel. Es war Kyle Browne.

„Ich glaube nicht, dass Sie dort hineingehen wollen", sagte er, als sie sich der Tür zur Wache näherte.

„Warum nicht?"

„Wir sollten ein wenig spazieren gehen, einen Kaffee trinken, reden. Aber auf der Wache sollten Sie sich nicht sehen lassen."

Sie zögerte, dann ging sie um ihn herum. „Ich denke schon, dass ich hineingehen sollte."

„Sie müssen es ja wissen."

Moira ging weiter, aber er hielt sie nicht auf. Sie hatte die Tür erreicht, und noch immer hatte er nichts unternommen, um sie aufzuhalten. Sie drehte sich um und ging zu ihm zurück.

„Ich weiß nicht, was das Ganze soll. Als wenn die Leute nicht wüssten, dass Sie ein Cop sind."

„Ich bin eigentlich kein Cop."

„Und was sind Sie dann?"

„Von der anderen Behörde", sagte er und gab einen ungeduldigen Laut von sich. „Ihnen dürfte doch klar sein, dass es sich hier um eine internationale Angelegenheit handelt."

„Sind Sie vom FBI?" wollte sie wissen, aber er ging bereits voraus.

„Sie gehen in dieses Gebäude", sagte er, „und finden dort Leute, die O'Leary, Shaunnessy und O'Casey heißen. Vielleicht auch Lorenzo, Giovanni oder Astraella. Ganz sicher haben die Cops aus der Gegend hier Dienst."

„Ich wollte mit jemandem über Seamus sprechen", sagte sie leise.

„Der Autopsiebericht ist eben reingekommen. Genickbruch. Kowalski hatte einen Herzinfarkt. So wie die Cops es am Tatort auch gesehen haben."

„Also war es eine ... natürliche Todesursache?"

„Wenn Sie einen Genickbruch so bezeichnen wollen, dann ja."

„Ich habe Ihnen doch gesagt, dass mein Vater ..."

„Ihr Vater ist wahrscheinlich so unschuldig wie ein Neugeborenes", sagte Kyle ungeduldig.

„Was denn dann?"

„Um die Ecke ist ein kleines Café. Wir sollten uns da hinsetzen."

Das Café war ein schmales, lang gestrecktes Lokal, und Kyle wählte den Tisch in der hintersten Ecke. Er setzte sich auf den Platz, von dem aus er die Eingangstür beobachten konnte. Bei der mürrischen Bedienung bestellten sie zwei Kaffee.

Erst nachdem der serviert worden war, begann er zu reden. „Also, was wissen Sie?" fragte er.

„Mit Sicherheit viel weniger als Sie. Ich wollte mit jemandem von der Polizei reden, um sicher zu sein, dass Seamus wirklich einen Unfall hatte."

„Wieso? Hatte Seamus irgendwas getan?"

„Getan hatte er nichts, aber er hatte geredet."

„Und worüber?"

„Er hatte Leute im Pub tuscheln gehört. Gerüchte über eine Verschwörung. Ein Plan, ein Attentat auf Brolin zu verüben, wenn er in der Stadt ist. Und angeblich sollte Blackbird der Codename sein. Sie hatten einen Blackbird bestellt."

„Ich wollte die Reaktionen sehen, wenn das Wort fällt."

„Es ist ein Drink, und die Band heißt auch so."

„Ja, darum ist es ja ein so guter Codename. Völlig harmlos. Man muss ihn nur in eine Unterhaltung einbauen und die Reaktionen abwarten. Also: Wer ist daran beteiligt?"

„Sie tun gerade so, als ob ich das wüsste."

„Sie müssen irgendetwas wissen. Ihr Bruder ist in letzter Zeit in einige Dinge verstrickt, die gegen die Union gerichtet sind."

„Er engagiert sich für einen Verein, der Waisenkinder unterstützen will. Das ist nun wirklich gegen niemanden gerichtet", wandte sie ein. „Außerdem ist das Ganze doch völlig absurd. Jeder Verrückte kann bei der Parade eine Waffe ziehen ..."

„Aber dieser Verrückte müsste erst einmal nahe genug an sein Ziel kommen. Außerdem glaube ich nicht, dass der Schütze auf die Todesstrafe scharf ist."

„In Massachusetts gibt es keine Todesstrafe ..."

„Bei Verbrechen auf Bundesebene kann sie nach wie vor ausgesprochen werden", erwiderte Kyle ungeduldig. „Aber ich nehme an, unser Mann will unbehelligt davonkommen."

„Indem er es nach einem Unfall aussehen lässt? So wie ein Genickbruch beim Sturz auf der Treppe?"

Kyle machte eine viel sagende Kopfbewegung.

„Und warum sollte man dann ein ‚Teil' benötigen?"

„Ein Teil? Wer redet davon?"

„Ich weiß nicht ... ich habe es gehört."

„Denken Sie nach. Wer hat das gesagt?"

„Ich weiß es nicht. Es war außerhalb des Pubs. Ein paar Leute haben sich unterhalten. Ich habe deren Gesichter nicht gesehen, weil sie im Schatten standen."

„Denken Sie doch nach. Was war mit den Stimmen? Was konnten Sie hören?"

„Sie haben nur geflüstert."

„Sie müssen doch irgendetwas wiedererkannt haben."

„Nein."

„Hat man Sie gesehen?"

„Ich ... ich glaube ja. Ich glaube, einer von ihnen hat mich umgerannt und zu Boden geworfen."

„Davon abgesehen, haben Sie nichts gesehen oder gehört oder gemerkt?"

„Ich habe den Schmerz gemerkt, als ich zu Boden ging."

„Und dann?"

„Dann hat mir ein Freund aufgeholfen."

„Ein Freund? Wer?"

„Dan O'Hara."

„Haben Sie gesehen, dass er aus dem Pub kam, um Ihnen zu helfen?"

„Nein, ich ..." Sie hatte keine Ahnung, woher Danny an dem Abend gekommen war.

Browne sah sie eindringlich an. „Sie wissen, dass Ihr Freund eine dubiose Vergangenheit hat?"

„Ich weiß, dass ..."

„Und dass sein Vater erschossen wurde?"

„Sind Sie hinter meinem Bruder oder hinter Danny her? Oder hinter einem anderen aus dem Pub?“

„Den Mann aus der Band sollte man auch nicht aus den Augen lassen.“

„Na ja, das kann wohl kaum passieren, wenn Sie im Pub sitzen und ihn beobachten.“

„Miss Kelly, Sie scheinen nicht zu verstehen. Sie befinden sich möglicherweise in Gefahr. Es ist wichtig, dass Sie mir alles sagen, was Sie erfahren, ganz egal, was es ist.“

Kyle sah zur Tür. Moira fühlte sich im Nachteil, da sie nicht sehen konnte, was weiter vorne im Lokal geschah. Zwei Polizisten in Uniform waren ins Café gekommen. Sie drehte sich wieder zu Kyle um, der eine Handbewegung machte, als würde er ihnen zuwinken.

Sie senkte den Kopf. Ihr Magen schmerzte, als sie daran dachte, dass sie eigentlich sehr wenig über Danny wusste.

Und sie hatte wieder mit ihm geschlafen. Sie war einfach in ihr altes Verhaltensmuster zurückgefallen, weil es so vertraut war.

„Sie müssen auf sich Acht geben“, sagte Kyle. „Halten Sie sich in der Nähe der Leute auf, die Sie von woanders her kennen. Ihr Geschäftspartner, Ihr Freund aus New York.“

„Und was ist mit meiner Familie?“ fragte sie bedrückt.

„Ihre Familie ist mit dem Tod Ihres Freundes beschäftigt.“

„Ja, aber der Pub ist geöffnet. Nach der Totenwache wird es morgen hier vor Gästen wimmeln.“

„Ich werde da sein. Es wird Ihnen nichts passieren.“

„So wie Seamus?“

„Hören Sie, Sie müssen nur eines machen: den Mund halten. Tun Sie so, als wüssten Sie von nichts. Schnüffeln Sie auf keinen Fall irgendwo herum. Halten Sie sich völlig aus der Sache heraus. Und wenn Sie irgendetwas erfahren, egal was, dann kommen Sie zu mir. Lassen Sie niemanden auf den Gedanken kommen, dass Sie zur Polizei gehen wollen. Das wäre so, als wären Sie Torero und würden den Stier mit einem roten Tuch reizen."

„Was soll ich denn machen? Soll ich mich einschließen?"

„Leben Sie Ihr Leben ganz normal. Halten Sie sich raus, und sagen Sie mir alles, was Ihnen zu Ohren kommt."

„Ich habe Ihnen gesagt, was ich weiß."

„Nein, das haben Sie nicht."

„Habe ich nicht?"

„Sie haben kein Wort davon gesagt, dass Ihr Bruder der Letzte war, der Seamus lebend gesehen hat."

„Er hat ihn bis zur Haustür gebracht. Ins Haus ist Seamus allein gegangen."

„Das behauptet er."

„Woher wissen Sie das eigentlich?"

„Es ist mein Job, Dinge zu wissen. Ich mache meinen Job gut. Und jetzt kehren Sie in Ihr normales Leben zurück. Halten Sie den Mund, es sei denn, Sie reden mit mir."

„Ich muss hier in der Umgebung filmen."

„Vermeiden Sie auf jeden Fall, im Pub oder in unmittelbarer Nähe davon zu filmen." Er stand auf. „Soll ich Sie noch ein Stück begleiten?"

„Nein, danke, es ist helllichter Tag. Ich habe es nicht weit, und ich muss noch ein paar Dinge erledigen."

Als sie das Café verließen, grüßten die beiden Cops ihren Begleiter.

Kyle sah ihr nach, als sie die Straße entlangging. An der nächsten Ecke drehte sie sich um und überlegte, was sie machen sollte. Eigentlich hatte sie nichts zu erledigen; sie wollte bloß noch nicht nach Hause zurückkehren. Sie fühlte sich wie benommen, sie hatte Angst, und ihr war schlecht.

Seamus war tot, und auch wenn alles für einen Unfall sprach, war das nicht zwangsläufig die Wahrheit. Sie ging in eine Apotheke und tat so, als würde sie den Text auf der Verpackung eines Grippemittels lesen. Als sie damit an der Kasse stand, sah sie sich so unauffällig wie möglich um. Anschließend stöberte sie in einem Schuhgeschäft, und in einer Boutique für Damenbekleidung kaufte sie eine Bluse. Die ganze Zeit beobachtete sie ihre Umgebung.

Dann erst begab sie sich in die Richtung, in die sie eigentlich hatte gehen wollen.

„Wo ist Moira?“ fragte Dan.

Eamon, der hinter der Theke stand und wieder die Bestände durchging, antwortete: „Sie ist mit Siobhan und den Kindern raus.“

„Wohin sind sie?“

„Blumen kaufen“, sagte Eamon und legte auf einmal die Stirn in Falten. „Allerdings ist das schon eine ganze Weile her. Ich glaube, Siobhan wollte danach mit den Kindern zu ihren Eltern fahren.“

„Denkst du, Moira hat sie begleitet?“

„Kann sein.“

„Vielleicht sollte ich anrufen und fragen, ob sie dort ist“, sagte Dan.

„Brauchst du sie?“ fragte Eamon.

„Nein, eigentlich nicht. Ich wollte fragen, ob ich ihr irgendwie helfen kann.“

Eamon schüttelte den Kopf. „Sie könnte bei ihrem Freund sein.“

„Stimmt“, sagte Dan und fühlte, wie ein Stich durch sein Herz ging. „Was hältst du von ihm, Eamon?“

„Sieht gut aus.“

„Ja.“

„Intelligent.“

„Ja.“

„Scheint alles für sie zu machen.“

„Ja.“

„Und ...“

„Und?“

„Er ist Amerikaner. Er nimmt nicht die nächste Maschine nach Irland, wenn ihm der Sinn danach steht.“

„Eamon, du weißt, dass ich sie liebe. Aber mein Herz und Verstand waren noch rastlos.“

„Tja, so ist das Leben.“

„Glaubst du, ich habe sie verloren?“

„Nun, sie ist eine gute Tochter, doch sie vertraut mir nicht alle ihre Gefühle an. Sie scheint es ganz gut getroffen zu haben. Der Kerl kommt aus ihrer Branche, er arbeitet für sie und mit ihr. Er verwöhnt sie, geht mit ihr aus. Was gibt es an ihm, was man nicht mögen kann?“

„Ja, Eamon, vermutlich hast du Recht“, meinte Dan und wandte sich ab. Er musste raus hier.

„Danny?“

„Ja?“

„Wenn sie dich ansieht, dann hat sie noch immer diesen Blick. Und wenn ihr zwei euch streitet, dann ist dieses Funkeln zu sehen.“

„Danke, Eamon.“

Dan ging nach draußen.

Moira machte einen großen Umweg zur U-Bahn. Als sie ihre Fahrkarte gekauft hatte und auf dem Bahnsteig stand, überlegte sie, ob sie schon durch und durch paranoid war. Sie versuchte, die Menschenmenge um sich herum zu überblicken, aber es war unmöglich. Sie hatte selten so viele Menschen in der U-Bahn erlebt.

Als sie einige Stationen später ausstieg, war sie sicher, dass ihr niemand gefolgt war. Sie ging mit schnellen Schritten weiter, bis sie das Hotel erreicht hatte.

Dort verschwand sie auf die Damentoilette und wartete einige Minuten, um wirklich sicher zu sein, dass sich ihr niemand an die Fersen geheftet hatte. Dann suchte sie ein Telefon und rief Brolin an.

Sie hatte damit gerechnet, dass es schwierig werden würde, zu ihm durchgestellt zu werden, doch nachdem sie in der Zentrale angerufen hatte, wurde sie sofort verbunden. Es meldete sich ein Mann mit tiefer Stimme.

„Mein Name ist Moira Kelly“, stellte sie sich vor. „Mr. Brolin hat gesagt, ich sollte heute bei ihm vorbeischauen.“

Der Mann bat sie, einen Augenblick zu warten, dann fragte er, ob sie im Hotel sei und sofort nach oben kommen könne. Brolin habe zwar in Kürze einen Termin mit Vertretern der Stadt, aber er würde sie gerne sehen.

Moira eilte zum Aufzug.

Er saß in einem Sessel in der Lobby und beobachtete sie. Sie bemerkte ihn nicht, da er die Zeitung hoch genug hielt, um sein Gesicht zu verdecken.

Nachdem sich die Aufzugtüren hinter ihr geschlossen hatten, ließ er die Zeitung sinken.

Es war perfekt. Alles lief genau nach Plan.

Einer der hünenhaften Männer, die Brolin ins Restaurant begleitet hatten, öffnete die Tür zur Suite. „Hallo, Miss Kelly, willkommen. Mr. Brolin wartet im Salon auf Sie. Möchten Sie lieber Kaffee oder Tee?"

„Weder noch, vielen Dank."

„Unsinn, Sie müssen einen Tee nehmen", rief Brolin, der in der Türöffnung zum angrenzenden Raum stand. „Ein Treffen unter Iren aus der alten und der neuen Heimat, dazu gehört einfach ein Tee."

Moira lächelte. „Dann nehme ich wohl einen Tee."

Sie ging auf Brolin zu, lächelte und streckte ihre Hand aus. Er nahm sie und küsste Moira auf die Wangen. „Eigentlich neige ich mehr zum Kaffee, aber alle Welt scheint zu denken, dass Iren immer nur Tee trinken. Egal, wo ich bin, überall wird mir Tee serviert."

„Wir können auch Kaffee trinken", sagte sie höflich.

„Was ziehen Sie vor?"

„Das ist egal. Ich hatte heute Morgen schon eine Tasse Kaffee."

„Ich auch. Dann sollten wir beim Tee bleiben."

Er führte sie in den Salon und zeigte auf einen bequemen Sessel. „Sollen wir denn nun darüber sprechen, was ich in Ihrer Sendung tun und sagen soll?"

„Ich möchte Ihnen da völlige Freiheit lassen", versicherte Moira. „Ich produziere eine Reisesendung über alles Schöne in Amerika. Manchmal über große Ereignisse, zu denen ich auch den St. Patrick's Day in Boston rechne. Manchmal bringe ich aber auch kleine Dinge wie einen Strickwettbewerb in Nebraska. Ich mache gerne Sendungen über das Besondere, das Amerika zu bieten hat. Damit meine ich auch die so unterschiedliche Abstammung der Amerikaner. Die irischen Einwanderer haben dieses Land ganz entschieden mitgeprägt." Sie schwieg, als der Hüne kam und den Tee brachte.

„Danke, Peter", sagte Brolin.

„Gern geschehen, Sir."

Moira lehnte sich vor. „Um ehrlich zu sein, Mr. Brolin, bin ich nicht wegen meiner Sendung hier."

„Ach?" Er sah sie an und lächelte breit. „Ich bin Ihrem Vater nie begegnet, aber ich kenne viele Leute, die etwas über ihn sagen können. Er ist ein guter Mann. Und ich kann Ihnen versichern, dass ich nie eine Affäre mit Ihrer Mutter hatte, wenn Sie deswegen gekommen sind."

Moira starrte ihn einen Moment lang verständnislos an. „O nein! Ich wollte Sie nicht über meine Mutter ausfragen, Mr. Brolin."

„Oha. Das war für einen Politiker kein guter Zug. Man gibt nicht ungefragt Informationen preis."

„Mr. Brolin ..."

„Seien Sie doch so gut und nennen Sie mich Jacob. Ich würde mich freuen, wenn ich Moira zu Ihnen sagen dürfte."

Sie nickte, dann holte sie Luft. „Jacob, Sie sollten wissen, dass Sie in Gefahr sind."

Er lächelte milde. „Ich bin in Gefahr seit dem Tag, an dem ich geboren wurde."

Es war nicht herablassend gemeint. Er machte sie lediglich darauf aufmerksam, dass er sein Geschäft und sein Leben sehr gut kannte. Er sah ihr das Unbehagen an, das sie quälte, und wusste, dass sie sich ernsthaft Sorgen machte. „Es ist seltsam, aber der Weg zum Frieden ist voller Gefahren. Ich bin Ihnen sehr dankbar, dass Sie hergekommen sind, um mir das zu sagen."

„Mr. Brolin – Jacob –, ich befürchte, dass sich irgendetwas

im Pub meines Vaters abspielen soll. Es gibt Gerüchte, dass sich dort Leute versammeln sollen, die ein Attentat auf Sie planen, während Sie sich in Boston aufhalten."

Er stellte seine Tasse ab, faltete die Hände und beugte sich vor, um aufmerksam zuhören zu können. „Was haben Sie in Erfahrung gebracht?"

„Ich kann Ihnen sagen, was ich an Puzzleteilen zusammengesetzt habe – und was leider immer noch sehr vage ist. Wir haben im Pub eine Band, die irische Musik spielt. Und auch Popmusik. Die Band nennt sich Blackbird. Und wir haben einen Drink im Angebot, der ebenfalls Blackbird heißt. Mein Vater hat ihn vor vielen Jahren kreiert, aber bestellt hatte ihn schon seit langem niemand mehr. Allem Anschein nach wird Blackbird auch als Codename bei den Leuten benutzt, die sich im Pub treffen und Kontakt aufnehmen wollen. Wenn man sich im Kontaktmann irrt, kann man immer noch sagen, man hätte die Band oder den Drink gemeint. Mein Vater hatte einen guten Freund, der vorgestern Abend ums Leben gekommen ist. Er ist die Treppe hinuntergestürzt, um dem Mann zu helfen, der unter ihm wohnte. Jedenfalls geht die Polizei von diesem Ablauf aus, da sie beide tot aufgefunden hat."

„Ich nehme an, dass man eine Autopsie vorgenommen hat."

„Ja", antwortete Moira frustriert. „Mr. Kowalski, der Mann aus dem unteren Stockwerk, hatte einen Herzinfarkt, und Seamus, der Freund meines Vaters, hat sich das Genick gebrochen."

Brolin schwieg.

„Am Abend vor seinem Tod hat Seamus im Pub noch gehört, dass sich irgendwelche Leute das Wort Blackbird zuflüsterten."

„Ich verstehe."

„Ich glaube, dass jemand es darauf abgesehen hat, Sie umzubringen. Und ich fürchte, dass sogar jemand darin verwickelt ist, den ich kenne. Und ich bin nicht die Einzige, die so denkt. Da ist noch ein Mann von einer Regierungsbehörde, der in den Pub gekommen ist und die Gäste beobachtet hat."

„Von einer Regierungsbehörde, sagen Sie?"

Sie nickte. „Ich habe mich heute Morgen mit ihm unterhalten."

„Und was sagt er?"

„Ich soll sehr vorsichtig sein. Ich soll mich von irischen Freunden fern halten."

„Hm, das wird schwierig, wenn Ihrem Vater der Pub gehört."

„Das sehe ich auch so."

„Dieser Mann hat also gesagt, Sie sollen auf sich aufpassen. Und dann sind Sie direkt zu mir gekommen?"

„Ich fand, Sie sollten das wissen. Ich habe natürlich nichts vorzuweisen, was Hand und Fuß hat. Es ist nur ... ich wollte Sie warnen. Vielleicht sollten Sie nicht in der Parade mitfahren."

Brolin lächelte breit. „In Boston könnten viele Leute umherlaufen, die mich umbringen möchten."

„Ich weiß."

Er lehnte sich auf dem Sofa zurück und sah sie an.

„Sie sind eine mutige junge Frau."

„Überhaupt nicht."

„Immerhin sind Sie hier."

„Ja, aber jeder weiß doch, dass ich Sie für meine Sendung interviewen möchte."

„Stimmt genau."

Er beugte sich wieder vor. „Moira, ich teile die Meinung des Mannes, mit dem Sie heute Morgen gesprochen haben. Sie müssen sehr vorsichtig sein. Bleiben Sie bei Ihren Freunden und Ihrer Familie, am besten in größeren Gruppen. Und sprechen Sie nicht über Ihre Vermutungen, was den Tod dieses ... Seamus angeht. Außerdem ..." Er zögerte einen Moment lang. „Wir haben von den Gerüchten gehört. Es gibt einige Gebiete in der Stadt, die als gefährlich eingestuft werden. Wir Iren neigen nun mal zum Drama. Was wäre Aufsehen erregender als ein Attentat auf einen Iren am St. Patrick's Day? Ich fürchte, diese Situation ist wie geschaffen für all jene, die immer noch glauben, dass Terrorismus der einzige Weg ist. Wir haben uns mit vielen Gerüchten beschäftigt, die auf hiesige Schwierigkeiten hindeuten. Wir beobachten auch den Pub Ihres Vaters. Als Mensch bin ich selbst zwar verwundbar, aber ich habe viel Rückhalt. Wir verfügen über Computertechnologie, um Leute aufzuspüren. Und wir haben die Regierung hinter uns. Dies ist ein freies Land, und niemand kann aus dem Pub Ihres Vaters einen Verhörraum machen. Ich danke Ihnen nochmals, dass Sie hergekommen sind. Ich möchte, dass Sie so tun, als wüssten Sie von nichts, und dass Sie auf Ihre Sicherheit achten. Sie müssen sich völlig natürlich verhalten. Machen Sie Ihre Arbeit, aber seien Sie auf der Hut. Am wichtigsten ist, dass Sie auf sich selbst aufpassen. Würden Sie das für mich machen?"

Sie nickte, fühlte sich allerdings nicht besser, sondern noch schlechter. Brolin hatte von der Verschwörung gehört.

Einer Verschwörung, die in Kelly's Pub ausgebrütet wurde.

„Wann wird der Freund Ihres Vaters beerdigt?"

„Donnerstagmorgen."

„Um welche Zeit?"

„Der Gottesdienst ist um neun. Gegen zehn werden wir auf dem Friedhof eintreffen."

„Die Parade beginnt um elf", überlegte Brolin. „Würde es

Ihnen passen, wenn ich Ihnen das Interview nach der Parade gebe? Ich müsste so etwa um ein Uhr wieder frei sein."

„Ich richte mich da ganz nach Ihnen."

„Ihre Stirn ist in Falten gelegt, Moira. Sie haben Angst, dass ich nicht lange genug lebe, um am St. Patrick's Day noch Zeit für Sie zu haben."

„O nein! Sie müssen leben!"

„Das habe ich auch vor", versprach er ihr und stand auf. „Kommen Sie, wir bringen Sie nach unten und tun so, als hätten wir uns nur über das Interview unterhalten. Wir machen es in Kelly's Pub. Sobald meine offiziellen Termine vorüber sind, komme ich in den Pub."

„Der wird dann aber brechend voll sein", wandte sie beunruhigt ein.

„Dann wird es mir ein Vergnügen sein, in einem echten irischen Pub im Mittelpunkt zu stehen", sagte er. „Vertrauen Sie mir, wir werden es beide überleben. Und dann stoßen wir auf Irland und Amerika an."

Moira stand ebenfalls auf, als er ihr die Hand reichte.

Der große blonde Mann wartete im Vorraum der Suite und las in einer Akte.

„Peter, wir bringen Miss Kelly nach unten", sagte Brolin.

„Mit Vergnügen." Peter legte die Akte aus der Hand.

Als er aufstand, sah Moira, dass sein Maßanzug ein Schulterholster verdeckte, in dem eine Waffe steckte. Brolin wurde zweifellos beschützt, aber sie fragte sich, ob jegliche Schusswaffen ausreichten, um jemanden zu stoppen, der um jeden Preis einen anderen töten wollte – vor allem jemanden, der bereit war, sein eigenes Leben dafür zu opfern.

Peter öffnete die Tür für sie und ging als Erster hinaus in den Flur. Brolin sprach beiläufig über das Wetter. Es war so kalt gewesen, ein so schneereicher Winter, vereiste Fußwege, und jetzt wurde es mit einem Mal wärmer, fast so, als würde der Himmel den Frühling ein paar Tage früher schicken, damit er rechtzeitig zum St. Patrick's Day einsetzte.

„Morgen soll es ja fast sechzehn Grad warm werden", sagte Brolin, betrat den Aufzug und drückte den Knopf fürs Erdgeschoss.

„Das wäre sehr angenehm", meinte Moira. „Es war ein harter Winter. Sogar in Manhattan waren die Straßen tief verschneit."

Sie erreichten die Lobby und gingen bis zur Mitte des Raums, wo Brolin sie vor allen Anwesenden auf die Wangen küsste.

„Es wird ein Vergnügen werden, von einer so wunderbaren jungen Dame vor laufender Kamera interviewt zu werden", sagte er laut genug, um noch am Empfang gehört zu werden. „Ich freue mich schon darauf. Ich kann ein paar alte Geschichten erzählen, und natürlich auch ein paar neue."

„Vielen Dank für Ihre kostbare Zeit, und dafür, dass Sie mit dem Interview einverstanden sind", erwiderte Moira.

Sie bedankte sich auch bei Peter und verabschiedete sich dann. Sie musste sich nicht umsehen, um zu wissen, dass die beiden Männer in der Lobby standen und ihr nachsahen, wie sie das Hotel verließ.

Als sie die Treppe in die U-Bahn hinunterlief, war sie in Gedanken immer noch bei ihrer Unterhaltung mit Brolin. *Sie wussten es also.* Es gab verschiedene gefährliche Gebiete, und dass Kelly's Pub eines davon war, hatten sie gewusst.

Sie konnte weiter nichts tun. Alle waren gewarnt. Die Iren waren wachsam, die amerikanische Regierung und die Polizei ebenfalls. Sie hatte getan, was sie konnte. Jetzt musste sie nur noch auf sich aufpassen.

Und beten, dass ihr Bruder kein Terrorist war.

Und Danny ...

Sie musste sich normal verhalten. Arbeiten, unter Leuten sein, so auftreten, als wüsste sie von nichts.

Morgen Abend war die Totenwache. Im Pub würde es sehr voll werden. Sie musste ihrem Vater helfen, was zu ihren normalen Beschäftigungen zählte.

Heute Abend ... morgen Abend.

St. Patrick's Day.

Sie war in Gedanken versunken und bemerkte nicht den Mann, der ihr in die U-Bahn folgte.

15. KAPITEL

Auf dem Weg in die U-Bahn wunderte sich Moira wieder, wie viele Leute unterwegs waren. Sie fand einen freien Platz an der abgetretenen gelben Linie, die auf dem Bahnsteig verlief und den Sicherheitsabstand zu den Gleisen markierte. Sie wollte unbedingt die nächste Bahn nehmen, und dafür musste sie ganz vorne in der ersten Reihe stehen. Während sie dort stand, bemerkte sie eine Bewegung zwischen den Gleisen. Ein paar Ratten liefen dort hin und her. Sie überlegte, wie viele von ihnen wohl von den Bahnen überfahren wurden. Ihr taten die Geschöpfe Leid, auch wenn man ihnen nachsagte, sie würden Krankheiten übertragen.

Sie hörte, dass sich eine Bahn näherte. Fast automatisch geriet die Menschenmenge in eine leichte Vorwärtsbewegung.

Mit einem Mal schien es Moira aber gar keine so normale Bewegung mehr zu sein. Jemand schob sie auf die Gleise zu.

„Hoppla, entschuldigen Sie“, sagte ein schwergewichtiger Mann, der hinter ihr stand und seinerseits nach vorne geschoben wurde.

„Heh!“ rief eine Frau neben ihr aufgeregt.

Moira versuchte, sich zwischen die beiden zu quetschen, da sie den Gleisen bereits gefährlich nah war.

„Wer zum Teufel drängelt denn da so?“ rief ein anderer Mann wütend.

Noch während er sprach, ging ein weiterer Ruck durch die Menge, als jemand versuchte, weiter nach vorn zu gelangen.

„Halt!“ schrie die Frau ängstlich.

Erneut ein heftiger Ruck. Moira hätte fast den Halt verloren. Sie klammerte sich am Mantel des Mannes zu ihrer Rechten fest und schaffte es, sich so vor dem Sturz über die Bahnsteigkante zu retten, doch die Wucht des nächsten Stoßes schickte sie zu Boden.

Sie landete zur Hälfte auf dem Bahnsteig, doch ihr Oberkörper ragte über die Kante hinaus auf die Gleise.

Sie lag da, unfähig zu atmen, unfähig sich zu bewegen. Sie sah wieder die Ratten, die hektisch hin und her rannten, da sich die Bahn näherte.

Die Bahn fuhr ein! Natürlich! Sie versuchte aufzustehen und sah den Triebwagen, der mit großer Geschwindigkeit auf sie zuzurasen schien.

„Zurück", brüllte jemand hinter ihr mit bestimmendem Tonfall.

Moira versuchte, ihr Gleichgewicht wiederzuerlangen.

„Jesus!" keuchte die Frau links von ihr.

Der dicke Mann hatte sich hingekniet und versuchte, ihre Beine zu fassen zu bekommen, um sie auf den Bahnsteig zurückzuziehen.

„Zurück!" hörte sie wieder eine Stimme, und dann griffen mehrere Hände gleichzeitig nach ihr. Plötzlich wurde sie nach hinten gerissen, und fast im selben Moment ratterte die Bahn an ihr vorbei und kam mit kreischenden Bremsen zum Stehen. Moira fühlte den Luftzug, der so heftig und so nah war, dass sie das Gefühl hatte, einen Tornado erlebt zu haben.

Das Haar wurde ihr ins Gesicht gewirbelt, und als sie es nach hinten strich und sich umdrehte, sah sie, wer sie so kraftvoll gepackt hatte.

„Danny!" stieß sie entsetzt hervor.

Sein Haar war so zerzaust wie ihres. Er sah sie finster an, seine Lippen waren fest aufeinander gepresst.

„Alles in Ordnung?" fragte der untersetzte Mann, der sie am Arm hielt. Obwohl sie nur um Haaresbreite dem Tod entronnen war, schoben sich um sie herum die Menschen in die Bahn.

„Ja, ja, geht schon."

„Dich sollte man nicht auf die Straße lassen", schimpfte Danny.

„Reden Sie doch nicht so mit ihr, nur weil andere Leute gedrängelt haben", sagte die Frau empört.

Danny schien außer Moira niemanden um sich herum wahrzunehmen.

„Du könntest tot sein."

„Sie könnten sie umgebracht haben", warf der schwergewichtige Mann ein.

Danny drehte den Kopf zur Seite und sah ihn an. Was immer der Mann in diesen Augen gesehen haben mochte, es genügte, um ihn aufstehen und zu seiner Bahn eilen zu lassen.

„Lassen Sie sich das nicht gefallen", sagte die Frau zu ihr und beeilte sich gleichfalls, um die Bahn nicht zu verpassen.

Moira zitterte zu sehr, als dass sie irgendetwas anderes hätte machen können, außer Danny anzustarren. Wieso war er hier?

Sie war auf dem Glatteis ausgerutscht – er war da gewesen.

Sie war im Pub gefallen oder jemand hatte sie gestoßen – und er war da gewesen.

Und jetzt ... hier ...

Wie sollte ein einzelner Mann eine Menge so kontrollieren können, dass ausgerechnet sie stürzte? Jeder andere aus der Menge hätte dabei auf die Gleise fallen können.

„Moira, ist alles in Ordnung?" fragte er, aber in seiner Stimme war keine Sorge zu hören, sondern Wut. Vielleicht sollte ja nicht alles in Ordnung sein.

Sie löste sich aus seinem Griff. „Ja, danke. Mir gehts gut. Ich möchte nur fort von diesem Bahnsteig."

„Komm, wir gehen nach oben und nehmen ein Taxi."

Sie verließen die U-Bahn. Moira versuchte, ihr Zittern unter Kontrolle zu bringen und zu verhindern, dass sie ihre Gedanken und Gefühle verriet. Er hatte sie wieder am Arm gepackt. Sie wollte schreien und sich losreißen, aber sie sollte sich normal verhalten. Da er sie festhielt, spürte er, wie sie zitterte. Das war in Ordnung, immerhin hätte die Bahn sie köpfen können.

Es war völlig normal, dass sie zitterte.

Sie betraten die Straße und fanden sich in strahlendem Sonnenschein wieder. Danny schüttelte verständnislos den Kopf. „Jesus, Maria und Josef", fluchte er. „Wo waren da eigentlich irgendwelche Angestellte der U-Bahn? Da müsste doch jemand sein, der einem solchen Gedränge ein Ende bereiten kann."

Sie sah ihn an und sagte: „Das lief alles innerhalb von Sekunden ab!"

„Irgendwer hätte aufpassen müssen. Man sollte sie sogar anzeigen, dafür müssten Leute verhaftet werden."

„Welche Leute denn?" fragte sie und sah ihn an. „Kein Mensch weiß, wer mit der Drängelei angefangen hat. Wen soll man da verhaften?"

Er antwortete nicht, sondern nahm sie am Ellbogen und eilte mit ihr die Straße entlang. „Ich nehme an, dass wir drüben am Aquarium am ehesten ein Taxi finden", sagte er.

„Danny?"

„Ja?"

„Wieso warst du an der Haltestelle?"

„Ich habe dich gesucht."

„Warum?"

„Weil ich mir Sorgen um dich gemacht habe."

„Warum?"

„Das ist ja wohl offensichtlich."

„Weil du meinst, dass ich in Gefahr bin? Du meinst, richtige Gefahr? Nicht diese ‚Halt den Mund und sprich kein Gälisch'-Gefahr?"

„Du scheinst in den letzten Tag immer wieder in irgendwelche gefährlichen Situationen zu geraten."

„Die sich aber alle erklären lassen. Ich bin auf dem Glatteis ausgerutscht, ich bin über meine Tasche gefallen, die mir irgendwie im Pub abhanden gekommen war. Und jetzt ... eine Menschenmenge in der U-Bahn."

„Du hättest ums Leben kommen können."

„Diesmal ja. Aber du warst da, um mich zu retten. Irgendwie unglaublich."

Er sah sie von der Seite an. „Meinst du etwa, ich würde dich vor einen Zug stoßen?"

„Davon habe ich kein Wort gesagt. Ich finde es nur unglaublich, dass du da warst. Wie konntest du nur auf den Gedanken kommen, in der U-Bahn nach mir zu suchen?"

„Mal überlegen. Niemand wusste, wo du sein könntest. Deine Mutter hat heute Morgen davon erzählt, dass sich Brolin mit dir über ein Interview unterhalten wollte. Das da", er zeigte auf die andere Straßenseite, „ist sein Hotel."

„Woher weißt du das?" fragte sie.

„Ich habe die Zeitung gelesen. Die ganze Stadt weiß, wo er abgestiegen ist. Dafür muss ich kein Sherlock Holmes sein. Und du auch nicht."

„Dein Timing war perfekt."

„Mein Timing war ein Geschenk des Himmels. Dieser fette Kerl hätte fast euch beide auf die Gleise befördert."

„Hör auf, er war ein Fremder, der versucht hat, mir das Leben zu retten."

„Ja, ja, ein anständiger Kerl, aber völlig unfähig."

Sie näherten sich dem Aquarium, wo sich Dannys Vermutung bestätigte. Eine ganze Reihe von Taxis war hier auf der Suche nach Kundschaft unterwegs. Er wollte eines anhalten, überlegte es sich dann aber anders. „Willst du zum Pub laufen? Oder sollen wir erst noch irgendwo was trinken?"

„Nein", sagte sie schnell. „Ich muss zurück. Ich muss noch arbeiten."

„Ja, stimmt, die Arbeit muss weitergehen."

Er hob den Arm, ein Taxi scherte aus und hielt direkt neben ihm. Er machte die hintere Tür auf, Moira stieg ein und rutschte durch, dann folgte Danny ihr. „Und was liegt an?"

„Was?"

„Du hast gesagt, du musst noch arbeiten."

„Ja."

„Also, was muss denn heute noch erledigt werden?"

Sie hatte keinen Drehplan, doch während sie ihn ansah, kam ihr eine Idee. „Ich werde außerhalb der Stadt zu tun haben."

„Ich dachte, deine Sendung befasst sich mit dem St. Patrick's Day in Boston?"

„Ich habe meine Pläne geändert. Aber es ist schön, dass du hier bist, Danny. In Boston. Ich kann für den Rest des Tages unterwegs sein und habe die Gewissheit, dass du bei Dad bist. Er wird heute viel Hilfe brauchen können. Der Morgen war nicht einfach für ihn. Du weißt schon, im Beerdigungsinstitut."

Danny wurde still. Sie spürte seine Präsenz, wie er da neben ihr im Taxi saß. Er sah noch immer so aus wie der Mann, den sie seit so vielen Jahren kannte. Groß, attraktiv in seinem langen Ledermantel, mit dem nach hinten gekämmten Haar, dem etwas angespannten Gesicht, den Augen, die so rätselhaft waren. Er wandte den Blick ab und sah aus dem Fenster, als würde er die Ansicht genießen. Sie sah, dass seine Hand zwischen ihnen auf dem Rücksitz lag. Die schlanken Finger, die kurz geschnittenen Nägel. Er hatte kräftige Hände. Als sie seine Hand so daliegen sah, fühlte sie sich versucht, sie zu berühren. Sie biss sich auf die Lippe. Sie kannte ihn in der Hinsicht viel zu gut. Durch den Mantel wirkten seine Schultern noch breiter. Er war außerordentlich schlank und drahtig gebaut, nicht ein überflüssiges Gramm Fett am Leib. Er hatte ein ausgesprochen markantes und ansprechendes Gesicht. Diese braunen Augen, nein, nicht braun, bernsteinfarben, golden. Im Taxi konnte sie wieder den Duft seine Aftershaves wahrnehmen. Sie kannte seinen Körper, wusste, was sich unter der Kleidung befand. Das Problem war nur, dass sie diesen Mann an sich nie richtig kennen gelernt hatte. Es bereitete ihr eine Gänsehaut, wenn sie daran dachte, von welchen Erinnerungen er heimgesucht werden mochte. Er hatte miterlebt, wie man seinen Vater und seine Schwester ermordete. Das genügte, um ihn mit einer gewaltigen Verbitterung zu erfüllen. Er musste einfach Vergeltung wollen. Aber wie weit würde er dafür gehen?

Plötzlich sah er sie an, als hätte er ihre Gedanken gelesen. „Ich wünschte, du würdest mir vertrauen“, sagte er leise.

„Das tue ich.“

„Du bist eine miese Lügnerin, Moira. Das warst du schon immer.“

„Irgendwas läuft da, Danny, und das wissen wir beide.“

„Ist es nicht jammerschade, dass wir nicht mehr darüber wissen?“

„Ich glaube, *du* weißt mehr darüber.“

„Und ich glaube, dass es einiges gibt, was du mir nicht sagst.“

„Es gibt nichts, was ich dir erzählen könnte, Danny.“

Er sah wieder aus dem Fenster. Minuten später hatten sie

den Pub erreicht und stiegen aus. Danny bezahlte den Taxifahrer.

„Danke“, sagte Moira knapp und ging zur Tür.

„Für die Fahrt im Taxi oder dafür, dass ich dich vor der Enthauptung bewahrt habe?“

„Beides“, erwiderte sie leise und betrat den Pub.

Die Mittagszeit war fast vorüber, aber gut die Hälfte der Tische war noch besetzt. Liam saß auf seinem Hocker, Eamon stand ihm gegenüber und stützte sich auf dem Tresen ab. Sie lächelten und winkten, als sie hereinkam. Sie fand noch immer, dass ihr Vater heute schrecklich traurig und ein ganzes Stück älter aussah. Seamus fehlte ihm sehr.

„Hi, Dad.“

„Hi, Tochter. Alles in Ordnung?“

Sie nickte und ging zu ihm. „Und du? Wie fühlst du dich?“

„Gut. Sehr gut. Weißt du, es ist am besten, wenn man mit jemandem reden kann. Und über jemanden. Wenn man weitermachen kann, einfach nur weiter.“

„Bist du sicher, dass es dir gut geht?“

„Ich bin da, wo ich auch sein sollte. Bei der Arbeit. Und bei Freunden. Meinen Freunden und Seamus’ Freunden.“

„Moira Kathleen“, sagte Liam. „Weißt du das denn nicht? Das ist eine richtige alte irische Totenwache. Man sitzt beisammen, um den Sarg versammelt, man hebt sein Glas, und man redet. Die Wache und die Beerdigung waren nicht für die Toten gedacht, sondern für die Hinterbliebenen.“

„Natürlich, Liam.“

„Wir sollten für ihn zwei Abende lang Wache halten, Eamon“, schlug Liam vor.

„Seamus hat mir gesagt, was er wollte. Und er hat es auch aufgeschrieben. Ich erfülle nur einem Mann seinen letzten Willen, Liam, weiter nichts." Er wandte sich wieder Moira zu. „Wenn du Arbeit hast, Mädchen, dann will ich dich nicht aufhalten."

„Dad, ich bin heute Abend wieder da, wenn es richtig voll wird", sagte sie. „Meinst du, ich könnte mir deinen Wagen ausleihen? Ich möchte ein Stück die Küste hinauffahren. Bis Salem. Morgen muss ich schneiden und das Masterband losschicken. Und dann muss ich mit Michael und Josh absprechen, wo wir die Live-Einspielungen aufnehmen."

„Er hat zweimal angerufen."

„Wer?"

„Michael. Ruf ihn besser noch zurück."

„Kann ich vom Büro aus anrufen?"

„Was fragst du denn erst noch?"

Moira ging ins Büro und setzte sich an den Schreibtisch. Sie war sich nicht sicher, ob sie das Richtige tat. Vielleicht wäre es besser, auch den Nachmittag über im Pub zu bleiben. Aber sie musste weg. Danny würde im Pub helfen können.

Und Patrick ...

Allerdings vermochte niemand wirklich zu sagen, wo Patrick sein würde.

Sie rief Sally Adair im „Magik Maiden" an, dem Geschäft, das sie in Salem führte, und erzählte ihr von Seamus' Tod. Als Sally hörte, dass Moira zu Besuch kommen würde, war sie hellauf begeistert.

„Bist du sicher, dass du das wirklich möchtest? Es muss schwer für dich sein, jetzt, wo Seamus tot ist."

Schwerer, als du für möglich hältst, dachte Moira.

„Das ist mit ein Grund, warum ich heute raufkomme. Ich muss mal raus hier. Ich komme ohne Crew, nur mit der Handkamera. Wenn du nichts dagegen hast, filme ich ein wenig in deinem Laden, und vielleicht kannst du mich ja in Salem herumführen, damit ich sehe, wie ihr für St. Patrick's Day dekoriert habt."

„Das wäre großartig."

Moira legte auf und rief Michael im Hotel an, aber er war nicht in seinem Zimmer. Sie hatte aber auch nicht erwartet, dass er den ganzen Tag auf ihren Anruf warten würde. Sie versuchte es auf seinem Mobiltelefon und erreichte ihn.

„Hallo, meine Schöne, ich habe dich schon gesucht."

„Du weißt ja, ich war mit Dad unterwegs, und dann musste ich noch ein paar Dinge erledigen. Und ich war bei Jacob Brolin. Er kommt nach der Parade für ein Interview in den Pub."

„Fantastisch! Ich wusste doch, dass du ihn bekommen würdest."

„Ich bin auch froh darüber, nur haben wir ihn nicht in dieser Sendung, weil das Band morgen da sein muss, wenn wir die Live-Schaltungen machen wollen. Er kann erst für die Wiederholung am Abend reingeschnitten werden."

„Ich glaube, das ist nicht so schlimm. Wie sieht es aus? Wirst du heute wieder deinem Vater helfen?"

„Nein. Wie schnell kannst du hier sein?"

„Zehn Minuten. Wieso?"

„Ich will nach Salem fahren."

„Wieso das?"

„Ich möchte die Feier in Salem mit der in Boston vergleichen. Keine große Sache, nur die Handkamera."

„Was du möchtest, Moira. Ich habe mir unser Material in Ruhe angesehen und schon einen Termin festgemacht, damit das Band abgeholt wird, sobald wir fertig sind. Und ich habe alles für die Live-Segmente vorbereitet."

„Wunderbar. Danke, Michael."

„Na, das ist doch mein Job, weißt du nicht mehr? Außerdem muss ich fairerweise sagen, dass Josh eine Menge davon erledigt hat."

„Es ist ja auch sein Job", erwiderte sie. „Ist er im Hotel?"

„Ich glaube schon. Er schneidet die Außenansichten der verschiedenen Pubs."

„Ich werde ihn anrufen."

„Die Kamera habe ich. Wenn du ihn nicht erreichen kannst, fahren wir so los und hinterlassen eine Nachricht für ihn."

„Einverstanden."

Moira legte auf und ging zurück ins Lokal. Sie sah sich um, konnte Danny jedoch nirgends entdecken.

„Weißt du, wo Danny ist?" fragte sie ihren Vater.

„Ich habe ihn nicht gesehen", erwiderte Eamon.

„Und Patrick?"

„Dein Bruder ist schon vor einer Weile gegangen. Er wollte sich mit Siobhan bei ihren Eltern treffen."

„Und du hast Danny ganz sicher nicht gesehen?"

„Der hat auch vor einigen Stunden den Pub verlassen. Seitdem habe ich ihn nicht gesehen."

Moira wünschte, er wäre mit in den Pub gekommen, damit sie ihn sehen konnte und wusste, wo er war. Sie empfand es als unbehaglich, nicht zu wissen, wo er sich aufhielt.

„Meinst du, er ist in seinem Zimmer?"

„Glaube ich nicht, aber Anklopfen schadet nichts."

Moira nickte, dann ging sie in den hinteren Teil des Lokals. Sie blieb an der Tür zum Gästezimmer stehen, zögerte und horchte, dann klopfte sie. Keine Antwort. Sie drehte den Türknauf und stellte fest, dass nicht abgeschlossen war. Als sie in sein Zimmer ging, fiel ihr auf, dass makellose Ordnung herrschte. Das Bett war gemacht, und alle Kleidung war fortgeräumt, mit Ausnahme einer Jacke, die über einem Stuhl hing. Auf dem Schreibtisch stand ein Notebook. Es war aufgeklappt und eingeschaltet. Daneben lagen einige Stadtpläne von Boston. Sie zögerte, aber dann siegte die Neugier. Eine Datei mit dem Namen „Saras Nacht" war geöffnet, und sie begann zu lesen.

„Wenn man von den Royal Ulster Constabulary gefasst wurde, konnte man nur eines machen: lügen! Und Sara log."

Moira las weiter.

„Die Soldaten waren alles andere als höflich, als sie das Haus stürmten. Natürlich kamen sie erst mitten in der Nacht, wenn sich dichter Nebel auf das Land gelegt hatte. Sie hatte immer gedacht, dass es eine Warnung geben würde, doch sie hatte sich geirrt. Es war ihr noch nicht mal gelungen, den Kopf richtig zu heben, als sie sie aus dem Bett zerrten. Sie zerfetzten ihr Nachthemd und rissen die Bettdecke fort, um sicher zu sein, dass sie weder an ihrem Körper noch im Bett eine Waffe versteckt hatte.

Als sie mit ihrer Suche fertig waren, zitterte sie. Sie fühlte sich entwürdigt und fragte sich, welche Waffe wohl so winzig sein mochte, dass sie sie in den Körperöffnungen hätte verstecken können, die sie mit roher Gewalt untersuchten.

Sie warfen ihr Kleidung hin, und sie musste sich anziehen.

Sie brachten sie an den ‚berüchtigten Ort' Long Kesh mit dem Stacheldraht und den Wachtürmen, wo Maschinengewehre installiert waren. Sie wurde allein dorthin gebracht, was ihr mehr Angst machte als alles andere. Das war keine Razzia, die sich gegen alle mutmaßlichen Terroristen richtete, sondern das hier zielte nur auf *sie* allein ab.

Als sie ankamen, führte man sie zum Leiter der Einrichtung. Sie kannte seinen Namen und seinen Ruf.

‚Miss O'Malley, richtig?' fragte er und las aus einer Aktenmappe ab. Man hatte sie auf einen Stuhl vor seinem Schreibtisch gesetzt, und dieser Mann sprach in höflichem Tonfall zu ihr. Sie hatte von Gefangenen gehört, die gefoltert und gequält wurden. Dieser Mann war freundlich, und Freundlichkeit – das hatte sie gelernt – war gefährlich.

‚Ja, Sara O'Malley. Und ich habe nichts Unrechtes getan.'

‚Man hat Sie wiedererkannt, Miss O'Malley. Sie waren die Frau, die so getan hat, als befände sie sich in einer Notlage. Sie haben Sergeant Hudson aus seinem Wagen gelockt, damit Ihre Freunde eine Bombe darunter platzieren konnten. Hudson und drei weitere Soldaten wurden getötet, als die Bombe hochging.'

Sie war bereit gewesen, ihr Leben zu opfern. Zumindest hatte sie das geglaubt. Aber sie hatte sich niemals vorstellen können, wie es sein würde, wenn eine Bombe hochging, wenn eine Explosion die Luft zerriss, das Feuer, die Schreie, der Gestank von brennendem menschlichen Fleisch ...

‚Ich weiß nicht, wer mich gesehen haben will. Aber ich war nicht in der Nähe dieses Tatorts.'

Er beugte sich vor. ‚Dummes Ding! Ich möchte nicht, dass Sie ins Gefängnis gehen ... oder sogar sterben müssen. Sie sind noch so jung, Sie haben Ihr ganzes Leben noch vor sich. Sie könnten fliehen, nach Amerika zum Beispiel. Was ich von Ihnen will, sind die Namen der Männer, die die Bombe gelegt haben. Es ist ganz einfach. Sie geben mir die Namen, ich helfe Ihnen bei der Flucht.'

‚Ich kann Ihnen keine Namen geben, ich war nicht dabei.'

Er nickte, als würde er ihre Antwort akzeptieren. ‚Gut, wir geben Ihnen etwas Bedenkzeit. Vielleicht fällt Ihnen noch etwas ein.'

Erst als man ihr einen Stoffsack über den Kopf stülpte,

merkte sie, dass jemand hinter ihr gestanden hatte. Jemand griff nach ihr. ‚Rufen Sie bitte die Eskorte für die Dame.'

Ihre Eskorte.

Sie hatte kein Ahnung, wohin man sie brachte oder wie viele Soldaten ihre ‚Eskorte' bildeten.

Sie war bereit gewesen, ihr Leben zu opfern ...

Als sie mit ihr fertig waren, ließen sie sie einfach auf dem Betonboden liegen. Sehen konnte sie ihre Umgebung noch immer nicht.

Die nächsten Stunden waren ein Albtraum. Sie hatte den Eindruck, wieder verbranntes Fleisch zu riechen. Sie zitterte vor Kälte. Namen. Sie konnte keine Namen nennen ...

Am nächsten Tag brachten sie sie wieder in das Büro.

‚Miss O'Malley, ist Ihnen etwas eingefallen, was Sie mir sagen möchten?' fragte er.

Sie schüttelte den Kopf. ‚Nein.'

‚Ich bin sicher, dass es Ihnen früher oder später einfallen wird. Bis dahin lasse ich Sie zurück in Ihre Zelle eskortieren.'

Sie versuchte, sich nicht anmerken zu lassen, wie sehr sie zitterte. Ihre Lippen bebten.

‚Entschuldigen Sie ... wollten Sie etwas sagen?'

Sie schüttelte den Kopf und versuchte, sich auf das einzustellen, was nun folgen würde. Die ‚Eskorte' traf ein. Sie bemühte sich, weder zu denken noch zu fühlen. Einer der Soldaten beugte sich hinunter und sagte: ‚Hudson war mein Cousin.' Als er mit ihr fertig war, konnte sie nur noch stumm weinen."

„Gefällt dir die Geschichte?"

Moira klappte das Notebook zu und machte entsetzt einen Schritt nach hinten. Danny war in sein Zimmer gekommen. Er stand an den Türrahmen gelehnt und sah sie mit zusammengekniffenen Augen an.

„Danny ..."

Er kam auf sie zu. „Ich wollte wissen, ob dir die Geschichte gefällt."

„Was interessiert dich meine Meinung? Ich bin sicher, du hast Fans genug."

„Hast *du* jemals eines meiner Bücher gekauft?" fragte er höflich.

„Natürlich. Manchmal. Das hier werde ich mir auch holen."

„Natürlich. Du willst schließlich wissen, wie es ausgeht."

„Ich muss jetzt gehen."

„Stimmt, du musst ja heute arbeiten."

„Genau."

Sie wollte an ihm vorbei, aber er hielt sie am Arm fest. Er tat ihr nicht weh, sondern zog sie nur dicht an sich heran.

„Was wolltest du hier?"

„Was?"

Sein Körper schien so heiß wie ein Hochofen zu sein. Der Griff, in dem sie sich befand, machte ihr einmal mehr klar, wie viel Kraft in diesem Körper steckte. Der Zorn in seinen Augen schien sie zu durchbohren.

„Du bist in meinem Zimmer. Was wolltest du hier?"

„Nichts."

„Warst du neugierig?"

„Nein ... ich habe dich gesucht. Ich wollte sicher sein, dass du meinem Vater hilfst, wenn er Hilfe braucht, während ich unterwegs bin. Ich werde vier oder fünf Stunden weg sein."

„Du bist eine Närrin, Moira."

„Der Computer stand so da, dass ..."

Er schüttelte ungeduldig den Kopf. „Glaubst du wirklich, es würde mich kümmern, ob du liest, was ich schreibe?“

„Ich muss jetzt los“, beharrte sie.

„Moira, verdammt. Du musst mit mir reden.“

„Warum, Danny? Du hast doch noch nie richtig mit mir geredet“, gab sie zurück.

„Du zitterst ja.“

„Ich muss gehen.“

„Moira?“

„Lass mich los, mein Vater ruft mich.“

Seine Augen blieben einen Moment lang unbeirrbar auf sie gerichtet, während er sie noch ein Stück näher zu sich zog. „Moira, ich ... verdammt“, murmelte er und ließ sie so abrupt los, dass es ihr fast so vorkam, als hätte er sie fortgestoßen.

Er sah ihr nach, wie sie sein Zimmer verließ.

„Michael ist hier“, sagte Eamon, als sie zum Tresen gelaufen kam. „Ich hole die Wagenschlüssel.“

„Danke, Dad. Wir werden rechtzeitig zurück sein, bevor der abendliche Ansturm einsetzt.“

„Das ist lieb von dir, aber du hast auch deine Arbeit zu machen. Ich habe den Pub im Griff.“

„Ich beeile mich trotzdem“, sagte sie entschlossen und fing den Schlüsselbund auf, den er ihr zuwarf.

Michael stand an der Tür und wartete. Die Kameraausrüstung trug er in einer großen Umhängetasche. Er legte ihr einen Arm um die Schultern, als Moira ihn erreicht hatte.

„Du zitterst ja.“

„Wirklich? Mir ist etwas kalt. Lass uns gehen.“

Am Wagen angekommen, meinte er: „Ich glaube, es ist besser, wenn ich fahre.“

Sie wollte protestieren, aber dann sah sie ein, dass er Recht hatte. Sie fuhren los.

„Bist du sicher, dass du heute nach Salem willst?“ fragte er und legte seine rechte Hand auf ihre linke. „Das ist für deine Familie eine schwere Zeit. Es ist nicht zu übersehen, dass Seamus für euch alle viel mehr war als nur ein Stammgast.“

„Doch, doch, es geht mir gut. Ich bin froh, wenn ich aus der Stadt rauskomme. Außerdem habe ich mich so wenig um meine eigentliche Arbeit gekümmert, dass es mich nicht wundern würde, wenn wir die Sendung überhaupt nicht zusammenbekommen.“

„Du sollst dir um die technische Seite unserer Arbeit keine Gedanken machen, Moira, du bist die kreative Kraft.“

„Ich bin auch die Produzentin.“

„Josh hat alles im Griff, du musst dir keine Sorgen machen“, sagte er und fügte lächelnd an: „Außerdem hast du mich ja auch noch.“

„Ich habe euch beide nur ausgenutzt.“

„Du weißt, dass ich das liebe.“

Seine Finger schlossen sich zärtlich um ihre Hand, und Moira schaffte es, ihn anzulächeln. Sie war sich aber sicher, dass es kein glückliches Lächeln sein konnte. Er ahnte nicht, dass sie ihn betrogen hatte. Und das auch noch mit einem Mann, der vielleicht einen Mord plante. Der vielleicht schon versucht hatte, *sie* umzubringen.

Andererseits war Danny jedes Mal aufgetaucht, um ihr zu helfen. Nur – wenn seine Anschläge fehlgeschlagen waren, welche bessere Tarnung hätte es geben können, als in der Gestalt ihres Lebensretters die Szene zu betreten?

Was war in der Nacht gewesen, als sie nach unten in den Pub gegangen war? Sie waren sehr lange Zeit völlig allein gewesen. Da hätte er doch problemlos zuschlagen können. Aber wie? Hätte er ihr im Haus ihres Vaters etwa die Kehle aufschlitzen sollen?

„Moira, was ist los? Ich bin hier, du kannst mit mir reden.“

Sie sah Michael an. Ja, was war eigentlich los? Da saß ein Mann, für den die meisten Frauen über Leichen gehen würden, um ihn für sich zu haben. Er hatte nichts falsch gemacht, sie dagegen schon. Aber sie war noch nicht so weit, um reinen Tisch zu machen. Nicht, solange das alles nicht hinter ihr lag. Und solange sie es nicht getan hatte, konnte sie ihre Beziehung nicht weiterführen.

„Ich weiß nicht. Ich glaube, ich bin einfach etwas angespannt. Mir geht so vieles im Kopf herum.“

„Du weißt, dass wir diese Szenen nicht wirklich brauchen.

Wir könnten einfach den Rest des Tages freinehmen. Wir suchen uns ein reizendes Neuengland-Gasthaus und vergessen alles um uns herum."

„Oh, Michael, es tut mir sehr Leid. Ich bin so schrecklich gewesen und ..."

„Ist schon gut. Wir fahren nach Salem."

Er fuhr weiter, und nach einer Weile sagte er: „Tut mir Leid, ich glaube, du hast dich nur noch mehr aufgeregt, als ich dir erzählt habe, was ich über O'Hara herausgefunden habe."

„Ich dachte, ihr hättet euch bei eurer gemeinsamen Tour gut verstanden."

„Ja, ich ...", murmelte Michael bedauernd. „Trotzdem, ich hätte es dir nicht sagen sollen. Ich hätte besser den Mund gehalten."

„Wieso das?"

„Weil wir einen ganz angenehmen Tag verbracht haben. Es wirkt auf mich einfach nur ein wenig beängstigend, wenn sich der Freund der Familie als ein Mann entpuppt, der mir Konkurrenz machen könnte."

„Er ist keine Konkurrenz", erwiderte Moira leise. Sie log wieder. Oder vielleicht auch nicht. Manche Dinge änderten sich einfach nicht so schnell. Vielleicht würde Danny immer diese körperliche Ausstrahlung besitzen, die etwas in ihr ansprach. Und vielleicht sagte die pure Logik ihr, dass er nicht der Mann für ihr Leben war, selbst wenn er keinen Mord plante.

„Das glaube ich auch nicht. Er hat mir gesagt, wenn ich derjenige bin, der dich glücklich macht, dann würde er uns als Erster seinen Segen geben. Hörte sich fast nach deinem Bruder an. Es war ein interessanter Tag." Er schwieg einen Moment lang, dann fuhr er in ernsterem Tonfall fort: „Du glaubst wirklich, dass in der Bar deines Vaters irgendetwas läuft?"

„Pub", korrigierte sie automatisch und warf ihm einen entschuldigenden Blick zu. „Es gibt da einen Unterschied. Aber laufen kann auch irgendwo anders etwas. Schwer zu sagen."

„Ich glaube, es wäre besser, wenn du in den nächsten Tagen in meiner Nähe bleibst. Geht das?"

Sie sah ihn an. „Ich bin ja schon in deiner Nähe, und wir sind auf dem Weg aus der Stadt."

„Wir sollten uns den Tag nicht verderben lassen."

„Michael", murmelte sie, „ich ..."

„Kein Wort mehr über den Pub oder über Seamus. Du bekommst dein Interview mit Brolin, und alles wird in Ordnung sein."

„Wie soll denn alles in Ordnung sein? Seamus ist tot."

Er schwieg gut eine Minute lang, dann sagte er: „Moira, ich habe mit deinem Dad gesprochen. Ich habe gehört, was geschehen ist, und ich weiß, dass du beunruhigt bist. Aber das war ein Unfall. Ein Mann wollte seinem Freund helfen. Und nun versuch einfach, den Tag zu genießen, okay?"

Sie lächelte und nickte zustimmend, doch in ihrem Inneren war sie nach wie vor voller Sorge.

„Wo ist sie hin, Josh?"

Dan hatte nicht lange gewartet, nachdem Moira gegangen war. Er hatte ihren Geschäftspartner angerufen und gehofft, ihn in seinem Hotelzimmer zu erwischen.

„Warte", erwiderte Josh. „Ich bin eben erst zurückgekommen. Hier ist eine Nachricht. Sie sind für Dreharbeiten nach Salem gefahren, zu Moiras Freundin Sally Adair. Kenne ich nicht. Weißt du, wer das ist?"

„Ja, ich habe sie vor ein paar Jahren mal gesehen. Sie hat hier in der Gegend gewohnt, dann ist sie weiter nach Norden an die Küste gezogen. Wirst du auch hinfahren?“

„Das wollte ich eigentlich nicht. Ich nehme an, dass Moira die Handkamera mitgenommen hat. Michael ist bei ihr, er kann mit der Kamera umgehen.“

Dan hatte die Tür zu seinem Zimmer nicht geschlossen. Erschrocken blickte er auf, als er Patrick Kelly in der Tür stehen sah.

Er hob eine Hand, um ihn zu grüßen.

Patrick lächelte und nickte, während er darauf wartete, dass Dan das Gespräch beendete.

„Ich glaube, ich fahre ihnen nach“, meinte Dan. „Nur für den Fall, dass sie Unterstützung gebrauchen können.“

Josh schwieg einen Moment lang. „Dan, ich bin sicher, dass die beiden zurechtkommen. Außerdem ... na ja, es geht mich eigentlich nichts an, aber ... sie ist mit Michael zusammen, seit sie sich kennen gelernt haben.“

„Ich weiß. Wenn er sie wirklich glücklich macht, dann schwöre ich dir eines: Ich werde mich so weit zurückziehen, dass niemand mehr weiß, dass ich jemals da gewesen bin. Moira haben die letzten Tage ziemlich zu schaffen gemacht. Warum fahren wir beide ihnen nicht nach?“

„Na gut. Aber wenn wir uns nicht schnell auf den Weg machen ...“

„Wir sind schon weg. Jetzt in diesem Moment. Wir holen sie ein, sie sind vor einer Minute abgefahren.“

„Gut, ich komme rüber.“

„Wohin fahrt ihr?“ fragte Patrick.

„Nach Salem.“

„Dad hat gesagt, dass Moira mit Michael auf dem Weg zu Sally ist.“ Er betrachtete Dan eindringlich. „Findest du nicht, du solltest die beiden allein lassen?“

„Vielleicht sollte ich das. Aber nicht jetzt, wo sich die Ereignisse überschlagen. O verdammt, du brauchst mich für irgendwas, stimmts?"

Patrick lachte. „Eigentlich ja. Ich wollte dich fragen, ob du mit mir nach Salem fahren willst."

„*Du* wolltest ihnen nachfahren?"

„Stimmt genau."

„Warum?"

„Ich mache mir Sorgen um Moira. Und Michael ... na ja, sie mag ihn ja lieben, aber er kennt sie noch nicht so lange wie ich. Ich bin ihr Bruder, und wenn sie im Moment Rückhalt braucht, dann bin ich dafür geeigneter als er. Außerdem hatte ich so ein Gefühl, dass du mitfahren wolltest."

„Ja, gerne sogar. Josh will auch mitkommen."

„Gut. Dann haben wir kein Problem damit, dass du dich in ihre Beziehung einmischst, richtig?" meinte Patrick. „Antworte lieber nicht. Ich fahre."

„Tu mir einen Gefallen. Kümmere dich bitte darum, ob dein Dad Hilfe genug hat, und dann halte bitte nach Josh Ausschau. Ich bin in einer Minute da."

„Kein Problem."

Patrick ging hinaus, und Dan griff wieder nach dem Telefon. Er hatte Liz noch nie von einem Apparat im Haus angerufen, aber diesmal ging es nicht anders.

„Liz, sag mir schnell, was du Neues herausgefunden hast."

„Pass auf. Dieser Wohltäter, mit dem Patrick Kelly arbeitet ... dieser Andrew McGahey, der Mann bewegt sich auf einem schmalen Grat. Willst du's hören?"

„Schieß los."

„Du rufst ja vom Pub aus an", sagte sie plötzlich vorwurfsvoll.

„Erzähl mir einfach schnell, was du weißt."

„Er war in den letzten Jahren wiederholt in Belfast. Dabei hat er sich mehrmals mit Jacob Brolin getroffen – und mit Angehörigen der Real IRA. Du musst ihn im Auge behalten. Und Patrick Kelly ebenfalls. Vom legalen Standpunkt sind die Papiere für McGaheys Initiative alle in Ordnung."

„Kein Wunder, Patrick Kelly ist ein guter Anwalt", bemerkte Danny lakonisch.

„Da war noch ein anderer Mann im Pub, wie du sicher weißt."

„Ja, ich weiß, dass Browne da ist."

„Gut. Pass auf dich auf. Er arbeitet nicht allein."

„Ich weiß, worum es geht, Liz. Ich habe nach Browne Ausschau gehalten. Verdammt, es sollte doch inzwischen noch irgendetwas anderes geben. Was ist mit Michael McLean?"

„Warum? Willst du den Typ aus dem Weg schaffen? Das wird noch zur Besessenheit."

„Bleib einfach dran", sagte er. Besessenheit? Ja, das mochte stimmen, und er kannte nicht einmal den Grund dafür. Er hatte einige Stunden mit Moiras Neuem verbracht und war zu der Erkenntnis gelangt, dass der die Wahrheit unglaublich gut verbarg, wenn hinter der Fassade wirklich etwas anderes stecken sollte. Der Kerl war angenehm, humorvoll, intelligent. Anscheinend war er wirklich völlig in Moira verliebt, was bei Dan Schuldgefühle hätte auslösen müssen. Aber das war nicht der Fall gewesen. Vielleicht irrte er sich auch, und der Typ war einfach vollkommen, während er selbst sich über die Jahre hinweg alle Chancen zunichte gemacht hatte.

„Ich habe dir ja gesagt", meinte Liz gelangweilt, „dass keiner unserer Kandidaten eine völlig weiße Weste hat. Leg dich nicht auf eine Person fest, hier steht zu viel auf dem Spiel."

„Das mache ich nicht.“ Aber vielleicht machte er es doch. Liz hatte Recht. Hier stand zu viel auf dem Spiel.

„Du weißt, dass Moira Kelly heute bei Brolin war.“

„Ja, natürlich weiß ich das.“

„Gut. Du bist schon zu lange in der Leitung.“

„Das war ich bereits in dem Moment, als du dich gemeldet hast“, drängte er. „Hör zu, ich will sehen, was du hast.“

„Über wen?“

„McGahey, Patrick, den wohltätigen Verein. Und McLean.“

„Dan ...“, sagte sie mit warnendem Unterton.

„Ich will sehen, was du hast. Mein Kopf steckt in der Schlinge. Ich mache jetzt Schluss.“ Er legte auf, nahm seinen Mantel, tastete das Futter ab, um sicher zu sein, dass er alles bei sich hatte, dann ging er hinaus zu Eamon. Er betete, dass der ihm versicherte, es sei alles in Ordnung und er habe genug Hilfe. Zum Glück sagte er auch genau das.

Dan lief nach draußen zu Patrick, der bereits auf Josh wartete.

Nachdem sie das Ortseingangsschild von Salem passiert hatten, fragte Michael, wo sie parken sollten.

„In der Nähe des Geschäfts ist es schwierig. Ein paar Straßen dahinter finden wir leichter einen Platz. Du wirst sehen, diese Stadt ist einfach reizend.“

Michael fuhr an einer Reihe ausgesprochen hübscher Häuser vorbei und nahm den ersten Parkplatz, den er fand. Er holte die Kamera aus dem Kofferraum, und dann gingen sie am Hawthorne Inn vorbei zur Küste.

Moira lächelte ihn an. Es war eine gute Idee gewesen, Boston wenigstens für eine kurze Zeit zu verlassen. Sie hatte das

Gefühl, von einer Last befreit zu sein. Hier hätte sie fast vergessen können, dass Seamus tot war und morgen die Totenwache gehalten werden würde.

„Gleich haben wir Sallys Geschäft erreicht."

Er schulterte die Kamera und nahm Moiras Hand, während sie weitergingen. Sie hatte nichts dagegen.

„Ah, da seid ihr ja."

Sally stand vor der Ladentür, als hätten übersinnliche Fähigkeiten ihr die Ankunft der beiden angekündigt.

„Siehst du, sie ist eine Hexe. Sie wartet schon auf uns", sagte Moira zu ihm, ging einen Schritt schneller und nahm ihre Freundin in die Arme.

Sally hatte pechschwarzes Haar, was hervorragend zu dem schwarzen Kaftan passte, den sie trug. Der V-Ausschnitt erlaubte einen ungehinderten Blick auf das silberne Pentagramm, das sie um den Hals trug. Ihre silbernen kugelförmigen Ohrringe passten gut zu ihren blassblauen Augen.

„Du musst Michael sein." Sally streckte ihm eine Hand entgegen.

„So ist es. Freut mich, dich kennen zu lernen, Sally. Ich muss zugeben, ich bin zuvor noch nie einer Hexe begegnet."

„Sally, dein Schaufenster sieht fantastisch aus", sagte Moira nach einem Blick in die Auslage. Ihre Freundin hatte mit Elfen, Kobolden und einer wunderschönen Figur des heiligen Patrick eine reizvolle Dekoration geschaffen.

„Danke, aber findest du es nicht etwas übertrieben? Mir hat es einen riesigen Spaß gemacht." Sie grinste Michael an. „Die Iren sind zwar im Allgemeinen sehr katholisch, aber sie lieben ihre Elfen, Kobolde, Todesfeen und den ganzen Rest."

„Michael stammt auch aus einer irischen Familie."

Sally lachte. „Bestimmt nicht so irisch wie deine Leute. Ich glaube, es gibt nicht mal in Irland jemanden, der so irisch ist wie dein Vater. Hey, kommt doch rein“, sagte Sally und hakte sich bei Moira unter, um sie ins Geschäft zu führen. „Er ist ein Traumkerl“, flüsterte sie. „Aber ich habe ja schon gehört, dass er gut aussehen sollte. Die anderen sind bereits im Laden.“

„Die anderen?“ fragte Moira irritiert und wollte einen Schritt zurück machen. Doch sie waren bereits eingetreten. Moira blieb wie angewurzelt stehen. Patrick, Josh und Danny standen da. Josh hatte die Kamera geschultert und filmte bereits, Patrick sah sich eine Vitrine an, und Danny betrachtete sich einen Korb mit Kräutermixturen, die heilen oder Geld, Liebe und Frieden bringen sollten.

„Wieso habt ihr so lange gebraucht?“ fragte Josh gut gelaunt. „Erst fahren wir die ganze Zeit hinter euch her, dann sucht ihr euch im Niemandsland einen Parkplatz, und wir stehen hier eine Viertelstunde und warten, dass ihr endlich mal auftaucht.“

„Was zum Teufel macht ihr hier?“ platzte Moira, ohne nachzudenken, heraus.

Josh runzelte die Stirn. „Tut mir Leid, ich dachte, das wäre so verabredet gewesen.“

Moira sammelte sich rasch wieder. „Nein, Josh, ich ... es tut mir Leid ...“

„Ich glaube, sie hat nicht dich persönlich gemeint“, schaltete Patrick sich ein.

„Dich wohl auch nicht“, murmelte Danny so leise, dass Moira nicht sicher war, ob er es wirklich gesagt hatte.

„Du wusstest nicht, dass sie kommen würden? Das ist aber eine nette Überraschung“, sagte Sally fröhlich. Offenbar war ihr Moiras Tonfall nicht aufgefallen. „Egal, auf jeden Fall ist das Fenster extra für den St. Patrick’s Day so hergerichtet. Da drüben habe ich ein paar Bücher über Irland. Ach ja, und da ist meine Todesfee. Ist die nicht toll?“

Die Todesfee *war* toll. Ganz in Schwarz gekleidet, schien sie im Durchgang vom vorderen zum hinteren Teil des Ladenlokals zu schweben. Ihr sonderbar hübsches Porzellangesicht hatte dunkle Augen und zeigte einen traurigen Ausdruck.

„Sie ist sehr beeindruckend“, hörte Moira sich sagen.

„Hübsch“, meinte Michael.

„Also ursprünglich müssen Todesfeen hübsch gewesen sein“, sagte Sally. „Weißt du ...“

„Halt, halt!“ rief Josh. „Moira, setz dich doch mit Sally hin, dann kannst du sie über die Todesfee interviewen.“

Einige Minuten später saß sie in einem Sessel, die Todesfee schwebte rechts von Sally. Moira sprach eine kurze Einleitung, dann ließ Josh die Kamera laufen.

Sallys Ausführungen über die Banshees, die Todesfeen, waren eine gelungene Ergänzung zu Granny Jons Erzählungen. Als sie fertig war, lächelte Moira zufrieden und sah Josh an. „Ich glaube, das war perfekt.“

„Wirklich? War ich gut? Wirst du die Aufnahme benutzen?“ fragte Sally.

„Es war großartig.“

„Und ich werde nicht rausgeschnitten?“ wollte Sally wissen.

„Auf keinen Fall“, sagte Danny. Moira sah ihn aufgebracht an, weil er an ihrer Stelle die Frage beantwortet hatte. „Auf jeden Fall war es interessanter, als die Fassaden der Pubs zu filmen“, fuhr er beiläufig fort. Er sprach unbeschwert, aber sein Blick störte Moira. Er ist noch immer wütend, dachte sie, dass ich auf seinem Computer gelesen habe, was er geschrieben hat.

„Also dann lade ich euch zur Feier des Tages zum Essen ein", verkündete Sally.

„Nein, die Einladung geht auf uns. Als Dank für deine Ausführungen", erwiderte Moira.

„Aber ich bestehe darauf", sagte Sally.

„Wir werden an dir verdienen, Sally. Also lass dich vom Produktionsteam von Whalen und Kelly zum Essen einladen", drängte Josh.

„O. k.", erklärte Sally. „Randall und Meg werden auch gleich hier sein. Sie sind Handleser. Sie sind großartig. Wenn sich einer von euch aus der Hand lesen lassen möchte ..."

„Ich fürchte, mir steht der Sinn mehr nach Essen", sagte Josh. „Es ist fast drei, und jeden Augenblick wird mein Magen anfangen, ganz schrecklich zu knurren."

„Warum geht ihr nicht schon voraus? Ich rufe meinen Freund Martin McMurphy an, damit er einen Tisch reserviert. Sagt ihm, ich hätte angerufen."

Michael beugte sich zu Moira vor und flüsterte: „Martin McMurphy? Ist das ein echter Name?"

Ein Lächeln umspielte ihre Lippen. Was machte es schon, dass Danny, ihr Bruder und Josh hier waren? Sie war nicht allein, und damit war sie in Sicherheit. Sie musste sich nur von Danny fern halten, und sie würde sich den Tag nicht verderben lassen.

„Na gut, dann machen wir uns schon mal auf den Weg."

„Das Restaurant ist hinreißend dekoriert. Marty gehört auch das House of Haunts. Ein Geisterhaus, das das ganze Jahr über geöffnet ist. Zum St. Patrick's Day hat er da noch ein paar Todesfeen, böse Kobolde und leuchtende Skelette aufgestellt. Wenn ihr wollt, könnt ihr dort auch noch filmen."

„Das sollten wir machen. Aber erst muss ich was essen. Wo müssen wir hin?" fragte Josh.

„Dort an der Mall entlang. Das Restaurant befindet sich in einem kleinen Haus aus dem achtzehnten Jahrhundert auf der anderen Straßenseite. Das Geisterhaus ist gleich daneben."

„Ich werde vorangehen", bot sich Patrick an. Als er zur Tür ging, kamen die Randalls herein – Randall und Meg, die Handleser, die bei Sally im Geschäft arbeiteten. Sie waren beide gut über sechzig, wirkten aber deutlich jünger. Sally sagte ihnen, sie würden essen gehen, und gesellte sich nach dem Telefonat mit dem Restaurant zu der Gruppe. Da die Randalls nun im Laden waren, musste Sally die anderen nicht vorgehen lassen, sondern konnte sich ihnen sofort anschließen.

„Moira", rief Meg ihr nach.

Sie blieb stehen und drehte sich um.

„Lass dir das Essen schmecken, aber sei vorsichtig. Da ist Dunkelheit um dich herum."

„Dunkelheit?" wiederholte sie.

Meg sah sie besorgt an. „Meide nur die Dunkelheit. Und jetzt raus mit euch. Tut mir Leid, ich wollte euch nicht aufhalten."

Moira gab Meg einen raschen Kuss auf die Wange und ging nach draußen, gefolgt von den anderen. Auf dem Weg zum Restaurant merkte sie, dass Danny dicht hinter ihr war. Sie wusste es, weil sie sein Aftershave roch, das sie so gut kannte.

„Hör mal", sagte sie plötzlich vorwurfsvoll, als er neben ihr war. „Ich hatte dich doch gebeten, meinem Vater zu helfen."

„Dein Vater hat alles unter Kontrolle. Liam ist da, und Chrissie auch. Colleen war auf dem Weg nach unten, und Jeff wollte mit seiner Band früher da sein, falls Not am Mann ist."

„Ach ja? Du hast mit meinem Vater gesprochen?"

„Das habe ich, und dein Bruder auch."

„Warum bist du hier?"

„Ich bin um dich besorgt."

„Warum? Ich habe das Gefühl, dass ich in Sicherheit bin, wenn du nicht da bist."

Er packte sie an der Schulter und drehte sie zu sich um, damit er ihr ins Gesicht sehen konnte. „Glaubst du wirklich, ich hätte dich vor die Bahn gestoßen?"

Sie sah ihn trotzig an, das Kinn hoch erhoben. Die anderen gingen ein Stück vor ihnen, ohne zu ahnen, was sich hinter ihnen abspielte.

„Moira, ich bin Autor. Ich schreibe Dinge. Ist Stephen King ein Massenmörder? Ist Dean Koontz ein psychotischer Killer?"

„Lass uns einfach nur in Ruhe essen, Danny."

„Ja, sicher. Und wenn wir zurückkommen, könntest du doch eigentlich mein Zimmer auf den Kopf stellen. Vielleicht findest du ja was Interessantes."

Sie ignorierte ihn, löste sich aus seinem Griff und holte die anderen ein.

Inzwischen hatten sie Martin McMurphys Restaurant erreicht. Er begrüßte sie freundlich und brachte sie zu ihrem Tisch. Er war groß und mit seinem sandfarbenen Haar und seinen Sommersprossen ausgesprochen attraktiv. Auf dem Weg zum Tisch stieß Moira Sally an. „Das ist doch der richtige Typ für dich, oder?"

„Er ist ein großartiger Freund. Aber ich schätze, sein Freund denkt auch so über ihn."

„Oh. Tut mir Leid."

„Macht doch nichts. Die beiden gehören zu meinen engsten Freunden", sagte Sally lachend. „Dirk wirst du später kennen lernen. Er arbeitet im Geisterhaus."

„Oh, der Ärmste", meinte Moira mit gespieltem Entsetzen.

Sally sah sie verwundert an, dann verstand sie. „Nein, natürlich nicht als Geist“, erwiderte sie.

Sie nahmen an einem Tisch Platz, auf dem eine grüne Tischdecke und grüne Servietten lagen. Das ganze Lokal war anlässlich des St. Patrick's Day festlich geschmückt.

Martin nahm persönlich die Bestellung auf. Während sie auf ihr Essen warteten, holte Michael eine Einverständniserklärung für die Fernsehaufnahmen aus der Tasche. Nachdem Martin unterschrieben hatte, führte er Moira durch das Lokal. Josh folgte ihnen und filmte sie. Als das Essen gebracht wurde, nahmen sie alle wieder Platz. Es schmeckte köstlich, ebenso wie das speziell gebraute Bier. Nach dem Kaffee, zu dem McMurphys Feingebäck gereicht wurde, wollten sie bezahlen, doch Martin bestand darauf, die Rechnung auf das Haus gehen zu lassen.

„Aber wir sind doch eine ganze Gruppe“, protestierte Sally.

„Und ich bekomme keine bessere Werbung für mein Restaurant“, gab Martin zurück.

„Das war wirklich köstlich, doch jetzt müssen wir uns auf den Rückweg machen“, sagte Moira.

„Ihr müsst erst noch das Geisterhaus besuchen“, rief Sally. „Das dauert nicht lang.“

„Dirk wartet schon auf euch“, versicherte Martin.

„Dürfen wir filmen?“ fragte Moira.

„Ich möchte, dass du dich wunderbar erschrecken lässt“, sagte er. „Aber Dreharbeiten kann ich leider nicht gestatten. Ich kann nicht einfach meine Geheimnisse preisgeben.“

Sie dankten ihm für seine Gastfreundschaft und gingen nach nebenan zum Geisterhaus, wo sie von Dirk erwartet wurden. Er war groß gewachsen und sah blendend aus. Augen und Haare waren dunkel, sein Gesicht war fein geschnitten, und er hatte ein ansprechendes Lächeln. Er gab Sally einen Kuss auf die Wange und begrüßte die Gruppe, die sie mitgebracht hatte.

„Also gut", begann er. „Ich werde meinen üblichen Spruch aufsagen. Ein bisschen Gruseln ist in Ordnung, richtig Angst zu bekommen hingegen nicht. Von euch macht keiner den Eindruck, als könnte man ihm Angst einjagen oder ihn auch nur zum Gruseln bringen." Er seufzte mit gespielter Enttäuschung. „Aber wenn es jemandem zu viel wird, einfach laut schreien, und dann wird er sofort nach draußen gebracht."

Er machte eine dramatische Geste, verbeugte sich und öffnete die Tür zum Geisterhaus. „Wenn ich dann bitten dürfte ..."

Das Geisterhaus war mit Schwarzlicht und realistisch wirkenden Effekten sehr gut eingerichtet. Moira ging mit Sally hinein und blieb im ersten Raum stehen, dem Arbeitszimmer von Bram Stoker, der seine erschreckenden Visionen niederschrieb, während Vampire über die Wände huschten. Der nächste Raum zeigte die wahren Hexen, die die Erde als Mutter ehrten und das Universum hoch achteten. Einen Raum weiter wurden sie mit Werwölfen, Vampiren, Dämonen und Mumien konfrontiert. Passend zum bevorstehenden Feiertag war die Schreckensgalerie um wilde Kobolde und Todesfeen bereichert worden. Ein Vampir war über ein Bett gebeugt, in dem eine junge Frau in einem Seidennachthemd lag. Als sich Moira die Szene ansah, bewegten sich die beiden Gestalten plötzlich. Der Frau lief Blut am Hals entlang, der Vampir bleckte seine Reißzähne. Moira schrie entsetzt auf, im gleichen Moment waren ihr Bruder, Michael, Josh und Danny bei ihr.

„Moira?" fragte Patrick.

„Ich hab mich nur erschreckt", sagte sie und fing an zu lachen. Der Vampir und sein Opfer nahmen die ursprüngliche Position ein, als sei nichts geschehen.

„Das sind echte Darsteller“, erklärte Sally. „Die beiden sollten eine Gehaltserhöhung bekommen.“

Sie betraten einen Raum mit psychedelischen Lichteffekten, in dem sich der Boden drehte. Moira ging schnell voran, um Danny, der ihr auf den Fersen folgte, abzuschütteln. Wieder drehte sich der Boden und ließ sie einen Moment lang die Orientierung verlieren. Sie fand sich auf einem nachgebauten Friedhof wieder. Nebel hüllte die Grabsteine ein, Todesfeen zogen über ihrem Kopf hinweg und stießen markerschütternde Schreie aus. Eine Gestalt, die wie der Tod gekleidet war, trat hinter einem der Grabsteine hervor. Moira zuckte zusammen, musste dann aber grinsen, als die Gestalt um sie kreiste und immer wieder mit dem Griff der Sense auf den Boden klopfte.

„Ihr seid wirklich gut“, sagte sie und ging weiter. Der Tod sagte kein Wort, sondern lauerte zwischen den Grabsteinen, bereit, den nächsten Besucher zu erschrecken. Moira eilte weiter, bevor der Rest der Gruppe zu ihr aufschließen konnte.

Sie kam in einen Durchgang, der mit flatternden grauen Seidenstreifen verhängt war.

Schließlich gelangte sie in eine Szene, in der Trauernde um einen offenen Sarg standen, über dem eine weitere Todesfee schwebte.

Moira ging weiter und gelangte in einen Flur. Unheimlich leuchtende Pfeile wiesen in beide Richtungen. Sie wandte sich nach rechts und gelangte zu einer Tür, an der eine Tafel hing, die vor den Gefahren, die auf dem Land lauerten, warnte. Sie betrat den Raum und fand sich in einer nebelverhangenen Landschaft wieder, über der ein Regenbogen prangte. Am Fuß des Regenbogens saß ein Kobold auf einem Topf voller Gold.

Als sie sich näherte, setzte irgendetwas den Kobold in Aktion. Er wirbelte herum und sah sie mit einer hassverzerrten

Fratze an. Sein Ausdruck hatte etwas so Erschreckendes, dass sie sich augenblicklich unwohl fühlte. Rasch verließ sie den Raum, um den Weg zurückzugehen, den sie gekommen war.

Als sie den Friedhof wieder erreicht hatte, spielte leise, gruselige Musik. „Sally? Jungs?“ rief sie. Niemand antwortete.

„Hallo?“ sagte sie und hoffte darauf, dass der Tod noch einmal auftauchte, um ihr den Ausgang zu zeigen, den sie beim besten Willen nicht ausmachen konnte.

Aber nichts geschah. Die Todesfeen zogen ihre Kreise und stießen so schrille Schreie aus, dass Moira eine Gänsehaut bekam.

„Verdammt“, murmelte sie, dann entdeckte sie eine Tür. Ein sechster Sinn sagte ihr, dass jemand ihr folgte. Sie wirbelte herum und sah ... den Tod. „Da sind Sie ja. Ich kann es nicht fassen, aber ich habe mich verlaufen. Können Sie mir helfen?“

Er ging an ihr vorbei und stellte sich vor die Tür. Plötzlich zog er ein langes Messer aus seinem weiten Umhang.

„Das können Sie sich sparen, ich grusele mich auch so genug“, sagte sie beiläufig.

Aus heiterem Himmel machte der Tod einen Satz auf sie zu und packte sie. Moira fühlte die kalte Klinge an ihrem Hals. Ein heiseres Flüstern drang an ihr Ohr, während der Tod sie fester an sich drückte.

„Iss binn beal 'na thost!“

Trotz der Klinge auf ihrer Haut schrie Moira aus Leibeskräften.

Die Kreatur versetzte ihr einen Stoß. Moira rannte durch den Durchgang hinaus in den Flur, bog falsch ab und landete wieder im Regenbogen-Raum.

Der Kobold wandte sich um und grinste gehässig.

Nach rechts! Sie musste nach rechts, um hier herauszukommen. Trotzdem landete sie wieder auf dem Friedhof und stieß im trüben Licht mit jemandem zusammen. Sie schrie auf.

„Moira, ich bins!"

Danny. Er packte sie an den Schultern und schüttelte sie leicht, damit sie zu Sinnen kam. „Warum bist du so schnell vorgegangen? Wir rennen die ganze Zeit im Kreis und suchen dich."

Plötzlich wurde die Beleuchtung eingeschaltet. Der Tod kam in die Kulisse und entpuppte sich als Schüler mit zerzaustem Haar, nachdem er Maske und Kapuze abgenommen hatte. Dicht hinter ihm war Dirk. „Moira, das tut mir Leid. Ist alles in Ordnung? Du bist so schnell vorgestürmt. Was hat dich denn so sehr erschreckt?"

Die hellen Scheinwerfer zeigten, dass die Grabsteine aus Schaumstoff waren und es sich bei den Todesfeen um schwarz gekleidete Puppen handelte, die an Drähten durch den Raum gezogen wurden.

Michael und Sally kamen durch die Drehtür hinter ihr, Patrick und Josh stürmten durch den vorderen Durchgang.

Sie starrte den Tod an. „Er hat mich mit einem Messer bedroht!"

„Adam?" Dirk sah den Jungen wütend und verständnislos an.

„Ich habe niemanden bedroht", erwiderte der Junge und

sah Moira ernst an. „Ehrlich. Ich habe nur die Sense, und die ist aus Plastik. Hier, sehen Sie.“ Er berührte die Klinge, die sofort nachgab. „Ich habe kein Messer.“

„Jemand hat mich mit einem richtigen Messer bedroht“, sagte sie halblaut.

Sally kam zu ihr und legte die Arme um sie. „Moira, es tut mir Leid. Wir hätten zusammenbleiben sollen. Aber keiner der Angestellten trägt eine echte Waffe bei sich.“

Moira bemerkte, dass die anderen sie anstarrten. Sie würde sie niemals davon überzeugen können, dass ihre Fantasie nicht mit ihr durchgegangen war.

Michael kam zu ihr und legte einen Arm um sie. „Vielleicht ist ein Geisterhaus so kurz nach dem Tod eines guten Freundes keine so gute Idee“, sagte er und strich ihr übers Haar.

Sie ließ sich in seine Arme sinken und sah Sally und Danny, ihren Bruder und Josh an. Sie war ziemlich sicher, dass keiner von Dirks Angestellten sie angegriffen hatte. Und einer aus dieser Runde wusste, dass sie nicht log.

„Iss binn beal 'na thost“, sagte sie leise. Es waren die gälischen Worte, die der Angreifer gesprochen hatte. „Ein stummer Mund ist wohlklingend.“

„Ein stummer Mund ist wohlklingend“, wiederholte Michael fragend, während er sie fester an sich drückte, um ihr das Gefühl von Sicherheit zu geben. Sein Tonfall wirkte auf sie aber so, als würde er allem Vertrauen zum Trotz, das er in sie hatte, nicht folgen können. „Was ist das, Moira?“

„Ein irisches Sprichwort“, erklärte Patrick und sah seine Schwester verwundert an. „Unsere Großmutter hat es oft benutzt, als wir noch klein waren.“

„Wenn meine Eltern das sagten, war es mit einem ‚halt die Klappe‘ gleichbedeutend“, meinte Sally.

„Liebling, das ist keine richtige Drohung“, versicherte Michael leise. „Es hört sich sogar gut an. Ein irisches Sprichwort. Das gefällt mir.“

„Dirk“, sagte Sally. „Ich glaube, wir sollten jetzt gehen.“

„Ja, natürlich. Adam, es ist alles in Ordnung. Mach ein paar Minuten Pause, wir lassen im Moment keinen ins Haus.“

„Danke.“ Adam zögerte. Dann näherte er sich Moira, blieb aber auf respektvollem Abstand. „Es tut mir Leid, wenn ich Ihnen Angst gemacht habe.“

„Das hast du nicht“, sagte sie.

Er nickte nachdenklich, bevor er wegging. Sie konnte sich lebhaft vorstellen, was er seinen Freunden erzählen würde, wenn sie sich irgendwann mal ihre Sendung ansahen. „Mann, die Frau habe ich mal getroffen. Ich kann euch sagen, die ist total abgedreht.“

„Kommt hier lang“, sagte Dirk. „Ich bringe euch raus.“

Sie folgten ihm. Bei voller Beleuchtung fiel Moira auf, wie klein und unglaublich unrealistisch dieser Friedhof eigentlich war. Dirk führte sie in einen Souvenirladen, von dem aus sie auf die vordere Terrasse des Hauses gelangen konnten.

„Es tut mir sehr Leid, ich hätte darauf achten müssen, dass ihr alle zusammenbleibt“, entschuldigte sich Dirk.

Sally legte ihm eine Hand auf den Arm. „Mach dir keine Vorwürfe. Moira reagiert normalerweise nicht so, aber in letzter Zeit war sie großem Stress ausgesetzt.“

„Ich war keinem großen Stress ausgesetzt“, widersprach sie, obwohl sie wusste, dass es eine Lüge war.

„Du kannst nicht abstreiten, dass dir Seamus’ Tod nahe gegangen ist“, sagte Sally leise.

Moira ging zu Dirk. „Du und Martin, ihr seid einfach wunderbar gewesen. Das Restaurant ist toll, und dieses Geisterhaus ist es auch. Wirklich. Ich freue mich jetzt schon darauf, wieder nach Salem zu kommen."

„Danke."

„Aber jetzt müssen wir uns auf den Rückweg machen. Mein Dad braucht heute Abend ganz bestimmt unsere Hilfe", sagte Moira.

„Ja, wir müssen losfahren", stimmte Patrick ihr zu.

Sie verabschiedeten sich voneinander, und Moira zog Sally auf die Seite.

„Ehrlich, Moira, es ..."

„Jetzt sag mir bitte nicht schon wieder, dass es dir Leid tut. Es war wundervoll. Sobald wir mit den Arbeiten an dieser Sendung fertig sind, machen wir einen Termin aus, an dem wir uns wiedersehen." Sally nickte begeistert. Moira sah auf die Uhr. „Es wird jetzt wirklich Zeit."

Sie machten sich auf den Weg zu ihren Wagen, als Moira bemerkte, dass Danny abermals dicht hinter ihr war.

„Ich dachte, du sprichst kein Gälisch", sagte er beiläufig.

Sie wirbelte herum. „Weißt du was, Danny? Ich kann ‚leck mich' auf Gälisch sagen, aber das heißt nicht, dass ich die Sprache beherrsche. Ich kann ein paar Brocken. Ich habe mein Leben lang andere Leute Gälisch sprechen gehört. Wieso fragst du? Wolltest du mich vorhin da drinnen auf die Probe stellen?"

„*Was?*"

„Hast du dir ein Kostüm geklaut und mich bedroht, um mich dann als Lügnerin hinzustellen?"

Er blieb stehen und verschränkte die Arme. „Moira, ich glaube, du weißt nicht, was du da redest."

„So? Glaubst du das?"

Die anderen schlossen zu ihnen auf, und Moira ging an ihm vorbei, um sich wieder bei Sally unterzuhaken. „Ich will noch ein paar Minuten mit dir verbringen, bevor wir wieder abfahren. Es stimmt, dass wir uns kaum noch gesehen haben, seit wir beide umgezogen sind."

„Moira ..."

„Mir geht es gut, wirklich. Lass uns weitergehen."

Als sie für die anderen außer Hörweite waren, fragte sie Sally: „Wo wart ihr, als ich vorgegangen war? Wart ihr alle zusammen?"

„Oh, also ... sicher bin ich mir da nicht. Nein, ich glaube, wir waren nicht mehr zusammen. Wieso?"

„Ich wollte es nur wissen", erwiderte Moira. Sie war frustriert, bemühte sich jedoch, dass Sally davon nichts bemerkte.

„Moira, es kann unmöglich ein richtiges Messer gewesen sein. Da drin gibt es keine echten Messer."

„Also ich habe es für echt gehalten."

„Warum sollte dich jemand mit einem Messer bedrohen und dann ein Sprichwort deiner Großeltern von sich geben? Ich weiß, dass es niemanden gibt, der so klar bei Verstand ist wie du ... aber vielleicht bist du überarbeitet."

„Vielleicht", sagte Moira. Sie sah sich um, ob die anderen immer noch weit genug entfernt waren. Vielleicht waren sie sogar etwas zu weit entfernt. Es war fast fünf Uhr, und es dämmerte bereits. Sie mochte keine Dunkelheit mehr. Nach allem, was geschehen war, war sie sich nicht sicher, ob sie unter Menschen oder lieber allein sein wollte. Sie sah Josh und Michael, die die Kameras trugen, dahinter gingen Danny und Patrick. Sie sah wieder Sally an. „Mach dir bitte um mich keine Sorgen, mir geht es gut. Und du bist sicher, dass du da drinnen mit niemandem sonst zusammen warst?"

„Nein, wirklich, nur Dirk war da."

Sally war irritiert, aber Moira beschloss, weiter nichts zu sagen. Ihre Fragen führten zu nichts.

Als sie die Straße überquerten, holte Michael sie ein. „Wir haben dahinten geparkt, wir sollten uns jetzt wohl verabschieden."

„Sieht so aus", erwiderte Sally. „Michael, es war schön, dich kennen zu lernen. Und, Moira, lass es bitte ruhig angehen, und grüße deine Eltern von mir."

Noch während sie sprachen, stieß Danny zu ihnen.

„Wo habt ihr geparkt?" fragte er Michael.

„Da vorne, ein paar Straßen entfernt."

„Wartet auf uns, wir kommen zu euch, dann können wir euch bis nach Hause nachfahren."

„Das ist nicht nötig", erwiderte Michael.

„Ich möchte gerne meine Schwester im Auge behalten", meinte Patrick, der sich soeben zu ihnen gesellt hatte.

„Wir haben doch alle dasselbe Ziel", warf Josh ein und verabschiedete sich von Sally.

Moira gab ihrer Freundin einen Kuss auf die Wange. „Wir sehen uns bald wieder", versprach sie, dann machten sie sich auf den Weg zum Wagen. Michael kam zu ihr und legte ihr einen Arm um die Schultern.

„Wie geht es dir jetzt?"

„Alles in Ordnung", log sie.

Auf dem Weg zum Auto sagte er weiter nichts, und sie war dankbar dafür. Als sie auf dem Beifahrersitz Platz nahm, lehnte sie sich erschöpft zurück. Sie hatte Angst gehabt, Todesangst. Es hatte sich alles so schnell abgespielt. Wenn es überhaupt geschehen war ... Die Ungeheuer im Geisterhaus sollten sich den Besuchern nicht nähern, aber eines von ihnen hatte es gemacht. Oder hatte sie sich alles nur eingebildet? Dieser Kobold mit dem gehässigen Grinsen hatte sie aus der Fassung gebracht. Vielleicht ...

Nein! Jemand hatte ihr absichtlich Angst eingejagt.

Nun, ihr war nichts geschehen. Er hatte ihr Angst gemacht, aber dann losgelassen. Er hätte ihr nicht wirklich etwas antun können, zu viele Besucher hatten sich dort aufgehalten, und jeden Moment hätte einer von ihnen dazukommen können. Andererseits hätte er ihr rasch die Kehle aufschlitzen können ...

Und jetzt saß sie hier, allein mit Michael. Was, wenn er es war? Was, wenn er irgendeinen bizarren Grund hatte, sie zu töten? Sie war mit ihm allein im Wagen. Es war dunkel, er saß am Steuer. Er konnte mit ihr hinfahren, wohin er wollte ...

Aber er hatte den Motor nicht gestartet.

Stattdessen sah er in den Rückspiegel.

„Da kommen sie", sagte er leise.

„Wenn sie unterwegs den Anschluss verpassen, kümmere dich nicht darum."

„Das wird schon nicht passieren."

Er fuhr los, bog an der nächsten Ecke ab. Moira blickte aus dem Fenster. Sie kamen an dem Restaurant und dem Geisterhaus vorbei. Dann sah sie an der nächsten Kreuzung eine Gruppe Kinder, darunter einen Jungen, der auf der Haube eines geparkten Wagens saß und etwas in der Hand hielt. Es blitzte im Schein der Straßenlampe. Ein Messer. Aber nicht irgendein Messer, sondern genau das Messer, das ihr der Tod in der Geisterbahn an die Kehle gesetzt hatte

Sie setzte sich aufrecht hin und starrte den Jungen an, als sie vorüberfuhren. Es war nicht Adam, sondern der Junge, der den Vampir gespielt hatte.

„Halt an!" rief sie.

„Was?"

„Halt sofort an! Fahr rechts ran!“

„Ist dir schlecht?“ fragte er, während er bremste.

Moira sprang aus dem Wagen und rannte über die Straße, ohne auf den Verkehr zu achten, während Michael ihr nachlief und versuchte, sie aufzuhalten. Aus dem Augenwinkel heraus sah sie, dass auch Patrick anhielt.

Sie erreichte die Gruppe Jugendlicher und stürmte mit einem so wilden Blick auf den Jungen auf der Wagenhaube zu, dass der entsetzt weglaufen wollte. Sie bekam ihn aber noch zu fassen und riss ihn zurück.

„Du!“

Sie *war* verrückt geworden. Er hielt immer noch das Messer in der Hand. Und es war echt.

„Du kleiner Drecksack“, fauchte sie ihn an.

Seine Freunde standen um ihn herum; sein Gesicht war schneeweiß, und die anderen Jugendlichen gaben keinen Laut von sich. „Warum hast du mir das angetan? Und versuch gar nicht erst, es abzustreiten. Ich weiß genau, dass du es warst!“

„Ich habe Ihnen nichts getan. Ich sollte Ihnen nur einen Schreck einjagen!“

Er war vielleicht sechzehn, und auch wenn er auf der High School eine große Nummer sein mochte, war ihm davon nichts mehr anzumerken.

„Wer hat dir das gesagt?“

„Ein Mann ... ich konnte das Geld gebrauchen. Er kam ins Geisterhaus, kurz nachdem ich Sie gesehen habe. Lady, er hat mir einen Hunderter gegeben, und den kann ich gebrauchen.“

„*Wer war dieser Mann?*“

In dem Moment war Michael bei ihnen und legte seine Hände auf ihre Schultern. „Moira ...“

„Lass mich los, Michael", fuhr sie ihn an und wandte sich wieder dem Jungen zu. „Sag mir, wer dieser Mann war!"

Die anderen waren nun auch eingetroffen. Danny packte den Jungen an den Schultern und riss ihn herum: „Sie hat dich was gefragt!"

„Ich werde meine Mutter anrufen."

„Nur zu. Dann kann sie mit uns zur Polizei gehen."

„Hey, es ist nicht mal ein echtes Messer. Okay, es ist ein Messer, aber es ist ein Trickmesser. Die Klinge ist aus Stahl, aber sie gibt nach. Bitte, Mann, Sie dürfen nicht die Cops rufen, bitte nicht!"

„Dann beantworte die Frage, die die Lady dir gestellt hat!" fuhr Danny ihn an. Vor Moira hatte der Junge Angst gehabt, auf Danny hingegen reagierte er fast panisch.

„Wer war der Mann?" wiederholte Moira etwas ruhiger.

Der Junge schüttelte den Kopf. „Er hat mir keinen Namen genannt. Und es war dunkel ... er hat mich im Geisterhaus angesprochen. Er war groß, glaube ich. Etwas größer als ich. Er ..." Er sah sich um und blickte Josh, Patrick, Danny und Michael an. Dann schluckte er. „Er ... o Mann, ich weiß nicht. Er war ungefähr so groß wie Ihre Freunde. Ich glaube, er hatte braune Haare. Er sagte, dass er jemand einen Streich spielen wollte. Ich sollte Sie erschrecken und Ihnen was zuflüstern. Ich hab nicht mal 'ne Ahnung, was ich da geredet habe. Ehrlich. Er hat mir den Satz immer wieder vorgesagt, bis ich ihn auswendig konnte. Verstehen Sie doch, er hat mir hundert Dollar gegeben. Ich hab meinem Dad eine Beule in die Stoßstange gefahren. Meine Mom hat mir das Geld vorgestreckt, und ich muss es ihr zurückzahlen. Wenn mein Dad das wüsste, würde er mich aus dem Football-Team nehmen. Sie kennen meinen Dad nicht. Er würde mich umbringen. Ehrlich, Lady, es tut mir Leid, es tut mir wirklich Leid. Ich mache alles, was Sie wollen. Ich gebe Ihnen den Hunderter, aber rufen Sie bitte nicht die Cops. Ich schwöre Ihnen, ich werde so was nie wieder machen."

„Lass ihn laufen", sagte Moira leise zu Danny.

„Was?" Danny sah sie ungläubig an.

„Wir sollten die Polizei holen", meinte Patrick.

„Ich finde, er hat Recht", sagte Josh.

„Nein, lass ihn gehen."

Danny lockerte langsam seinen Griff. „Vergiss nicht, wir können jederzeit wiederkommen, und dann nehmen wir dich uns vor."

„Ich schwöre es, ich gebe Ihnen das Geld ...", fing der Junge wieder an, doch Moira war bereits auf dem Weg zurück zum Wagen. Sie wusste, was sie wissen musste. Keiner von den Männern, mit denen sie dort gewesen war, hatte sie bedroht.

Für einen Moment dachte sie, dass Michael hinter ihr ging, aber dann roch sie das Aftershave und wusste, dass es Danny war. „Eine Entschuldigung wäre ganz nett."

„Tut mir Leid", sagte sie steif.

„Und ich bin nicht sicher, dass es so klug ist, jetzt einfach zu gehen."

„Wieso?"

„Du weißt nicht, wer den Jungen bezahlt hat."

Sie blieb stehen und drehte sich um. „Und du weißt ganz genau, dass wir nicht dahinter kommen werden. Wenn ich die Cops rufe, nehmen die den Jungen mit auf die Wache. Da wird ihm auch nichts über den Mann einfallen, das uns weiterhilft. Er hat sich im Dunkeln mit ihm unterhalten. Der Junge ist so schon völlig mit den Nerven am Ende. Wenn wir ihn zur Polizei schleppen, kann es nur noch schlimmer werden. Lass uns weiterfahren. Ich habe bewiesen, dass ich nicht verrückt bin."

„Das habe ich nie gesagt", erwiderte er halblaut und seufzte.

Michael hatte sie eingeholt, während Patrick und Josh immer noch versuchten, die stark befahrene Straße zu überqueren. „Moira, du solltest wirklich die Cops rufen. Wer zum Teufel würde dir einen solchen Schrecken einjagen wollen?" fragte er.

Sie konnte ihm nicht sagen, dass es egal war, solange es keiner von ihnen war.

„Wer weiß, vielleicht hasst jemand Reisesendungen", sagte sie so dahin. „Jungs, bitte, ich möchte jetzt wirklich nach Hause."

Beide sahen sie an und machten einen unzufriedenen Eindruck.

„Bitte", wiederholte sie.

Michael zuckte mit den Schultern und öffnete die Beifahrertür, damit Moira einsteigen konnte. Während er zur Fahrerseite ging, sah sie im Rückspiegel, dass die anderen auch einstiegen.

Als sie weiterfuhren, fühlte Moira, wie die Wut allmählich abebbte. Auch wenn jemand dem Jungen hundert Dollar gegeben hatte, damit er ihr einen Schreck einjagte, empfand sie Erleichterung.

Es war keiner von ihnen.

Kraftlos rutschte sie auf ihrem Sitz ein Stück nach unten.

„Meine Schulter ist hier", sagte Michael leise.

„Danke, die kann ich gut gebrauchen."

Sie war überrascht, dass sie an ihn gelehnt allmählich eindöste, während sie durch die Dunkelheit fuhren. Als sie wieder aufwachte, hatten sie die Garage ihres Dads erreicht. Michael strich Moira liebevoll einige Strähnen aus dem Gesicht. „Wir sind da."

Sie stieg aus dem Wagen, als Patrick hinter ihnen anhielt. Minuten später standen sie auf dem Fußweg zusammen. „Kein Wort zu Mum oder Dad, verstanden?“ sagte sie.

„Du hättest die Polizei einschalten sollen“, erwiderte Danny gereizt.

„Hast du mir nicht zugehört? Mein Vater hat schon genug um die Ohren. Kein Wort, ich meine das ernst!“

Sie sahen sie finster an, und mit einem Mal gelangte Moira zu einer Erkenntnis über Männer, die ihr noch nie so bewusst geworden war. Keiner von ihnen mochte es, wenn man ihm sagte, was er tun sollte.

Moira wandte sich ab und ging zum Pub, die anderen folgten ihr.

Im Lokal ging es zu wie im Zirkus. In der Zeitung war der Nachruf auf Seamus abgedruckt worden, und es waren weitaus mehr alte Freunde als erwartet in den Pub gekommen, um seiner zu gedenken.

Moira legte ihre Handtasche und ihren Mantel weg und begab sich sofort hinter den Tresen. Seamus' Freunde aus seiner Zeit bei der Werft hatten die traurige Nachricht gehört und waren von ihrem üblichen Pub zu Kelly's gekommen. Sie sprachen über die Probleme bei ihrer Arbeit, von den Zeiten, wenn Seamus etwas Witziges gemacht hatte, und von den Zeiten, als Seamus für die anderen eingetreten war, weil die Arbeitsbedingungen unerträglich waren.

Sie servierte ein Guinness, als sie einen Mann sagen hörte: „Der Nachruf war wirklich schön. Eamon sagt, du hast ihn geschrieben. Das war sehr fein von dir, Dan. Ein echter Tribut an einen guten Mann.“

Sie drehte sich um und sah Danny hinter der Bar, der eben einen Chablis einschenkte.

„Danke, Richie.“

„Du kannst gut mit Worten umgehen.“

„Oh, es ist nicht so schwer, über einen Mann wie Seamus zu schreiben“, sagte Danny.

„Ja, die Feder ist stärker als das Schwert. Eine ganz besondere Waffe, wie man so sagt“, fuhr der Mann fort, den er Richie genannt hatte.

„Das Wort kann wie ein Messer schneiden“, stimmte Danny ihm zu. Er nahm das Tablett und ging los. Moira wurde erst bewusst, dass sie ihm im Weg stand, als er hinter dem Tresen hervorkommen wollte, und sagte: „Entschuldigung, lässt du mich vorbei?“ Wortlos trat sie zur Seite.

Augenblicke später stand ihr Vater hinter ihr. „Du musst auf die Bühne“, sagte er leise. Sie wandte sich um und sah ihn überrascht an.

„Die Dockarbeiter haben darum gebeten, dass du für Seamus mit Colleen ‚Amazing Grace‘ singst. Und ‚Danny Boy‘.“

Sie nickte, fragte sich aber, ob sie es schaffen würde, beide Lieder lang durchzuhalten. Sie ging zu ihrer Schwester, und gemeinsam begaben sie sich zur Band. Jeff erklärte, die beiden nächsten Songs seien für Seamus, und jeder dürfe mit einstimmen.

Von klein auf hatten sie „Amazing Grace“ gesungen. Eamon Kelly war immer stolz darauf gewesen, wie mühelos die beiden Geschwister harmonierten. Sie stimmten das Lied an, das durch die klagenden Laute des Dudelsacks eine traurige Note bekam. Von „Amazing Grace“ wechselten sie direkt zu „Danny Boy“. Moira ballte ihre Hände so fest zusammen, um die beiden Stücke durchzuhalten, dass sie das Gefühl hatte, ihre Fingernägel würden sich in ihre Handflächen bohren.

Die Gäste applaudierten, und Liam erklärte unter Tränen: „Der alte Seamus sieht jetzt aus dem Himmel auf uns hinab, und er ist glücklich, dass er von zwei so wunderbaren Frauen wie euch beiden geliebt wurde."

Moira lächelte steif, Colleen liefen Tränen über die Wangen. Sie nahm ihre Schwester in den Arm und drückte sie fest an sich, dann kehrte sie hinter den Tresen zurück.

Danny war wieder da und mixte einen Drink.

„Was gibt das?" fragte sie energisch.

„Einen Blackbird. Für den Mann in der Ecke."

Sie sah auf und entdeckte Kyle Browne. Sie sollte ihm den Drink bringen und die Gelegenheit nutzen, ihm zu sagen, was sich an diesem Tag zugetragen hatte.

„Ich bringe ihn rüber."

„Nein, Moira, das mache ich."

Sie sah Danny nach, wie er mit dem Drink zum Tisch ging. Die Musik war zu laut, um zu hören, was die beiden sagten. Aber sie konnte sehen, dass sie sich unterhielten. Beide Männer machten einen angespannten Eindruck.

„Moira, gib mir doch noch ein Guinness, bitte", rief Liam ihr zu.

Sie stellte ihm das Bierglas auf die Theke und drückte seine Hand, um ihr Mitgefühl auszudrücken. Dann warf sie einen Blick auf die anderen Gäste, um sicher zu sein, dass sie alle etwas zu trinken hatten. Nebenbei versuchte sie, Kyle Browne und Danny im Auge zu behalten.

„Miss ... hallo? Sie sind Moira Kelly, richtig? Wow, das ist ja nicht zu glauben. Sie sind ... Kelly ... Kelly's Pub."

Moira sah die junge Frau an, die sie angesprochen hatte. Sie schien in etwa so alt zu sein wie sie selbst, aber ihr Körper hatte etwas Ausgemergeltes, fast schon Verbrauchtes.

„Ja, ich bin Moira Kelly. Und willkommen in Kelly's Pub. Kann ich Ihnen etwas bringen? Möchten Sie die Karte haben?"

„Nein, ich nehme nur ein Bier. Ich muss nach Hause. Aber ich wollte immer schon mal hierher kommen. Ich bin selbst in einem Pub aufgewachsen. Na ja, eigentlich nicht in einem Pub. Mehr in einer Bar. Nicht so was Schönes wie das hier." Sie lächelte Moira auf eine Weise an, die sie jünger erscheinen ließ. „Ich wollte immer mal herkommen. Heute habe ich es endlich gemacht. Der Pub hat eine angenehme Atmosphäre ... nicht so wie die Läden, in die ich sonst gehe."

Moira sah die Frau wieder an, und mit einem Mal hatte sie eine Ahnung, warum diese Frau so traurig und verhärmt aussah.

„Irgendetwas bedrückt Sie doch", sagte Moira. „Das merkt man Ihnen an."

Sie zuckte mit den Schultern.

„Wenn Sie darüber reden wollen", hakte Moira behutsam nach. „Ich kann gut zuhören."

Die junge Frau sah sie zweifelnd an.

„Und ich kann schweigen wie ein Grab", legte Moira nach und lächelte sie an.

Sie verzog den Mund, zuckte noch einmal mit den Schultern und murmelte: „Was solls?"

Als sie weitersprach, schien sich Moiras Vermutung zu bestätigen. „Ich bin in letzter Zeit ziemlich nervös ... zwei tote Mädchen. Prostituierte. Erwürgt. Da wird man als Frau nervös, wenn man in eine Bar geht."

„Ist bekannt, dass der Killer sich seine Opfer in Bars sucht?" fragte Moira. Die junge Frau tat ihr Leid, und sie war froh, dass sie hergekommen war – solange sie hier als Gast war, aber nicht, um anzuschaffen. Der Ruf des Lokals stand auf dem Spiel.

Die Frau sah Moira mit ihren großen Augen an, unter denen sich dunkle Ringe abzeichneten. Es war, als hätte sie ihre Gedanken gelesen. „Ich bin nur hier, um etwas zu trinken", sagte sie und klang ein wenig verzweifelt.

„Natürlich", erwiderte Moira.

Die Frau senkte die Stimme. „Ich glaube, er sucht sie in Bars. Wissen Sie ... ich war bei meinem Dad in der Bar, um die Bestände aufzufüllen. Ich bin nicht sicher ... aber ich glaube, ich habe da die Frau gesehen, die zuletzt umgebracht wurde. Mit einem Mann. Ich habe sie vorher mal gesehen, aber in der Zeitung habe ich ihr Gesicht wiedererkannt ... glaube ich."

„Sind Sie zur Polizei gegangen?"

„Machen Sie Witze?"

„Jemand ermordet Menschen", sagte Moira sehr leise. „Die Polizei wird nicht ..."

„Sie verstehen nicht. Ich kann nicht zur Polizei gehen ... wegen der Bar meines Vaters." Sie zögerte. „Da wird gedealt. Wenn ich zur Polizei gehe, wird irgendjemand mich sicher umbringen."

„Es könnte noch mehr Opfer geben ..."

„Aber ich bin nicht mal sicher, was ich gesehen habe. Vielleicht war sie es ja auch nicht. Ihn habe ich so gut wie gar nicht gesehen, es war viel zu dunkel. Ich würde ihn nicht wiedererkennen, bestimmt nicht."

„Aber ..."

„Ich hätte gar nicht erst mit Ihnen reden dürfen, ich habe bloß solche Angst. Ich hätte nicht herkommen sollen. Ich gehöre nicht hierher."

„Sie sind hier immer willkommen. Sie können jederzeit auf ein Bier herkommen."

„Na klar“, sagte die junge Frau und lachte. Dann wurde sie auf einmal kreidebleich und starrte auf etwas hinter Moira.

Moira drehte sich um. Der Blick der Frau war auf den antiken Spiegel mit dem Guinness-Logo an der Bar gerichtet. Moira blickte hinein, sah aber nur das Spiegelbild etlicher Gäste des Pubs sowie die Band, Danny, wie er Gläser vom Tisch neben dem von Kyle Browne einsammelte, ihren Bruder und Michael, die beide Essen servierten.

Sie drehte sich wieder zu der jungen Frau um, doch die war wie vom Erdboden verschluckt.

Moira fluchte leise.

„Was ist los?“ fragte Chrissie, die sie hatte fluchen hören, besorgt.

„Hier war eben eine junge Frau. Sie war sehr verängstigt. Ich glaube, sie war eine Prostituierte. Sie hat davon gesprochen, dass sie eine der ermordeten Frauen in der Bar ihres Vater gesehen hat. Aber sie will nicht zur Polizei gehen ... und dann ist sie plötzlich verschwunden.“

Chrissie sah sie an. „Moira, jede Prostituierte und ‚Begleiterin‘ in der Stadt dürfte im Moment ziemlich nervös sein. Sie ist bestimmt nach Hause gegangen. Und wenn sie wirklich etwas weiß, wird sie sich früher oder später an die Polizei wenden.“

„Sie hat Angst. In der Bar ihres Vaters wird wohl mit Drogen gehandelt.“

„Tja, und jetzt ist sie weg. Da kannst du gar nichts machen.“

„Ich mache mir Sorgen um sie.“

„Moira, ich weiß, dass du immer jedem helfen willst, aber in dem Fall kannst du gar nichts tun, also vergiss es einfach. Wir haben hier unsere eigenen Probleme.“

Moira befürchtete, dass Chrissie jeden Moment wieder weinen könnte.

„Nach dem, was du sagst, ist die Kleine klug genug, um auf sich aufzupassen, Moira", behauptete Chrissie.

„Ich schätze, du hast Recht."

„Sag bloß nichts deinem Vater, wenn du noch jemals aus dem Haus kommen willst", warnte Chrissie sie.

„Da hast du allerdings Recht", murmelte Moira. Sie kehrte hinter die Bar zurück und widmete sich wieder ihrer Arbeit. Es stimmte, was Chrissie sagte. Sie konnte nichts unternehmen. Und sie hatte ihre eigenen Probleme. Sehr große Probleme sogar.

Kyle Browne saß noch immer an seinem Tisch in der Ecke. Er war allein. Moira hielt es für eine günstige Gelegenheit. Sie mixte rasch einen Blackbird und wollte ihm den Drink bringen, als sie aufgehalten wurde.

„Miss Kelly, Ihr Lied war wunderschön."

Sie blieb stehen und sah den jungen Mann an, der sie angesprochen hatte. Er kam ihr bekannt vor.

„Sie erinnern sich nicht an mich."

„Doch ..."

„Ich bin Tom Gambetti. Ihr Taxifahrer. Ich habe Sie vom Flughafen hergefahren."

„O ja, natürlich. Es tut mir Leid, aber die letzten Tage waren hier ein einziges Tollhaus."

„Das sehe ich. Ich nehme an, dass das für Ihre Familie eine schwere Zeit ist. Aber Sie und Ihre Schwester waren großartig."

„Danke. Wir singen diese Lieder schon seit ewigen Zeiten. In einer Karaoke-Bar wären wir allerdings ganz, ganz schlecht, das können Sie mir glauben." Es war nett, mit ihm zu reden, aber sie musste ihm entkommen. „Tom ..."

„Ich weiß, Sie haben alle Hände voll zu tun. Ich will Ihnen auch nicht zur Last fallen. Ich wollte Sie bloß noch mal daran erinnern, dass ich Sie gern fahre, wenn Sie ein Taxi benötigen." Er grinste. „Immerhin bin ich zur Hälfte Ire. Der Pub Ihres Vaters ist wirklich toll."

„Danke. Ich habe ja Ihre Visitenkarte. Wenn ich ein Taxi brauche, werde ich Sie ganz sicher anrufen. Und jetzt müssen Sie mich bitte entschuldigen."

Sie ließ ihn stehen und brachte den Drink zu Kyle Browne.

„Miss Kelly, schön Sie zu sehen."

„Die Freude ist ganz meinerseits."

„Möchten Sie mit mir reden?"

„Heute Vormittag hätte man mich fast vor die U-Bahn gestoßen."

„Was?"

„Und dann hat jemand einen Jungen in einem Geisterhaus bezahlt, damit der mich mit einem Trickmesser bedroht. *Iss binn beal 'na thost.*"

„Wie bitte?"

„Das ist Gälisch", sagte sie. „Es heißt: ‚Ein stummer Mund ist wohlklingend.'"

„Haben Sie die Polizei gerufen?"

„Nein. Was hätte die tun sollen? Der Junge konnte den Mann nicht beschreiben, der ihn bezahlt hatte."

Er sah sie nachdenklich an. „Klingt nach einer Aufforderung, den Mund zu halten, wenn Sie nicht auf Dauer zum Schweigen gebracht werden wollen. Sie sollten die Warnung ernst nehmen. Wie gesagt: Halten Sie sich von allen fern, die möglicherweise in die Sache verstrickt sind."

„Dafür ist es jetzt wohl etwas zu spät. Außerdem weiß ich nicht, wer verstrickt sein könnte."

„Vielleicht sollten Sie sich besonders von Ihrem ‚Freund' O'Hara fern halten."

Sie sah ihn eindringlich an. „Danny war dabei, als ich den Jungen zur Rede gestellt habe. Er hat in ihm nicht den Mann erkannt, der ihm Geld gegeben hat."

„Vielleicht hat der Junge beim Anblick Ihres Freundes gedacht, dass er lieber bei der Polizei mit ihm konfrontiert wird. Aber möglicherweise irre ich mich ja auch. Vielleicht führt Ihr Bruder etwas im Schilde. Oder Ihr Freund Jeff da drüben. Doch wer weiß, es könnte ja auch sein, dass Ihr Vater immer noch kämpft."

„Wenn Sie noch ein einziges Wort über meinen Vater sagen ..."

„Können Sie sich in O'Haras Zimmer umsehen?" fiel er ihr ins Wort. „Ich möchte wetten, dass Sie das können. Ich glaube, Sie sind ohnehin schon mal drin gewesen. Wenn Sie sich dort umsehen, könnte es sein, dass Sie auf etwas sehr Interessantes stoßen."

„Worauf spielen Sie an?"

„Ich spiele auf überhaupt nichts an."

Sie musste zugeben, dass er Recht hatte. Es gab für sie einen Weg, in dieses Zimmer zu gelangen.

„Sie sollten jetzt wieder an die Bar zurückkehren", sagte er. „Und denken Sie über das nach, was ich Ihnen gesagt habe."

Als sie zum Tresen ging, stand Danny auf der Bühne und sang mit Jeff ein altes irisches Trinklied, das Seamus besonders gemocht hatte.

Josh kam zu ihr. „Es wird hier allmählich etwas ruhiger. Ich mache mich dann mal auf den Weg ins Hotel. Morgen früh werden wir uns nicht sehen, weil ich im Studio den Schnitt erledige, damit das Band rausgeht. Du bleibst hier und ruhst dich ein bisschen aus. Und pass auf deine Eltern auf."

„Ich sollte dir dabei helfen."

„Ich habe Michael, wenn ich Hilfe brauche. Ich weiß, dass du das Band gerne noch sehen würdest, aber du weißt, dass du mir vertrauen kannst. Wir sind schließlich Partner."

„Danke, Josh."

„Du bleibst bei deiner Familie, verstanden?"

„Verstanden. Grüß Gina und die Zwillinge von mir."

Josh ging zur Tür und wartete auf Michael, der noch mit Moira sprach. „Vielleicht solltest du mit uns ins Hotel kommen."

Sie schüttelte langsam den Kopf. Aber war sie denn völlig verrückt? Im Hotel wäre sie sicher gewesen, weit fort von allem. Nein, sie würde nicht mitgehen.

„Danke, Michael, aber heute Nacht muss ich hier sein."

„Ja, ich verstehe."

Nein, du verstehst nicht, wollte sie sagen, tat es jedoch nicht. Er legte seine Hände um ihr Gesicht, küsste sie sanft und erinnerte sie dann daran, dass er und Josh den größten Teil des morgigen Tages im Studio zubringen würden.

Der Pub leerte sich zusehends. Moira bemerkte, dass Kyle Browne gegangen war. Dafür war Andrew McGahey eingetroffen und saß an einem Tisch mit ihrem Vater und ihrem Bruder zusammen. Colleen kam zur Kasse und rechnete ab. „Letzte Runde?" fragte sie Moira.

„Gute Idee."

„Du siehst todmüde aus", sagte sie.

„Das hier ist ja auch Knochenarbeit. Sei froh, dass nur dein Gesicht so berühmt wird. Dann sind die Spülhände nicht so schlimm."

„Das ist die Sache wert. Ich bin froh, dass wir hier sind. Für Dad. Und für Seamus."

Weitere Gäste verließen den Pub. Auch McGahey war weg.

Ihren Bruder konnte sie ebenfalls nicht ausmachen, wusste aber nicht, ob er nach oben zu seiner Frau gegangen war oder mit McGahey den Pub verlassen hatte.

Eine Weile später kehrte Patrick zurück, teilte jedoch nicht mit, wo er gewesen war. Zusammen mit ihm, Colleen und Danny half Moira Eamon und Jeff beim Saubermachen. Schließlich sagte Eamon zu Jeff, er könne jetzt nach Hause gehen. Colleen und Moira schlugen vor, ihr Vater solle sich nach oben begeben, und Patrick bestand sogar mit Nachdruck darauf.

Sie hatten nur noch ein paar Gläser zu spülen, als Moira ihrer Schwester und ihrem Bruder vorschlug, sich doch auch schlafen zu legen.

„Du hast heute schon so viel getan", erwiderte Colleen. „Ich mache hier alles fertig."

„Und ich kann ihr helfen", schlug Patrick vor und warf Moira einen ernsten Blick zu. Er und die anderen hatten sich an ihre Aufforderung gehalten und kein Wort über das verlauten lassen, was sich in Salem abgespielt hatte. Doch Patricks Blick war der eines großen Bruders, der über das Verhalten seiner Schwester nicht glücklich war.

„Bitte", drängte Moira. „Ich muss noch überschüssige Energie loswerden. Also ab nach oben mit euch."

Sie wusste, dass Danny sie beobachtete und mehr als verblüfft darüber war, dass sie ganz offensichtlich mit ihm allein sein wollte.

„Also gut, aber übertreib es nicht. Morgen früh kommt eine Putzfrau."

Moira nickte, dann gingen die beiden. Sie spülte weiter. Was zur Hölle war nur los mit ihr?

Warum wollte sie bloß um jeden Preis den Beweis erbringen, dass Danny unschuldig war? Oder wollte sie nur ein letztes Mal mit ihm schlafen, bevor ...

... bevor er gestand, dass er ein kaltblütiger Killer war, der sogar bereit war, ihr Leben zu opfern?

Sie schluckte schwer.

„Das Glas ist bestimmt schon sehr, sehr sauber“, sagte er.

Sie sah auf und bemerkte, dass seine bernsteinfarbenen Augen sie eindringlich beobachteten. Das Glas rutschte ihr aus der Hand und landete im Spülwasser, zerbrach aber zum Glück nicht.

„Nicht zu fassen, dass du noch so viel Energie hast. Ich bin erledigt. Ich überlasse dir den Rest.“

Erstaunt sah sie ihm nach, wie er in sein Zimmer ging und die Tür hinter ihm ins Schloss fiel.

Moira stellte das Glas ab, drehte den Wasserhahn zu und trocknete die Hände ab. Sie ging zur Tür und überlegte, ob sie anklopfen sollte, unterließ es jedoch. Stattdessen legte sie die Hand um den Türknauf und hoffte, dass Danny nicht abgeschlossen hatte. Ihre Hoffnung erfüllte sich, und als sie die Tür öffnete, sah sie, dass er auf dem Bett lag und die Arme vor der Brust verschränkt hatte. Seine Augen fixierten die Tür. Er hatte gewusst, dass sie zu ihm kommen würde.

„Jetzt sag mir doch bitte mal, was du eigentlich vorhast“, forderte er sie auf.

„Ich wollte nicht allein sein.“

„Ah, ja, verstehe. Erst unterstellst du mir, ich hätte dich vor die Bahn stoßen wollen. Dann bist du fest davon überzeugt, dass ich dich in diesem Geisterhaus erstechen wollte und dich bedroht hätte. Da kann ich gut verstehen, dass du jetzt etwas Zeit mit mir verbringen willst.“

„Schon gut, vergiss es einfach“, sagte sie halblaut und wollte wieder gehen. Sie konnte das einfach nicht.

Er schoss er aus dem Bett, stellte sich vor sie, hielt ihre Hände fest und zog sie zu sich, um die Tür abschließen zu können.

„Mich interessiert nicht, warum du hier bist, sondern dass du hier bist."

Als er sie auszog, hatte das nichts Verführerisches an sich. Er legte beide Hände um ihre Taille, zog sie an sich, fand den Saum ihres Sweaters und streifte ihn ihr über den Kopf. Danny wusste, wie man jemand schnell seiner Kleidung entledigte. Innerhalb von Sekunden hatte er den Verschluss an ihrem BH geöffnet, und er landete neben dem Sweater auf dem Boden. Er senkte den Kopf und umschloss eine ihrer Knospen mit seinen Lippen. Trotz aller Zweifel und Verdächtigungen waren die Berührungen seiner Zunge wie ein Feuer, das sich rasend schnell durch ihren Körper fraß.

Sie zerwühlte seine Haare. „Danny ..."

„Was?" brachte er heiser heraus.

„Ich brauche eine Dusche."

Er ließ sie nicht los. Eine Hand ruhte auf ihrer Hüfte, während er mit der anderen zwischen ihre Schenkel glitt und über den rauen Stoff ihrer Jeans fuhr.

„Danny ..."

Er stöhnte und sah sie an. „Wunderbar. Ich fühle mich wie der Ätna kurz vor dem Ausbruch, und du willst unter die Dusche."

„Es war ein anstrengender Tag." Sie ging an ihm vorbei zum Badezimmer und legte auf dem Weg dorthin ihre restliche Kleidung ab, während er ihr nachsah. Moira drehte den Hahn auf und stellte sich unter den heißen Wasserstrahl. Sie wusste, dass er ihr folgen würde.

Und das tat er auch. Im nächsten Moment war er hinter ihr. Wasserdampf umgab sie, als er ihr die Seife aus der Hand nahm.

Er verrieb den Seifenschaum auf ihrem Rücken und ihrem Po und ließ seine Hände dann nach vorne wandern. Moira biss sich auf die Lippe und genoss, was er mit ihr machte. Sie schloss die Augen und ließ diesen Mann gewähren, der so talentiert und erfinderisch war, was den Umgang mit der Seife betraf. Er streichelte ihre Brüste und ließ seine Finger um ihre Brustspitzen kreisen. Dann strich er damit wieder an ihrem Körper entlang nach unten, drückte sanft auf ihre Hüften und ihren Bauch und wanderte zwischen ihre Schenkel. Seine Finger übten sanften Druck aus, und sie ließ sie in sich eindringen, ihren Körper erkunden. Ihr Atem wurde immer heftiger, während sie sich an ihn schmiegte. Sie stöhnte leise auf, als sie sich zu ihm umdrehte und sich an ihn drückte. Er küsste sie, während sie im Gegenzug ihre Hände an seinem Körper entlang nach unten wandern ließ, bis sie fühlte, wie erregt er war. Er drückte sie fester an sich.

Sie hatte ihn so viele Jahre lang geliebt. Niemand konnte, was er beherrschte. Niemand fühlte sich so an wie er, lachte wie er, sprach wie er, berührte sie so wie er, liebte sie so wie er.

Sie löste sich von seinem Mund und schnappte nach Luft. „Das ist ... zu rutschig."

„Zu rutschig?"

„Ja, ich will raus."

„Du wolltest doch erst unter die Dusche."

„Ich weiß, aber ... ich will mit dir schlafen. Ich will mir kein Bein brechen."

Sie stieg aus der Duschkabine, nahm ein Handtuch und wickelte es sich um, dann ging sie aus dem Bad und zog die Tür hinter sich zu.

Sie hatte nur Sekunden Zeit. Neben dem Bett kniete sie sich hin und warf einen Blick darunter. Die Badezimmertür wurde geöffnet. Danny hatte sich kein Handtuch genommen. Er stand da, nackt, nass und noch immer erregt. Er sah sie an, während sie aufsprang und ihn anstarrte.

„Was, um alles in der Welt, machst du da?"

„Ich habe meinen Ring fallen lassen."

„Er ist an deinem Finger."

„Ich weiß, ich habe ihn gerade wieder angesteckt."

Er ging zu ihr und hob mit Daumen und Zeigefinger ihr Kinn ein wenig an. „Neugier ist der Katze Tod", sagte er.

Sie sah ihn trotzig an. „Wirst du mich töten, Danny?"

Er fuhr sich durchs Haar und legte die Stirn in Falten. „Großer Gott, Moira! Das ist ein Sprichwort. Was ist jetzt, willst du bleiben oder gehen?"

Sie antwortete nicht.

Er zog an ihrem Handtuch, bis es sich von ihrem Körper löste. „Bleiben oder gehen?"

Ihr Schweigen musste die Antwort gewesen sein, die er hatte hören wollen. Er küsste sie auf den Mund, dann überzog er ihren Hals mit Küssen und jeden Millimeter zwischen ihren Brüsten. Er kniete sich vor ihr hin, legte die Hände auf ihren Po und erregte sie mit seiner Zunge.

Moira stand da und zitterte. Nein, sie konnte das nicht durchziehen.

Hitze, Feuer, unerträgliche Leichtigkeit erfüllten sie.

O doch, sie konnte das durchziehen.

Sie umklammerte seine Schultern und schob die Hände in sein Haar, während sie sich an ihn presste. Sie schauderte, sie loderte, ihre Knie wurden weich, ihr ganzer Körper gab sich ihm hin, bis sie fürchtete, zusammenbrechen zu müssen. Sie vergaß völlig die Mission, die sie sich selbst auferlegt hatte. Er stand auf und hielt sie fest, als er spürte, dass sie den Halt verlor. Er ließ sie gegen seinen Körper sinken, und Augenblicke später lagen sie auf dem Bett. Danny drang heftig in sie ein, während sie um sich herum alles vergaß und sich nur ihren Empfindungen hingab, dem Hunger und Verlangen ... bis sie atemlos einen explosionsartigen Höhepunkt erreichte.

Einige Zeit später lag sie neben ihm und starrte in die Dunkelheit. Es war so verkehrt. Aber sie *musste* es wissen.

„Kaum zu glauben", sagte er leise, „dass mein Stolz mich fast dazu getrieben hätte, dich abzuweisen."

„Ich muss jetzt gehen", flüsterte sie und klang ein wenig verzweifelt.

Er drehte sie zu sich um. „Hör mir zu, und bitte glaub mir. Ich versuche nicht, dich umzubringen."

„Wir sind im Haus meines Vaters", wisperte sie.

„Mich interessiert nicht, wo wir sind. Wenn du nicht hergekommen wärst, hätte ich wieder oben im Flur Stellung bezogen."

„Warum?"

„Ich vermute, dass neulich jemand versuchte, ins Haus einzudringen."

„Warum?"

„Ich bin nicht sicher."

„Es gab kein Anzeichen für einen Einbruch. Mein Vater hätte das sofort bemerkt. Schlüssel haben nur alle aus unserer Familie und du."

„Aha, also bin ich es wieder. Schlaf ein, Moira, ich werde dich früh genug wecken, damit du nach oben gehen kannst, ohne dass jemand es mitbekommt."

Ich könnte noch bleiben, überlegte sie. Und sobald er eingeschlafen war ...

„Du musst dir keine Gedanken machen", sagte er, als hätte

er ihre Gedanken erahnt. „Ich wache schon auf, wenn ich nur eine Stecknadel fallen höre."

Dann eben morgen Abend. Sie musste in sein Zimmer gelangen, wenn er noch bei der Totenwache war. Das war ihre einzige Chance.

„Ich sollte nach oben gehen."

„Du solltest schlafen."

„Ich bin so ... rastlos."

„Hmm, überschüssige Energie, würde ich sagen", meinte er. „Da kann ich Abhilfe schaffen."

Sie fühlte seine Hände, die sanfte Liebkosung mit seiner Zungenspitze.

Einige Zeit später war sie nicht mehr rastlos, sondern erschöpft. Sie fiel in einen tiefen, traumlosen Schlaf. Sie hätte ebenso gut ... tot sein können.

Sie wollte nicht aufwachen, als sie seine Hand auf ihrer Schulter fühlte.

„Es ist Morgen, Moira. Du musst nach oben gehen. Übrigens ... willst du immer noch so tun, als wärst du mit Michael zusammen? Ich glaube, wenn ich noch einmal sehe, wie er einen Arm um dich legt oder du dich für einen Kuss von ihm auf die Zehenspitzen stellst, raste ich aus und mache den Typ fertig."

18. KAPITEL

Moira verbrachte den Tag im Kreis ihrer Familie. Am Morgen passte sie eine Zeit lang auf Brian, Shannon und Molly auf, dann half sie ihrem Vater, alle Telefonate zu erledigen, damit für Seamus' Totenwache und Beerdigung alles bereit war. Sie fragte nach, ob die Ersatzband auch wirklich kam, da die Blackbirds für den Abend freibekommen hatten. Die Gruppe würde wahrscheinlich zusammen mit den anderen Trauernden nach der Wache zurückkehren, und vermutlich würde sie später am Abend auch noch etwas spielen. Aber sie alle hatten Seamus gekannt, und sie sollten Zeit haben, um ihn zu trauern.

Um zehn Uhr würde die Totenwache enden, danach waren alle Trauergäste in Kelly's Pub eingeladen, um auf Kosten des Hauses zu essen und zu trinken.

Als Michael aus dem Studio anrief, versuchte sie, es ihm zu erklären. „Die Wache wird von sieben bis zehn gehalten. Colleen, Patrick und ich werden im Wechsel jeweils für eine Stunde hier sein."

„Warum?" fragte Michael.

„Wir ... wir machen das nun mal so."

„Also wird dein Dad jeden in den Pub lassen? Warum hängt er nicht ein Schild an die Tür, auf dem ‚Geschlossene Gesellschaft' steht?"

„Weil ... na ja, ich glaube, dass wir so Seamus wirklich gedenken können. Irland war und ist für seine Gastfreundschaft bekannt. Kein Fremder wurde jemals abgewiesen. Seamus ... Seamus war ein Teil dieser irischen Mentalität. Für ihn gab es keine Fremden, nur Menschen, denen er noch nicht begegnet war. Mir gefällt das. Ich glaube, das gehört zu den Dingen, die die Iren ausmachen."

„Dein Dad wird bankrott gehen, wenn er fremde Leute durchfüttert.“ Er seufzte. „Ich schätze, ich bin nicht irisch genug, um das zu verstehen. Aber das kannst du mir alles noch beibringen. Ich folge dir, wohin du auch gehst, Darling. Und ich stehe hinter dem, was du machst.“

Ein starkes Schuldgefühl überkam sie. Dennoch würde es gut sein, wenn Michael später zu Kelly's kam, um mit ihr zur Totenwache zu gehen.

Dann würde Danny nicht auf die Idee kommen, er müsste für sie da sein.

„Übrigens kommen wir mit dem Schnitt gut voran. Die Live-Einspielung läuft zwischen zwölf Uhr und halb eins. Du hast einen hervorragenden Platz auf der Tribüne, um die Parade zu überblicken.“

„Danke, Michael“, sagte sie leise.

„Ich mache nur meinen Job, Ma'am, weiter nichts“, scherzte er.

Sie verabredete sich für den Abend mit ihm bei Flannery's. Sie würde ab sechs Uhr mit ihrer Familie dort sein.

Der Nachmittag ging schnell vorbei. Patrick und Danny waren den ganzen Tag anwesend, während sie alles für den Aufbruch der Familien vorbereiteten. Moira übernahm eine Weile die Bar, dann half sie ihrer Mutter, Granny Jon, Colleen und Siobhan in der Küche. Katy Kelly bereitete für den Abend eine Fülle von Gerichten vor.

Als die beiden Schwestern schließlich allein waren und den Salat putzten, sagte Colleen zu Moira: „Du siehst sehr abgekämpft aus. Du warst letzte Nacht wieder unten.“

Moira sah verunsichert ihre Schwester an.

„Du musst dich entscheiden, das weißt du doch.“

„Entscheiden?“

„Wegen Michael. Ich habe ihn gestern beobachtet, wie er dich angesehen hat ..."

„Colleen, im Augenblick möchte ich nur den morgigen Tag hinter mich bringen."

„Ich weiß. Ich verstehe dich auch. Es ist nur ... na, ich glaube, allmählich vermutet er, dass zwischen dir und Danny etwas läuft. Er sagt nichts, aber wenn ich seine Blicke sehe ... Er ist nun mal ein Mann, er hat seinen Stolz und natürlich auch seine Gefühle."

„Ich muss den heutigen Abend und den morgigen Tag überstehen. Dann wird es besser werden. Bloß ..."

„Bloß was?" fragte Siobhan, die in dem Moment in die Küche kam und Moiras letzte Bemerkung gehört hatte.

„Ich weiß nicht. In letzter Zeit kommt mir alles irgendwie ... sehr seltsam vor."

„Wieso?" fragte Colleen. „Was ist denn noch geschehen?"

„Geschehen?" Sie sah ihre Schwester an und hoffte, dass man ihr die Schuldgefühle nicht ansehen konnte, von denen sie geplagt wurde. Sie fragte sich, ob Colleen auch wusste, dass im Pub irgendetwas lief und dass Kyle Browne ein FBI-Mann war, der nach einem möglichen Attentäter Ausschau hielt.

„Was ist denn seltsam?"

Sie überlegte, was sie antworten sollte, ohne etwas zu verraten. Dann fiel ihr etwas ein: „Gestern Abend war eine junge Frau im Pub. Hübsch, gut angezogen ... aber ich bin sicher, sie war eine Prostituierte."

„Eine Nutte? Bei uns?" rief Colleen erstaunt. „Dad wird toben, wenn er das hört."

„Sie war nicht hier, um anzuschaffen. Sie wollte nur etwas trinken. Und sie hatte Angst, allein unterwegs zu sein, solange der Killer frei herumläuft."

„Und was war so seltsam?“ hakte Colleen nach.

„Sie erzählte mir, sie habe eines der Opfer gesehen, vielleicht sogar den Mörder. Aber sie könne nicht zur Polizei gehen, weil ihr Vater angeblich mit Drogen handelt.“

„Und?“ fragte Siobhan.

„Sie sah an mir vorbei in den Spiegel und wurde blass. Als ich mich kurz umgedreht habe, war sie verschwunden.“

„Dann hat sie wohl etwas gesehen, das ihr Angst gemacht hat“, folgerte Siobhan.

„Zum Beispiel den Cop, der jeden Abend am Ecktisch sitzt und einen Blackbird nach dem anderen bestellt“, überlegte Colleen.

„Du weißt, dass er ein Cop ist? Woher?“ fragte Moira.

„Jeff hat mir gesagt, dass er das so gut wie sicher weiß.“

„Hör mal, wenn wir das alles hier hinter uns haben und du immer noch besorgt bist“, schlug Siobhan vor, „gehe ich mit dir zum Polizeirevier und du kannst zu Protokoll geben, was die Frau dir erzählt hat. Vielleicht fühlst du dich dann besser.“

„Viel helfen wird es allerdings nicht“, wandte Colleen ein. „Erstens müssten sie sie finden, und wir sind hier in einer großen Stadt. Zweitens müssten sie sie zum Reden bringen. Und vielleicht hat sie ja überhaupt nichts gesehen.“

„Damit hast du Recht“, sagte Moira zu ihrer Schwester. „Aber Siobhan hat auch Recht. Ich würde mich dann besser fühlen.“

Als Siobhan ihr später half, Kekse auf einen Teller zu legen, sah ihre Schwägerin sie an und sagte: „Dir macht doch nicht nur die Unterhaltung mit dieser Prostituierten zu schaffen. Es ist Danny, stimmts? Dass er hier ist, zerrt an deinen Nerven.“

„Nein“, log Moira.

Siobhan zuckte mit den Schultern. „Ich glaube nicht, dass

du die Wahrheit sagst. Du möchtest gern annehmen, dass er hergekommen ist, um zu bleiben. Du willst dich nicht der Realität stellen. Ich versichere dir, die Wahrheit ist immer besser als ein Zweifel. Ich würde alles geben, um im Moment die Wahrheit zu erfahren."

„Patrick betet dich an", sagte Moira und verteidigte ihren Bruder.

„Ich würde das gerne glauben. Ich könnte es glauben, wenn er mehr Zeit mit mir verbringen würde. Wie es aussieht, hat er völlig vergessen, dass er Kinder hat. Er redet mit Michael ständig davon, mit dem Boot hinauszufahren und diesen McGahey mitzunehmen, damit sie sich über Irland unterhalten können. Weißt du was? Er hat nicht ein einziges Mal davon gesprochen, mich oder die Kinder auf der ersten Bootsfahrt in diesem Jahr mitzunehmen." Frustriert verließ Siobhan den Raum.

Schließlich war der Zeitpunkt gekommen, um sich auf den Weg zu Flannery's zu machen. Molly und Shannon hatten ihre Schokolade dabei, die sie in den Sarg legen wollten. Siobhan hatte lange überlegt, ob es richtig war, Molly den toten Seamus in seinem Sarg sehen zu lassen, doch der Bestatter hatte so hervorragende Arbeit geleistet, dass sich ihre Bedenken rasch verflüchtigten.

„Ich versteh das nicht, Auntie Mo", sagte Molly zu ihr, als sie neben dem Sarg standen. „Mommy sagt, dass er schläft. Aber warum will er in einer Kiste schlafen?"

„Na ja, Molly, Seamus selbst ist eigentlich schon bei Gott im Himmel. Aber sein Körper liegt noch in ... in der Kiste. Wir werden ihn beerdigen, und immer, wenn wir für ihn beten wollen oder wenn wir ganz viel an ihn denken, dann können wir auf den Friedhof gehen und sein Grab besuchen, um ihm Blumen zu bringen."

„Oder ein Bier", meinte Danny trocken, der hinter ihnen stand.

„Wenn du ihm etwas bringst", fuhr Moira fort, „dann fühlst du dich ihm ganze nahe. Aber Seamus selbst, seine Seele, also der richtige Seamus, der ist bei Gott." Sie hob ihre Nichte hoch. „Na komm, Molly. Ich halte dich fest, dann kannst du die Schokolade hineinlegen."

Wenig später wurde es Zeit, die Türen für alle Trauergäste zu öffnen. Eamon und Katy Kelly knieten noch immer am Sarg. Dann standen sie beide auf und setzten sich in die erste Reihe. Die Totenwache hatte begonnen.

Patrick war in den Pub zurückgekehrt, um den Trauergästen, die nicht wussten, wohin sie gehen mussten, den Weg zu Flannery's zu erklären.

Michael, Josh und Gina trafen ein. Sie flüsterte Moira zu, dass sie einen Babysitter hatten finden können, damit sie die Zwillinge im Hotel lassen konnten. Josh versprach Moira, er und Gina würden sie zum Pub begleiten, sobald es für sie Zeit zum Gehen war. Aber sie erwiderte, Michael wolle mit ihr zurückgehen. „Es wäre mir lieber, wenn ihr hier bleiben könntet, um Colleen nach Hause zu begleiten."

Dann wurde es turbulent. Seamus hatte zwar nie geheiratet, aber über die Jahre hinweg hatte er es auf eine stattliche Anzahl Freundinnen gebracht, von denen ihm viele die letzte Ehre erweisen wollten. Schließlich wurde es so voll, dass Moira in den Vorraum auswich. Dort hörte sie eine Weile dem Wehklagen alter Freunde von Seamus zu, dann kehrte sie zurück und setzte sich zu ihren Eltern. Immer mehr Trauergäste kamen. Freunde aus dem Pub. Ehemalige Arbeitskollegen. Sie alle gaben Moira die Hand und versicherten, dass Seamus ein wunderbarer Mensch gewesen war. Schließlich stand Moira wieder auf, da sie etwas Abstand brauchte. Auf dem Weg nach draußen kam ihr überraschend Tom Gambetti entgegen.

„Ich wollte Ihnen nur mein Beileid ausdrücken und Ihrem Freund die letzte Ehre erweisen", sagte er, als sei es ihm peinlich, hier zu sein.

„Das ist sehr nett von Ihnen. Gehen Sie doch durch ..."

„Ich hoffe, ich bin nicht zu aufdringlich ...?"

„Nein, nein, ganz und gar nicht. Wir sehen uns später im Pub. Sie sind herzlich eingeladen."

Er nickte dankend.

Moira ging bis in den breiten Gang mit den hohen Fenstern, der an der Gebäudefront entlang verlief. Sie sah Danny draußen auf der Veranda, wo er sich eben eine Zigarette angezündet hatte. Viele Leute kamen zu ihm. Er hörte ihnen zu, schüttelte Hände und nahm offenbar im Namen der Familie Beileidsbekundungen entgegen. Sie sah genauer hin, als eine grauhaarige Frau mittleren Alters mit einem Päckchen unter dem Arm zu ihm trat. Er beugte sich vor und gab ihr einen flüchtigen Kuss auf die Wange, offenbar, um ihr für ihr Erscheinen zu danken.

Als die Frau weiterging, hatte sie das Päckchen nicht mehr.

„Geht es dir gut?" Michael war zu ihr gekommen und begann, ihren Nacken zu massieren.

„Ja, es geht mir gut."

„Wir müssen uns bald auf den Weg zum Pub machen."

Sie sah, dass Danny ins Beerdigungsinstitut zurückkehrte. Überrascht nahm sie zur Kenntnis, dass er sich in einen der Räume zurückzog, die für Totenwachen vorgesehen waren, zur Zeit jedoch leer standen.

„Moira?"

„O ja, wir müssen los. Ein paar Minuten noch, Michael.

Wenn du mich entschuldigen würdest, ich muss noch mal zu meinem Vater."

Sie mischte sich unter die Trauergäste. Aus einem unerklärlichen Grund wollte sie nicht, dass Michael mitbekam, wohin sie wirklich ging. Sie fragte Siobhan, ob sie Danny gesehen habe.

„Nein, schon seit einer Weile nicht mehr."

„Ich meine, ich hätte ihn vorhin in den Raum dort drüben gehen sehen. Kannst du bitte nachsehen, ob er dort ist? Ich muss noch mit Danny reden. Sag ihm, er soll uns helfen, etwas Schweres zu tragen."

Als Danny zusammen mit Siobhan das Trauerzimmer verließ, hatte er das Päckchen nicht mehr. Moira ging ihnen aus dem Weg, eilte in den Raum und durchsuchte ihn. Keine Spur von einem Päckchen. Dann sah sie das Gerüst, auf dem man einen leeren Sarg platziert hatte. Es war mit Stoffbahnen verkleidet. Rasch durchquerte sie den Raum, hob die Draperien und fand auf Anhieb das Päckchen. Zum Glück keine Waffe. Sie atmete erleichtert auf. Stattdessen befanden sich mehrere Umschläge darin.

Sie hörte Stimmen vor der Tür.

„Und *was* wollte sie?" Das war Danny.

„Sie sprach davon, dass etwas Schweres getragen werden müsste", antwortete Siobhan.

„Wo zum Teufel steckt sie, wenn sie nicht bei Eamon ist?"

„Vielleicht wartet sie draußen?" überlegte Siobhan.

Moira hörte, dass die beiden sich entfernten. Sie griff einige der Umschläge und schob das Päckchen zurück unter die Stoffbahnen. Die Umschläge steckte sie unter ihre Jacke und eilte dann zurück zu Michael.

„Moira, da bist du ja. Alle suchen dich. Irgendwas soll getragen werden?"

„Oh, das hat sich schon erledigt. Es ging um einen Kranz", sagte sie gezielt beiläufig, als hätte sie es fast schon wieder vergessen. „So, dann lass uns gehen."

Auf der Fahrt zum Pub war sie schweigsam. Michael legte seine Hand auf ihre. „Ich liebe dich."

Sie lächelte ihn schwach an.

„Du wirkst so distanziert."

„Es ist fast vorüber."

„Ja."

Im Pub ging es ruhig zu. Die Ersatzband baute noch auf, und Patrick stand hinter dem Tresen. Auf einem Hocker saß ein einziger Mann, der ein Bier trank. Kein Tisch war besetzt.

„So, wir sind da, Patrick. Du kannst jetzt Siobhan abholen. Ich glaube, sie möchte mit den Kindern nicht noch viel länger bleiben."

„O. k.", sagte Patrick und rieb sich den Nacken. „Dann mache ich mich mal auf den Weg." Er blieb stehen und sah seine Schwester an. „Mit dir ist alles in Ordnung? Aber du hast ja Michael."

„Ich schlage jedem eine Flasche auf den Schädel, der reinkommt und sie erschrecken will", gab Michael zurück.

Patrick nickte. „Gute Idee." Dann nahm er seinen Mantel und verließ den Pub.

„Michael, kannst du für ein paar Minuten die Bar übernehmen? Ich will mich nur schnell frisch machen. Dannys Bad liegt am nächsten", sagte Moira, die die Gelegenheit für ideal hielt.

„Klar."

Schnell ging sie in Dannys Zimmer und begann, den Schrank zu durchsuchen, ohne sich Gedanken darüber zu machen, welches Durcheinander sie verursachte.

Nichts.

Er hatte sie aufgehalten, als sie unter das Bett hatte sehen wollen. Sie kniete sich hin, dann stockte ihr der Atem.

Unter dem Bett befand sich ein Gewehr. Sie kannte sich nicht mit Waffen aus, aber das Ding sah allein durch das Zielfernrohr aus wie das Gewehr eines Scharfschützen. Es war an der Unterseite des Betts festgezurrt worden. Sie erhob sich. Tränen schossen ihr in die Augen. Jetzt musste sie die Polizei anrufen.

Als sie aufstand, wurde ihr einen Moment lang schwindlig, und sie setzte sich auf die Bettkante. Sie spürte, wie die Umschläge, die sie unter ihr Jackett gesteckt hatte, sie kratzten. Sie holte sie hervor und betrachtete sie mit Tränen in den Augen. Namen waren darauf vermerkt. Der erste bezog sich auf ihren Bruder. Sie blätterte den Inhalt durch, der aus Notizen, Fotos und Ausdrucken bestand.

Auf dem nächsten stand der Name Michael Anthony McLean. Sie öffnete den Umschlag und nahm den Inhalt heraus. Michaels Foto lag ganz zuoberst. Oder war das gar nicht Michael?

Die Tränen trübten ihren Blick, aber ... doch, das war Michael. Ganz sicher. Dunkles Haar, blaue Augen, das gleiche Gesicht ...

„Jetzt weißt du es also. Ich hatte gedacht, du würdest was merken, als die Nutte mich im Spiegel angestarrt hat."

Die Tür stand offen. Warum hatte sie nicht gehört, dass sie geöffnet worden war? Moira blickte hinüber und sah Michael. Er kam herein und schloss die Tür hinter sich.

Draußen begann die Band zu spielen, die Musik drang gedämpft bis in Dannys Zimmer.

Jetzt weißt du es also ... die Nutte ...

Michaels Foto. So ähnlich, aber zugleich auch so fremd ... nein, das war nicht Michael.

Moira wollte es nicht wahrhaben und begann, auf ihn einzureden. „Michael! Danny will ein Attentat verüben! Auf Jacob Brolin!“

„Ja, natürlich, guter Versuch“, sagte er kühl. „Das war auch der Plan ... dich auf Danny anzusetzen, damit du das Gewehr findest. Aber wer hätte damit rechnen können, dass du auch noch ein Foto des echten Michael McLean finden würdest.“

Die Wahrheit hatte die ganze Zeit über direkt vor ihr gelegen, aber sie war zu entsetzlich gewesen, um sie glauben zu können. Trotzdem ...

Großer Gott, das hier war die Wahrheit!

Moira stand auf, ihren Blick starr auf ihn gerichtet. Sie dachte nicht einmal daran zu schreien. Sie war noch immer zu geschockt, aber ihr war auch klar, dass ein Aufschrei ihr nichts gebracht hätte. Die Band spielte, und sie war viel zu laut, um sie übertönen zu können.

„Ich verstehe nicht, Michael“, sagte sie halblaut und bluffte, um Zeit zu schinden. „Wir müssen die Polizei alarmieren. Danny hat ein Gewehr unter seinem Bett ...“

„... und du hältst Unterlagen in deinen Händen, die beweisen, dass ich nicht derjenige bin, für den ich mich ausgebe“, sagte er. Er lehnte sich gegen die Tür und sah sie an. Seine blauen Augen waren eiskalt. Er sprach nicht mehr in dem vertrauten gleichmäßigen Tonfall, der nur von einem leichten Akzent geprägt gewesen war. Seine Stimme war rau – und er hatte einen breiten Akzent. „Weißt du, Moira, ich hatte von Anfang an vorgehabt, mit dir zusammen zu sein. Das ist einer der Gründe, warum ich in meinem Beruf immer so gut gewesen bin. Ich kann gut mit Frauen umgehen. Du wirst mir das wahrscheinlich nicht glauben, aber ich habe nie gelogen, wenn ich sagte, ich würde dich lieben. Ich wollte sehen, ob es möglich sein würde, zu Michael McLean zu werden – der natürlich nicht mehr lebt, wie dir wohl klar ist. Ich wollte diesen letzten Auftrag erledigen, der ein Triumph für die Freiheit sein sollte, und dann hätte ich ein normales Leben führen wollen. Ich wollte dich heiraten. Aber du solltest mir helfen, die Schuld auf deinen alten Freund zu schieben. Du solltest nicht mit ihm schlafen. Das hast du doch gemacht, stimmts?"

„Michael, ich weiß überhaupt nicht, was du da redest."

„Natürlich weißt du das. Blackbird. Du wusstest, dass im Pub etwas vor sich ging. Das Attentat auf Brolin. Kelly's wurde als Treffpunkt ausgesucht. Dan O'Hara war der perfekte Sündenbock, weil er schon mal festgenommen worden war. Du solltest mir helfen, ohne es zu ahnen, und eine Zeit lang warst du genau auf dem richtigen Weg. Aber jetzt ... Du hast mich betrogen, Moira. Du hast so getan, als würdest du mich lieben, und von ihm hast du dich vögeln lassen!"

Sie konnte kaum fassen, was seine Worte zu bedeuten hatten. Seit er den Job bei ihr angetreten hatte, verfolgte er diesen schändlichen Plan. Nein, schon viel früher. Er hatte einen Mann gefunden, der ihm ähnlich sah und die Voraussetzungen erfüllte. Er hatte ihn umgebracht, seine Identität angenommen und an dessen Stelle den Job bekommen. Er hatte um sie geworben und sie verführt. Er hatte sich mit ihrer Familie beschäftigt, mit dem Pub. Er war so gründlich gewesen, so sorgfältig.

„Ich ... ich liebe dich, Michael", sagte sie, wusste aber nicht, ob es überzeugend klang. Wie sollte sie heil hier herauskommen? Er stand zwischen ihr und der Tür.

Er schüttelte den Kopf. „Nein. Wir waren zu oft voneinander getrennt. Dir hat es nichts ausgemacht. Mir schon. Ich brauchte jemanden an meiner Seite. Wenn ich es recht überlege, dann bist du diesen Nutten recht ähnlich, Moira. Du konntest dich nicht auf mich konzentrieren, du lügst und betrügst, und du bist so entsetzlich neugierig. Ich hatte nicht erwartet, dich töten zu müssen."

Nutten? Mich töten? ging es Moira durch den Kopf. *Er* war der Serienkiller? Sie hatte mit dem Mann geschlafen, der die Prostituierten auf dem Gewissen hatte? Wie hatte sie sich nur so von ihm täuschen lassen können.

„Ich habe sehr oft davon geträumt", redete er weiter, „dich in eurer Pfarrkirche zu heiraten und wie ein Sohn in deine Familie aufgenommen zu werden. Ein schöner Traum. Ich sollte dir sogar dankbar dafür sein, dass du mich betrogen hast. Denn Michael McLean wird morgen von der Bildfläche verschwinden. Aber erst muss ich mich um dich kümmern ... und dann um Danny. Aber der kann noch warten."

„Ich verstehe nicht ...", sagte Moira. Sie musste Zeit gewinnen, damit vielleicht im Pub jemand auffiel, dass sie so lange weg war, und nach ihr suchte. „Woher konntest du wissen, dass wir dich nehmen würden, als du dich bei uns beworben hast?"

„Weil du mich bereits eingestellt hattest", antwortete Michael.

Sie sah ihn verständnislos an.

„Wir wussten, dass sich der echte Michael McLean beworben hatte und angenommen worden war", erklärte er. „Aber weil er nicht mit dir persönlich gesprochen hatte, sondern mit diesem Jobvermittler, wusste niemand bei euch, wie er aussieht. Und ein Passbild in der Bewerbung sieht ja bekanntlich meistens völlig anders aus als der Mensch, den es zeigt."

„Michael, meine Familie wird jeden Moment zurückkommen. Außerdem siehst du das völlig falsch. Ich liebe dich wirklich, wir können ..."

„Moira, bitte! Ich halte dich nicht für so dumm, und du weißt, dass ich nicht so dumm bin. Du hast alles sehr schwierig gemacht, aber was solls. Wir müssen jetzt gehen."

„Gehen? Ich bin doch nicht verrückt. Was glaubst du denn, wohin ich mit dir gehen werde?"

Er kam auf sie zu. Sie machte einen Satz nach hinten. Es gab keinen anderen Weg aus diesem Zimmer als durch die Tür, die er ihr versperrte. Doch so leicht würde er nicht über sie siegen. Sie schrie, so laut sie konnte, und hoffte, dass sie die Band draußen im Pub übertönte. Er war am Bett angekommen und stand fast vor ihr. Sie versuchte, auf die andere Seite des Bettes zu gelangen, vergeblich. Als sie an ihm vorbeirennen wollte, packte er sie am Haar und riss sie brutal zurück. Sie verlor den Halt und stürzte. Im nächsten Moment war er über ihr und drückte sie auf den Boden.

Sie strampelte, hatte aber seiner Kraft nichts entgegenzusetzen.

Wieder griff er ihr ins Haar und zog ihren Kopf nach hinten, dann hielt er ihr einen Lappen vors Gesicht, dem ein süßlicher Geruch entströmte.

Sie versuchte, nicht zu atmen, doch es half nichts. Schließlich musste sie wieder Luft holen.

Sie inhalierte den süßlichen Duft und merkte, wie ihre Sinne schwanden. Schließlich wurde ihr schwarz vor Augen.

Moira war weg.

Dan war irritiert und verärgert darüber, dass sie ausgerechnet in dem Moment nach ihm gesucht hatte, als er die Akten erhielt. Er hatte sie flüchtig durchgesehen und sich vor allem auf

Michaels Akte konzentriert. Ihm war sofort aufgefallen, dass etwas nicht stimmte. In dem Augenblick war Siobhan aufgetaucht.

Er suchte das gesamte Gebäude nach Moira ab, und er wartete sogar eine Zeit lang vor der Damentoilette, bis eine grauhaarige ältere Frau herauskam und ihm klar wurde, dass er dort nur Zeit verloren hatte. Er ging in den Raum, in dem Seamus aufgebahrt lag, und fragte bei ihrer Familie nach. Sie hatte niemandem gesagt, dass sie gehen würde, doch nach der Zeit zu urteilen, musste sie auf dem Weg zum Pub sein.

Als Eamon ihm das sagte, ging ihm ein Licht auf. Hastig kehrte er in den Raum zurück, in dem er das Päckchen zurückgelassen hatte, und stellte fest, dass mittlerweile einige der Unterlagen fehlten. Er war sicher, dass Moira sie mitgenommen hatte, auch wenn er sich nicht erklären konnte, warum er davon so überzeugt war.

Plötzlich ging ihm durch den Kopf, was er in den Unterlagen gesehen hatte.

Dan ließ die übrigen Akten fallen und eilte aus dem Beerdigungsinstitut. Wahrscheinlich lohnte es sich nicht, auf ein freies Taxi zu warten, also konnte er ebenso gut zu Fuß zum Pub laufen.

„Auf dem Weg zu Kelly's?" rief jemand, als er bereits ein Stück gegangen war.

Dan drehte sich um und sah einen jungen Mann.

„Wer zum Teufel sind Sie?" wollte er wissen.

„Tom Gambetti."

Dan sah ihn ratlos an und ärgerte sich über jede Sekunde, die ungenutzt verstrich.

„Ich habe Sie gestern Abend zusammen mit Moira im Pub gesehen."

„Sie kennen Moira?“

„Ja, ich habe sie vom Flughafen zum Pub gefahren. Ich bin Taxifahrer.“

„Sie sind Taxifahrer?“

„Ja.“

„Und Ihr Taxi?“

„Steht da drüben.“

„Gut, dann bringen Sie mich so schnell wie möglich zu Kelly's.“

Als sie vor dem Pub anhielten, sagte Dan zu Tom, er solle auf ihn warten. Dann lief er in den Schankraum. Am Tresen saß ein Mann, der sich darüber beklagte, nicht bedient zu werden. Einer aus der Ersatzband stand bei ihm und besänftigte ihn. „Hey, Kumpel, ganz ruhig. Ich finde schon ein Bier für dich. In der Familie gabs einen Todesfall, darum gehts hier ein bisschen drunter und drüber.“

Dan ignorierte den Gast und fragte das Bandmitglied: „Wo ist Moira Kelly?“

„Oh, die war vor ein paar Minuten hier“, meinte der Mann beiläufig, während er nach der richtigen Biersorte suchte. „Ist hinten in das Zimmer gegangen, ich glaub, sie wollte sich frisch machen oder so. Sie sah ziemlich fertig aus. Ihr Freund hat sich um sie gekümmert und hat sie kurz darauf aus dem Zimmer getragen. Er hat gemurmelt, ihr sei nicht gut, und er würde sie zu ihrer Familie bringen. Ist dann mit ihr rausgegangen.“

Jede Faser seines Körpers schien sich bei diesen Worten zu verkrampfen. Dan stürmte zu seinem Zimmer und riss die Tür auf. Alle Zeichen deuteten auf einen Kampf hin, der schnell vorüber gewesen sein musste. Er schloss die Tür und ging zurück zum Tresen.

„Wie lange ist es her, dass die beiden gegangen sind?“ fragte er angespannt.

„Vielleicht ein paar Minuten. Wenn Sie einen Augenblick früher reingekommen wären, hätten Sie sie noch sehen müssen.“

„Danke.“

Dan lief nach draußen und sah nach links und rechts. Nichts. Der Taxifahrer beugte sich zum Beifahrersitz hinüber und rief durch das offene Seitenfenster. „Wenn Sie Moira suchen, die ist gerade weggefahren. Ich glaube, sie hat geschlafen. Ich habe gewinkt, aber der Typ am Steuer hat mich nicht bemerkt.“

Dan sprang ins Taxi. „Los, hinterher, folgen Sie ihnen.“

„Ihnen folgen? Ich habe keine Ahnung, wohin sie fahren.“

„Sie haben nur minimalen Vorsprung! Sie können sie einholen!“

„Augenblick mal, wer sind Sie ei...“

„Verdammt. Folgen Sie ihnen. Das Leben der Frau ist in Gefahr.“

Tom Gambetti glaubte ihm aufs Wort. Er trat das Gaspedal durch, wendete mit quietschenden Reifen und raste wie ein Verrückter durch die Straßen von Boston.

„Vorsicht, schließlich soll die Polizei uns nicht anhalten! Achtung! Da vorne sind sie. Er fährt den Wagen ihres Vaters. Biegen Sie hier ab!“

„Das ist eine Einbahnstraße!“

„Egal!“

Gambetti gehorchte. Dan musste zugeben, dass der Junge fahren konnte. Einem Fußgänger gelang es nur knapp, sich vor dem heranrasenden Taxi zu retten. Gambetti bog in eine Querstraße ein, und wenige Augenblicke später standen sie an einer Ampel drei Wagen hinter dem von Eamon Kelly.

„Und jetzt?“ fragte der junge Mann.

„Dranbleiben“, erwiderte Dan, ohne den Blick von dem Wagen zu nehmen, in dem Moira saß.

Obwohl die Ampel rot zeigte, bog Michael plötzlich ab.

„Verdammt, den hole ich nie wieder ein!“ fluchte Gambetti.

„Macht nichts. Ich weiß, wohin er will. Biegen Sie bei der nächsten Möglichkeit ab.“

Gambetti gehorchte.

„Halten Sie hier an“, sagte Dan, als sie den Hafen erreicht hatten. „Lassen Sie mich hier raus. Und hören Sie gut zu.“ Dan notierte hastig eine Telefonnummer, während er weiterredete. „Rufen Sie diese Nummer an. Sagen Sie, dass Sie im Auftrag von Dan O'Hara sprechen. Sagen Sie ihnen, sie sollen zum Hafen kommen, zur *Siobhan*. Und zwar so schnell wie möglich. Es stehen Menschenleben auf dem Spiel. Verstanden?“

„Ja, das schon.“ Tom holte etwas aus seiner Jackentasche hervor. „Ich habe ein Mobiltelefon. Wollen Sie wirklich nicht lieber selbst da anrufen?“

Aber Dan war bereits auf dem Weg zu den Bootsstegen.

Sie war nicht tot. Noch nicht. Ihr Kopf schmerzte, ihr Magen schien sich umzudrehen. Sie kam sich vor, als würde jemand sie brutal hin und her wirbeln.

Langsam hob sie die Lider. Vor ihren Augen verschwamm alles. Sie hörte Stimmen. Männer, die sich unterhielten. Sie zwinkerte ein paarmal, dann merkte sie, dass sie auf einem schmalen Sofa lag. Vor sich sah sie eine kleine Essecke. Auf dem Tisch standen Blumen.

Auf einmal erkannte sie ihre Umgebung wieder. Sie war auf dem Boot ihres Bruders. Er hatte auf der ersten Fahrt der Saison immer Blumen auf dem Tisch stehen. Sie waren für Siobhan.

Die Männer stritten. Um wen handelte es sich? Was sagten sie? Moira schloss die Augen und konzentrierte sich auf die Stimmen, während sie zugleich versuchte, den Kopfschmerz zu ignorieren, ihren Magen zu beruhigen und herauszufinden, was los war und wie sie überleben konnte.

„Ein Tag, ein verdammter Tag. Wir hätten doch nur einen verdammten Tag gebraucht!“

„Was ist los, Mann, willst du es nicht verstehen? Sie hatte die elende Akte. Sie wusste, dass das Foto nicht mich zeigte.“

„Toll. Dann muss sie also heute noch verschwinden. Das versaut uns morgen den gesamten Plan.“

„Wir werden den Plan einfach ändern. Wir haben die beste Waffe, die es gibt. Wir brauchen nur einen Platz, von wo aus wir sie abfeuern können. Ich brauche allerdings auch eine neue Identität.“

„Darum werden wir uns kümmern. Es wäre nur perfekt gewesen, wenn du in Moiras Nähe hättest sein könnte. So dicht dran, und trotzdem hättest du anschließend einfach in der Menge untertauchen können.“

„Klar, das wäre ideal gewesen. Aber jetzt brauchen wir einen neuen Plan.“

„Daran ist nur dieser Dreckskerl von O’Hara schuld“, sagte der Mann, den sie als Michael identifizierte.

„Wir hätten ihn gleich ausschalten sollen.“

„Er sollte unser Sündenbock sein, vergiss das nicht.“

„Er ist auch nicht der, für den er sich ausgegeben hat. Er muss ein Insider sein, sonst hätte er nicht an diese Unterlagen über dich kommen können, oder?“

„Keine Ahnung. Jetzt beeil dich lieber, wir müssen aus dem Hafen raus, um sie mit dem Boot absaufen zu lassen."

„Warum hast du sie nicht einfach erwürgt? Darin bist du doch inzwischen ziemlich gut."

„Sorg dafür, dass wir ablegen können", sagte Michael mit drohendem Unterton. „Ich sehe nach, ob sie noch bewusstlos ist."

Moira hörte Schritte. Obwohl ihr Kopf wie rasend pochte, sprang sie auf. Sie wusste, dass Patrick in der großen Hauptkajüte eine geladene Waffe aufbewahrte. Sie war kein guter Schütze, aber auf einen halben Meter würde sie ihr Ziel bestimmt treffen können.

Sie schaffte es in die Kajüte, als hinter ihr die Deckluke geöffnet wurde. Sie hörte Michael fluchen, während sie die Tür zuwarf und verriegelte. Mit zitternden, eiskalten Fingern öffnete sie die Schranktür und begann, das Schloss des Safes auf die richtige Kombination einzustellen.

Sie betete, dass Patrick die Kombination nicht verändert hatte. Als sie ein leises Klicken hörte, wusste sie, dass er noch immer ihr Geburtsdatum benutzte.

Moira zog die Safetür auf und griff hinein. Die Waffe war weg.

Sie starrte einen Augenblick in den leeren Safe, wandte sich um, als sie ein Geräusch hörte, und im nächsten Moment sah sie in die Augen des Mannes, den sie als Michael McLean kennen gelernt hatte. Er stand in der Türöffnung und betrachtete sie ausdruckslos.

„Dein Bruder ist so gutgläubig wie du, Moira", sagte er. „Ich nehme an, er hat nie erwähnt, dass er mit mir und seinem Kumpel McGahey zum Boot gegangen ist, während du zu Hause bei deinen Eltern die brave Tochter gespielt hast. Der gute alte Patrick, immer nur vom Guten im Menschen überzeugt. Er hat nie mitbekommen, dass ich den Safe gesehen habe. Und der ist für einen Mann wie mich nun wirklich kein Problem."

In der Kajüte gab es noch eine Waffe, von der er vielleicht nichts wusste.

Moira machte einen Satz quer durch den kleinen Raum, riss die oberste Schublade des Nachttischs auf und packte ein Messer. Sie kniete sich aufs Bett und hielt den Griff des Messers mit beiden Händen fest. „Noch einen Schritt, dann töte ich dich. Ich schwöre es dir."

Er lächelte sie amüsiert an. „Moira Kelly, du kannst niemanden töten, und das weißt du. Also gib mir das Messer."

Sie hob das Messer, als er näher kam. In dem Moment, in dem er einen Satz auf sie zu machte, hieb sie nach ihm und fügte ihm eine tiefe Schnittwunde am Arm zu. Michael schien den Schmerz überhaupt nicht wahrzunehmen. Mit der rechten Hand bekam er das Messer zu fassen, die linke drückte ihr auf die Kehle. Das Messer glitt ihr aus der Hand. Mit seinem ganzen Gewicht drückte er sie auf das Bett. Unbarmherzig umschloss er nun mit beiden Händen ihren Hals.

„Es wird noch einige Zeit dauern, bis wir auf offener See sind. Weißt du, Moira, ich habe dich nicht angelogen. Ich hatte mich wirklich in dich verliebt. Mir hat die Zeit mit dir gefallen. Warum hast du mich mit dem Bastard betrogen?"

Sie röchelte.

„Du kannst nicht sprechen? Oh, das tut mir aber Leid."

Er lockerte seinen Griff.

Sie konnte sich noch immer nicht bewegen, aber sie sah ihm in die Augen und sagte leise: „Wenn ich verschwunden bin, wird man nach mir suchen. Sie werden dich finden."

„Wer soll denn auf die Idee kommen, dass ich dich auf dem Boot deines Bruders weggebracht habe?“ fragte er lächelnd. „Ach, Baby, es tut mir Leid, dass es so enden muss. Willst du es noch ein bisschen hinauszögern? Und dich der Hoffnung hingeben, dass ein Wunder geschieht und du doch nicht sterben musst?“

Er beugte sich vor, als von der Tür ein Geräusch zu hören war, das an ein tiefes Knurren erinnerte.

„Fass sie an, du mieses Schwein, und ich schieße dir die Eier weg, damit du elend verblutest.“

Michael war so überrascht, dass er sich ein Stück zur Seite rollte, dabei aber das Messer zu fassen bekam.

Moira sah, dass Danny im Durchgang stand. Seine Haare waren so zerzaust wie immer, und in der Hand hielt er eine Waffe. Nicht das große Gewehr mit Zielfernrohr, sondern eine kleine Pistole, die in dem winzigen Raum aber nicht weniger bedrohlich wirkte.

Danny. Der Mann, den sie zum Terroristen abgestempelt hatte ...

„Bring dich in Sicherheit, Moira“, rief er.

Sie wollte entkommen, aber Michael hatte noch immer das Messer in der Hand. Reglos blieb sie liegen.

„Glaub mir, ich habe ein paar Tricks gelernt“, sagte Danny. „Du bist tot, bevor du ihr auch nur die Haut angeritzt hast.“ Er hielt die Waffe auf Michael gerichtet.

Der wich langsam zur Seite aus. „Du verdammter Verräter“, sagte er zu Danny. „Du Bastard. Du hättest Brolin umlegen sollen. Du solltest in diesem Krieg an vorderster Front kämpfen.“

„Oh, ich kämpfe auch. Aber mit Worten. Ich kämpfe nicht, indem ich Kinder und andere Unschuldige töte.“

Schritte. Sie hörte Schritte.

Danny hörte sie auch und drehte sich rasch um. In dem Moment rief Moira: „Danny, alles in Ordnung, er ist ein Cop."

Ihre Worte genügten, um Dan zögern zu lassen.

Und sie genügten, damit Kyle den Abzug seiner Waffe betätigen konnte.

Moira sah das Mündungsfeuer, und dann sah sie, dass Danny in die Brust getroffen wurde.

Genau ins Herz.

19. KAPITEL

Moira schrie auf. Es war nicht nur die Angst um ihr eigenes Leben, die ihr die Kraft zu diesem Entsetzensschrei gab. Sie sprang zu Danny, der vornüber zu Boden gesunken war, doch Michael bekam sie wieder zu fassen, bevor sie feststellen konnte, ob Danny noch lebte.

„Du hättest ihn nicht erschießen sollen", herrschte er Kyle an.

Moira war wie hysterisch. Sie krallte sich in Michaels Arm, trat um sich und schrie. Dann sah sie Kyle an und fauchte: „Wie kann ein Cop nur so was machen."

„Ich habe nie gesagt, ich wäre ein Cop."

„Dann eben FBI ..."

„Davon habe ich auch nie etwas gesagt, Miss Kelly. Ich habe Sie glauben lassen, was Sie glauben wollten. Ich habe den ganzen Tag vor dem Polizeirevier zugebracht, um Sie abzufangen. Ach, Miss Kelly, Sie haben uns so sehr geholfen, weil Sie denen nicht vertrauen wollten, die Sie kennen."

Sie trat nach dem Mann, der Danny umgebracht hatte, und traf ihn in die Weichteile. Er stürzte nach hinten und stieß einen Schmerzensschrei aus.

Dann trat sie nach hinten und traf Michaels Schienbein mit voller Wucht. So schmerzhaft das aber auch sein mochte, er hielt sie weiter fest. Er wirbelte sie herum und schlug sie gegen die Wand, woraufhin sich wieder alles um sie herum drehte.

Einen Moment lang war sie benommen. Kyle nutzte die Situation, um ihr eine gewaltige Ohrfeige zu verpassen, die so heftig war, dass Moira Sterne sah.

„Jesus, nun hör schon auf", zischte Michael. „Sie soll nicht mit blauen Flecken übersät sein."

„Das sieht doch sehr überzeugend aus. Er hat sie verprügelt, und dann hat sie ihn erschossen. Und jetzt los. Wir haben nicht ewig Zeit."

Moira fühlte, wie Michael sie vom Boden hochhob. Sie sah Danny, der ausgestreckt auf dem Boden lag. Sie wollte aufschreien, aber es kam kein Ton über ihre Lippen.

Danny war auf seine eigene Waffe gefallen. Das Messer hingegen lag nur Zentimeter von ihrer Hand entfernt ...

Während Michael sich noch bemühte, sie hochzuheben, verlagerte sie ihr Gewicht und ließ sich absichtlich fallen.

Und landete genau auf dem Messer.

Sie umfasste den Griff und ließ sich von Michael erneut hochziehen. Er zerrte sie hinter sich her. Kyle Browne folgte ihnen durch den schmalen Durchgang. Auf halber Strecke zum Salon beschloss Moira zu handeln. Zorn und Schmerz halfen ihr, gegen ihre Peiniger aufzubegehren. Mit aller Kraft jagte sie Michael die Klinge in den Leib.

Schmerz und Schock brachten ihn dazu, den Griff um Moiras Körper zu lockern. Fassungslos sah er sie an, während sie ihm mit einem hasserfüllten Blick begegnete. Aus seinem Gesicht war jegliche Farbe gewichen.

„Geh schon, Michael", beschwerte sich Kyle hinter ihm.

Michael konnte nichts erwidern, da ihm der Atem stockte.

Diesen Augenblick nutzte Moira zur Flucht. Sie stürmte die drei Stufen hinauf, die an Deck führte. Hinter sich knallte sie die Luke zu und verriegelte sie.

Sekunden später riss eine Kugel ein Loch in die Planken. Sie würden die Verfolger nicht lange aufhalten.

Eine weitere Kugel wurde durch das Holz gejagt, dann noch eine.

Moira rannte zum Heck, wo das kleine Ruderboot festgemacht war. Sie hatten den Liegeplatz verlassen, und das winzige Boot war ihre einzige Chance, an Land zurückzukehren. Sie kniete sich hin und versuchte, trotz des Wellengangs nicht den Halt zu verlieren, während sie die Vertäuung des Rettungsboots zu lösen versuchte.

Sie überlegte, ob sie einfach ins Wasser springen sollte. Aber sie wusste, dass sie dort nicht lange überleben würde. Um diese Jahreszeit war der Ozean so kalt, dass ihr nur ein paar Minuten bleiben würden, ehe sie unterkühlt war und in die Tiefe gezogen wurde.

Moira hatte gerade das Tau gelöst, als sie von hinten gepackt und rückwärts aufs Deck geschleudert wurde.

Sie sah nach oben: Michael stand über ihr. Er hatte keine Pistole und kein Messer, aber davon ließ er sich nicht aufhalten. Er beugte sich vor und legte ihr die Hände um die Kehle.

Moira kämpfte gegen ihn an. Obwohl ohne jede Chance, wollte sie einfach nicht kampflos untergehen. Sie schlug auf seine Handgelenke ein, drehte und wand sich, aber nichts, was sie tat, lockerte den tödlichen Griff um ihren Hals. Sie konnte nicht mehr atmen ...

Sie hörte eine Explosion. Einen Moment lang überlegte sie, ob dies wohl ihren Tod bedeutete.

Und dann war Michael auf einmal nicht mehr da, und sie konnte wieder atmen.

Sie schnappte nach Luft, versuchte, tief durchzuatmen. Die Schwärze, die sich vor ihren Augen gebildet hatte, wich. Moira hörte, wie die Wellen gegen den Rumpf des Boots schlugen, dann nahm sie etwas wahr, das sich wie Kampfgeräusche anhörte. Sie setzte sich auf und blinzelte. Ein Mann lag quer über der Luke, am Bug waren zwei weitere Männer in einen Kampf verwickelt.

Unbeholfen stand sie auf und taumelte vorwärts. Der Mann, der rücklings auf der Luke lag, war Kyle Browne. Mit weit aufgerissenen Augen starrte er blicklos in den Himmel. Er war tot.

Moira erreichte den Bug in dem Moment, als Danny und Michael über Bord gingen. An Deck breitete sich eine große Blutlache aus.

Danny war angeschossen worden. Er hatte einen Treffer in die Brust abbekommen, und trotzdem hatte er es geschafft, sich noch einmal aufzurappeln und an Deck zu kommen. Er verblutete langsam, aber sicher. Und er befand sich im eiskalten Wasser ...

„Danny!“ Sie hatte seinen Namen laut rufen wollen, brachte aber nur ein Krächzen zustande.

Moira beugte sich nach vorn und sah, wie eine Hand aus dem Wasser ragte. Sie streckte den Arm aus, um nach der Hand zu greifen.

Ein Kopf kam an die Wasseroberfläche, und Moira zuckte erschrocken zurück. Es war Michael. Seine Miene war so von Hass verzerrt, dass es mehr eine Fratze als ein menschliches Gesicht war.

Er griff nach ihrer Hand und bekam sie zu fassen. Moira verlor das Gleichgewicht und fiel vornüber ins Wasser.

Es war so kalt, dass es ihr den Atem verschlug. Im ersten Moment war ihr nicht bewusst, dass sie sich beim Sturz ins Wasser aus Michaels Griff hatte lösen können. Sie sank hinab in die eisige, dunkle Tiefe und benötigte einige Augenblicke, um sich vor Augen zu führen, dass sie sterben würde, wenn sie nicht sofort etwas unternahm. Moira begann, mit Armen und Beinen zu rudern, und schaffte es zurück an die Wasseroberfläche. Sie konnte das Boot sehen, aber es schien unerreichbar weit entfernt zu sein. Ihre Muskeln wollten ihr nicht gehorchen, und sie konnte ihre Arme nicht mehr bewegen. Ihre Zähne klapperten, und es kam ihr unglaublich schwierig vor, Luft zu holen. Sie zwang sich, auf das Boot zuzuschwimmen. Tatsächlich schaffte sie es, die Strecke zurückzulegen, doch ihr fehlte die Kraft, um sich festzuhalten und sich an Bord zu ziehen.

Mit einem Mal wurde sie aus dem Wasser gehoben, bis ihr Oberkörper über die Bordwand hinausragte. Sie zog sich an Deck und blieb liegen, während sie weiter nach Luft schnappte.

Danny! Danny musste noch leben! Sie zitterte heftig, während sie erneut einen Blick ins Wasser wagte. Tatsächlich, dort war er! Mit kräftigen Schlägen kämpfte er gegen die eisigen Fluten an.

„Danny", flüsterte sie und sah für einen Moment das goldene Glitzern in seinen Augen. Sie hatte seinen Namen noch nicht ausgesprochen, da wurde er wieder unter Wasser gerissen.

„Nein!" schrie sie fast tonlos. Michael musste ebenfalls noch leben und Danny weiter angreifen. Sie schleppte sich zu dem Toten und rollte ihn zur Seite. Sie fand seine Waffe und kroch zurück an die Reling zu der Stelle, an der sie Danny zum letzten Mal gesehen hatte. Verzweifelt suchte sie das dunkle Wasser ab, während sie die Pistole mit beiden Händen festhielt.

Plötzlich sah sie wieder eine Hand auftauchen, dann einen Kopf.

„Moira, hilf mir!"

Danny!

Sie legte die Waffe weg und schaffte es, ihre sämtlichen verbliebene Kräfte zu mobilisieren und ihn an Bord zu ziehen.

Einige Momente lagen sie beide zitternd auf dem blutverschmierten Deck, dann nahm Moira die Waffe und richtete sich auf.

Danny streckte seinen Arm aus und legte seine Hand auf die Waffe.

„Er wird dich wieder angreifen."

„Nein."

„Aber ..."

„Er kommt nicht mehr nach oben, Moira."

Sie ließ die Waffe sinken, richtete den Blick jedoch weiter auf die Wasseroberfläche. Sie nahm kaum wahr, wie durchgefroren sie war, bis sie merkte, dass Danny hinter ihr war und ihr eine Decke umlegte. Dennoch starrte sie weiter auf die eisigen Wellen, die gegen das Boot schlugen.

„Moira, er kommt nicht mehr nach oben", wiederholte Danny leise.

Sie hörte ein Geräusch, das schnell lauter wurde. Als sie nach oben sah, entdeckte sie einen Hubschrauber. „Die Küstenwache ist auf dem Weg zu Ihnen", ließ der Pilot sie über Lautsprecher wissen.

Moira verstand, dass es vorüber war.

„Du lebst", brachte sie hervor, obwohl sie heftig mit den Zähnen klapperte. „Aber er ... er hat auf ... dich geschossen ... ich ... habs doch gesehen ..."

„Ich bin auf Nummer sicher gegangen", erwiderte er. „Kugelsichere Weste."

Sie sah ihn an und vergaß bei seinem Anblick fast, dass sie sich wie ein Eiszapfen fühlte. „Bist du ein Cop? Warum hast du mir nichts davon gesagt ...?"

„Nein, Moira, ich bin kein Cop."

„Sondern?"

„Ein Ire", erwiderte er lächelnd. Er wollte noch etwas sagen, beließ es aber bei dieser Bemerkung. Er legte seine Arme um sie und gab ihr einen Kuss, dann drückte er sie an sich. Moira hörte das Motorboot der Küstenwache, das rasch näher kam.

Was danach geschah, nahm sie nur noch verschwommen wahr.

20. KAPITEL

Die Nacht war voller Überraschungen. Ihr Michael McLean hatte die Identität eines anderen Mannes angenommen, der den Kontakt zu seiner Familie abgebrochen und allein in New York City gelebt und dessen einziges Interesse dem Film gegolten hatte. Ermordet hatte ihn im letzten Dezember ein Terrorist namens Robert McNally, der gezielt nach einem solche Kandidaten gesucht hatte. Kyle Browne war natürlich kein Cop, was er Moira auf dem Boot auch gesagt hatte. Er hieß nicht einmal Kyle Browne. Es gab einen FBI-Agenten, der so hieß, und das war auch der Grund gewesen, warum man seinen Namen benutzt hatte: Sollte jemand seine Identität überprüfen wollen, würde das FBI zumindest den Namen bestätigen können.

Wie komplex die Situation war, in die sie und ihre Familie verwickelt war, wurde Moira durch eine der größten Überraschungen an diesem Abend klar – die Tatsache, dass Jacob Brolin sich an Bord des Boots der Küstenwache befand, das ausgelaufen war, um sie von der *Siobhan* zu retten. Dass er sie in die Arme genommen hatte, war angenehm gewesen, aber sie hatte kaum ihren Augen trauen wollen, als er Danny wie einen lange vermissten Sohn begrüßte.

In dicke Decken gehüllt und mit einer Tasse heißem Kakao in der Hand saß sie da und betrachtete die beiden Männer.

„Also gut, was wird hier gespielt?“ wollte sie wissen. „Wenn du kein Cop bist“, sagte sie zu Danny, „dann musst du für die irische Regierung arbeiten. Die nordirische?“

Er schüttelte den Kopf. „Nein, Moira, ich verdiene mein Geld mit dem Schreiben und mit Lesungen. So wie schon immer.“

„Außerdem ist er ein sehr guter Freund“, sagte Brolin.

„Genauer gesagt: Wir sind uns durch deine Mutter begegnet."

„Meine Mutter?" Sie sah ihn verständnislos an.

Danny zuckte mit den Schultern. „Der Frieden in Nordirland ist für mich das wichtigste Ziel. Ich arbeite darauf hin, indem ich über das Leben der Menschen schreibe, das durch die Gewalt zerstört worden ist. Aber es gab eine Zeit, da schien der Weg meines Onkels – nämlich Gespräche zu führen und zu verhandeln – nichts zu bewirken. Ich bin nun mal nicht vollkommen, und daher gab es Zeiten, in denen ich sehr verbittert war. Ich war ein Hitzkopf, und ich war fast davon überzeugt, dass das Versprechen, das ich mir selbst gegeben hatte, nichts weiter war als der idealistische Traum eines Idioten. Ich hätte durchaus einen anderen Weg einschlagen können. Deine Mutter erwähnte bei meinem Onkel den Namen Jacob Brolin, und ich verbrachte einen Sommer bei ihm." Er zögerte. „Es stimmt, was du gehört hast. Mein Vater und meine Schwester wurden erschossen. Ich habe sie sterben sehen. An dem Tag schwor ich mir, alles zu tun, damit der Hass der Erwachsenen nie wieder ein Kind töten würde."

„Ich hatte einige der Fehler begangen, die Danny auch hätte machen können", fuhr Jacob fort. „Ich entstamme einer Familie von protestantischen Oraniern, und ich verliebte mich in eine Katholikin. Da meine Eltern sich weigerten, meine Freundin zu akzeptieren, wechselte ich die Seiten ... und erlebte härtere Lektionen. Aber das ist eine andere Geschichte, an der Danny im Augenblick schreibt."

Moira sah Danny an. „Warum hast du mir nicht gesagt, was los war?"

„Er durfte Ihnen rein gar nichts sagen", beantwortete Brolin die Frage. „Michael McLean war zumindest auf dem Papier ein Musterknabe. Wir fürchteten, Andrew McGahey könnte der Verbindungsmann sein, der über Ihren Bruder Kontakt aufnehmen sollte. Und Jeff Dolan ... er ist heute sauber, aber bei seiner Vergangenheit konnten wir kein Risiko eingehen. McLean und Ihr Bruder genossen Ihr Vertrauen. Wer vermochte zu sagen, was Sie ihnen erzählen würden? Wir hatten unsere Vorbehalte gegenüber Kyle Browne, wollten jedoch gegen ihn nichts unternehmen, weil wir nicht wussten, mit wem er sich traf."

„Die beiden wollten Danny reinreißen, indem sie das Gewehr unter seinem Bett deponierten?"

„Genau. Weißt du noch, als deine Handtasche verschwunden war?" fragte Danny.

„Ja", sagte sie halblaut.

„Ich glaube, deine Handtasche wurde gestohlen, um einen Nachschlüssel anfertigen zu lassen. Dann mussten sie nur noch den geeigneten Zeitpunkt abwarten, um mir das Gewehr unterzuschieben. Sie wollten nicht nur Jacob ermorden, sondern mir den Mord in die Schuhe schieben."

„Aber diese Sache ist ... so unglaublich komplex", sagte Moira. „Und wenn ich mich nicht von meiner Mutter hätte überreden lassen, nach Boston zu kommen, dann wäre dieser Plan doch gescheitert."

„Dieser spezielle Plan ja", sagte Danny. „Aber dann hätte die Zeit noch gereicht, um einen Alternativplan anlaufen zu lassen. Das sind Profis, Moira, und die überlassen nichts dem Zufall. Wenn Michael mit dir nach Florida geflogen wäre, hätten sich ein paar andere Killer auf den Weg gemacht. Und wenn ich nicht hergekommen wäre, dann hätte man einfach einen anderen Kandidaten ausgesucht, dem man die Schuld in die Schuhe schieben konnte."

Sie sah Danny nachdenklich an.

„Wir waren einfach zur falschen Zeit am falschen Ort“, meinte er. „Oder zur rechten Zeit am rechten Ort. Wenn du und ich nicht hergekommen wären ... wer weiß, ob das Attentat dann verhindert worden wäre.“

„Profis“, murmelte Moira. „Profikiller.“

„Ja, echte Profis. Sie gehörten beide einer Splittergruppe namens Irish American Liberation People an. Sie nehmen Gelder von den Amerikanern entgegen, die glauben, dass sie für Kinder spenden, die Opfer der Gewalt in Nordirland geworden sind. Tatsächlich finanzieren sie aber damit ihre Waffenkäufe. Die amerikanische Regierung hat seit langem versucht, ihnen das Handwerk zu legen, doch es gab nie ausreichende Beweise. Sie waren gut, das muss ich ihnen lassen. Sie waren in der Lage, Dokumente zu fälschen, neue Identitäten für sich zu erschaffen und das Leben anderer Männer zu übernehmen.“

„Machen Sie sich keine Sorgen? Es gibt doch sicher andere, die Ihnen auch nach dem Leben trachten“, sagte Moira.

„Es wird immer Menschen geben, die gegen den Friedensprozess eingestellt sind“, erwiderte Jacob lässig. „Auf der anderen Seite gibt es sehr viele Menschen, die hinter mir stehen. Ich habe beide Seiten erlebt, ich kenne die Tragödien, die sich auf beiden Seiten abspielen, darum glaube ich, dass ich einen Unterschied bewirken kann.“

„Du arbeitest also für Jacob?“

„Nein.“

„Er ist mein Freund“, sagte Jacob. „Und er hatte eine Verbindung zu Kelly's Pub. Als wir wussten, dass sich da etwas zusammenbraut, rief ich Danny an und nannte ihm eine Kontaktperson aus meinem Büro. Er war einverstanden, die Ereignisse im Pub im Auge zu behalten.“

Moira zitterte wieder und blickte zu Danny. „Nach seinen Bemerkungen zu urteilen ... glaube ich, dass Michael ... dass Robert McNally der Prostituiertenmörder war."

Danny sah sie lange an. Er wusste, was ihr durch den Kopf ging. Sie hatte einem Mann vertraut und mit ihm geschlafen, für den das Leben eines Menschen so unbedeutend geworden war, dass er niemanden verschonte, der seine Pläne in Gefahr bringen konnte.

„Wahrscheinlich werden wir nie genau erfahren, was sich zugetragen hat", meinte Danny schließlich.

„Wir sind fast am Ufer", sagte Jacob und zeigte voraus.

Ein Krankenwagen wartete bereits an der Anlegestelle auf sie. Moira wollte nicht ins Krankenhaus und erklärte, es gehe ihr gut, doch Jacob Brolin bestand darauf. Sie hatte deutliche Würgemale am Hals, und Danny habe sich seiner Meinung nach zweifellos einige Rippen gebrochen.

Sie sah Danny sprachlos an, aber er machte nur eine beiläufige Geste. „Ja, er könnte Recht haben. Wenn Jacob mich nicht gewarnt hätte, noch vorsichtiger zu handeln, wäre ich jetzt vielleicht tot. Die Westen retten einem zwar das Leben, aber wenn aus so kurzer Distanz geschossen wird ..."

Im Krankenhaus wollte Moira nicht von Dannys Seite weichen, wurde jedoch mit sanfter Gewalt in ein anderes Behandlungszimmer gebracht. Während sie darauf wartete, was Dannys Röntgenaufnahmen ergaben, hörte sie Brolin reden. Bislang hatte er sich mit der Polizei unterhalten, aber nun veränderte sich sein Tonfall.

Nun hörte sie die tiefe, besorgte Stimme ihres Vaters. Und dann redeten auch ihr Bruder und ihre Mutter.

„Ich bin völlig ruhig", erklärte Katy Kelly. Ihre Stimme klang nur ein wenig schrill. „Und jetzt will ich zu meiner Tochter."

Im nächsten Moment wurde der Vorhang zur Seite geschoben, und Katy kam an die Trage gelaufen, auf der man Moira ins Krankenhaus gebracht hatte.

„Eamon!“ rief sie ihrem Mann zu, der nur wenige Schritte hinter ihr war. „Sieh doch, was sie mit meinem Baby gemacht haben.“ Sie hatte kaum zu Ende gesprochen, da wurde sie ohnmächtig.

Zum Glück war Eamon da, um sie aufzufangen.

Er sah seine Tochter an und lächelte. „Sie ist die stärkste Frau, die ich kenne, aber ihren Kindern sollte man wohl besser nicht zu nahe treten.“

Erst nachdem ein Pfleger sich der ohnmächtigen Mr. Kelly angenommen hatte, konnte er seine Tochter in die Arme nehmen. Katy hielt man unterdessen Riechsalz unter die Nase, und fast sofort war sie wieder hellwach.

Einer nach dem anderen kamen Patrick, Colleen und Granny Jon zu Moira und gaben ihr das Gefühl, der glücklichste Mensch auf Erden zu sein. Als Patrick seine Arme um sie legte, flüsterte sie: „O mein Gott, Patrick, es tut mir so Leid. Zeitweise ...“

„... wusstest du nicht, was du von mir denken solltest“, führte er den Satz für sie zu Ende. „Das ist schon okay. Ich kann dich verstehen, und es tut mir Leid, dass ich nicht rechtzeitig gemerkt habe, was vor sich ging.“

Dann kamen zwei Polizisten hinzu, die darauf bestanden, mit Moira allein zu reden. Während sich alle anderen zurückzogen, weigerten sich ihre Eltern beharrlich, von ihrer Seite zu weichen.

Katy Kelly ließ die beiden Beamten nur kurze Zeit gewähren und bestand schließlich darauf, dass sie ihre Tochter sich ausruhen ließen. „Moira wird Ihnen alle Fragen beantworten, wenn die Ärzte der Ansicht sind, dass sie dazu in der Lage ist", sagte sie unmissverständlich. „Auf Wiedersehen, meine Herren."

Als sie fort waren, meinte Moira: „Ich will mich nicht ausruhen, ich will zu Danny."

„Wir bringen dich hin", sagte Eamon und begleitete sie an das Krankenbett, in dem Danny untersucht worden war. Er saß mit einem dicken Verband um seinen Brustkorb auf dem Bett und zog eben das frische Hemd über, das die Kellys ihm mitgebracht hatten. Moira stürmte auf ihn zu, Tränen schossen ihr in die Augen.

Danny nahm sie in die Arme. „Ach, Moira, Liebste. Es ist vorüber. Du kannst mich ruhig umarmen, aber bitte nicht so fest drücken."

„Er sollte eigentlich noch hier bleiben", sagte der Arzt und sah ihn ernst an.

„Zur Beobachtung", hielt Danny ihm entgegen. „Sie können mir glauben, von diesen Leuten hier werde ich ständig beobachtet werden." Er sah Moira tief in die Augen. „Und am besten kann *sie* mich beobachten", fügte er leise an.

Moira wich nicht von seiner Seite. Es wäre ohnehin ein sinnloses Unterfangen gewesen, in dieser Nacht zu schlafen. Von den Kindern abgesehen, fand niemand im Haushalt der Kellys den Weg ins Bett. Siobhan würde den Kleinen am Morgen erklären, was sich zugetragen hatte. Der Rest der Familie war erst fast um vier Uhr in der Frühe nach Hause zurückgekehrt. Für neun Uhr war Seamus' Beerdigung angesetzt.

Eamon hielt einen schönen Nachruf auf seinen Freund. Eigentlich hätte Moira zusammen mit ihrer Schwester ein weiteres Mal „Amazing Grace“ singen sollen, doch da ihre Stimme als Folge der Würgeattacke über ein heiseres Krächzen kaum hinauskam, war Colleen auf sich allein gestellt und brachte den Auftritt mühelos hinter sich.

Dann wurde Seamus beerdigt. In der Kirche hatte Jacob Brolin am Gottesdienst teilgenommen, am Grab hielt er dann eine kurze Rede, in der er Seamus als guten Iren und guten Amerikaner ehrte.

Moira hatte mit Josh ein paar Minuten unter vier Augen gesprochen und mit ihm vereinbart, dass Colleen die kommentierende Rolle ihrer Schwester für die Live-Einspielung übernahm. Moiras Stimme war noch nicht so weit wiederhergestellt, um sendetauglich zu klingen. Außerdem hatte Jacob Brolin sie auf seinen Wagen in der Parade eingeladen.

Das Interview mit ihm führte Moira am Nachmittag im Kelly's dann aber doch selbst. Der St. Patrick's Day war in vollem Gange, und im Pub herrschte Hochbetrieb. Jacob war ein wunderbarer Interviewpartner und äußerte sich vernünftig zu den beiden Seiten des Konflikts. Er war der Ansicht, dass viele Menschen im Norden allen Grund hatten, sich über die Verhältnisse zu beklagen. Vor ihnen lag noch ein weiter Weg bis zum Frieden, doch immerhin waren bereits wichtige Schritte unternommen worden.

„Nordirland ist ein wunderschönes Land“, sagte er. „Und es gibt eine Sache, die uns alle zusammenbringt, nämlich unser Wunsch, der Welt diese Schönheit zu zeigen und Reisende so gastfreundlich zu empfangen, wie es früher einmal der Fall gewesen war. Unsere Zukunft liegt in unserer Fähigkeit, für alle Menschen gleiche Bedingungen zu schaffen. Oscar Wilde hat einmal gesagt: ‚Wenn man den Engländern das Reden und den Iren das Zuhören beibringen könnte, wäre die Gesellschaft recht zivilisiert.' Wir alle müssen das Reden lernen – und das Zuhören."

Brolins Worte wurden mit begeistertem Applaus quittiert. Viele Gäste hatten überrascht zur Kenntnis genommen, dass Eamon den Pub am Nachmittag geöffnet hatte, obwohl die Familie in kürzester Zeit so viel durchgemacht hatte.

„Warum sollte ich nicht öffnen", fragte Eamon erstaunt. „Ich habe noch nie einen besseren Grund zum Feiern gehabt. Meine Tochter war in Gefahr, aber jetzt ist sie wieder hier bei mir. Und ich bin mit einer wundervollen Familie und wundervollen Freunden gesegnet. Der heilige Patrick hat gut auf uns aufgepasst, und ich danke Gott für den Rest meines Lebens dafür."

Es wäre unmöglich gewesen, die Ereignisse vor den Zeitungen und Nachrichtensendern geheim zu halten, und durch sie wurde man an diesem Tag im ganzen Land auf Kelly's Pub aufmerksam.

Josh hatte die Medien gut im Griff. Von vier Uhr bis fünf Uhr war eine Fragestunde angesetzt, danach wurden die Kameras aus dem Pub verbannt.

Kelly's war sehr gut besucht, und Moira bestand darauf, hinter dem Tresen zu stehen und beim Spülen zu helfen, während sie aufmerksam zuhörte, als die Reporter Danny mit Fragen bombardierten.

Danny schaffte es mühelos, die wahren Zusammenhänge zu schildern und zwischendurch eine Geschichte einzustreuen. Zum Ende der Fragestunde wollte ein Reporter wissen: „Was haben Sie als Nächstes vor, Mr. O'Hara? Werden Sie in der Politik Irlands aktiv werden?"

„O nein," erwiderte Danny. „Ich bleibe in Amerika. Sie müssen wissen, ich werde heiraten."

Moira war so erschrocken, dass sie ein Glas ins Spülbecken fallen ließ. Sie war noch immer fassungslos, als Danny sich zu ihr umdrehte.

„Vorausgesetzt, sie will mich", sagte er lächelnd.

EPILOG

Belfast, Nordirland
Heute

Die Straße hatte sich verändert. Überall hatten kleine Geschäfte aufgemacht.

Danny stand auf dem Gehweg und ließ den Anblick einen Moment lang auf sich einwirken. Das machte er immer, wenn er in Belfast war, weil er so in der Zeit zurückreisen konnte. Es ging ihm nicht darum, sich den Verlust vor Augen zu führen. Er wollte sich einfach nur an die Familie erinnern, die er früher einmal hier gehabt hatte.

Er liebte Belfast, so, wie er den ganzen Norden liebte. Sie hatten Armagh und Tara besucht, waren über endlose grüne Hügel gewandert und hatten Weite, Wildnis, Schönheit und den Zauber vergangener Zeiten erfahren. Dann waren sie nach Belfast zurückgekehrt, einer Stadt, in der das Leben pulsierte.

Heute erschien es ihm besonders wichtig, hier zu stehen, denn das abgelaufene Jahr war das beste seines Lebens gewesen.

Er würde seine Jugend nie vergessen. Tief in seinem Herzen würde ihn der Verlust immer schmerzen. Doch auch wenn der Schmerz niemals verschwand – und auch nicht verschwinden *sollte* –, hatte er sich verändert. Die Feder war *wirklich* mächtiger als das Schwert. Er hatte viel dazu beigetragen, die Welt zu ändern, zumindest aber seine Welt. Seine Eltern wären stolz auf ihn. Und Moira ... Moira hatte ihm erlaubt, seinen eigenen Frieden zu finden. Ein Mann, der seinen Frieden gefunden hatte, war in der Lage, ihn auch anderen Menschen zu bringen.

„Danny!“

Er sah sie die Straße entlangkommen. Sie trug Grün – Kelly-Grün. Der Hosenanzug betonte ihre langen Beine ebenso, wie er ihre schmale Taille unterstrich. Ihr Haar leuchtete im Sonnenschein und fiel ihr wallend über die Schultern. Ein Anflug von Sorge war in ihren blaugrünen Augen zu sehen, als sie vor ihm stand, seine Hand nahm, ihn zärtlich auf den Mund küsste und ihm dann wieder in die Augen blickte.

„Alles in Ordnung?"

Er lächelte. „Absolut alles."

„Ich hatte mir Sorgen gemacht. Ich wusste nicht, wo du hingegangen warst."

Zugegeben, er hatte sich vor dem Empfang gedrückt. Andrew McGahey wurde im großen Ballsaal des Hotels für seinen Einsatz für die Kinder in Nordirland geehrt. Und Andrew war nicht allein. Seit er und Sally Adair bei der Hochzeit von Moira und Danny miteinander bekannt gemacht worden waren, hatten sich ihre Wege nicht mehr getrennt. Natürlich blieb Andrew ein überzeugter Katholik, und Sally war nach wie vor eine Anhängerin des alten keltischen Glaubens. Vielleicht würden sie es aber trotzdem schaffen.

Danny hatte sich die meisten Reden angehört, er hatte amüsiert mit angesehen, wie sein Schwager Gnade gegenüber den Gästen hatte walten lassen, indem er seine Auszeichnung mit nur wenigen dankenden Worten angenommen hatte. Dann hatte ein sehr weitschweifig palavernder Professor den Platz am Podest eingenommen, und Danny hatte dem inneren Zwang nachgeben müssen, einen Spaziergang zu unternehmen. Es war für ihn wichtig, hierher zu kommen. Jedes Mal, wenn er in seine Geburtsstadt zurückkehrte, machte er das.

„Hier ist es geschehen?"

„Ja."

Sie drückte seine Hand. „Geht es dir gut, Danny?"

Er sah sie lange an. Es erstaunte ihn nach wie vor, dass sie geheiratet hatten. Er hatte sie immer geliebt, aber als sie noch sehr jung gewesen waren, hatte er gewusst, dass er nicht der Richtige für sie war, weil es ein paar Dämonen gab, denen er sich ganz allein stellen musste. Und dann ...

Es hatte eine Zeit gegeben, da hatte sie schaudernd neben ihm gelegen. Ihm war klar gewesen, dass sie noch immer von ihren Erinnerungen verfolgt wurde. Erinnerungen an einen Mann, der behauptet hatte, er würde sie lieben, und der trotzdem noch andere Frauen gebraucht hatte. Frauen, die von ihm wie Laborratten behandelt worden waren, indem er sie nach Erfüllung ihres Zwecks kurzerhand getötet hatte.

Alles in allem hatten sie den Albtraum aber gut überstanden. Die Hochzeit war ein wahres Spektakel geworden. Bei der Messe, die in der Gemeindekirche ihrer Familie in Boston zelebriert worden war, hatte Moira ein schimmerndes langes Kleid mit Schleier getragen. Verzichtet hatte sie dabei auf die traditionelle Farbe Weiß und sich stattdessen für eine Kombination aus Weiß, Silber und Malve entschieden, die bei jeder Bewegung etwas Magisches verbreitete. Der anschließende Empfang hatte natürlich in Kelly's Pub stattgefunden.

Danach hatten sie sich für zwei Wochen auf eine abgeschiedene Privatinsel in der Karibik zurückgezogen. Mal hatten sie stundenlang geredet, dann wiederum hatten sie sich nur geliebt, ohne ein Wort zu sagen. Das Einzige, was die ganze Zeit über gezählt hatte, war, dass sie einander hatten, dass sie zusammen waren – ein Bollwerk gegen die Vergangenheit, ein Team, um gemeinsam die Zukunft zu formen.

Das Leben war großartig. Moira war seine Frau, und es war unmöglich, einen Menschen mehr zu lieben, als er sie liebte. Und es machte ihn ehrfürchtig, so sehr geliebt zu werden.

Es war unglaublich, wie gut sie sich verstanden.

Nächsten Monat würde das Buch erscheinen, das er über jene Ereignisse verfasst hatte, die Jacob Brolins Leben und politische Perspektive geformt hatten. Es war davon auszugehen, dass es für einige Kontroversen sorgen würde.

Das war für ihn in Ordnung. Er hatte nichts gegen ein vernünftiges Maß an Kontroversen. Es gab nichts Besseres, als mit harten Bandagen ein Streitgespräch zu beginnen – und zu gewinnen. Außerdem nahm Moira nie ein Blatt vor den Mund, was zahlreiche hitzige Diskussionen zur Folge hatte – und genauso viele leidenschaftliche Versöhnungen. Er war nach New York City gezogen, und Moira war mit ihm allein im ersten Jahr ihrer Ehe sechsmal nach Irland geflogen. Beim ersten Mal unternahmen sie die Reise allein, hatten sich Belfast angesehen und waren dann weiter nach Norden gefahren.

Beim zweiten Mal waren sie mit Granny Jon und der Familie nach Dublin geflogen. Sie waren alle mitgekommen, auch Siobhan mit den Kindern. Es war großartig gewesen. Den Kindern das erste Mal Irland zu zeigen und ihnen die Ursprungsorte so vieler Geschichten zu präsentieren, die sie ihnen erzählt hatten, war ein wundervolles Erlebnis gewesen. Molly war voller Begeisterung auf einem stämmigen irischen Pony über die smaragdgrünen Wiesen geritten, Brian hatte sich von den Geschichten über Ritter in ihren strahlenden Rüstungen fesseln lassen, und Shannon fand die kleinen Dörfer mit ihrem ganz besonderen Charme sehr ansprechend.

Moira hatte sich von den Reisen auch beruflich inspirieren lassen. Sie hatte das Spektrum ihrer Sendung erweitert und berücksichtigte nun auch jene reisebegeisterten Amerikaner, die zu den Wurzeln ihrer Vorväter im Ausland zurückkehren wollten. Colleen war noch immer ein gefragtes Covermodel, aber sie hatte nebenbei begonnen, weitere Sendungen für ihre Schwester zu moderieren. Dadurch bekam Moira mehr Zeit zum Reisen. Für Danny selbst war es einfacher. Schreiben war in erster Linie eine geistige Übung. Natürlich half es, jene Orte mit eigenen Augen zu sehen, die seine Fantasie anregten und die Höhen und Tiefen der fernen sowie der jüngeren Vergangenheit in Erinnerung brachten.

Das Leben war schön. Er konnte sich kein besseres Leben vorstellen.

„Danny“, sagte Moira.

Er sah seine Frau an. Seine *Frau*. Er musste lächeln. „Tut mir Leid, Liebes. Ich bin ein wenig spazieren gegangen.“

Sie schüttelte den Kopf. „Ich mache mir Sorgen um dich, wenn ich weiß, dass du hier bist. Wenn ich Molly, Brian und Shannon sehe und dann daran denke, was mit deiner Familie geschehen ist ... Ich weiß, dass ich das nicht durchgestanden hätte ... nicht so wie du.“

„Ich komme nur her, weil ich sie so sehr geliebt habe. Auf diese Weise sage ich ihnen Hallo und lasse sie wissen, dass sie immer ein Teil von mir sein werden.“

Sie lächelte ihn an. „Fühlst du denn, dass sie hier bei dir sind?“

„Vielleicht. Aber es geht mir gut, Moira. Es ist mir all die Jahre hindurch gut gegangen. Aber noch nie so gut wie jetzt, seit ich dich habe.“

„Hmm.“

„Was?“

„Ich hatte eigentlich vor, es an einem unglaublich schönen und romantischen Ort zu sagen ...“

„Entschuldige, aber meine Heimatstadt *ist* unglaublich schön und romantisch.“

„Ja, das weiß ich doch. Ich dachte mehr an unser Schlafzimmer im Hotel, bei gedämpftem Licht, leiser Musik, einer Vase voller Rosen ..."

„Champagner? Ein Schaumbad? Du mit Schaum bedeckt, aber nur an strategisch wichtigen Stellen?"

„Etwas in dieser Art, ja."

„Das klingt gut. Lass uns gehen."

„Warte, Danny, es geht darum, dass ich dir etwas sagen möchte, und das möchte ich jetzt und hier machen."

„Na, toll. Da machst du mich erst scharf, und dann lässt du mich auf dem Fußweg stehen, wo ich dazu verdammt bin, keinen Finger zu regen."

„Danny, wir bekommen ein Baby."

Gerade eben war er noch der Ansicht gewesen, dass es nichts Besseres geben könnte, doch sie hatte ihm jetzt das Gegenteil bewiesen.

„Wir sind ... schwanger?"

„Nein, *ich* bin schwanger, aber *wir* bekommen ein Baby."

Er nahm seine Frau in die Arme und küsste sie liebevoll auf den Mund, die Wangen, die Stirn und wieder auf den Mund. „Ein kleiner Ire", flüsterte er.

„Oder eine kleine Amerikanerin", erwiderte sie.

Er nahm ihr Gesicht in seine Hände, sah ihr tief in die Augen und küsste sie erneut. „Ganz egal. Ich bin völlig begeistert, ich ... Gott, ich bin so begeistert." Er sah zum Himmel hinauf. „Hast du gehört, Mum? Ein Enkelkind." Dann sah er Moira fragend an.

„Bist du ganz sicher?"

„Absolut."

„Vielleicht solltest du aber noch einen Test machen."

„Warum das?"

„Weil du es mir dann noch mal sagen kannst, im Schlafzimmer, bei Musik und Champagner ...“

„Danny“, gab sie zurück. „Ich werde so schnell keinen Champagner mehr trinken.“

„Du sollst ihn auch nicht trinken ... sondern darin baden.“

„Oh“, sagte sie und grinste ihn an. „Das ist was anderes. Wollen wir gehen?“

Er legte einen Arm um sie, und gemeinsam gingen sie los.

„Ich kann es noch immer nicht fassen“, sagte er nach einer Weile. „Ich werde Vater. Von einem kleinen Iren.“

„Oder einer kleinen Amerikanerin.“

„Okay, du sollst deinen Willen haben – bei unserem ersten Kind“, scherzte er. Dann blieb er stehen, drückte sie fest an sich und küsste sie wieder.

„Unser Kind wird das Beste von Irland und Amerika in sich vereinen“, sagte er leise.

„Danny, das hört sich sehr schön an.“

„Findest du?“

„Ja.“

„Gut, dann lass uns ins Hotel gehen. Ich bin in der Stimmung für Champagner.“

– ENDE –

Erica Spindler

Stadt des Schweigens

Ein erbarmungsloser Mörder versetzt eine idyllische Kleinstadt in Angst und Schrecken. Als die junge Journalistin Avery Chauvin auf eigene Faust ermittelt, gerät sie selbst in die Fänge des brutalen Killers.

Band-Nr. 25091
7,95 € (D)
ISBN 3-89941-124-2

MIRA®

Heather Graham
Am Anfang war der Tod
Band-Nr. 25083
7,95 € (D)
ISBN 3-89941-108-0

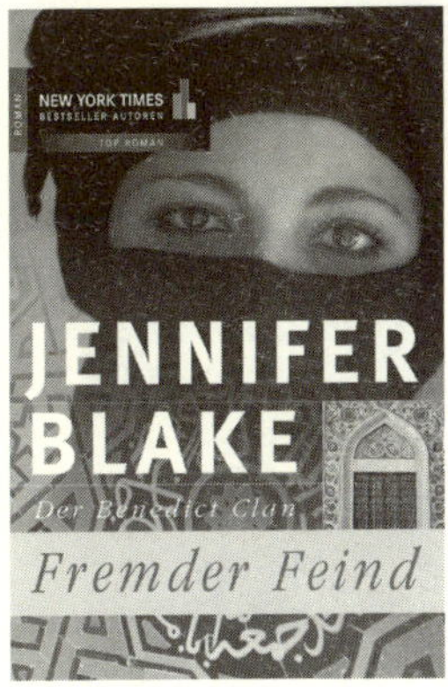

Jennifer Blake
Der Benedict Clan
„Fremder Feind"
Band-Nr. 25084
7,95 € (D)
ISBN 3-89941-111-0

Anne Stuart
Mitternachtsschatten
Band-Nr. 25085
7,95 € (D)
ISBN 3-89941-112-9

Christiane Heggan
In tödlicher Gefahr
Band-Nr. 25078
7,95 € (D)
ISBN 3-89941-101-3

Erica Spindler
Der Tod kommt lautlos
Band-Nr. 25063
7,95 € (D)
ISBN 3-89941-084-X

Heather Graham
Mord in Miami
Band-Nr. 25071
7,95 € (D)
ISBN 3-89941-093-9

Mary Alice Monroe
Sommer der Verheißungen
Band-Nr. 25043
7,95 € (D)
ISBN 3-89941-054-8

Alex Kava
Eiskalter Wahnsinn
Band-Nr. 25069
7,95 € (D)
ISBN 3-89941-091-2